Felicitas Mayall begann ihre Karriere als Journalistin
bei der *Süddeutschen Zeitung.* Inzwischen lebt sie als
freie Autorin in Prien am Chiemsee. Aus der erfolg-
reichen Krimiserie um die Münchner Kommissarin
Laura Gottberg sind bisher erschienen: «Nacht der
Stachelschweine» (rororo 23615), «Wie Krähen im
Nebel» (rororo 23845), «Wolfstod» (rororo 24440).
und «Hundszeiten» (Kindler Verlag).

Felicitas Mayall

DIE LÖWIN
AUS CINQUE TERRE

Laura Gottbergs dritter Fall

ROMAN

ROWOHLT TASCHENBUCH VERLAG

Dieser Text ist rein fiktiv. Eventuelle
Ähnlichkeiten mit tatsächlichen Personen,
Orten oder Ereignissen beruhen auf
Zufällen und sind nicht beabsichtigt.

7. Auflage 2010

Veröffentlicht im Rowohlt Taschenbuch Verlag,
Reinbek bei Hamburg, Juli 2007
Copyright © 2006 by Rowohlt Verlag GmbH,
Reinbek bei Hamburg
Umschlaggestaltung
any.way, Barbara Hanke/Cordula Schmidt
(Foto: Paul Mayall)
Druck und Bindung CPI – Clausen & Bosse, Leck
Printed in Germany
ISBN 978 3 499 24044 7

Für Ülvye, Hüsnye, Sefika
und alle Frauen,
die ein Stück Freiheit suchen.

Und für Fred Dobberstein, der das Leuchten
des Mittelmeers nicht mehr sehen durfte.

Denn ein Totenbett
Ist ein Totenbett mehr nicht
Einen Freudensprung
Will ich tun am Ende
Hinab hinauf
Leicht wie der Geist der Rose

Behaltet im Ohr
Die Brandung
Irgendeine
Mediterrane
Die Felsenufer
Jauchzend und donnernd
Hinab
Hinauf.

Marie Luise Kaschnitz

SEHR LANGSAM, beinahe lautlos, bewegte sie ihre Füße über die blauen und schmutzig weißen Kacheln, die den Boden des Vorraums bedeckten. Als sie die Treppe erreichte, hielt sie sich am Geländer fest, legte den Kopf in den Nacken, folgte mit den Augen dem gewundenen Handlauf, der weit oben im Dämmerlicht verschwand. Sie könnte das Licht anmachen, auf den leuchtenden Knopf an der Wand drücken, ließ es aber bleiben. Tastend stellte sie einen Fuß auf die erste Holzstufe, verlagerte prüfend ihr Gewicht. Es knarrte ein wenig, klang beinahe wie Stöhnen. Sie dachte kurz darüber nach, ob Holz stöhnen konnte. Hielt es für wahrscheinlich, weil sie ein paar Mal den stöhnenden Aufschrei von stürzenden Bäumen gehört hatte.

Sie zählte die Stufen, nahm die winzige Vertiefung in deren Mitte wahr, Spur Hunderttausender Schritte in hundert Jahren, ging dicht an der Wand, dort, wo das Knarren kaum hörbar war, erreichte sie den ersten Stock.

Trockenblumenkränze an beiden Wohnungstüren, an der linken ein großes Pappherz: «Hier wohnt die Familie Herzberg» stand da in unregelmäßigen bunten Buchstaben neben vier Strichmännchen. Ein paar Sekunden lang blieb sie stehen, schaute das Herz an, dann den Fußabstreifer. Elefant mit erhobenem Rüssel auf rotem Grund. Überlegte, ob jemand, der im Begriff war, sich umzubringen, solche Botschaften von Hoffnung wahrnehmen würde.

Zehn Stufen bis zum nächsten Treppenabsatz. Zwei zerrupfte Palmen. Wieder zehn Stufen. Zweiter Stock.

Wohnungstüren ohne Kränze. Eine Rechtsanwaltskanzlei und ein winziges Namensschild, das sie im Dämmerlicht nicht lesen konnte. Es roch nach Bohnerwachs.

Weiter. Die Stufen knarrten jetzt auch am Rand. Überlaut. Alle in diesem Haus konnten sie hören. Aber das spielte keine Rolle, denn es war schließlich normal, dass Menschen dieses Treppenhaus benutzten.

Auf dem nächsten Zwischenstockwerk keine Palme, nichts.

Dritter Stock. Dunkle Türen, große Messingschilder. Ein Steuerberater, eine Consulting-Firma. Keine Erfolgsadressen. Ohne Lift. Wieso dachte sie so etwas?

Sie ging jetzt an der Außenseite der Treppe. Der Handlauf war glatt und prall wie der Körper einer Riesenschlange. Lindenholz? Vermutlich. Sie versuchte normal zu atmen, doch irgendwelche verkrampften Muskeln zwischen ihren Rippen hinderten sie daran. Der nächste Treppenabsatz, das Fenster. Auf dem Sims Töpfe mit halb vertrockneten Geranien, die trotzdem zu treiben begannen. Weil Frühling war. Lange blasse Verzweiflungstriebe.

Vierter Stock. Namenschilder an den Türen. Aber plötzlich ein Teppich auf den Stufen, die weiter nach oben führten. Dunkelrot. Einladend. Der Teppich dämpfte das Knarren. Sie konnte sich jetzt beinahe lautlos nach oben bewegen, ging plötzlich schneller, sah das Fenster. Es stand weit offen. Sie verharrte, wandte ganz langsam den Kopf, ließ den Blick über die Wand gleiten, dann hinauf zur Decke und wieder zum Fenster.

Das ist es also, was man als Letztes sieht, dachte sie, ging zum Fenster, lehnte sich hinaus, vermied jede Berührung. Pulsierender Schmerz zog über ihre Wirbelsäule, schien von der Herzgegend auszugehen, kroch hinunter in ihr Becken. Unter sich nahm sie die hellgrünen Blütenbüschel der hohen Ahornbäume wahr, atmete ihren feinen frischen Duft ein. Erste Sonnenstrahlen berührten die Dächer der umliegenden Häuser. Auf der Dachrinne gegenüber saß eine Amsel und sang so heftig, dass ihr kleiner Körper vor Anstrengung bebte. Der Verkehrslärm wurde vom Wall der hohen alten Häuser fern gehalten. Hier war er nicht mehr als Hintergrundrauschen für das Lied des Vogels.

Langsam ließ sie den Blick nach unten wandern, in den schwarzen Schacht im Schatten der Bäume. Dort unten war noch Nacht. Der Schmerz in ihrer Wirbelsäule verstärkte sich. Wie lange hatte es wohl gedauert? Sechs Sekunden oder eher zehn?

Sie zuckte zusammen, als tief unten plötzlich Licht aufflammte, den Hinterhof grell erleuchtete. In der Mitte des Hofes lag sie, zerbrochen, das lange Haar weit ausgebreitet, die Glieder schlaff und irgendwie falsch am Körper befestigt.

«Bist du da oben?» Eine kräftige Männerstimme drang aus dem Schacht herauf.

Hauptkommissarin Laura Gottberg trat ins Treppenhaus zurück und schloss die Augen. Es war gut, die Stimme ihres Kollegen zu hören. Und doch spürte sie, dass Kommissar Baumann eine Art Erkenntnisprozess unterbrochen hatte.

«Ja, ich bin hier oben!», rief sie zurück und dachte, dass diese ganze Geschichte ein Jammer war.

Wenn der heftige warme Südwind gegen die ligurische Küste anstürmte, das Meer zum Kochen brachte, bis es die Felsen mit weißer Gischt überspülte, donnernd in die Dörfer eindrang, Tag und Nacht wie ein alles verschlingendes Ungeheuer brüllte, dann ging Maria Valeria Cabun früh am Morgen in die Kirche. Der Sturm raubte ihr den Schlaf.

Das war schon immer so gewesen, doch je länger sie lebte, desto mehr litt sie darunter. Nachtmare suchten sie dann heim, bevölkerten die beiden kleinen Zimmer, die wie Bienenwaben an das Haus ihres ältesten Sohnes angeklebt waren. Alle Toten des Dorfes versammelten sich um Maria Valeria, und das waren eine Menge, denn sie hatte gerade ihr achtundachtzigstes Lebensjahr erreicht. Alle waren sie da: Männer, die das Meer genommen hatte, die Gefallenen der Kriege, Partisanen, Kinder, junge und alte Frauen. Maria Valeria Cabun hatte sich an sie gewöhnt, sprach mit ihnen, zündete Kerzen an, deren Flammen zitterten, wenn der Sturm durch alle Ritzen drang. Das Kerzenlicht beruhigte die Geister der Toten, sie machten sich unsichtbar, drängten sich nicht mehr auf. Manchmal aber fühlte sich Maria Valeria stark genug, sie anzusehen, dann wäre sie am liebsten eine von ihnen, vereint mit all den alten Freunden und Feinden, von denen viele ihr näher standen als die vermeintlich Lebenden. Doch aus irgendeinem unerfindlichen Grund des Schicksals war es ihr beschieden, in der anderen Welt zu bleiben, die man Leben nennt. Maria Valeria war sich inzwischen fast sicher, dass die beiden Welten zusammengehörten, die der Toten und die der Lebenden, dass der Übergang eher fließend war.

Sie sprach mit niemandem darüber, schon gar nicht mit dem Pfarrer. Nur mit Gott sprach sie, und auch das war nicht ganz richtig. Sie hatte sich Johannes den Täufer als Ansprechpartner ausgesucht, was vor allem an dem alten Gemälde in der Pfarrkirche San Giovanni Battista lag. Sie mochte diesen einsamen Mann, der in der Wüste Erleuchtung suchte. Sie selbst suchte die Einsamkeit, war sich nicht sicher über die Erleuchtung, aber die Einsamkeit liebte sie.

Vor ihrem winzigen Wabenheim, das sich an die Felsen über dem Meer schmiegte, gab es einen ebenso winzigen Garten, gerade groß genug für eine Bank, einen Lavendelbusch, ein paar Rosen, Tomaten, Zucchini, Zwiebeln und Kräuter. Im Frühsommer warf der Mispelbaum der Nachbarn seine Früchte auf sie herab, im Herbst konnte sie köstliche Kaktusfeigen pflücken, die von den Klippen zu ihr heraufwuchsen.

In ihrem winzigen Garten saß Maria Valeria beinahe das ganze Jahr über und schaute aufs Meer hinaus und auf den Himmel. Nie wurde ihr langweilig dabei, denn das Meer war niemals gleich. Gemeinsam mit dem Himmel spielte es dramatische Opern, zeigte alle Farben und Formen, spielte alle Töne des Lebens.

Der Winter jedoch wurde Maria Valeria inzwischen sehr lang. Die feuchte Kälte setzte ihr zu. Aber auch dann schaute sie aufs Meer, vom Küchenfenster aus, das immerzu beschlug, sodass sie es alle paar Minuten blank wischen musste.

Bis vor ein paar Jahren war sie beinahe jeden Tag hinunter ins Dorfzentrum gegangen, hatte sich neben andere alte Frauen auf eine Bank gesetzt und zugeschaut, wie die Touristenströme vorbeizogen. Die Fremden hatten sie an das Meer erinnert, wenn es in die Dörfer der Cinque Terre einbrach. Sie kamen schon lange, diese Fremden, doch früher, als es die Panoramastraße noch nicht gab und die meisten den Zug benutzen mussten, waren es nicht so viele gewesen.

Seit zwei Jahren ging Maria Valeria nicht mehr ins Dorf – ihrer Familie gegenüber behauptete sie, dass ihre Beine sie nicht mehr recht trügen und ihr die vielen Stufen zu beschwerlich seien. Aber es stimmte nicht. Eigentlich war sie noch ganz gut zu Fuß, so gut, dass sie manchmal mitten in der Nacht zur alten Burg hinaufstieg, um näher bei den Sternen zu sein. In Wahrheit ging sie nicht mehr ins Dorf hinunter, weil die Menschen, die ihr nahe standen, inzwischen gestorben waren und sie die vielen Fremden nicht sehen wollte, die das Leben der Einheimischen immer mehr veränderten.

Die Cabuns hatten über Generationen hinweg vom Weinbau und Fischfang gelebt. Ein Teil der Familie hatte in den steilen Feldern der Berghänge gearbeitet, die Mauern in Stand gehalten, die den kleinen Weingärten Halt gaben. Der andere Teil war hinausgefahren und hatte die Früchte des Meeres geerntet. Das Gemüse hatten die Frauen selbst angebaut, und so war es ihnen über all die Jahre manchmal besser, manchmal schlechter ergangen, ehe man immer mehr brauchte und all das nicht genug war.

Für Maria Valeria war es genug gewesen, hatte ihrer Familie stets Rang und Macht in der Gemeinschaft der andern verschafft. Nichts ging ohne die Cabuns, Maria Valerias Vater war sogar Bürgermeister gewesen. Sie selbst hatte die Familie noch zusammengehalten, sie, Maria Valeria, als sie noch Mutter war und nicht Großmutter oder gar Urgroßmutter, der niemand zuhören wollte.

Es machte sie unglücklich, dass ihre Söhne nur noch aus Spaß zum Fischen hinausfuhren, dass sie darüber nachdachten, den Weinbau aufzugeben und die Felder zu verkaufen. Die Cabuns lebten inzwischen vom Tourismus, vermieteten Zimmer und kleine Wohnungen.

Die weniger geschickten und intelligenten Mitglieder der Familie machten die Betten, wuschen die Bettwäsche der Fremden, bereiteten das Frühstück. Die Klügeren organisierten die Vermietungen, betrieben einen Andenkenladen, ein Weingeschäft und eine Pizzeria. Die Cabuns hatten durch diese Aktivitäten durchaus nicht an Einfluss verloren, aber Maria Valeria empfand diese Anpassung an die lärmende Zeit als Abstieg.

Es fiel ihr auch schwer, die jungen Frauen in ihrer Familie zu verstehen. Sie sahen kaum anders aus als die Touristinnen, kleideten sich ähnlich, fanden junge Männer aus Amerika oder Australien interessanter als die einheimischen Männer. Tranken Wein mit diesen Kerlen, nachts auf den Felsen am Hafen.

Maria Valeria war der Ansicht, dass nur durch kluge Heirat die Zukunft der Familien gesichert werden konnte. Kluge Heirat, kluge Frauen und Kinder – das war nach Maria Valerias Überzeugung noch immer die Basis der italienischen Gesellschaft und im Besonderen der kleinen Gemeinden in den Cinque Terre. Aber die jungen Frauen versuchten das Land ihrer Vorfahren zu verlassen, jedenfalls wenn sie hübsch und gescheit waren. Und sie wollten keine Kinder, sondern einen Beruf. Manche wollten nicht einmal mehr heiraten. Alles Dinge, die Maria Valeria nicht verstehen konnte, denn sie hatte – bei aller Mühsal – ihren Platz in der Familie immer als mächtig empfunden. Sich selbst mächtiger als ihren Mann, obwohl sie ihm niemals die Illusion genommen hatte, dass er der Mächtigere war.

In dieser stürmischen Aprilnacht war der Südwind noch kalt, und doch saß Maria Valeria auf der Bank in ihrem winzigen Garten und starrte auf das schwarze Meer hinaus. Ab und zu trat der Mond hinter den Wolken hervor, dann tanzten plötzlich silberne Lichter übers Wasser, öffneten den Raum bis in die Unendlichkeit. Maria Valeria zog das dicke Wolltuch fest um ihre Schultern, zuckte zusammen, als eine riesige Welle mit dumpfem Knall gegen die Felsen unterhalb ihres Gärtchens schlug, wie ein Erdstoß das Land erschütternd. Sie schloss die Augen, wusste in diesem Moment, dass etwas geschehen war, das sie nicht hatte erleben wollen. Wusste, dass sie schon zu lange lebte, dass sie keinen neuen Schmerz aushalten wollte. Blieb sitzen, bis sie sich vor Kälte kaum noch erheben konnte, kroch endlich gegen Morgen ins Haus und zündete eine Kerze an. Für die Seele, die auf dem Weg in die andere Welt war. Dann setzte sie sich neben die kleine Figur der Heiligen Jungfrau – ein Geschenk ihres ältesten Sohnes – und wartete auf die Nachricht.

«SIE HAT KEINEN Ausweis bei sich, keinen Führer-schein, gar nichts!» Kommissar Baumanns Stimme klang gereizt.

Laura Gottberg achtete nicht auf ihn. Sie kniete ne-ben der jungen Frau nieder, unterdrückte den Impuls, ihr übers Haar zu streichen. Die Tote war höchstens An-fang zwanzig, vermutlich jünger. Sie lag auf dem Bauch, den Kopf zur Seite gedreht. Ihr Profil war fein gezeich-net, die Nase ein wenig zu ausgeprägt. Sie hatte dichte dunkle Brauen, lange Wimpern, die Lider halb geschlos-sen, als träumte sie nur vor sich hin. Wie ein wilder Strah-lenkranz umrahmte das dichte dunkelbraune Haar ihr blasses Gesicht. Wieder kroch dieser ziehende Schmerz über Lauras Wirbelsäule hinab in ihr Becken. Sie kannte diesen Schmerz sehr gut. Immer schon hatte er sie vor le-bensbedrohlichen Gefahren gewarnt, vor realen und fikti-ven Abgründen.

Sie hat Sofias Haare, dachte Laura. Wenn Sofia ein paar Jahre älter ist, wird sie dieser jungen Frau sehr ähn-lich sehen. Der Schmerz begann zu pochen, wenn sie an ihre Tochter dachte.

Laura schüttelte leicht den Kopf, versuchte sich ge-gen das Bild der Toten abzugrenzen, Hauptkommissa-rin der Münchner Kriminalpolizei zu werden, professio-nell eben wie Kommissar Peter Baumann, der sich im Augenblick vor allem darüber ärgerte, dass die Tote keine Ausweispapiere bei sich trug, denn das bedeu-tete eine Menge Arbeit, falls nicht eine gütige Seele sie als vermisst meldete. Mit einem Seufzer richtete Laura sich auf und nickte den Kollegen von der Spurensicherung zu.

«Sie ist Italienerin!», sagte sie halblaut, wusste selbst nicht genau, warum. Es gab keinerlei Beweise für diese Annahme. Trotzdem war Laura sicher, dass die Tote Italienerin war.

«Soso», murmelte der junge Kommissar und warf seiner Vorgesetzten einen prüfenden Seitenblick zu.

Laura fing den Blick auf, verzog das Gesicht, steckte beide Hände in die Taschen ihrer Lederjacke und zog die Schultern hoch. «Vergiss es! Wer hat sie gefunden?»

«Eine Frau Burger aus dem ersten Stock. Sie hat einen alten Hund mit einer schwachen Blase, und deshalb lässt sie ihn manchmal in den Hinterhof. Natürlich nur nachts, wenn niemand es sehen kann.»

«Wo ist sie?»

«Ich hab sie wieder in ihre Wohnung geschickt. Die Frau ist mindestens achtzig und war ziemlich am Ende.»

«Sonst hat niemand was gesehen?»

«Jedenfalls hat sich niemand bei uns gemeldet. Die scheinen alle einen gesegneten Schlaf zu haben.»

Laura schaute auf ihre Armbanduhr. «Es ist ja noch nicht mal halb sechs. Da schlafe ich normalerweise auch noch.»

Baumann zuckte die Achseln. «Es wäre ja immerhin möglich, dass sie einen Schrei ausgestoßen hat. Wenn ich aus dem Fenster springen würde, dann würde ich so laut brüllen, dass die ganze Stadt aufwacht. Ich meine, ein Schrei und ein Aufprall sind keine normalen Geräusche.»

«Nein», erwiderte Laura unbestimmt, dachte an die Träume, die sie hin und wieder hatte. Plötzliche Stürze ins Nichts mit dem sicheren Bewusstsein, dass sie nicht überleben würde, und dann der Schrei, von dem sie aufwachte. Der Schmerz saß jetzt nur noch im Becken und in den Oberschenkeln.

«Ich werde mit der alten Frau reden», sagte sie. «Hast du den Notarzt zu ihr raufgeschickt?»

Baumann schüttelte den Kopf und presste die Lippen zusammen. «So schlecht ging es ihr auch wieder nicht.»

Laura antwortete nicht, nahm plötzlich den Geruch der Mülltonnen wahr, die ordentlich an der Hauswand aufgereiht standen, kehrte ins Haus zurück. Diesmal lief sie schnell in den ersten Stock hinauf. Neben dem großen Herz der Familie Herzberg konnte sie das Namensschild an der zweiten Tür erst nicht finden. Endlich entdeckte sie es an der Innenseite des Türstocks, wo seltsamerweise auch der Klingelknopf angebracht war. Es war ein sehr kleines Schild. «E. Burger» stand darauf.

Obwohl Laura den Klingelknopf nur flüchtig berührte, zuckte sie zusammen, als der schrille Ton zu laut und zu lang aufkreischte. Gleichzeitig mit dem Klingelton begann ein Hund zu bellen, als hätte Laura auch ihn mit einem Knopfdruck eingeschaltet. Das Gebell überschlug sich, näherte sich der Tür. Jetzt erklang eine leisere menschliche Stimme, die offensichtlich den Hund beruhigte, denn er verstummte plötzlich, hechelte nur noch.

«Wer ist denn da?», fragte die Stimme durch den Briefschlitz.

«Ich bin die Kommissarin, die diesen Unglücksfall untersucht, und möchte gern wissen, wie es Ihnen geht.»

Eine Kette rasselte, Sicherheitsschlösser klappten auf, dann endlich öffnete sich die Tür und eine sehr kleine, sehr alte, rundliche Frau stand vor Laura, gebückt, denn sie hielt den Hund am Halsband fest. Halb ersticktes Gurgeln quoll aus seiner Kehle.

«Kommen's nur rein. Der tut nichts, obwohl er ein Mistviech is. Mag Leut erschrecken! So einer ist des!» Sie trat ein wenig zur Seite, zog dabei ungeduldig am Halsband des Hundes, der trotz seiner geringen Körperhöhe sehr kräftig zu sein schien und jetzt ein bedrohliches Knurren ausstieß. Laura drückte sich an ihm und der kleinen Frau vorbei, ließ ihn dabei nicht aus den Augen. Er hatte seltsam menschliche Augen, die ein wenig vorstanden. Sein Fell war getigert wie das einer Katze.

Plötzlich brach hohes Bellen aus ihm hervor, und er zerrte wild am Halsband.

«Hörst jetzt auf, Mistviech, mistiges!» Das Kreischen der alten Frau ähnelte dem Bellen, und Laura musste lächeln.

«Lassen Sie ihn los!», sagte sie. «Er wird mich schon nicht fressen!»

«Soll ich wirklich?» Die kleine alte Frau schaute zu ihr auf, und Laura hörte ihren schnellen, rasselnden Atem, sie hustete. Jetzt erst fiel Laura auf, dass die alte Dame ungewöhnlich gekleidet war. Sie trug einen schwarzen, glänzenden, spitzenbesetzten Morgenmantel.

«Ja, wirklich! Ich fürchte mich nicht vor Hunden.»

Laura blieb ruhig stehen und wartete auf seinen Angriff. Kaum hatte seine Besitzerin ihn losgelassen, stürmte er auf Laura zu, schlug aber kurz vor ihr einen Haken und verstellte ihr den Weg in den Flur, starrte sie von der Seite an, stieß eine Art Knurrbellen aus und wedelte gleichzeitig mit dem Schwanz. Sein Rückenhaar war steil aufgestellt, und wieder erinnerte er Laura an eine Katze.

Die alte Frau Burger schleppte sich mühsam und hustend zu ihm hin und stieß ihn mit dem Fuß an. «Schau, dass'd weiterkummst!»

Er ging tatsächlich. Steifbeinig, grummelnd, in seinem Stolz verletzt.

Laura folgte der alten Frau ins Wohnzimmer, war augenblicklich angerührt von der seltsamen Stilmischung der Möbel. Es war die typische Einrichtung eines Menschen, der über Jahrzehnte immer wieder ein neues Stück dazukauft. Museum eines ganzen gutbürgerlichen Lebens. Ein bisschen spießig, ein bisschen kitschig, auf gelbem Tibetteppich absurde Sessel aus den fünfziger Jahren, ein Sofa mit englischem Blumenmuster, die Anrichte aus den zwanziger Jahren, die Tapete verblichen – rosa Rosen und Silberstreifen. Die Bilder an den Wänden waren Kunstdrucke lieblicher italienischer Landschaften. Eigentlich passte kein Stück zum anderen, und trotzdem hatte der Raum etwas Gemütliches.

«Ich will Sie nicht lange stören, Frau Burger. Das ist doch Ihr Name, oder?»

Sie nickte, hustete wieder und ließ sich in einen großen Ohrensessel fallen. Der Hund kauerte sich neben den Sessel und starrte Laura an.

«Burger, Anna-Maria. Ich hab Angina Pectoris, müssen S' wissen. Da sind Aufregungen nicht gut!»

«Deshalb wollte ich nach Ihnen schauen. Brauchen Sie einen Arzt?»

Anna-Maria Burger schüttelte den Kopf. Ihr Haar war in winzigkleine weiße Locken gelegt. «Ich hab mein Nitrospray. Des hilft immer. Ist auch besser, wenn ich Ihnen gleich erzähl, was ich g'sehen hab. Dann hab ich's hinter mir. Aber setzen Sie sich doch, Frau Kommissarin.»

Laura wählte einen der geschwungenen Fünfziger-Jahre-Sessel. «Erzählen Sie mir einfach, was passiert ist.»

«Ja, des war so. Der kleine Mistkerl hier, der da!» Sie wies auf den Hund, und Laura sah, dass ihre Hand zitterte. «Der hat an der Tür gekratzt, und ich hab gedacht, dass er rausmuss. Er muss ab und zu mitten in der Nacht raus, weil er auch nicht mehr der Jüngste ist. Prostata, Sie wissen schon, Frau Kommissarin.»

«Soso», murmelte Laura. «Ich wusste gar nicht, dass Hunde auch darunter leiden …»

«Aber sicher. Des is mei fünfter Rüde, und jeder von denen hat's an der Prostata g'habt!» Die alte Frau nickte ernst, lachte dann plötzlich auf. «Die Mannsbilder ham's a ned leicht!»

Laura lächelte ihr zu, mechanisch, mit den Gedanken weit weg. Plötzlich richtete die alte Frau sich auf, hustete wieder. «Sie müssen denken, dass ich eine g'spinnerte Alte bin! Weil ich von der Prostata red, wo da unten des schöne Mädel liegt. I mein's ned so.»

Sie nickte wieder, hustete und begann den Hund zu streicheln. «Also, das war so!» Plötzlich sprach sie beinahe Hochdeutsch. «Im Nachhinein glaub ich, dass der Hund gar nicht rausmüssen hat, sondern dass er das g'spürt hat. Vielleicht hat er auch etwas gehört. Einen Schrei oder so was. Jedenfalls bin ich mir nicht einmal sicher, ob er sein Bein gehoben hat da draußen im Hof. Ich bin mit ihm raus, und er hat geknurrt und wollt gar nicht in den Hof.» Anna-Maria Burger zog eine kleine Plastikflasche aus ihrem Morgenmantel, murmelte eine Entschuldigung und spritzte Nitrospray auf ihre Zunge. Mühsam schluckend, verzog sie ihr Gesicht.

«Soll ich nicht doch einen Arzt rufen?», fragte Laura.

«Nein, nein. Geht schon, geht schon. Gleich bin ich

wieder so weit. Also: Ich hab das Licht ang'macht, und da hab ich sie schon gesehen. Erst hab ich gedacht, dass sie vielleicht schläft oder so. Aber dann hab ich g'sehen, dass da was nicht stimmt. Ich bin hin zu ihr und hab sie ang'schaut.» Die alte Frau senkte den Kopf, nestelte an ihrem Morgenmantel herum.

Laura wartete, fragte erst nach ein paar Minuten, die angefüllt waren vom schweren Ticken der Wanduhr: «Und was haben Sie gesehen?»

«Dass sie tot war!» Anna-Maria Burger atmete pfeifend ein. «Ich hab sie auch angefasst. Sie war noch ein bisserl warm. Und dann hab ich hinaufg'schaut, und ganz oben war das Fenster offen. Dann bin ich hinein ins Haus und hab die Polizei gerufen.»

«Wie spät war es da?»

«Es war ungefähr vier.»

«Und dann?», fragte Laura.

«Was und dann?»

«Was passierte, nachdem Sie die Polizei gerufen haben? Sind Sie wieder raus ins Treppenhaus oder in den Hinterhof? Haben Sie bei Nachbarn geklingelt?»

Anna-Maria Burger schluckte, fasste nach einem Glas Wasser, das neben ihrem Lehnstuhl auf einem kleinen Tischchen stand. Sie trank fast gierig, atmete tief ein, ehe sie antwortete.

«Die Nachbarn sind in Urlaub. Die Herzbergs. Sonst sind fast alles Büros. Und die Leut im vierten Stock kenn ich kaum. Die grüßen nicht amal, wenn ich sie auf der Treppe treff. Sind so Juppies … so nennt man die doch, oder?»

Laura zuckte die Achseln. «Haben Sie etwas gehört oder gesehen im Treppenhaus, Frau Burger?»

Die alte Frau schloss kurz die Augen, kniff die Lippen

zusammen, hustete. Ihre Worte kamen jetzt mühsam. «Könnt sein ... Aber ich kann es ... nicht sicher ...», sie versuchte ruhig zu atmen.

«Lassen Sie sich Zeit, Frau Burger. Ich habe es nicht eilig.» Laura blickte erschrocken auf diesen Kampf um Sauerstoff, der im Körper der kleinen Frau tobte. Erinnerte sich plötzlich an den alten Nachbarn, der im Parterre ihres Hauses einen Zeitschriftenladen betrieb und ebenfalls an Angina Pectoris litt. Was hatte er immer gesagt? «Ich bin schon hundertmal gestorben, Frau Kommissarin. Man gewöhnt sich allmählich daran!» Und dann hatte er ihr ein Sträußchen Maiglöckchen geschenkt, weil er das Leben liebte und dankbar dafür war, dass er die hundert Tode überlebt hatte.

«Geht schon wieder!» Anna-Maria Burger versuchte ein Lächeln. «Also, des war so. Ich hab gemeint, dass jemand heruntergekommen ist. Von oben. Da war ich aber in der Wohnung und hab gerade mit der Polizei geredet. Mei Hund war an der Tür und hat gebellt. Deswegen hab ich nichts mehr hören können. Deswegen kann ich auch nicht sicher sagen, dass da jemand die Treppe herunterkam. Ich mein, der Hund war sowieso aufgeregt. Kann sein, dass er einfach so gebellt hat.» Sie lachte auf. «Komische Aussage, was meinen Sie, Frau Kommissarin?»

Laura lächelte zurück. «Ja, ziemlich komisch, aber ehrlich! Das Wichtigste fehlt mir noch.»

Anna-Maria Burger entfaltete ein Papiertaschentuch und hustete hinein.

«Und was ist das Wichtigste?», nuschelte sie.

«Haben Sie die junge Frau schon einmal gesehen?»

Die alte Frau schüttelte den Kopf. «Nie. Die war noch nie in diesem Haus, und ich wohn schon seit fünfundvierzig Jahren hier.»

«Sicher?»

«Ganz sicher. Kann natürlich sein, dass die eine Freundin von denen im vierten Stock ist, von denen Juppies. Aber ich hab keine Ahnung, absolut keine Ahnung.»

«Eine Frage habe ich noch, dann können Sie sich wieder ausruhen. Warum führt vom vierten Stock ein roter Teppich nach oben?»

Anna-Maria Burger stieß ein keuchendes Lachen aus. «Da merkt man, dass Sie noch jung sind, Frau Kommissarin. Wissen S', wie lang ich nicht mehr da oben war? Mindestens fünfzehn Jahre. Mit einer Angina Pectoris steigt man keine Treppen mehr. Ich bin froh, wenn ich es bis in den ersten Stock schaff! Ein roter Teppich? Zum Speicher? Na, warten's – da ist vor drei Jahren eine Wohnung ausgebaut worden. Aber wer da wohnt? Keine Ahnung. So ist des eben heut. Könnt einem Angst machen!»

«Gut», murmelte Laura und erhob sich langsam. Der Hund wandte kaum den Kopf, nur seine Augen folgten ihr. Das Grollen in seiner Kehle war kaum hörbar. «Bleiben Sie nur sitzen, ich finde schon allein hinaus.»

Anna-Maria Burger nickte. «Könnten Sie mir bitte die Decke geben, Frau Kommissarin. Die auf dem Sofa. Mir ist kalt, und ich schlaf vielleicht ein bisserl in meinem Sessel.»

Laura griff nach der flauschigen Decke, das Knurren des Hundes wurde lauter.

«Ein seltsamer Hund», sagte Laura. «Sie haben noch nicht einmal seinen Namen gesagt.»

«Izmir heißt er. Weil er ein Straßenköter aus Izmir ist. Meine Enkelin hat ihn mir mitgebracht. Weil ich beinah g'storben wär, wie mein letzter Hund g'storben ist.»

«Ah», erwiderte Laura. «Wie lange haben Sie ihn schon?»

«Neun Jahre. Am Anfang hat er jeden angeknurrt, der wie ein Türke aussah! Jetzt geht's allmählich.»

«Rassist?»

Die alte Frau lachte heiser, hustete wieder.

«Ich nehme an, dass ich mindestens noch einmal mit Ihnen sprechen muss, Frau Burger. Aber ich danke Ihnen jetzt schon für Ihre Hilfe und Aufmerksamkeit – und Izmir natürlich auch.»

«Jaja, schon gut. Ist eine Schand, was da passiert ist. Ich ... wollt mich auch amal umbringen. Ist schon lang her. Bin froh, dass ich's nicht gemacht hab. Ist noch eine Menge gekommen, was schön war ...»

Laura nickte ihr zu, blieb noch einmal stehen.

«Was bedeutet eigentlich das E. vor Ihrem Namen auf dem Türschild?»

«Erich», antwortete Anna-Maria Burger. «Erich war mein Mann. Ist vor 27 Jahren gestorben. Herzinfarkt. Meine Tochter sagt immer, dass ich das Schild auswechseln soll. Aber ich mag nicht!»

Laura lächelte, ging dann leise zur Tür. Izmir, der Hund, rührte sich nicht.

IZMIR, DACHTE Laura Gottberg, während sie die 89 Stufen zu ihrer eigenen Wohnung hinaufstieg. Sie hielt eine Papiertüte mit frischen Semmeln im Arm. Ihre Nachbarn im vierten Stock stammten aus Izmir. Familie Özmer.

Der Handlauf des Treppengeländers fühlte sich an wie der, den sie eine Stunde zuvor gespürt hatte. Seidiges Lindenholz. Laura zog die Hand zurück und steckte ihre Nase in die Semmeltüte. Doch auch der warme köstliche Duft des Gebäcks konnte die Erschütterung nicht vertreiben, die seit dem Anblick der Toten in ihr nachklang. Unwillkürlich ging sie schneller, wollte sehen, dass ihre Tochter Sofia da war, dass sie wohlauf war.

Als sie die Wohnungstür aufschloss, trat ihr türkischer Nachbar ins Treppenhaus, grüßte laut und so gespielt überrascht, dass Laura sich gereizt zu ihm umdrehte. Er machte das öfter, schien auf sie zu warten, als lausche er hinter der Tür auf ihre Schritte. Und er hatte immer ein Anliegen … die Aufenthaltsgenehmigung, die Steuererklärung, die illegal eingereiste Schwiegertochter, die defekte Ölheizung oder irgendwas, das er sich ausleihen wollte.

Laura mochte die weiblichen Mitglieder seiner Familie, er hingegen ging ihr auf die Nerven. Anscheinend reihte er sie als Frau in das Dienstleistungspersonal ein, das offensichtlich seine Frau, die Töchter und die Schwiegertochter für ihn darstellten. Und obwohl sie immerhin Hauptkommissarin der Kripo war, nannte er sie beim Vornamen und duzte sie. Vermutlich lag das eher an seinen rudimentären Deutschkenntnissen und daran, dass er selbst auch stets geduzt wurde – ein Verhalten vieler Deutscher gegenüber Ausländern, das Laura verabscheute. Trotzdem hatte sie immer wieder das Gefühl, als entkleide er sie ebenfalls eines Teils ihrer Würde, wenn er wie jetzt mit diesem breiten Grinsen auf sie zukam und sagte: «Du Laura, kommen früh. Du Leiter?»

Es war halb sieben Uhr morgens. Wie kam er auf die Idee, sie um halb sieben Uhr morgens nach einer Leiter zu fragen? So, als hätte er die ganze Nacht darauf gewartet.

«Was?», entgegnete sie erstaunt.

«Lampe kaputt oben!» Er lächelte breit, wies mit einer Hand zur Decke, rieb mit der andern seine Glatze, und Laura fiel wieder einmal auf, dass er sehr große Hände hatte. Sie starrte auf diese Hände, und ihr fiel plötzlich ein, was seine Frau Safira gesagt hatte, als Lauras Ehemann Ronald vor drei Jahren auszog. «Vielleicht besser. Dann Ruhe in der Nacht. Endlich schlafen!» Laura hatte erst nicht begriffen, was Safira meinte. War dann ganz verwirrt gewesen ob dieser Offenheit einer türkischen Frau gegenüber ihrer deutschen Nachbarin. Safira sagte schließlich etwas über ihr eigenes Leben, über ihre eigenen Nächte aus.

«Du Leiter!» Es war mehr eine Aufforderung denn eine Frage, die sie aus ihren Gedanken riss.

«Später!», antwortete Laura. «Ich stell die Leiter vor Ihre Tür!» Sie schlüpfte in ihre Wohnung, schloss die Tür genau vor seiner Nase. Wartete eine Minute, doch er wagte nicht zu klingeln. Laura hörte, wie er in seine eigene Wohnung zurückkehrte, die Tür leise ins Schloss fallen ließ, schreckte zusammen, als ihr Sohn Luca unerwartet hinter ihr stand und ihr ins Ohr flüsterte: «Laura

Säge! Laura Zucker! Laura alles Scheiße!» Er brach in schallendes Gelächter aus. «Was wollte er denn diesmal, Mama?»

Laura musste nun ebenfalls lachen. «Eine Leiter wollte er! Wieso bist du denn schon auf, Luca?»

«Könnte ich dich auch fragen … Aber schön, dass du Semmeln mitgebracht hast!» Luca gähnte und reckte sich. Er trug nur ein T-Shirt und Boxershorts. «War's schlimm?» Er knipste das Licht im Flur an und betrachtete seine Mutter forschend.

«Ja», murmelte Laura. «War schlimm. Also, warum stehst du so früh auf?»

«Muss noch 'n bisschen Physik lernen. Nur zwanzig Minuten. Das reicht. Kurzzeitgedächtnis auffrischen!»

«Gut! Ich mach inzwischen Frühstück.»

Luca zwinkerte seiner Mutter zu und verschwand in seinem Zimmer.

Er wird bald siebzehn und gebärdet sich wie zwanzig, dachte Laura. Mir soll's recht sein.

Ganz vorsichtig schaute sie ins Zimmer ihrer Tochter, musste einfach sicher sein, dass sie da war. Sofia lag auf dem Bauch, das Gesicht in Kissen vergraben und ihr langes dunkles Haar ausgebreitet wie … Erschrocken schob Laura den Vergleich weg. Was auch immer dazu geführt hatte, dass diese junge Frau aus dem Fenster stürzte – sie, Laura, würde ihre eigene Tochter davor bewahren. Würde sie? Wäre sie dazu wirklich in der Lage? Sie wusste es nicht. War eigentlich ziemlich sicher, dass sie es nicht können würde. Wollte auch das nicht wissen. Machte einfach, was sie immer machte. Legte die frischen Semmeln in den Brotkorb, füllte den Schnellkocher mit Wasser, nahm die Butter aus dem Kühlschrank, damit sie weich wurde.

«ES IST wirklich sehr seltsam!», sagte Andreas Havel. Der Spezialist für Spurensicherung verzog sein jungenhaftes Gesicht so sehr, dass es wie zerknautscht wirkte. Er stand vor dem Fenster in Lauras Büro und schaute zu den Türmen des Frauendoms hinüber.

«Was ist seltsam?» Laura lehnte sich in ihrem Ledersessel zurück und verschränkte die Arme.

«Dass dieses Fenster so vollkommen makellos war. Wir haben wirklich jeden Millimeter untersucht. Es gibt keinen Fingerabdruck, keine Haare, keine Fasern, absolut nichts. Sie muss hinausgeschwebt sein. Auch am Boden, an der Wand, auf der Treppe – nichts!»

«Und was schließt du daraus?»

«Na, dass sie hinausgeschwebt ist, das sagte ich doch bereits!» Die Ironie in seiner Stimme war kaum wahrnehmbar.

«Was noch?» Laura passte ihren Ton dem seinen an.

Andreas Havel wandte sich langsam um und zwinkerte Laura zu. «Dass jemand geputzt hat – und zwar sehr sorgfältig.» Havel lebte schon seit sieben Jahren in Deutschland, doch sein tschechischer Akzent war noch immer deutlich hörbar. Laura hoffte, er würde ihn nie verlieren. Sie liebte diesen Singsang, der die deutsche Sprache so viel weicher machte, ja zu unverhoffter Neuentdeckung mancher Wörter führte.

«Geputzt», wiederholte Laura nachdenklich und so gedehnt wie ihr Kollege. «Zeit genug hätte dieser Jemand gehabt. Der Notarzt meinte, dass sie mindestens drei bis vier Stunden tot war, ehe die alte Frau Burger sie gefunden hat.»

«Bleibt uns nichts anderes, als auf das Ergebnis der Autopsie zu warten. Ich hab denen schon gesagt, dass sie vor allem auf äußere Spuren achten sollen.» Havel seufzte, lächelte dann unverhofft, irgendwie schief und ein bisschen verzweifelt. «Eine traurige Sache, nicht wahr! So ein schönes Mädchen.»

Laura dachte plötzlich, ob sie alle ebenso erschüttert wären, wenn das Mädchen hässlich gewesen wäre? Oder alt? Wenn an ihrer Stelle die alte Frau Burger auf den Pflastersteinen des Hinterhofs zerschellt wäre? Ein Routinefall wäre das vermutlich geworden. Klarer Fall von Altersdepression. Den Hund hätte man ins Tierheim gesteckt oder eingeschläfert. Und das ganze Leben davor hätte man nicht mehr angeschaut, weil es ja vorüber war.

«Was denkst du?» Andreas Havels Worte rissen Laura aus ihren Gedanken.

«Ich hab darüber nachgedacht, warum wir so traurig über diesen Tod sind … Ist doch ein Fall wie unzählige andere.»

Havel nickte. Er war dreißig, sah jedoch meistens wie Anfang zwanzig aus, besonders wenn er lächelte. Jetzt lächelte er. «Wahrscheinlich sterben wir bei jungen Menschen alle ein bisschen mit. Bei Kindern ist es noch schlimmer.»

Laura atmete tief ein, schob den Gedanken an ihre Tochter weg, der bei Havels Worten wieder in ihr aufgestiegen war. «Ja, wahrscheinlich ist es so», sagte sie leise. «Wir haben also nichts in der Hand.»

«Nein, nichts.»

Die gütige Seele, auf die Kommissar Peter Baumann den ganzen Tag gewartet hatte, meldete sich kurz vor Dienstschluss. Seine Befragungen der Bewohner des Schwabinger Hauses, in dessen Innenhof die Tote gefunden worden war, hatten ihn nicht sehr weit gebracht. Zumal er ohnehin nur die Hälfte der Leute erreicht hatte.

Es war ein Kollege in der Vermisstenabteilung des Münchner Polizeipräsidiums, der kurz nach fünf anrief und mutmaßte, dass er Baumann eine große Freude machen könne.

«Lange dunkle Haare, südländischer Typ, 1,68 m groß, Anfang zwanzig!», erwiderte Baumann.

«Genau!»

«Sag schon! Ich höre.»

«Eine Frau Dr. Denner hat vor fünf Minuten hier angerufen und gesagt, dass ihr Au-pair-Mädchen verschwunden sei. Seit gestern Nachmittag. Sie hätte heute Morgen die Kinder in die Schule und den Kindergarten bringen sollen, war aber nicht da. Hat auch die Nacht nicht in ihrem Zimmer verbracht. Das Mädchen hat sich bisher nicht gemeldet, und sie macht sich inzwischen große Sorgen.»

«Wie heißt das Mädchen?»

«Valeria Cabun. Eine Italienerin.»

«Was sagst du? Italienerin?»

«Ja ... ist das so ungewöhnlich?»

«Nein, nein ...» Kommissar Baumann waren die Worte seiner Vorgesetzten eingefallen, ihre Erschütterung angesichts der toten jungen Frau.

Zerstreut dankte Baumann seinem Kollegen, ließ sich die Adresse der Denners geben und machte sich auf den Weg in Laura Gottbergs Büro. Sie hatte sich erfolgreich geweigert, ein Großraumbüro mit ihm, der Sekretärin

Claudia und ein paar Kollegen der Mordkommission zu teilen. Hinter der Milchglasscheibe ihrer Tür brannte noch Licht.

Baumann klopfte.

«Ja?»

«Sieht so aus, als hätten wir sie identifiziert!», sagte er beim Eintreten.

«So?» Laura Gottberg nahm die Lesebrille ab, die sie auf der Nasenspitze trug. Offensichtlich hatte sie nicht genau zugehört, denn ihre Augen wirkten abwesend.

«Ich hasse diesen Papierkrieg!», sagte sie. «Ich kämpfe gerade mit der schriftlichen Stellungnahme zum Mord im Eurocity. Der Prozess fängt in zwei Wochen an, und ich hab erst die Hälfte geschafft. Der Staatsanwalt ruft jeden zweiten Tag an, und der Rechtsanwalt ist noch schlimmer.»

«Aber wir haben doch damals wie immer ein Protokoll gemacht.»

«Das hat ihnen nicht gereicht. Sie wollen mehr wissen. Offensichtlich haben sie irgendwie gemerkt, dass wir ein paar Sachen ausgelassen haben.»

«Kriegst du's hin?»

«Ich hoffe!» Vorsichtig massierte sie ihre Schläfen, fuhr dann auf. «Was! Schon fast halb sechs. Ich wollte heute früher gehen!» Laura klappte den Ordner zu, der vor ihr auf dem Schreibtisch lag, warf einen Blick in ihren Terminkalender, seufzte erleichtert und ließ sich in den Sessel zurücksinken. «Alles in Ordnung. Sofia und Luca werden nicht vor neun zu Hause sein. Er spielt Handball, sie hat Theatergruppe.»

«Also, wenn ich dir so Tag für Tag zusehe, dann muss ich mir gut überlegen, ob ich Kinder möchte!», murmelte Baumann. «Kannst du eigentlich irgendwann einfach nur an dich selbst denken? Also zum Beispiel: Was für ein wunderbarer Abend, die Sonne scheint. Ich treffe mich heute mit Freunden im Biergarten …?»

Laura Gottberg sah ihn nachdenklich an, faltete ihre Hände, legte das Kinn auf die Fingerspitzen und sagte: «Manchmal. Aber Kinder sind trotzdem besser als Biergarten, auch wenn du es nicht glaubst! Was willst du eigentlich?»

Baumann zuckte die Achseln. «Ich sagte es bereits. Könnte sein, dass wir die junge Frau identifiziert haben. Die von letzter Nacht.»

«Was?» Laura sprang auf.

«Ja! Und du hattest Recht, sie ist Italienerin. Vorausgesetzt, es handelt sich bei der Vermissten um die Person, die wir gefunden haben.»

«Sag mir, was du weißt, Peter.»

Kommissar Baumann runzelte die Stirn und wiederholte, was der Kollege vom Vermisstendezernat gesagt hatte.

«Hast du die Adresse dieser Leute?», fragte Laura.

Er nickte.

«Na, dann lass uns hinfahren.»

«Jetzt sofort? Reicht das nicht morgen früh? Ich meine, die junge Frau ist tot, und diese Frau Dr. Denner hat angeblich gesagt, dass ihr Au-pair bei einem Freund übernachten könnte … Man wüsste das nicht so genau. Vielleicht handelt es sich um eine ganz andere Person …»

«Sag mal, hast du sie noch alle? Vielleicht war das gar kein Selbstmord. Hast du nicht gehört, was Andreas rausgefunden hat?»

«Nein, ich war unterwegs, und er hat mir keinen Bericht auf den Schreibtisch gelegt.»

«Habt ihr Streit?»

«Was hat das mit dem Bericht zu tun?»

«Na, wenn ihr im Clinch liegt, klappt eure Zusammenarbeit immer ziemlich schlecht.»

Peter Baumann presste die Lippen zusammen, richtete die Augen zur Decke.

«Total genervt, was? Stimmt irgendwas nicht?» Laura musterte ihn prüfend.

«Ich hatte was vor, und das war mir wichtig. Aber in diesem Scheißjob kann man sich sein Privatleben abschminken, weil sich andauernd irgendwelche rücksichtsvollen Zeitgenossen gegenseitig umbringen oder aus dem Fenster stürzen.»

«Oh!», sagte Laura.

«Ja, oh!», wiederholte Baumann. «Lass uns fahren, worauf wartest du noch!»

Sie fuhren. Vielmehr Kommissar Baumann fuhr. Etwas zu schnell, etwas zu aggressiv, schaltete ruppig.

Ich sage nichts, dachte Laura. Ich sage nichts, ich sage nichts.

«Warum sagst du nichts?», fragte er nach einer Weile empört – während er schwungvoll in die Veterinärstraße einbog, die am Englischen Garten entlangführte.

«Weil Frühling ist!» Laura öffnete ihr Seitenfenster. «Hörst du, wie die Vögel singen?»

Baumann lachte. «Du hast Antworten drauf.»

«Was hast du erwartet?»

«Dass du mir den Autoschlüssel abnimmst oder damit drohst, an der nächsten Ampel auszusteigen. Wäre nicht das erste Mal, oder?»

«Klar. Aber ich habe keine Lust dazu.»

Peter Baumann fuhr langsamer, ließ ebenfalls sein Seitenfenster herab. Plötzlich fiel ihm auf, dass der Himmel über dem Park die Farbe von Himbeersirup hatte und die Luft, die jetzt ins Wageninnere strömte, jene kaum merkliche Süße in sich trug, die den Frühling ankündigte. Eine Süße, die einem irgendwie das Wasser im Mund zusammenlaufen ließ und Lust auf Leben machte. Er fuhr jetzt beinahe Schritttempo, dachte, dass er seine Verabredung nur ein paar Stunden nach hinten verschoben hatte, und freute sich plötzlich.

«Gut», lächelte Laura, die seine allmähliche Verwandlung beobachtet hatte. «Weißt du irgendwas über diese Dr. Denner?»

«Du bist hinterlistig», grinste Baumann zurück. «Es gibt zwei Dr. Denners, eine Frau und einen Mann. Sie heißt mit Vornamen Renata und ist Augenärztin. Er ist so eine Mischung aus Gynäkologe und Schönheitschirurg.»

«Wie hast du das so schnell rausgekriegt?»

«Blitzrecherche, während du auf dem Klo warst.»

«Noch was?»

«Liegt nichts gegen sie vor. Aber sie wohnen genau da, wo ich auch immer wohnen wollte. Werd ich aber nie!»

«Tja, so ist das», seufzte Laura. «Ich auch nicht!»

«Na, du hast gut reden. Dein Vater besitzt immerhin eine Eigentumswohnung direkt am Englischen Garten, und ich nehme an, dass er sie nicht dem Roten Kreuz vermachen wird.»

«Mann!», stöhnte Laura. «Hast du heut noch mehr auf Lager?»

Er lachte laut heraus. «Eine Frage noch: Wie bist du auf die Idee gekommen, dass die Tote Italienerin ist?»

Laura schaute zum Park hinüber. Die hohen Buchen waren noch kahl. Wieder kroch dieses seltsame Angstgefühl durch ihren Körper. «Ich wusste es einfach», murmelte sie. «Kann es nicht erklären.»

DAS HAUS der Denners lag in einer dieser verschwiegenen Schwabinger Sackgassen, in die sich selbst Einheimische selten verlaufen. Als Laura und Peter Baumann aus dem Wagen stiegen, schienen die Vögel noch lauter zu singen, und sie konnten sogar das leise Glucksen des Eisbachs hören, der offensichtlich die Gärten der Häuser begrenzte. Blühende Forsytienzweige hingen über die Mauern des Dennerschen Anwesens. Die Eingangspforte war hoch und verwehrte den Einblick in den Garten. Baumann drückte auf den Klingelknopf, und sie lauschten der klaren Stimme, die aus der Gegensprechanlage erklang.

«Sie wünschen?»

Baumann erklärte sein Anliegen, und es wurde sofort geöffnet.

Der Garten war sehr gepflegt, Tulpen und Krokusse standen bereits in voller Blüte. Mandelbäumchen säumten in ihrer rosaroten Pracht die Mauer. Auf den Treppenstufen wuchsen zwei hochstämmige Buchsbäume in teuren Terrakottakübeln, die Erde bedeckt mit Vergissmeinnicht. Diese wunderbare dekorative Ordnung wurde nur von einem roten Spielzeugauto gestört. Es lag auf der Seite und sah aus wie nach einem Unfall.

Dr. Renata Denner öffnete selbst die Tür. Das war Laura und Baumann augenblicklich klar, als ihnen die große schlanke Frau mit den glatt zurückgekämmten blonden Haaren gegenüberstand. Streng sah sie aus und gleichzeitig mädchenhaft, eine merkwürdige Mischung. Sie trug Perlenohrringe und eine Perlenkette, einen hellgrauen Hosenanzug mit Nadelstreifen. Ihr Gesicht war blass, die Haut um die Augen transparent, hellblaue Äderchen schimmerten durch. Angestrengte Augen. Die Mundwinkel neigten sich, obwohl sie höchstens Ende dreißig war. Jetzt lächelte sie. Doch die Mundwinkel hoben sich kaum.

Unglücklich, dachte Laura spontan. Kein blühendes Mandelbäumchen jedenfalls.

Sie stellten sich vor, schüttelten die weiße, etwas schlaffe Hand.

«Kommen Sie herein!» Ihre Stimme, weder hoch noch tief, war belegt. Jetzt räusperte sie sich. «Ich nehme an, dass sich die Sache von allein aufklären wird. Es ist mir fast peinlich, dass ich die Polizei angerufen habe. Bitte hier entlang!»

Mit wenigen Handbewegungen wies sie den Weg durch die geräumige Eingangsdiele. Italienische Fliesen am Boden, Palmen, Spiegel. Rostrote Wände. Dann ein riesiger Wohnraum, dessen Fenster den Blick auf die Bäume des Englischen Gartens freigaben. Wie eine schwarze Wand standen sie vor dem inzwischen dunkelroten Himmel.

«Bitte! Nehmen Sie doch Platz!» Die blassen Hände wiesen auf ein tiefes blaues Sofa. Als Laura sich setzte, fiel ihr Blick auf ein zweites Spielzeugauto. Seltsamerweise lag es ebenfalls auf der Seite, halb unter dem massiven Couchtisch verborgen. Laura beugte sich vor und hob es auf.

«Sie haben Kinder?», fragte sie, das kleine Auto auf der flachen Hand haltend.

Die Ärztin nickte, ließ sich auf der breiten Lehne eines Sessels nieder, blickte suchend umher. «Sie sind in dem Alter, wo sie dauernd irgendwas herumliegen lassen. Wenn man auf so ein Auto tritt, kann man ziemlich übel stürzen.»

«Wie alt sind Ihre Kinder?»

«Fünf und drei. Zwei Jungs.»

«Meine Freundin hat sich zwei Bänder gerissen, als sie auf dem Auto ihres kleinen Sohnes ausrutschte. Sie ging beinahe ein halbes Jahr auf Krücken», sagte Laura.

Baumann warf ihr einen erstaunten Seitenblick zu. Seine Vorgesetzte neigte nicht zur Geschwätzigkeit, deshalb fragte er sich, was sie mit dieser Geschichte bezweckte.

«Ja, so ein Bänderriss ist oft langwierig. Ich könnte mir so etwas nicht leisten. Wer sollte meine Praxis weiterführen …»

Laura nickte verständnisvoll.

«… deshalb erziehe ich unsere Au-pairs von Anfang an dazu, niemals Spielzeug herumliegen zu lassen. Tagsüber können die Kinder gern überall herumtoben, aber wenn mein Mann und ich nach Hause kommen, muss alles in Ordnung sein!» Die blassen Hände machten mit einer Bewegung unmissverständlich klar, dass es so zu sein hatte. Baumann und Laura starrten auf diese Hände, deren Fingerspitzen rosig waren. Renata Denner bemerkte es nicht, denn ihre Augen suchten noch immer den Boden nach möglichen Spielzeugfallen ab.

«Heute Abend ist es anders. Ich bin erst vor einer halben Stunde nach Hause gekommen. Valeria ist noch immer nicht da. Ich begreife das nicht. Bisher war sie recht zuverlässig, wir hatten gar keine Probleme mit ihr. Nur ein einziges Mal …»

«Was ist da passiert?», fragte Kommissar Baumann.

Jetzt wandte sich die Ärztin ihm zu, irgendwie nervös, peinlich berührt. Sie schnitt eine Grimasse, die offensichtlich ihre Worte harmlos erscheinen lassen sollte. «Ach nichts! Das ist mir nur so herausgerutscht.» Sie strich eine Haarsträhne zurück, die sich plötzlich gelöst hatte.

«Ist dieser Vorfall ein Geheimnis?», fragte Laura.

«Nein, nein, durchaus nicht. Oh, da kommt mein Mann. Er ist heute etwas früher zurück, wegen Valeria und all dieser Ungewissheit.»

In der Vorhalle fiel die Tür ins Schloss, Renata Denner entschuldigte sich, ging ihrem Mann entgegen. Laura aber fragte sich, warum die Ärztin noch immer nicht gefragt hatte, was mit Valeria geschehen sei. Nach der ersten, eher rhetorischen Frage hatte sie sich überallhin leiten lassen. Laura sah ihren Kollegen an. Der zog beide Augenbrauen hoch, Laura nickte.

«Genau das», sagte sie leise. «Bin gespannt auf diesen Ehemann!»

Als sie sich zur Eingangshalle wandte, war er schon da, ruckte an seiner Krawatte, während er auf das blaue Sofa zuging. Er war mittelgroß, hatte im Gegensatz zu seiner Frau welliges hellbraunes Haar, und sein Gesicht war grob geschnitten mit lediger Haut, die offensichtlich zu häufig der Sonne ausgesetzt war. Trotzdem sah er ziemlich gut aus – sehr männlich zumindest, fand Laura.

«Entschuldigen Sie», sagte er. «Ich bin ganz überrascht, die Polizei in meinem Haus zu finden. Kann ich Ihnen irgendwie helfen? Mein Name ist Denner, Dr. Christoph Denner.»

Und Laura fragte sich, warum er sich entschuldigte, warum er so überrascht tat und warum auch er nicht nach Valeria fragte. «Eigentlich sind wir hier, um Ihre Vermisstenanzeige zu bearbeiten», entgegnete Laura.

«Vermisstenanzeige?» Er runzelte die Stirn.

«Ich habe eine aufgegeben, weil Valeria auch am Nachmittag nicht aufgetaucht ist», warf Renata Denner ein.

«Ach so», murmelte er. «Verzeihen Sie, ich wusste das nicht. Komme gerade aus der Praxis!»

«Hat Ihre Frau denn nichts davon gesagt, dass sie eine Vermisstenmeldung gemacht hat? Sie sind doch deshalb früher nach Hause gekommen, weil Ihr Au-pair-Mädchen verschwunden ist, oder?»

«Ich bin nach Hause gekommen, weil meine Frau mich darum gebeten hat. Sie hat mir nichts von einer Vermisstenmeldung erzählt.» Er lächelte plötzlich, legte einen Arm um die Schultern seiner Frau. Aber es passte nicht recht, fand Laura, und sie registrierte, wie sich die Ärztin versteifte, als wehrte sie diese Berührung ab. Und sie fragte sich, wie lange die beiden es durchhalten würden, nicht nach der Toten zu fragen, die Gewissheit hinauszuzögern. Deshalb beschloss sie, nachzuhaken, die seltsame Äußerung der Ärztin aufzugreifen.

«Sie sagten vorhin, Sie hätten einmal ein Problem mit Ihrem Au-pair-Mädchen gehabt. Was war das?»

Dr. Denner runzelte die Stirn und warf seiner Frau einen irritierten Blick zu. Sie senkte den Kopf, knetete ihre blassen Hände.

«Nun ja, es ging um ihren Umgang: Valeria hatte schwarze Freunde. Ich meine Männer mit schwarzer Hautfarbe. Afrikaner. Als sie einen von ihnen sogar hierher gebracht hat, habe ich das natürlich sofort verboten … schon der Kinder wegen!»

Laura und Baumann erwiderten nichts. Saßen da und warteten. Eine Minute lang war es still im Raum. Nur von ganz weit weg konnte man Kinderstimmen hören, und die Vögel im Garten sangen noch immer, obwohl es beinahe dunkel war.

Endlich stieß Dr. Denner ein Seufzen aus, löste den Arm von den Schultern seiner Frau und stützte beide Hände auf die Rückenlehne eines Sessels.

«Es ist inzwischen allgemein bekannt, dass Aids besonders unter den Schwarzen verbreitet ist. Wir haben Valeria ausdrücklich gewarnt. Auch vor den kulturellen Unterschieden. Wir hatten schon vier verschiedene Au-pairs, aber noch nie derartige Schwierigkeiten. Ich meine, die Mädchen sollten versuchen, Deutsch zu lernen, und alles Übrige ruhen lassen, wenn Sie wissen, was ich meine.»

Baumann nickte ernst. «Durchaus», sagte er. «Da scheint es aber ein hormonelles Problem zu geben. Sind Sie nicht Arzt?»

«Ja», erwiderte Denner ungeduldig. «Wissen Sie, wir haben keine Zeit, uns um den Lebenswandel unserer Au-pairs zu kümmern. Wir bezahlen sie gut, damit sie sich um unsere Kinder und den Haushalt kümmern.»

Laura hatte genug. Sie zog die Fotos der Toten aus ihrer Tasche und hielt sie den Denners unter die Nase.

«Kennen Sie diese junge Frau?» Renata Denner wurde noch blasser, ihr Mann zuckte zusammen. «Mein Gott!», flüsterten sie gleichzeitig.

Wieder warteten Laura und Baumann, doch diesmal kam nichts von den Denners. Sie standen wie erstarrt. Endlich räusperte sich Baumann.

«Es handelt sich bei der jungen Frau auf den Fotos offensichtlich um Ihr Au-pair-Mädchen. Stimmt das?»

Dr. Denner nickte.

«Ihr Name ist Valeria Cabun?»

Wieder Nicken.

«Wann haben Sie die junge Frau zuletzt gesehen?»

«Gestern am späten Nachmittag. Sie hatte den Abend

frei. Als ich nach Hause kam, hat sie sofort das Haus verlassen.» Die blassen Hände falteten sich flehentlich.

«Hat sie gesagt, mit wem sie sich treffen wollte?»

«Nein, Valeria sagte mir nie etwas. Seit ich ihr verboten habe, einen Schwarzen mitzubringen …»

«Gab es Spannungen zwischen Ihnen und dem Mädchen?», fragte Laura.

«Nicht direkt. Aber ich glaube, sie mochte mich nicht. Sie hat mich manchmal so komisch angesehen. Wo haben Sie sie gefunden?»

Laura nahm das Spielzeugauto wieder in die Hand, das sie vor einer Weile auf den Couchtisch gestellt hatte. «Im Hinterhof eines Mietshauses. Nicht sehr weit von hier. Sie hat sich vermutlich aus dem Fenster im vierten Stock gestürzt.»

«Sie hat Selbstmord begangen?» Ungläubig und mit aufgerissenen Augen starrte Renata Denner Laura an.

«Es sieht so aus.»

«Aber warum? Das passt nicht zu ihr. Sie hat mit den Kindern viel gelacht, sie war …»

Dr. Denner legte eine Hand auf ihren Arm. «Wenn jemand lacht, bedeutet das noch lange nicht, dass er keinen Selbstmord verübt. Wir kannten sie doch kaum. Sie war gerade mal drei Monate bei uns.» Er sprach eindringlich auf seine Frau ein, als wollte er sie von Valerias Selbstmord überzeugen.

«Vielleicht war sie schwanger», sagte die Ärztin leise. «Diese Schwarzen passen nicht auf. Das hört man immer wieder. Sie wird schwanger gewesen sein. Man weiß ja, wie italienische Familien auf so etwas reagieren. Und dann noch von einem Schwarzen.»

«Haben Sie eigentlich noch mehr Vorurteile auf Lager?» Laura stand auf und ging zur Fensterfront hinüber, versuchte ihren Ärger unter Kontrolle zu bringen, indem sie in den dunklen Garten schaute.

«Hören Sie, meine Frau steht unter Schock, und sie hat, das müssen Sie zugeben, mit ihren Vermutungen nicht völlig Unrecht. Diese Valeria war nicht unbedingt eine große Hilfe für meine Frau, wir hatten Zweifel an ihrer Zuverlässigkeit …»

«Kam sie mit den Kindern zurecht?», unterbrach Laura Denners Verteidigungsrede.

«Ja», murmelte seine Frau. «Die Kinder mochten sie.»

«Wer passt eigentlich jetzt gerade auf Ihre Kinder auf?» Laura hielt noch immer das rote Spielzeugauto in der Hand.

«Meine Schwiegermutter. Sie hatte Gott sei Dank Zeit. Ich weiß noch gar nicht, wie es weitergehen soll, woher ich so schnell einen Ersatz für Valeria bekommen soll. Es ist eine wirkliche Katastrophe!» Renata Denner schien plötzlich den Tränen nahe zu sein.

«Wir würden gern das Zimmer der jungen Frau sehen. Ist das möglich?» Laura übersah den unerwarteten Gefühlsausbruch, befremdet von dem offensichtlichen Selbstmitleid der Ärztin. Irgendwie schien Valerias Tod vor allem eine Unannehmlichkeit zu sein, die den normalen Lebensablauf der Denners behinderte.

«Aber selbstverständlich», erwiderte Denner. «Ich werde sie hinbringen. Sie müssen meine Frau entschuldigen … Ihre Arbeit ist sehr anstrengend. Sie ist Spezialistin für Laser-Eingriffe am Auge. Das erfordert höchste Konzentration. Und dann noch die Kinder.»

«Natürlich!», sagte Laura ein wenig zu laut.

Er verstummte, runzelte die Stirn. «Hören Sie …», begann er.

Doch wieder ließ Laura ihn nicht ausreden. «Es geht hier nicht so sehr um Ihre Probleme, Herr Dr. Denner», sagte sie. «Es geht um den ungeklärten Tod einer jungen Frau, die in Ihrer Obhut war. Soweit ich informiert bin, sind Au-pair-Mädchen ein Teil der Familie und sollten wie Töchter behandelt werden. Wollen Sie selbst Valerias Familie benachrichtigen, oder sollen wir das übernehmen?»

Ein paar Sekunden lang verschlug es ihm die Sprache, während seine Frau kurz aufschluchzte und das Zimmer verließ.

«Hören Sie», stammelte er endlich, und Laura fiel auf, dass er seine Sätze häufig mit «Hören Sie» begann. «Ich empfinde Ihre Art als anmaßend und möchte Sie dazu auffordern, rücksichtsvoller mit meiner Frau umzugehen.»

Laura spürte, wie ihr Ärger wuchs und erneut ihrer Kontrolle entglitt. «Mich würde viel mehr interessieren, wie rücksichtsvoll Ihre Frau und Sie mit Valeria Cabun umgegangen sind!»

«Na, hören Sie mal! Was bilden Sie sich ein? Wir haben sie so behandelt wie alle unsere Au-pairs. Wir verlangen ordentliche Arbeit, und ansonsten mischen wir uns nicht ein.» Seine Stimme klang jetzt kalt – das Stammeln hatte er hinter sich gelassen.

«Gut», unterbrach Peter Baumann diese Auseinandersetzung. «Können wir jetzt bitte das Zimmer des Mädchens sehen?»

«Bitte!» Denner ging voraus, zurück in die Eingangshalle, nahm dann die breite Treppe in den Keller und drückte auf die Klinke der zweiten Tür rechts. Die Tür war verschlossen.

Wieder erschien er Laura unerwartet unsicher, fast erschrocken.

«Ich weiß nicht, warum die Tür verschlossen ist»,
sagte er leise. «Wahrscheinlich hat Valeria abgeschlossen.
Ich frage mich nur, warum? Wir schließen unsere Türen
nicht ab. Weder unser Schlafzimmer noch die Büros.»

«Hat Valeria ihre Tür öfter abgeschlossen?», fragte
Baumann.

«Ich weiß es nicht. Ich war noch nie in ihrem Zimmer.
Da müssen Sie meine Frau fragen.»

«Gibt es einen zweiten Schlüssel?» Baumann wippte
auf den Zehenspitzen und sah kurz auf seine Uhr. Beinahe acht! Er war für neun Uhr verabredet, und er würde
pünktlich sein!

Es gab keinen zweiten Schlüssel, obwohl Renata Denner
sicher war, dass irgendwann einmal einer existiert hatte.
Sie wusste auch nicht, ob Valeria ihr Zimmer jedes Mal
abgeschlossen hatte, wenn sie ausging.

«Ich schnüffle schließlich nicht hinter meinen Mädchen her!», erklärte sie spitz.

«Tja, das wär's dann wohl.» Denner schien erleichtert,
und in seiner Stimme lag ein Hauch von Schadenfreude.

«Nein! Das wär's noch nicht», erwiderte Peter Baumann und warf Laura einen Blick zu. «Es gibt eine relativ einfache Methode, verschlossene Türen zu öffnen.
Jedenfalls wenn sie so simple Schlösser haben wie diese
und außerdem noch nach innen aufgehen! Ich bin sicher,
Sie kennen die Methode …»

Der junge Kommissar machte zwei Schritte zurück,
drei schnelle nach vorn, Renata Denner schrie auf, doch
Baumann hatte sich bereits mit seiner rechten Schulter
gegen die Tür geworfen und fiel gerade mit ihr in Valerias Zimmer.

«Dürfen Sie das überhaupt?», fragte Denner, sich offensichtlich mühsam beherrschend. «Ich meine, das ist immerhin mein Haus, und was Sie hier machen, ist Sachbeschädigung.»

«Sie haben wohl immer noch nicht verstanden, dass es um den ungeklärten Tod einer jungen Frau geht. Wir müssen ihr Zimmer untersuchen. Obwohl es nach Selbstmord aussieht, könnte es sich trotzdem um ein Verbrechen handeln, Dr. Denner.»

Der Arzt starrte Laura an, die Lippen zusammengepresst, das Kinn nach vorn geschoben. Laura hielt seinem Blick stand, und während sie sich noch mit den Augen maßen, tönte Baumanns erstaunte Stimme aus dem Zimmer.

«Na so was», rief er. «Kommen Sie doch mal her, Frau Hauptkommissarin!»

Denner drängte sich vor, doch Laura hielt ihn am Arm zurück.

«Bitte bleiben Sie vor der Tür stehen», sagte sie beinahe freundlich. «Die Hauptkommissarin bin ich!»

Als sie hineinging, folgte er wortlos. Sie aber drehte sich um und wies ihn hinaus, ebenfalls wortlos. Er ging, blieb aber in der Tür stehen und ließ seinen Blick durch den Raum wandern.

Laura sah sofort, was Baumann ihr zeigen wollte. Offensichtlich hatte jemand das Zimmer durchwühlt, jedenfalls den kleinen Schreibtisch und das schmale Bücherregal. Ein paar Bücher lagen auf dem Boden. Die Schubladen des Schreibtischs waren herausgezogen. Laura ging zum Fenster, das ein wenig tiefer als der Garten lag, drückte leicht dagegen. Es war offen.

«Ruf die Spurensicherung an, Peter», sagte sie zu Baumann, wandte sich dann an die Denners. «Es tut mir

Leid, aber Sie werden noch ein Weilchen auf Ihren ruhigen Feierabend verzichten müssen.»

«Aber wer ... ich meine, wer sollte denn in dieses Haus eindringen? Wer kann das gewesen sein? Ich kann es einfach nicht fassen. Ich fühle mich nicht mehr sicher hier, und die Kinder sind auch nicht sicher – niemand ist mehr sicher!» Renata Denner sprach mit einer hohen, beinahe schrillen Stimme.

«Ganz ruhig, Liebling. Es ist noch gar nicht bewiesen, dass ein Fremder in diesem Zimmer war. Valeria selbst könnte etwas gesucht haben.»

«Natürlich», bestätigte Laura. «So könnte es gewesen sein. Allerdings ist das Fenster offen. Sagen Sie, Frau Dr. Denner, was haben Sie eigentlich gemacht, als Valeria heute Morgen nicht erschien?»

Renata Denner kreuzte ihre Arme und legte die Hände auf ihre eigenen Schultern, als wollte sie sich festhalten.

«Ich bin runtergegangen und habe an ihrer Tür geklopft. Aber sie hat nicht geantwortet. Ich war ziemlich sicher, dass sie letzte Nacht nicht nach Hause gekommen ist. Mein Schlaf ist sehr leicht, und ich höre jeden Schritt im Haus!»

Was für eine seltsame Frau, dachte Laura. «Und Sie sind nicht durch den Garten gegangen und haben von außen durch das Fenster geschaut?»

«Wieso sollte ich?» Die Ärztin schaute Hilfe suchend zu ihrem Mann.

«Weil Sie sich Sorgen um Valeria gemacht haben könnten. Weil Sie vielleicht dachten, dass sie krank sein könnte und Hilfe brauchte?»

Renata Denner schüttelte den Kopf. «Nein, nein. Valeria war kerngesund. Ich machte mir keine Sorgen um sie.»

«Aber später am Tag, da machten Sie sich Sorgen und riefen bei der Polizei an, nicht wahr?»

«Ja, später am Tag. Ich dachte halt zuerst … oh mein Gott, warum stellen Sie mir solche Fragen? Ich fange an, mich wie eine Verbrecherin zu fühlen!»

«Ich finde, Sie sollten jetzt Schluss machen! Es reicht! Frau … wie war Ihr Name?» Denners Stimme war eiskalt.

«Gottberg, Laura Gottberg. Aber ich bin noch nicht ganz fertig. Ich möchte wissen, warum Sie sich am Morgen keine Sorgen gemacht haben?»

Renata Denners blasse Hände flogen. «Ich dachte, dass sie bei diesem Schwarzen ist. Sie hat schon ein paar Mal bei ihm übernachtet …»

«Kam sie da auch zu spät?»

«Beinahe!», stieß die Ärztin hervor. «Sie kam gerade noch zurecht zum Frühstück der Kinder.»

«Wissen Sie, wie Valerias Freund heißt oder wo er wohnt?»

«Nein!»

«Haben Sie eine Ahnung, wer es wissen könnte?»

«Nein!»

«Wissen Sie, welche Sprachenschule Valeria besucht hat?»

«So ein privates Institut hier in der Nähe. In der Kaulbachstraße. Es heißt Bellingua.»

Auf der Treppe waren plötzlich hüpfende Schritte zu hören, dann drängte sich ein kleiner Junge an seine Mutter, verbarg sich halb hinter ihr und schaute neugierig auf die Fremden.

«Hallo, wer bist denn du?», fragte Laura und lächelte dem Kleinen zu. Er hatte die welligen Haare seines Vaters und riesige Augen mit langen Wimpern.

«Das ist mein Sohn, Marcel!» Denner streckte die Hand nach dem Kind aus. «Marcel, geh in dein Zimmer!»

Marcel schüttelte den Kopf. «Wo is Vali?», fragte er.

«Sie ist nicht da!», flüsterte Renata Denner.

«Wo is sie denn?»

«In der Schule. Sie muss doch viel lernen!» Die Stimme seiner Mutter klang kraftlos.

«Wer is'n des?», fragte Marcel weiter und wies auf Laura.

«Eine Frau, die Valeria besuchen wollte …»

«Geh sofort in dein Zimmer, Marcel!» Dr. Denner packte seinen Sohn am Kragen und schob ihn die Treppe hinauf.

«Ich will aber nich, will nich, will nich!», brüllte Marcel. «Ich will zu Vali! Vali! Vali!»

Die Tür fiel zu, das Schreien des Kleinen wurde leiser, entfernte sich, verstummte.

«Entschuldigen Sie», flüsterte Renata Denner. «Er ist ein sehr lebhafter Junge, sehr eigensinnig! Braucht manchmal eine starke Hand.»

ES WAR halb zehn, als Laura endlich nach Hause kam. Sie fand ihre beiden Kinder Pizza essend in der Küche, laute Musik hörend und sich laut unterhaltend, winkte ihnen zu, während sie ihre Jacke auszog. Es roch sehr kräftig nach Knoblauch.

«Wir haben dir 'ne halbe Spinatpizza aufgehoben!», rief Sofia. «Hast du Hunger?»

«Ja, ich habe Hunger!», schrie Laura zurück, mühsam die Musik übertönend. «Bin gleich da, muss nur schnell Hände waschen.»

Im Badezimmer kühlte sie ihr Gesicht mit Wasser, betrachtete sich dann prüfend im Spiegel, war zufrieden mit sich, denn trotz des anstrengenden Tages sah sie nicht besonders müde aus. Die Auseinandersetzung mit den Denners hatte sie in Schwung gebracht. Falls diese unangenehmen Zeitgenossen Valeria Cabun in den Selbstmord getrieben hatten, würde sie es herausfinden. Und sie würde einen Weg finden, die beiden zur Verantwortung zu ziehen.

Laura bürstete ihr Haar, ordnete dann mit allen zehn Fingern die Locken, schaute sich dabei selbst in die Augen. «Manchmal bist du rachsüchtig, nicht wahr? Woher hast du das nur?», sagte sie zu ihrem Spiegelbild. «Na, das weißt du doch ganz genau», gab sie sich selbst die Antwort, «von deinem Vater, diesem Sinnbild des Rächers der Enterbten! Den du schon wieder seit vier Tagen nicht besucht hast – immerhin hat er in dieser Zeit mindestens zehnmal angerufen!» Sie zwinkerte sich zu und knipste das Licht aus. Aber heute hat er noch nicht angerufen, dachte sie. Weshalb hat er heute noch nicht angerufen?

Die Musik in der Küche war wirklich ungeheuer laut, und es war Musik, die Laura nicht besonders leiden konnte. Irgendein monotoner Hip-Hop.

«Hallo», rief sie, um den Lärm zu übertönen. «Wäre es möglich, die Musik etwas leiser zu machen?»

Sofia und Luca sahen sie erstaunt an, als bemerkten sie erst jetzt, dass sie überhaupt Musik hörten, und Laura kam sich wie ein Eindringling vor.

«Tut mir Leid, meine Lieben, aber ich hatte einen ziemlich langen Tag, und ein bisschen Ruhe beim Essen wäre nicht schlecht», sagte sie. «Bin eben nicht mehr sechzehn.»

Luca stellte das Radio leiser und lachte. «Macht doch nichts, Mama. Bist auch so ganz in Ordnung!»

«Danke!» Laura ließ sich auf einen Stuhl fallen und schaute ihre Kinder erwartungsvoll an. «Also, wo sind die Pizza, der Salat, der Wein, das Wasser?»

«Kommt sofort», grinste Luca. Er öffnete die Herdklappe und legte eine halbe, etwas eingetrocknete Pizza auf Lauras Teller, betrachtete sie zweifelnd. «Meinst du, die kann man noch essen?»

«Klar», erwiderte Laura.

«Ich könnte dir auch ein Salamibrot machen …»

«Nett von dir, aber es geht wirklich!»

Luca schien noch nicht überzeugt, doch er setzte sich und schob Laura die Salatschüssel hin, während Sofia ihrer Mutter ein Glas Rotwein einschenkte.

«Danke, Sofi!» Laura beugte sich vor und drückte ihrer Tochter einen Kuss auf die Wange. «Wisst ihr eigentlich, dass es unheimlich schön ist, bei euch zu sitzen und zu wissen, dass es euch gut geht?»

«Stimmt irgendwas nicht? Ich meine, das ist doch eigentlich ganz normal, oder?», erwiderte Sofia und biss ein Stück von ihrer Pizza ab.

«Manchmal hab ich das Gefühl, es ist überhaupt nicht normal», murmelte Laura.

«Das liegt an deinem Beruf, Mama. Wenn man dauernd mit Mördern zu tun hat, dann denkt man am Ende, dass Mörder normal sind und die normalen Leute die Ausnahme», Luca grinste.

«Oh!», machte Laura und ließ ihre Pizza sinken. «Woher hast du denn diese Erkenntnis?»

«Hat doch eine gewisse Logik! Außerdem haben wir in Sozialkunde gerade eine interessante amerikanische Untersuchung durchgenommen. Dabei kam raus, dass Leute, die dauernd Krimis im Fernsehen sehen, viel mehr Angst vor Verbrechern haben als andere. Die fühlen sich ständig bedroht und trauen keinem mehr. Das ist wie Gehirnwäsche, wirklich!»

Laura trank einen winzigen Schluck Rotwein. «Ich kenne die Untersuchung. Und ich finde sie sehr überzeugend. Aber das bedeutet noch lange nicht, dass Polizeibeamte genauso reagieren.» Laura war so glücklich, bei ihren Kindern zu ein, dass sie Luca am liebsten umarmt hätte. Aber er hätte das nicht verstanden, es als mütterlichen Übergriff gedeutet. Er konnte ja nicht ahnen, wie sehr sie solche Diskussionen beim Abendessen liebte. Wie sehr sie ihn und Sofia liebte.

«Warum sollten Polizisten nicht so reagieren? Ich finde, dass die Wirklichkeit noch mehr Einfluss hat als das Fernsehen. Echte Verbrecher sind doch noch erschreckender als welche im Film!» Luca war ganz in seinem Element.

«Finde ich auch», sagte Sofia.

«Na ja, da muss ich Einspruch erheben. Ich finde, dass Verbrecher in Filmen oft viel erschreckender sind als in Wirklichkeit. Es gibt im wahren Leben nicht so viele Serienmörder und Geisteskranke wie in Filmen. Die meisten Mörder, die ich getroffen habe, sind irgendwie in die Tat reingerutscht, manchmal durch ganz blödsinnige Umstände.»

«Echt?» Sofia sah ihre Mutter zweifelnd an.

«Ja, echt! Ich denke, dass die meisten Menschen in sehr schwierigen Situationen zu Taten fähig sind, die sie sich nicht einmal selbst vorstellen können.»

Sofia starrte ihre Mutter an. «Glaubst du?»

«Glaub ich nicht nur, sondern weiß ich!»

«Ich auch?»

Laura unterdrückte ein Lächeln. «Du vermutlich auch. Aber das musst du selbst herausfinden, Sofia. Allerdings glaube ich nicht, dass du extrem gefährlich bist!»

Luca brach in Gelächter aus. Sofia drehte sich zornig zu ihm um. «Du bist manchmal richtig bescheuert!»

«Na hör mal …!»

«Das ist ganz typisch! Du nimmst mich überhaupt nicht ernst!» Röte stieg in Sofias Wangen, ihre Augen funkelten zornig.

«Darf ich euch unterbrechen», sagte Laura laut. «Ich möchte nämlich meine Pizza ohne Streit essen. Das war ein hervorragendes Beispiel, wie schnell Stimmungen umschlagen können und wie schnell jemand wütend werden kann. Könnt ihr euch vorstellen, dass manche Menschen andere so lange kränken, beleidigen, runtermachen, bis die völlig ausrasten?»

«Mann, das hat wirklich funktioniert, Mama!» Luca schob die angebissene Pizza auf seinem Teller herum.

«Na klar – es funktioniert fast immer, weil kaum jemand ein absolut eisernes Selbstbewusstsein hat. Und die mit dem geringsten Selbstbewusstsein werden meistens am schnellsten gewalttätig ... entweder gegen sich selbst oder gegen andere.»

Luca stand auf und warf den Rest seiner Pizza in den Müll. «War das 'n Schnellkurs in Kriminalistik?», fragte er, schnitt ein Stück Brot ab, nahm Salami und Butter aus dem Kühlschrank.

«Ich hatte es nicht vor», erwiderte Laura. «Ergab sich einfach so. War das schlecht?»

Luca schüttelte den Kopf.

«Ich fand's nicht gut», sagte Sofia und drehte eine Locke ihres langen Haars um einen Finger.

«Warum?» Laura nahm das verbrutzelte Pizzastück in die Hand. Sie hatte wirklich Hunger.

«Weil ... weil ich mir blöd vorkam. Weil ich so schnell wütend wurde. Luca weiß genau, welchen Knopf er drücken muss!»

«Mach den Knopf doch einfach dicht, Sofi!», warf Luca ein. «Ich drück ihn ja nur, weil er funktioniert. Wenn du nicht wütend wirst, dann drück ich nicht mehr, kapiert?»

Fasziniert beobachtete Laura die Auseinandersetzung ihrer Kinder, fragte sich, ob sie über den Punkt des Ärgers hinaus zur Verständigung finden würden.

«Du bist ein richtig fieser Typ. Du versuchst meinen schwachen Punkt rauszukriegen!»

«Machst du das denn nicht? Lachst du nicht, wenn ich mir die Haare färbe? Und deine Bemerkungen, wenn meine Freundin anruft! Drückst du dann nicht auf meinen Knopf?»

Sofia senkte den Kopf. Inzwischen hatte sie die Locke

so fest um ihren Finger gewickelt, dass dieser ganz weiß war, wie abgebunden. Laura wartete.

«Doch!», murmelte Sofia endlich. «Tut mir Leid.»

«Mir auch!», sagte Luca und steckte eine Scheibe Salami in seinen Mund.

Laura beobachtete die beiden noch immer, fand, dass es jetzt an der Zeit war, ihren eigenen Anteil an dieser Auseinandersetzung zu klären. «Eigentlich war es mein Satz, der Lucas Knopfdruck ausgelöst hat», sagte sie nachdenklich.

«Wieso?» Sofia runzelte die Stirn.

«Na ja, ich hab versucht, dir ein harmloses Bild deiner Gefährlichkeit zu geben. Und Luca hat gelacht, weil er sofort gemerkt hat, dass ich dich wie ein Kind behandele. Stimmt's Luca?»

«Ich hab's nicht böse gemeint. Ich konnte mir nur einfach nicht vorstellen, dass Sofi gefährlich sein könnte, und dann der Satz von dir … da musste ich lachen.»

«Genau! Und das bedeutet, dass wir beide Sofia nicht ernst genommen haben. Entschuldige, Sofi!»

Sofia schaute ein bisschen ratlos von Luca zu ihrer Mutter, lachte dann plötzlich und seufzte: «Meine Güte, ist das kompliziert!»

«Und du bist uns nicht mehr böse?», fragte Laura.

«Nein! War ja nur so 'ne Art Test!»

Laura lächelte ihrer Tochter zu und versuchte endlich die Pizza. Es bröselte zwischen ihren Zähnen, und sie hatte den unangenehm metallischen Geschmack von zu lange erhitztem Spinat auf der Zunge. «Ich glaube, ich nehm auch ein Salamibrot!», murmelte sie.

«Hab ich es mir doch gedacht», sagte Luca, während er ein Brot für sie abschnitt. «Übrigens: Da waren wahnsinnig viele Anrufe für dich auf dem Anrufbeantworter.

Zweimal dein Chef, fünfmal Großvater und der Italiener, der öfter anruft!»

«Ach, du lieber Himmel!», lachte Laura. «Ich hatte den ganzen Tag mein Handy abgeschaltet, und bis auf eine Stunde im Büro war ich den ganzen Tag unterwegs. Deshalb hat mein Vater nicht angerufen! Und ich habe mir schon Sorgen gemacht!»

«Opa ist okay! Ich hab mit ihm geredet.» Sofia sah ihre Mutter an. «Kannst du mir mal sagen, wer dieser Angelo ist? Der hat hier schon ziemlich oft angerufen. Ist das ein Verwandter oder so was?»

«Er ist ein Kollege!», antwortete Laura leichthin. «Ein Freund und Kollege», fügte sie hinzu und nahm sich fest vor, ihren Kindern endlich von Angelo Guerrini zu erzählen, dem italienischen Commissario, den sie seit immerhin sechs Monaten liebte. Aber nicht an diesem Abend. Vielleicht morgen oder übermorgen. Jedenfalls irgendwann, wenn es sich ganz einfach ergab. So, wie gerade eben, aber gerade eben war nicht der richtige Zeitpunkt …

Feigling, dachte Laura. Jämmerlicher, erbärmlicher Feigling! Biss in das Salamibrot und spürte, dass ihr Glücksgefühl einen Kratzer bekommen hatte.

Am nächsten Tag fuhr Laura sofort in die Gerichtsmedizin. Sie hatte schlecht geschlafen. Die ganze Nacht über kreisten ihre Gedanken abwechselnd um die tote Valeria Cabun und um ihre eigene Unfähigkeit, den Kindern zu gestehen, dass sie jemanden liebte.

Die Autopsie der jungen Frau hatte nicht Lauras vertrauter Kollege Dr. Reiss durchgeführt, sondern ein junger Arzt, den sie noch nie zuvor gesehen hatte.

«Malic!», stellte er sich vor und schüttelte lange Lauras Hand. «Jonas Malic. Ich bin noch in der Probezeit. Sie können mich Jonas nennen!»

«Gern», antwortete Laura ein wenig verwirrt. «Ich heiße Laura. Haben Sie schon Ergebnisse im Fall Cabun?»

Malic nickte, ging schnell vor Laura her in den Autopsieraum. Zögernd folgte sie ihm. Diesen Raum besuchte Laura so selten wie nur möglich, wusste, dass sie niemals Rechtsmedizinerin sein könnte, niemals die Leiber der Toten aufschneiden, sich täglich den Gerüchen des Todes aussetzen könnte, Lebern, Herzen, Gedärme, Gehirne begutachtend, das Zerstörungswerk von Messern, Kugeln, Gift, Schlägen und Stürzen analysierend.

Malic war vor einem der drei Operationstische stehen geblieben. Unter dem grünen Laken zeichneten sich deutlich die Umrisse eines Menschen ab. Der junge Arzt kniff die Lippen zusammen und zuckte ratlos mit den Schultern, dann wies er auf die anderen Tische. Auch dort lagen Leiber unter grünen Tüchern. «Viel zu tun», murmelte er. «Das da ist eine Schlägerei und das eine Wasserleiche. Dr. Reiss kommt gleich. Er übernimmt die Wasserleiche. Zum Glück, denn das sind die schlimmsten!» Er versuchte ein Lächeln und rieb sein rechtes Ohr. Sein Haar war sehr dunkel, seine Augen beinahe schwarz.

«Ja», murmelte Laura, «das kann ich mir vorstellen.»

«Sie quellen auf, müssen Sie wissen. Aber wem sage ich das, Sie sind ja länger im Geschäft als ich!»

«Ich hatte zum Glück nur selten mit Wasserleichen zu tun.»

«Soll ich sie Ihnen zeigen?» Er machte einen Schritt

auf den rechten Tisch zu, streckte die Hand nach dem grünen Laken aus.

«Nein!» Lauras Stimme klang plötzlich sehr laut und bestimmt. «Ich möchte von Ihnen nur wissen, was Sie über die Todesursache von Valeria Cabun herausgefunden haben.»

«Also dann!» Er wandte sich um, zog entschlossen das Tuch vom Körper der jungen Frau, und obwohl Laura wusste, dass Valeria gleich vor ihr liegen würde, empfand sie wieder diesen ziehenden Schmerz, der spinnenfingrig über ihren Rücken lief. Und sie musste ihre spontane Empfindung von der Professionalität trennen, musste sich daran erinnern, dass die Obduktion notwendig war, um ein Verbrechen auszuschließen, fand es trotzdem empörend, den Körper der jungen Frau so schutzlos und ausgesetzt vor sich zu sehen. Unglaublich weiß, Porzellanhaut, an einigen Stellen bläulich verfärbt oder blutunterlaufen, die Arme noch immer wie ausgekugelte Puppenarme, die Beine starr ausgestreckt, der Kopf zur Seite geneigt. Nur das wilde lange Haar schien noch lebendig, glänzte und kringelte sich um ihren Nacken, hing vom Tisch herab. Dieser rote Schnitt von der Brust bis zum Ansatz der Schamhaare … Laura schloss die Augen.

«Tja», Malic streifte sich Latexhandschuhe über. «Es ist wirklich schade um sie. Ist mir nicht leicht gefallen, die Autopsie an ihr durchzuführen. Ich hätte sie …», er hüstelte ein bisschen verlegen, «… hätte sie lieber gesund gemacht.»

«Ja, ich auch», flüsterte Laura. «Aber lassen Sie uns mal die Liste durchgehen.»

Der junge Gerichtsmediziner nickte, räusperte sich, legte seine Hand auf Valerias Kopf. «Schädelfraktur

links, Mehrfachbrüche der Wirbelsäule, rechter Arm aus-
gekugelt.» Seine Hand im Latexüberzug bewegte sich
langsam an Valerias Körper nach unten, zeigte auf die ent-
sprechenden Stellen. Laura starrte auf diese Hand, die
seltsam künstlich aussah.

«Entschuldigen Sie», unterbrach sie den Arzt. «Ich
brauche jetzt nicht alle Details. Das wird ohnehin alles in
Ihrem Bericht stehen. Aber es gibt ein paar Fragen, die
mir wichtig sind und die Sie vielleicht beantworten können.» Sie sah ihm an, dass er gern weitergemacht hätte,
um seine Kompetenz zu zeigen, sie zu beeindrucken.
Ein Zug des Bedauerns lag plötzlich um seine Mundwinkel, und die Hand verharrte auf Valerias Bauch – irgendwie unbewusst, denn kurz darauf zog er sie blitzschnell
weg, verschränkte die Arme.

«Ja, natürlich», sagte er. «Dazu bin ich ja da. Ich
meine, um Ihre Fragen zu beantworten.»

«Gut. Gibt es irgendeinen Hinweis darauf, dass eine
der Verletzungen nicht vom Sturz aus dem Fenster
stammt?»

«Das ist schwer festzustellen. Sie hat natürlich jede
Menge Prellungen und Blutergüsse, aber bei einem so
heftigen Aufprall ist das nicht erstaunlich. Und besonders auffällige Male wie Fingerabdrücke oder Würge-
male konnte ich nicht finden.»

Laura nickte. «Hatte Sie kurz vor ihrem Tod Ge-
schlechtsverkehr?»

Malic schüttelte den Kopf.

«Sicher?»

«Ganz sicher!»

«War sie schwanger?»

«Nein.»

«Dann danke ich Ihnen, Jonas. Auf gute Zusammenarbeit. Wie kamen Sie eigentlich auf die Idee, Rechtsmediziner zu werden?»

Er zuckte mit den Schultern. «Ich wollte als Kind immer Kriminalkommissar werden ...»

«Na, dann viel Erfolg!» Laura nickte ihm zu, übersah seine Bemühungen, den Latexhandschuh abzustreifen, um ihr die Hand zu schütteln. Als sie langsam die Stufen vor dem Gebäude hinabging, dachte sie, dass bei aller Berechtigung und Notwendigkeit Autopsien sehr nahe an Leichenfledderei grenzten.

Selbstmord, dachte Laura. Vielleicht war es wirklich Selbstmord. Immerhin bringen sich mehr Leute um als ermordet werden. Sie hatte die Meldung vom Tod der Valeria Cabun an die italienischen Kollegen weitergegeben. Noch heute würden zwei Carabinieri vor der Tür der Familie Cabun in Riomaggiore stehen und die Nachricht überbringen. Laura schob den Gedanken daran weg. Aber er kam immer wieder, nistete sich in ihrem Hinterkopf ein. Die Spurensicherung hatte keine fremden Fingerabdrücke in Valerias Zimmer gefunden. Vielleicht hatte sie selbst in aller Eile etwas gesucht, eine paar Dinge eingepackt. Es schien auch niemand durch das angelehnte Fenster eingestiegen zu sein. Aber vielleicht hatte die Person Valerias Schlüssel gehabt, denn bei ihr war nichts gefunden worden. Es hatte keinen Sinn in diesem Augenblick darüber nachzudenken.

Laura Gottberg saß vor ihrem PC und versuchte die Fragen des Staatsanwalts zu beantworten, der Ankläger im Prozess um den Mord im Eurocity war. Sie musste höllisch aufpassen, dem Protokoll nicht zu widersprechen, das sie vor ein paar Monaten angefertigt hatte. Baumann würde den Text später gegenlesen. Und dann mussten sie ihn beide nochmal durchgehen, um ganz sicher zu sein.

Laura biss die Zähne zusammen und tippte weiter. Dezernatsleiter Becker war an diesem Morgen sogar persönlich in ihr Büro gekommen, um sich nach der Beantwortung der Fragen zu erkundigen. Er war besorgt, schien dunkle Ahnungen zu haben. Doch Laura und Baumann gaben ihm nicht den geringsten Hinweis, an dem er sich festhalten konnte. Am plötzlichen Verschwinden von Verdächtigen und Zeugen hatten Laura und ihr junger Kollege selbstverständlich keinerlei Anteil.

Es war anstrengend und ein bisschen riskant, trotzdem ganz amüsant, den Kriminaloberrat so unsicher tapsend zu erleben.

Mittags ließ Laura sich von der Dezernatsekretärin Claudia nur ein Sandwich aus der Kantine mitbringen, trank Mineralwasser dazu, schrieb weiter. Dachte an Valeria Cabun, ihre Familie, schob den Gedanken wieder weg. Dachte an ihre Tochter Sofia, an Luca, an Angelo Guerrini. Schob sie weg.

Gegen halb zwei rief Lauras Vater an.

«Ich habe gerade aus dem Fenster gesehen», sagte er mit seiner tiefen, leicht brüchigen Stimme.

«Vater, ich …», versuchte Laura ihn zu bremsen.

«Lass mich ausreden, Kind! Ich habe gesehen, dass es Frühling wird. Die Bäume sind hellgrün, an den Spitzen. Und da ist mir etwas eingefallen: Du hast mir irgendwann versprochen, dass du im Frühling mit mir nach Italien fahren wirst. Ich kann mich nicht erinnern, wann, aber ich weiß, dass es keine Einbildung von mir ist. Also, wann fahren wir?»

«Wir werden fahren! Aber nicht im April, sondern im Mai oder Anfang Juni, dann ist es wärmer, und alle Felder blühen in der Toskana. Wenn du mich jetzt weiterarbeiten lässt, Papa, dann fahren wir ganz sicher!»

«Was machst du denn gerade?»

«Fragen eines Staatsanwalts beantworten!»

«Ekelhaft! Das erinnert mich an meine Zeit als Anwalt. Ich hasste Protokolle und so was. Worum geht's denn?»

«Kann ich am Telefon nicht sagen!»

«Hören sie die Polizei auch schon ab? So weit ist es gekommen.»

«Ach, Vater! Niemand hört mich ab, aber das ist eine Telefonanlage, und da hängen viele dran. Außerdem ist es ein heikler Fall.»

Einen Augenblick blieb es still am andern Ende, dann räusperte sich Emilio Gottberg und sagte: «Wetten, dass es um Pier Paolo geht!»

«Vater, bitte …»

«Würde eine Menge darum geben, wenn ich wüsste, wo der Junge steckt. Eigentlich bin ich fast wütend auf ihn …»

«Klar. Hast auch allen Grund dazu. Vielleicht meldet er sich eines Tages bei dir.» Laura schloss kurz die Augen. Sie liebte ihren Vater, aber manchmal hatte sie das Gefühl, er entziehe ihr Energie. Dann dockte er bei ihr an und holte sich seine Zuwendung, ganz egal, ob sie die Kraft dazu hatte oder nicht.

«Vater, ich muss jetzt auflegen! Ich umarme dich! Brauchst du etwas? Ich komme morgen bei dir vorbei, wenn es nichts Dringendes gibt, dann lass uns dieses Gespräch beenden. Ich muss hier weitermachen!»

Stille.

«Bist du noch da, Vater?»

«Natürlich bin ich noch da! Es ist nur … heut hat diese seltsame Putzfrau hier gehaust. Sie redet so laut, dauernd von Dingen, die mich nicht interessieren! Und sie hört nicht auf!»

«Vater, wir besprechen das morgen! Wir suchen eine neue Putzfrau!»

Stille.

«Es geht nicht!»

«Wieso geht das nicht?» Laura unterdrückte mühsam ihren wachsenden Ärger.

«Weil eine ganze sibirische Großfamilie an ihr dranhängt!»

«Okay! An mir hängt eine Münchner Kleinfamilie! Bis morgen Vater, ich muss jetzt aufhören!»

«Ja, natürlich!»

«Ciao!»

«Ciao, Laura!»

Sie lauschte. Er legte tatsächlich auf.

Am Nachmittag hatte sie ihren Fragebogen geschafft, druckte den Text aus und wollte ihn Peter Baumann bringen.

«Der ist nach Schwabing gefahren. Er möchte noch einmal mit allen möglichen Leuten in dem Haus reden», erklärte die Sekretärin.

«Und warum teilt er mir das nicht mit?» Laura runzelte ungeduldig die Stirn. «Er macht in letzter Zeit dauernd Aktionen in eigener Regie!»

Claudia warf Laura einen prüfenden Blick zu, hob die Augenbrauen und erwiderte: «Hat er das nicht zufällig von dir?»

Laura und Claudia sahen sich an, unterdrückten beide ihr Lachen.

«Kommt er nochmal ins Präsidium?»

«Er hat es versprochen. Aber du kannst ihn ja anrufen.»

«Ich hab irgendwie keine Lust. Bitte ruf du ihn an und sag ihm, dass er unbedingt diesen Bericht abholen muss, den ich im Schweiße meines Angesichts endlich geschrieben habe. Er muss ihn noch heute Abend durcharbeiten.»

«Ich werd's ausrichten.» Claudia streckte die Hand nach der Mappe aus, die Laura unterm Arm trug.

«Sorg dafür, dass niemand außer Peter das hier in die Finger kriegt. Es ist noch nicht fertig und deshalb Geheimsache!» Laura fiel auf, dass Claudia müde aussah. «Geht's dir nicht gut?»

«Hab letzte Nacht kaum geschlafen! Meine Kleine ist krank. Sie hatte solche Ohrenschmerzen, dass nicht mal Zäpfchen geholfen haben.»

«Und wer ist jetzt bei ihr?», fragte Laura.

Claudia lächelte ein wenig schief und zog die Nase kraus.

«Der Vater natürlich. Ab und zu ist er ganz nützlich.»

Laura sah die Dezernatssekretärin nachdenklich an. Dass Claudia allein erziehende Mutter war, wusste sie, vergaß es aber manchmal, weil Claudia nur selten darüber sprach.

«Willst du nach Hause gehen? Peter kann sich den Bericht auch bei mir abholen. Ich möchte ihn nur nicht offen hier im Dezernat herumliegen lassen.»

«Lass nur! Ich bleibe bis sechs. Ich bin heute später gekommen und habe prompt einen Anschiss vom Chef gekriegt.»

Laura hob die Augen zur Decke. «Vergiss ihn doch! Dein Kind ist wichtiger als ein Anschiss von Becker!»

Ein trotziger Zug legte sich um Claudias Mund, sie schüttelte ihre kurzen hellbraunen Locken. «Ich will keine Extras, weil ich ein Kind habe! Weißt du, was dann passiert? Erst fühlen sich alle ganz toll und großzügig und so – aber dann wird's ihnen zu viel. Wieso ist die nie da, heißt es dann, auch wenn's gar nicht stimmt! Und irgendwann kommt's ganz dick: Mütter mit kleinen Kindern kann man eigentlich nicht einstellen. Die halten den ganzen Betrieb auf, die nützen es aus, dass sie kleine Kinder haben. Wollen das Geld, aber leisten nichts – und so weiter!» Claudia sprach leise und zornig vor sich hin, als gelte ihre Ansprache gar nicht Laura, sondern irgendeinem abwesenden Vorgesetzten.

«Hast ja Recht», murmelte Laura. «Becker hält mir meine Kinder auch bis heute vor. Dabei sind sie schon beinahe erwachsen. Aber du weißt hoffentlich, dass du auf mich und Baumann zählen kannst, falls es Schwierigkeiten gibt!»

«Danke, das ist nett! Der Chef hat schon ein paar Mal von einer Verschwörung der Alleinerziehenden und Junggesellen gesprochen. Deshalb weiß ich gar nicht, ob das so hilfreich ist!»

«Lass ihn doch reden. Du machst deine Arbeit richtig gut. Ich wette, dass er vor allem deshalb ab und zu auf dir rumhackt, weil du keinen Respekt gegenüber den Gesetzen der Hierarchie zeigst», lächelte Laura.

«Ach du lieber Gott! Mach's doch nicht noch komplizierter», stöhnte Claudia.

«Es geht nicht um kompliziert, sondern um klar», erwiderte Laura. «Wenn du ein armes hilfesuchendes verlassenes Hascherl wärst, dann könnte unser großzügiger

Chef seine schützende Hand über dir ausbreiten. Vielleicht würde er dich sogar zum Essen einladen und ein bisschen an dir herumtatschen. Dann dürftest du bestimmt jeden zweiten Tag zu spät kommen.»

«Du meinst also, ich mache alles falsch!?»

«Nein! Du machst alles goldrichtig», lachte Laura. «Deshalb mögen wir dich ja so! Und wenn du morgen einen freien Tag brauchst, dann nimm ihn dir, verdammt nochmal! Deine Kleine wird viel schneller gesund, wenn du Zeit für sie hast!»

Claudia senkte den Kopf. «Ich werd mir's überlegen», sagte sie leise. «Eigentlich stehen mir sogar noch freie Tage zu, ich meine solche für Pflege und so. Aber ich hab mich irgendwie nicht getraut, sie zu nehmen.»

«Wieso denn nicht?»

Claudia zuckte die Achseln und strich beinahe verlegen mit der flachen Hand über ihren Schreibtisch. «Du weißt doch, wie schnell man heute entlassen wird. Ich mag die Arbeit im Dezernat, und das Geld reicht für mich und Jule. Ich kann es mir nicht leisten, den Job zu riskieren!»

Laura antwortete nicht sofort, versuchte stattdessen herauszufinden, wann Claudia sich verändert hatte, wann sie vorsichtiger geworden war. Vor einem Jahr hätte die Sekretärin so etwas nicht gesagt. Sie war stets kämpferisch gewesen, wusste genau um ihre Rechte – erfüllte allerdings auch ihre Pflichten. Und sie ließ sich nicht herumkommandieren – hatte Kriminaloberrat Becker immer wieder Grenzen gesetzt.

«Seit wann hast du Angst, Claudia?», fragte Laura endlich.

Die junge Frau atmete tief ein, schluckte. «Es ist keine richtige Angst. Mehr so ein Gefühl, auf Glatteis zu gehen. Weißt du, zwei meiner besten Freundinnen sind in den letzten Monaten arbeitslos geworden. Die eine hat auch ein Kind. Ich kann hautnah miterleben, wie das abläuft. Da will ich nicht hin, verstehst du! Nicht für mein Kind und nicht für mich!»

«Aber es geht dir nicht gut dabei, nicht wahr?», erwiderte Laura.

Claudia schüttelte wieder den Kopf, legte eine Hand über ihr Gesicht, als versuche sie, ihre Gefühle zu verstecken. «Nein, es geht mir verdammt nicht gut! Aber ich schaff es wenigstens, mein Gesicht zu wahren! Ich mache den Job, so gut ich ihn machen kann! Aber mehr ist nicht! Das mit Essengehen und Antatschen läuft bei mir nicht!»

«Hat er's versucht?»

«Ich möcht nicht drüber reden!»

«Na ja, dann ist alles klar. Er hat's versucht, du hast abgelehnt – alles im Rahmen des normalen menschlichen Umgangs. Macht er dir seither das Leben schwer?» Laura versuchte, sachlich zu bleiben, keine Tragödie zu inszenieren. Ihr fielen die Worte ihres Vaters ein, der irgendwann vor ein, zwei Jahren versucht hatte, ihr den Seelenzustand eines Mannes in den Endfünfzigern zu erklären. Es ging damals um einen Mann, der eine junge Frau erwürgt hatte, weil sie sich über ihn lustig gemacht hatte. Er war Abteilungsleiter einer angesehenen Firma gewesen, sie seine Sekretärin.

«Das sind Männer», hatte der alte Gottberg gesagt, «die kurz davor stehen, alt zu werden. Das macht ihnen Angst, totale Panik. Sie schauen ihre alternden Ehefrauen an, ihre Söhne und Töchter, die voll im Saft stehen, dann sich selbst! Das Ergebnis ist das blanke Grauen. Heilen kann diese Wunde nur eine junge Frau, dieses wunderbare Gefühl eine Reaktion zu bekommen, wieder Begehren zu spüren. Wenn solche dringenden verzweifelten Bedürfnisse kein Echo finden, kann das gefährlich werden. Der alternde Mann kämpft um sich selbst. Er muss die Liebe der jungen Frau erobern, sonst ist es aus mit ihm!»

«Mein Gott, bist du immer so dramatisch?», hatte Laura geantwortet.

Sein Blick war dunkel geworden, glitt von ihrem ab, seitlich auf den Boden, und ein tiefer Seufzer hatte sich aus seiner Brust gelöst.

«Es ist so dramatisch, Laura! Ihr Frauen habt manchmal absolut keine Ahnung von Männern!»

Laura hatte nicht gewagt zu fragen, ob er selbst einmal in dieser Situation gewesen war, die er so lebendig zu beschreiben wusste.

«Nein, er macht mir das Leben nicht schwer! Er ist nur genau darauf bedacht, dass ich mir keinerlei Verfehlungen leiste. Das ist beunruhigend genug», sagte Claudia heftig.

«Was?» Laura hatte Mühe, aus ihren Gedanken zurückzukehren. «Ach so, fühlt sich an wie Überwachung, nicht wahr?»

«Eher wie Bedrohung!» In Claudias Stimme lag ein Anflug ihrer alten Fähigkeit zur Ironie.

«Er kann dir nichts anhaben, Claudia. Vergiss diese Angst! Geh jetzt nach Hause zu deiner Kleinen!»

«Wetten, dass er reinkommt, wenn ich weg bin! Und er schreibt sich's auf. Jede Stunde, die ich seiner Ansicht nach zu wenig arbeite! Da bin ich ganz sicher!»

«He, Claudia! Das klingt ja wie Verfolgungswahn. Passt überhaupt nicht zu dir. Du gehst jetzt, und ich warte auf den Kriminaloberrat. Wenn er fragt, wo du steckst, dann sage ich ihm, dass du in meinem Auftrag unterwegs bist.»

«Machst du das wirklich, Laura?»

«Klar!»

«Danke!» Ein Lächeln zuckte um Claudias Mundwinkel, vertiefte das Grübchen in ihrer linken Wange. Sie griff nach Jacke und Tasche und war schon fort.

Laura schlenderte nachdenklich durch das Großraumbüro, das Claudia mit Peter Baumann und einem Kollegen teilte, der gerade von der Polizeischule gekommen war und bisher für den Kleinkram eingesetzt wurde. Durch die großen Glaswände konnte sie in die anderen Abteilungen schauen und dachte, dass all diese Kästen nebeneinander wie Aquarien aussahen. Aquarien mit Grünpflanzen. Fehlten nur die aufsteigenden Luftblasen und Fische, die sich langsam treiben ließen. Um diese Zeit waren die Glaskästen ziemlich leer. Nur hin und wieder bewegte sich jemand darin, telefonierte, trank Kaffee, sprach mit einem Kollegen.

Laura setzte sich auf Kommissar Baumanns Schreibtisch, griff nach seinem Telefon und wählte seine Handynummer.

Er meldete sich schnell, war schon auf dem Rückweg ins Präsidium. Laura wartete. Auf Kriminaloberrat Becker und auf Peter Baumann. Ganz still saß sie auf dem Schreibtisch, die Augen halb geschlossen.

Als sie die Augen wieder öffnete, sah sie ihren Vorgesetzten hinter den Glasscheiben vorübergehen. Er starrte in Lauras Richtung, schien etwas zu suchen, nickte ihr dann zu, ging weiter und verschwand.

«Ein komisches Haus», sagte Peter Baumann und setzte sich Laura gegenüber auf die andere Kante seines Schreibtischs. Sie schob die Mappe mit ihren Aufzeichnungen zu ihm hinüber.

«Für heute Abend», sagte sie.

Er unterließ eine flapsige Antwort. «War's schwierig?», fragte er stattdessen.

«Es war entsetzlich, und du musst ganz genau aufpassen, ob mir nicht doch etwas hineingerutscht ist, das uns schaden könnte.» Sie stand auf und dehnte langsam die Arme. «Wieso ist das ein komisches Haus?»

Zerstreut blätterte er in der Mappe, schaute kurz auf. Sein dunkelblondes Haar fiel ihm über die Augen, und er strich es mit einem Stirnrunzeln zurück. «Ich muss zum Friseur», sagte er, blies die Backen auf und stieß die Luft aus. «Dieses Haus ist wirklich komisch. Außer der alten Frau Burger hat keiner was gesehen, gehört, geahnt. Die Hälfte der Leute ist verreist, die andere Hälfte wohnt woanders. Man kann also meiner Ansicht nach relativ unbemerkt die vielen Treppen hinaufsteigen, obwohl sie so laut knarren.»

«Aber was hat sie da oben gemacht? Würdest du einfach in irgendein Haus gehen, um dich aus dem Fenster zu stürzen? Es muss doch eine Beziehung zu diesem Haus geben. War sie vielleicht bei dem Rechtsanwalt im zweiten Stock?»

Der junge Kommissar schüttelte den Kopf. «Ich hab ihm das Foto gezeigt, und er behauptet, Valeria Cabun nie gesehen zu haben. Der Consulting-Typ war mir extrem unsympathisch, aber ich glaube nicht, dass er gelogen hat. Er kennt Valeria auch nicht. Der Steuerberater ist seit zwei Wochen in Urlaub, ebenso die Leute im vierten Stock – von denen Frau Burger behauptet, sie seien Juppies.»

«Und was ist mit dem roten Teppich, der zum ausgebauten Dachboden führt?» Laura ließ vorsichtig ihre Schultern kreisen, um ihren Rückenschmerz zu lindern.

«Soll ich dich massieren?», fragte Baumann.

«In meinem Büro hätte ich nichts dagegen, aber in diesem Schaufenster halte ich es nicht für eine gute Idee! Also, was ist mit dem roten Teppich?»

«Keine Ahnung. Der Rechtsanwalt meinte, dass es unter dem Dach eine Luxuswohnung gäbe. Er war allerdings noch nie drin und hatte auch keine Ahnung, wer da wohnt. Er bezweifelte, dass überhaupt jemand dort wohnt – hält es eher für eine Geldanlage.»

«Und der Consulting-Typ?»

«Der hat ein einziges Mal einen Mann im Treppenhaus gesehen, der wohl in die Wohnung ging. Aber er sah ihn nur von hinten, und es war ziemlich dunkel.»

«Und auf wen ist diese Wohnung gemeldet, wer ist der Mieter? Hast du das schon überprüft?»

«Genau das wollte ich jetzt machen, Frau Hauptkommissarin!» Er verzog das Gesicht.

«Mach's morgen! Die Wohnung läuft uns nicht weg, aber diese Papiere müssen übermorgen beim Staatsanwalt sein!»

Hinter Lauras Rücken erklang ein Räuspern. Sie drehte sich schnell um – zu schnell für ihren Rücken –, fand sich Angesicht zu Angesicht mit Kriminaloberrat Becker. Sein Gesicht war wie immer leicht gerötet, und auf seiner Stirn standen winzige Schweißtröpfchen.

«Au», stöhnte Laura und hielt den Atem an, wartete auf ein Abklingen des Schmerzes, der genau zwischen ihren Schulterblättern saß.

«Wie bitte?» Becker zog die Augenbrauen so hoch, dass seine Augen größer wurden.

«Entschuldigung!», sagte Laura. «Ich glaube, ich hab einen Hexenschuss.»

«Oh!» Becker sah Hilfe suchend zu Peter Baumann hinüber.

«Nicht anfassen», sagte Baumann. «Ich kenne das. Jede Bewegung ist absolut unerträglich. Sie muss erst einmal stehen bleiben.»

Laura stand und atmete so flach wie möglich. In absoluter Bewegungslosigkeit war der Schmerz zumindest auszuhalten.

«Soll ich einen Arzt rufen?», fragte Becker und lockerte seine Krawatte.

«Nein», flüsterte Laura. «In fünf Minuten kann ich mich sicher wieder bewegen!»

«Na hoffentlich! Übrigens, ich brauchte Claudia. Muss ihr ein paar Sachen diktieren! Wo ist sie denn?»

«Ich habe sie zu einer Immobilienverwaltung geschickt, um die Daten eines Mieters zu überprüfen», sagte Peter Baumann, ehe Laura Luft holen konnte.

«Das ist doch keine Aufgabe für eine Sekretärin», erwiderte Becker und wippte leicht auf den Zehenspitzen. Laura starrte auf seine Schuhe, die zwar tadellos glänzten, aber wie immer in ihr die Vorstellung weckten, dass er unter Fußschweiß litt.

«Es war eine Erleichterung für mich, weil ich heute auf gar keinen Fall mehr dazu gekommen wäre, und es ist wichtig! Claudia ist sehr wohl in der Lage, solche Aufgaben zu übernehmen.»

«Und wo ist der Herr von der Polizeischule? Schon im Feierabend? Er ist doch für solche Aufgaben vorgesehen!» Becker sah sich betont auffällig im Dezernatsbüro um.

«Er observiert einen Verdächtigen», konterte Baumann. «Sie werden es nicht glauben, Herr Kriminalober-rat. Aber wir haben eine Menge zu tun. Könnten noch ein paar Leute gebrauchen!»

«Soso. Wir haben morgen Sitzung! Ich möchte einen Bericht über alle Aktivitäten haben – detailliert, Bau-mann. Haben Sie verstanden?»

Baumann nickte.

«Gut, dann wünsche ich einen schönen Abend. Gute Besserung, Laura.» Becker ging, ohne sich noch einmal umzuwenden.

«Hui, du bist aber schnell heute», murmelte Laura an-erkennend, während sie vorsichtig ihre Arme hob und die Wirbelsäule dehnte.

«Bleibt einem nichts anderes übrig heutzutage», grinste ihr Kollege. «Und jetzt bring ich dich nach Hause!»

Lauras Hexenschluss löste sich auf wunderbare Weise unter dem warmen Strahl ihrer Dusche. Trotzdem ging sie an diesem Abend früh zu Bett, legte sich auf eine Wärmflasche und versuchte, nicht an die Arbeit zu den-ken. Nebenan saß Luca vor dem Fernseher, sah sich irgendeinen amerikanischen Psychothriller an. Sofia tele-fonierte seit einer halben Stunde im Flur. Lachte manch-mal sehr laut.

Laura lag im Halbdunkel ihres Schlafzimmers und ver-suchte, sich das Meer vorzustellen, unter Olivenbäumen zu spazieren, eine entspannende Gedankenreise zu ma-chen, doch statt ihrer wanderte Valeria Cabun am Strand, ihr dunkles Haar wehte im Wind, und Laura fragte sich wieder, warum der Tod dieser jungen Frau sie so sehr be-schäftigte. Ihr war, als drängte sich Valeria mit aller Ge-

walt in ihr Bewusstsein. Lieber hätte Laura ihren Geliebten Angelo Guerrini vor ihrem inneren Auge gesehen,
doch Valeria war an diesem Abend stärker.

Ich muss sie noch einmal sehen, dachte Laura. Allein,
ohne einen der Ärzte. Und plötzlich wusste sie, was das
Besondere an Valeria war: Sie erschien Laura wie ein Symbol von Lebendigkeit, obwohl sie tot war. Wild hatte sie
ausgesehen im Tod und unbezwingbar. Laura spürte, wie
ihr Rücken sich wieder anspannte, wie sie sich dagegen
wehrte, den Tod dieser jungen Frau hinzunehmen. Morgen früh suche ich Valerias afrikanischen Freund, dachte
sie. Ich fange in der Sprachenschule an.

ES WAR später Nachmittag, als zwei Carabinieri an die Tür der Familie Cabun in Riomaggiore klopften. Die beiden Polizisten wussten genau, dass sie Valerias Vater um diese Zeit in seinem kleinen Büro in der Via Colombo treffen würden. Ihre Scheu vor seinem Schmerz war es, die sie zum Wohnhaus der Cabuns geführt hatte. Den Schmerz der Frauen konnten sie besser ertragen als die stumme Qual der Männer. Die Frauen konnten sie halten, trösten – die Verzweiflung der Männer machte sie hilflos, ließ ihnen nicht die Rolle des vermeintlich Stärkeren. Und sie kannten Roberto Cabun. Seinen Schmerz zu teilen erschien ihnen unmöglich, wussten sie doch, wie sehr er seine Tochter Valeria liebte.

So standen sie also vor dem Haus an den Klippen, atmeten tief die salzige Luft ein und hofften irgendwie, dass niemand zu Hause sein möge. Aber von drinnen klangen Schritte, jemand rief, die Tür ging auf, und die beiden Polizisten sahen Signora Cabun, wechselten einen Blick, räusperten sich.

Der ältere von beiden, Maresciallo Sarbia, der die Cabuns seit zwanzig Jahren kannte, fragte, ob sie hereinkommen könnten.

«Aber natürlich, kommt rein», rief sie, laut und lebhaft, wie sie immer war, strich sich das goldbraun getönte Haar zurück, und dem Maresciallo fiel auf, dass sie einen sehr dunklen Leberfleck auf dem Handrücken hatte, einen, der vielleicht gefährlich sein könnte, wie der bei seiner Tante Rosalia, die daran gestorben war. Vor zwei Jahren. Er begriff selbst nicht, warum er ausgerechnet jetzt an so etwas dachte.

«Wollt ihr einen Kaffee?», fragte Signora Cabun. Maresciallo Sarbia schüttelte den Kopf und überlegte fieberhaft, wie ihr Vorname war. Bisher hatte er immer gewusst, wie ihr Vorname war – plötzlich war er weg. Er erinnerte sich nur noch an den Namen der Großmutter ... Maria Valeria.

Signora Cabun führte die beiden Polizisten in das kleine Wohnzimmer, von dem aus sich eine Terrasse zum Meer hin öffnete.

«Worum geht's? Hat Roberto etwas ausgefressen?» Sie lachte zwar, aber Sarbia konnte in ihren Augen sehen, dass sie plötzlich beunruhigt war. Er schüttelte den Kopf, schaute auf seine breiten schwarzen Schuhe hinunter.

«Es ist doch nichts mit Marco?» Jetzt wusste sie, dass etwas nicht in Ordnung war. Marco Cabun war ihr Sorgenkind, hatte bereits zwei Motorradunfälle knapp überlebt. Wieder schüttelte Sarbia den Kopf, sah seinen jüngeren Kollegen von der Seite an, wusste, dass er es sagen musste.

«Es geht um Valeria», sagte er leise, und gleichzeitig fiel ihm ihr Vorname wieder ein: Carla. «Es wäre vielleicht besser, wenn Sie sich setzen, Signora Carla», fuhr er deshalb fort.

Ihre Augen waren sehr groß geworden, und sie hielt beide Hände flach an den Mund gepresst. «No!» Sie schüttelte heftig den Kopf. «Ich setze mich nicht.»

«Es tut mir sehr Leid, Signora Carla. Ich weiß auch gar nicht, wie ich es sagen soll ...»

«Sie hatte einen Unfall? Liegt im Krankenhaus? Wo?» Carla Cabun ließ ihn nicht weitersprechen, fand Auswege, wollte ihn zwingen, die Nachricht abzumildern.

Und er hätte es so gern getan, fühlte sich alt und müde, hatte schon zu viele solcher Nachrichten überbringen müssen. Doch ehe er den Mut fasste, auszusprechen, was Carla Cabun fürchtete, öffnete sich eine Tür neben ihm. Robertos Mutter stand da, im Halbdunkel, stützte sich mit einer Hand am Türstock ab, starrte den Maresciallo mit dem Raubvogelblick alter Leute an, diesem Blick, dem nichts entgeht, der schon alles weiß. Und der Maresciallo wich zurück.

«Ich warte schon den ganzen Tag auf euch», sagte Maria Valeria Cabun langsam. «Es ist wie im Krieg. Da mussten wir auch so lange warten, bis wir es endlich erfahren haben.»

«Come? Aber es ist kein Krieg, Signora Cabun …», stammelte Sarbia.

«Natürlich ist Krieg», erwiderte sie unwirsch. «Irgendeine Art von Krieg ist immer! Also, wer hat sie umgebracht?»

«Aber Mama, Nonna, was redest du da? Niemand hat jemanden umgebracht! Nicht wahr, Maresciallo! Sagen Sie Großmutter, dass niemand umgebracht wurde.» Carla Cabun fasste Sarbia am Arm, schüttelte ihn.

«Nein, ich weiß nicht. Es ist wahrscheinlich anders. Es ist … sie hat sich selbst … ich meine, Valeria hat Selbstmord begangen!» Er hielt inne, lauschte seinen eigenen Worten nach, die endlich draußen waren, den Weg aus seiner engen Brust gefunden hatten.

«No, no, no, no! Du kennst Valeria, so was kannst du mir nicht erzählen, Sarbia! Valeria bringt sich nicht um! Niemals!»

Carla Cabun riss am Arm des Maresciallo. Er sah sie nicht an, schaute nur auf die alte Frau mit den Raubvogelaugen. Die alte Frau sagte nichts, kniff die Augen leicht zusammen, drehte sich um und schloss leise die Tür hinter sich.

«Hast du Roberto schon benachrichtigt?», flüsterte Valerias Mutter.

Sarbia schüttelte den Kopf. «Ich wollte es erst Ihnen sagen, Signora Carla.»

Sie trat einen Schritt zurück und ließ seinen Arm los. «Du Feigling!» Ihre Stimme war heiser. Sie wandte sich ab, dem Meer zu, krümmte sich ein wenig und schlang die Arme um ihren Oberkörper. Es wäre ihm lieber gewesen, wenn sie laut geschrien oder geweint hätte. Unerträglich lang stand sie so. Die beiden Polizisten wagten kaum zu atmen, warteten auf den Ausbruch der Gefühle.

Er kam nicht.

Nach einer Weile fuhr Carla Cabun mit beiden Händen durch ihr Haar, ging zur Haustür, ohne die Carabinieri eines Blickes zu würdigen. «Ich werde es ihm sagen», murmelte sie. «Ihr bleibt hier und wartet auf ihn!» Sie griff nach einem schwarzen Wolltuch, schlang es um ihre Schultern und ging erst langsam, dann immer schneller durch die enge Gasse davon.

«Geh ihr nach!», befahl Sarbia seinem jungen Kollegen.

«Und Sie, Maresciallo?», fragte der Carabiniere erschrocken.

«Ich muss mich um die Großmutter kümmern!» Sarbia wusste, dass es nur die halbe Wahrheit war. Er würde Roberto Cabun früh genug sehen. Aber je später, desto besser. Deshalb ließ er den Kollegen einfach stehen und folgte der alten Frau durch die Tür, die sie vor ein paar Minuten hinter sich geschlossen hatte. Er stand in einem niedrigen dunklen Flur, an dessen Ende sich wieder eine

Tür befand, und erinnerte sich daran, dass die kleine Wohnung der alten Signora Cabun vor ein paar Jahren an das Haus ihres Sohnes angebaut worden war. Zögernd ging er auf die Tür zu, klopfte, lauschte. Keine Antwort. Wieder klopfte er, drückte vorsichtig die Klinke nach unten und schob die Tür einen Spaltbreit auf. Die kleine Küche war leer, auch das Wohnzimmer gleich daneben. Der Maresciallo schaute durchs Fenster in den Garten hinaus, entdeckte endlich die alte Frau auf einer Bank. Behutsam trat er zu ihr hinaus, hielt seine Mütze fest, denn heftiger, kalter Wind kam übers Meer, zu kalt für Anfang April.

«Sie werden sich erkälten, Signora», sagte er sanft.

Maria Valeria Cabun antwortete nicht, sah ihn auch nicht an. Sie schaute aufs Meer, das bereits die Farbe der Nacht angenommen hatte. Breite grauschwarze Wogen eilten der Küste zu, glichen den Rücken großer Tiere auf Wanderschaft. Der Wind hatte einzelne Haarsträhnen der alten Frau aus dem Knoten gelöst, den sie sonst im Nacken trug. Sie wehten um ihren Kopf, und Maresciallo Sarbia dachte, dass sie einmal eine schöne Frau gewesen sein musste. Ja, dass sie auch in diesem Augenblick noch schön war.

«Warum gehen sie fort?», sagte sie plötzlich, schien aber nicht Sarbia zu fragen, sondern das Meer oder den Himmel, vielleicht auch den Wind. Doch als der Maresciallo nicht antwortete, wandte sie den Kopf und sah ihn fest an. «Warum gehen sie fort? Sagen Sie es mir, Maresciallo!»

«Ich weiß es nicht», murmelte er.

«Warum ist Valeria fortgegangen? Was ist so schlecht hier, dass die Jungen fortmüssen? Keiner von uns ist jemals fortgegangen. Nur wenn wir mussten, sonst nie!»

«Ich weiß es wirklich nicht, Signora.»

«Sie war eine echte Cabun. Sie passte nur hierher. Ich glaube nicht, dass sie sich umgebracht hat. Es gibt für eine Cabun keinen Grund, sich umzubringen.»

Der Maresciallo trat unbehaglich von einem Bein aufs andere. Er kannte viele Gründe für den Selbstmord junger Menschen, und auch Valeria Cabun war schließlich ein junges Mädchen gewesen – Cabun oder nicht! Das sagte er aber nicht.

Über Nacht waren die Frühlingsdüfte intensiver geworden, Ahornbäume sahen aus wie hellgrüne Blütensträuße, und Amseln lieferten sich wilde Gesangsduelle auf Ästen und Dachrinnen. Laura Gottberg hatte die Stelle zwischen ihren Schulterblättern halbwegs im Griff, war sogar mit ihrem eigenen Wagen nach Schwabing gefahren. Mit mühseliger Parkplatzsuche in den engen Straßen hatte sie sich allerdings nicht aufgehalten, sondern den alten Mercedes halb auf den Bürgersteig gestellt.

Das Sprachinstitut Bellingua war in einem alten Jugendstilhaus untergebracht, dessen Eingangsportal auf den Schultern von zwei steinernen Frauen ruhte. Sie hielten die schönen Köpfe leicht gesenkt, ihre Mienen verrieten nichts von der Last, die sie seit über hundert Jahren trugen. Mosaike in Blau und Gold fassten die Fenster ein, Frauengesichter, umrahmt von lang fließenden Haaren, bildeten einen breiten Sims knapp unterm Dach, und Laura empfand diese Wiederholung von Bildern als seltsam. Jedes der Gesichter erinnerte sie an Valeria Cabun.

Laura betrachtete die große Informationstafel, die das Sprachinstitut anpries. «Bellingua – Das Sprachinstitut nur für Frauen!» stand da in großen verschlungenen Jugendstil-Lettern, und auch hier gab es Frauenköpfe mit langen Haaren.

Seltsam, dachte Laura. Noch nie hatte sie von einer Sprachenschule nur für Frauen gehört. Langsam stieg sie die breiten Marmorstufen zum Eingang hinauf, fand die schwere, mit Ornamenten verzierte Tür offen, ging über einen mittelblauen Läufer durch eine Eingangshalle voller Wandsäulen, die Pflanzen ähnelten. Am Lift fand sie ein neues Schild und las wieder: «Bellingua – Das Sprachinstitut nur für Frauen 2. und 3. Stock. Anmeldung 2. Stock.»

Während Laura auf den Lift wartete, strömten junge und ältere Frauen durch die Eingangshalle. Einige nahmen die Treppe, andere gesellten sich zu Laura. Eine Art babylonischer Sprachverwirrung füllte das Treppenhaus, fröhliches Geplapper, von dem Laura nur Fetzen verstehen konnte – hier ein bisschen Italienisch, dort ein wenig Englisch, vielleicht konnte manches Französisch sein, aber bei den afrikanischen Sprachen musste sie passen, und sie konnte nicht einmal unterscheiden, ob die drei schrägäugigen Mädchen rechts von ihr Chinesisch, Japanisch oder Koreanisch sprachen.

Es wurde sehr eng im Lift, obwohl höchstens die Hälfte der Sprachschülerinnen in der Kabine Platz gefunden hatte. Keine von ihnen beachtete Laura, die als Letzte den Lift wieder verließ, den Frauen und Mädchen langsam durch eine weiß lackierte, mit Engeln verzierte Tür folgte. Die Räume dahinter waren von erlesener Großzügigkeit – Parkettböden, weiße Wände, deren einziger Schmuck in einigen Jugendstil-Stuckaturen bestand, sanftes Licht, wenige Akzente durch große Grünpflanzen. Die Frauen verschwanden in Zimmern, die links und rechts von dem langen weiten Flur abgingen – offensichtlich handelte es sich um Unterrichtsräume. Lauras Blick wurde von einem bunten Frühlingsstrauß gefangen, der von einem kleinen Scheinwerfer angestrahlt wurde. Leise Musik kam von irgendwoher, und es roch gut – nach Lavendel und Rosmarin.

Laura trat in einen Seitenraum, über dessen Tür «Anmeldung-Sekretariat» stand, fand einen breiten Schreibtisch, einen riesigen roten Tulpenstrauß und dahinter eine Frau in mittleren Jahren, die jene fortschrittlich-unauffällige Eleganz ausstrahlte, die in gewissen Frauengruppen gepflegt wurde. Sie trug einen langen Rock aus Naturleinen, darüber einen lockeren Baumwollpullover, beides hellgrau Ton in Ton. Ihre Halskette aus dicken roten Kugeln war mit Sicherheit aus einem Dritte-Welt-Laden und ihre Schuhe – Laura reckte den Hals ein wenig, um an der Schreibtischkante vorbeizuschauen – natürlich, die Schuhe waren sehr bequem, der Form des Fußes angepasst und doch von einer Schlichtheit, die auf einen Designer schließen ließ. Die kurzen grauen Haare gut geschnitten – kein billiger Friseur, dachte Laura. Das Make-up sehr dezent, kaum erkennbar, betonte vor allem die Augen. Sie war eine attraktive Frau, eine, die einem Frauenmagazin für die Frau ab vierzig entsprungen sein konnte. Und Laura war trotz aller Aufmerksamkeit für einen Augenblick abgelenkt, denn sie fragte sich, wie manche Frauen es schafften, so auszusehen, wie sie aussahen.

Sie selbst schaffte es nie, kaufte ihre Garderobe meist im Vorübergehen: Jeans, Blusen, knappe Pullover, Lederjacken, selten einen Rock. Na ja, sie leitete auch keine Sprachenschule, sondern versuchte Verbrechen aufzuklären.

Jetzt lächelte die Frau, streckte ihr eine Hand entgegen. «Ich bin Marion Lehmann, Sekretärin, Organisatorin und Lehrerin. Was kann ich für Sie tun? Sprechen Sie Deutsch?»

Laura lächelte, nickte. «Laura Gottberg. Jaja, ich spreche Deutsch. Ich will auch keine Sprache erlernen, sondern möchte Sie um einige Auskünfte bitten.» Sie legte ihren Dienstausweis auf den Schreibtisch. Marion Lehmann griff nach ihrer Lesebrille, einem kaum sichtbaren Gebilde mit halben Gläsern, und studierte Lauras Ausweis.

«Kriminalpolizei?», sagte sie dann sehr langsam und erstaunt. «Ich wüsste nicht, was unser Institut mit der Polizei zu tun haben könnte.»

«Es geht auch nicht um Ihr Institut, sondern um eine Ihrer Schülerinnen: um Valeria Cabun. Sie ist doch Schülerin bei Ihnen?»

Marion Lehmann nickte, reichte Laura den Ausweis zurück. «Sie ist sehr begabt, diese Valeria. Das jedenfalls sagt ihre Deutschlehrerin. Was ist mit ihr?»

«Es ist keine gute Nachricht, die ich Ihnen bringen muss», antwortete Laura langsam. «Valeria Cabun ist tot.»

Die grauhaarige Frau erstarrte, fasste dann mit einer Hand nach ihrer Halskette, mit der andern hielt sie sich am Schreibtisch fest.

«Oh mein Gott, wie schrecklich! Hatte sie einen Unfall? Gestern ist sie nicht zum Unterricht erschienen, aber das kann vorkommen. Heute habe ich noch nicht nachgesehen. Die Kurse beginnen in diesen Minuten. Nein, sie kann nicht tot sein. Ich glaube das nicht.»

Laura wartete, bis Marion Lehmann sich ein wenig gefangen hatte. «Ich kann Ihnen nicht genau sagen, ob es ein Unfall oder Selbstmord war.» Die Möglichkeit eines Verbrechens sprach Laura nicht aus, war vertraut mit der plötzlichen Veränderung im Verhalten von Menschen, wenn sie mit Mord konfrontiert wurden. Wusste, wie vorsichtig sie ihre Aussagen formulierten, wie schnell sie andere belasteten, um von eigenen Verwicklungen abzulenken. «Ich brauche einige Auskünfte von Ihnen, Frau Lehmann. Vielleicht können Sie mir ein wenig über Valerias Mitstudentinnen erzählen, vielleicht ist sie zufällig von einem Mann hier abgeholt worden. All diese Dinge sind von Bedeutung.»

Marion Lehmann setzte sich in ihren schwarzen Ledersessel, schloss die Augen und atmete ein paar Mal tief durch.

«Gut!», sagte sie schließlich, machte die Augen wieder auf und sah Laura an. «Valeria ist in einer besonders netten Klasse. Wir haben nur kleine Gruppen. Ihre umfasst sieben Studentinnen.» Sie hielt inne, schien sich bewusst zu werden, dass sie in der Gegenwart sprach.

«Ich würde mich gern mit diesen Studentinnen unterhalten. Sind sie im Haus?» Lauras Frage half Marion Lehmann über den Augenblick des Erschreckens hinweg.

«Jaja, sie sind alle da … Valeria besuchte drei Vormittagskurse und zwei am Abend. Sie wollte wirklich schnell Deutsch lernen. Es ging auch schon ganz gut. Mein Gott, was für ein Jammer, was für eine Verschwendung.» Sie schluchzte auf, suchte in der Schublade ihres Schreibtischs nach einem Taschentuch.

«Ja», murmelte Laura, «das ist es wohl.»

Die restliche Unterredung mit Marion Lehmann war nicht besonders ergiebig. Valeria sei eine freundliche junge Frau gewesen, nicht unbedingt fröhlich – aber freundlich. Beliebt sei sie gewesen. Von einem Mann habe sie nie etwas bemerkt. Valeria sei ihres Wissens niemals abgeholt worden.

Als Laura Gottberg darum bat, in Valerias Klasse geführt zu werden, zögerte die grauhaarige Frau sichtlich, erklärte leise, dass sie ungern den Unterricht unterbrechen wollte. In einer Stunde sei Pause, dann könne die Hauptkommissarin die Studentinnen im Konferenzraum treffen.

«Tut mir Leid, die Ruhe Ihres Instituts zu stören!», erwiderte Laura. «Ich muss aber darauf bestehen, die Mädchen sofort zu sehen.»

Marion Lehmann kniff die Lippen zusammen und noch ein wenig mehr, als Laura nach der Leitung des Instituts fragte.

«Wir sind zu dritt und alle gleichberechtigt. Ich bin derzeit allerdings die Einzige, die anwesend ist. Meine Geschäftspartnerinnen sind im Ausland unterwegs, um für unser Institut zu werben.»

«Ach ja, ich habe noch eine Frage.» Laura nahm einen der Institutsprospekte von einem Stapel auf dem Schreibtisch. «Weshalb unterrichten Sie nur Frauen?»

Marion Lehmann lächelte leicht, und ihr Gesicht entspannte sich wieder.

«Ist Ihnen noch nie aufgefallen, dass Frauen im Allgemeinen ein größeres Talent für Sprachen haben als Männer? Sie lernen einfach schneller und intuitiver. Und sie lernen ungestörter und konzentrierter, wenn sie unter sich sind. Außerdem …», sie wiegte leicht den Kopf, «… haben wir damit eine Marktlücke entdeckt. Viele Eltern schicken ihre jungen Töchter lieber auf ein rein weibliches Institut. Zudem vermitteln wir auch Familien, in denen die jungen Frauen gut aufgehoben sind und ein Taschengeld für Kinderbetreuung und leichte Hausarbeit bekommen.»

«Haben Sie Valeria Cabun ebenfalls an eine Familie vermittelt?», fragte Laura schnell.

«Ich müsste nachsehen … Als Valeria zu uns kam, war ich gerade im Urlaub. Einen Moment …» Sie trat an den PC und gab Suchworte ein. Laura stellte sich neben sie, hatte Zweifel an ihrer Ahnungslosigkeit.

«Wie viele Schülerinnen hat Ihr Institut?», fragte sie.

«Im Augenblick sind es ein bisschen weniger als hundert. Da kann man leicht den Überblick verlieren … Ah, hier haben wir es! Sie ist bei Dr. Denner. Ja, Dr. Denner gehört zu den Familien, in die wir vermitteln. Ein Arzthaushalt, zwei Kinder. Ich kenne die Denners nur flüchtig, aber eine meiner Partnerinnen ist mit ihnen befreundet.»

«Wie ist der Name Ihrer Partnerin?»

Marion Lehmann drehte sich erstaunt und befremdet um.

«Ist das so wichtig? Sie sagen das, als hätte sie ein Verbrechen begangen!»

«Nein, nein – entschuldigen Sie. Ich bin nur ungeduldig. Also, wie heißt Ihre Partnerin?»

«Hella von Santer.»

«Danke. Würden Sie mich jetzt in Valerias Klasse führen?»

Marion Lehmann seufzte tief, warf einen kurzen Blick in den großen Spiegel mit barockem Goldrahmen, der hinter Laura an der Wand hing, strich sich das Haar zurecht und ging endlich vor ihr auf den langen Flur hinaus.

Als Laura zu sprechen begann, war es vollkommen still in dem hellen Raum. Dann drückte der Wind ein angelehntes Fenster auf, doch keine der jungen Frauen achtete darauf. Alle Augen hingen an Lauras Lippen. Sie sprach sehr langsam, artikulierte überdeutlich, erklärte den Grund ihres Kommens, bat um ein kurzes Einzelgespräch mit jeder der Schülerinnen.

Als sie geendet hatte, schluchzten zwei der Mädchen leise vor sich hin, die andern saßen stumm da. Die Kursleiterin war sehr blass geworden, wandte Laura den Rücken zu und schaute aus dem Fenster.

«Soll ich den Anfang machen?», fragte sie leise.

«Wenn Sie möchten.»

Sie nickte und folgte Laura aus dem Zimmer, wies den Weg zu einer Art Teeküche, obwohl Marion Lehmann das Konferenzzimmer angeboten hatte.

«Zu groß», sagte die Lehrerin bestimmt, und Laura warf ihr einen neugierigen Blick zu, denn die Antwort hatte ihr gefallen. Die Lehrerin war jung, höchstens Ende zwanzig, trug ihr blondes Haar zu einem Pferdeschwanz zusammengefasst. Ihre Züge waren weich, die Lippen sehr voll. Als Marion Lehmann sich zurückzog, verschränkte sie die Arme vor der Brust und musterte Laura mit durchdringendem Blick.

«Mein Name ist Beate Weller. Sie ermitteln in einem Mordfall, nicht wahr?»

Laura schüttelte den Kopf. «Nein, so eindeutig ist die Angelegenheit nicht, Frau Weller. Bisher sieht es eher nach Selbstmord aus. Aber ich bin mir nicht sicher. Deshalb bin ich auf jede Information angewiesen. Welchen Eindruck hatten Sie von Valeria?»

«Sie war klasse! Ich konnte richtig spüren, dass sie etwas wollte, irgendein inneres Ziel hatte. Ich weiß nicht, was es war, aber sie hatte eine Antriebskraft, die unglaublich war. Ihre Motivation, Deutsch zu lernen, war so groß, dass sie den ganzen Kurs mitgezogen hat.»

«Und Sie haben wirklich keine Ahnung, woher diese Motivation kam? Hat sie nie über ein Ziel gesprochen – beruflich oder privat? Hatte sie vielleicht einen deutschen Freund?»

«Nein, ich glaube nicht. Ich weiß nichts von einem Freund. Nur einmal hat sie bei einem mehr privaten Treffen gesagt, dass sie gern nach Afrika gehen würde, um in einer Organisation für humanitäre Hilfe zu arbeiten … Ach, ich kann es einfach nicht fassen. Es ist so sinnlos! Sie war großartig! Ich kann es einfach nicht glauben!»

Afrika, dachte Laura. Wenn man von der ligurischen Küste immer geradeaus mit dem Schiff fährt, kommt man nach Afrika. Hinter den Dörfern stehen nur die Berge, wie eine Mauer.

Sie dankte der Lehrerin, wartete auf die jungen Frauen. Eine nach der anderen kamen sie zu ihr in die Teeküche – manche mit Tränen in den Augen, alle sehr schüchtern, beinahe ängstlich. Die Verständigung war etwas mühsam – bei zweien musste Laura ins Englische ausweichen. Die Gespräche ergaben nicht viel. Nur, dass alle Valeria mochten, dass sie freundlich und hilfsbereit war. Nicht unbedingt fröhlich, eher ernst. Aber sie lachte auch gern. Valerias Bild nahm in Lauras Vorstellung immer verschwommenere Züge an.

Sie fühlte sich erschöpft, als endlich die letzte Sprachschülerin zu ihr in die Teeküche kam, eine junge Spanierin mit hartem Akzent, die sich aber bereits gut in der deutschen Sprache ausdrücken konnte.

«Wir haben zusammen gelernt. Wir waren beinahe Freundinnen.»

«Beinahe?»

«Ja. Es dauert doch, oder?»

«Was?»

«Bis man andere gut kennt.»

«Ja, das dauert.»

«Ich heiße Rosaria und bin sehr traurig. Weiß Roberto schon?»

«Wer?»

«Roberto Malenge. Er ist Valerias Freund. Das weiß sonst niemand.»

«Wo finde ich diesen Roberto Malenge?» Laura beugte sich gespannt vor, doch Rosalias Augen verschlossen sich.

«Ich weiß es nicht. Wir waren nur zweimal zusammen abends in einer Disko. Valeria, Roberto und ich.»

«Ist Roberto Malenge Afrikaner?»

Rosalia senkte den Kopf und nickte kaum merklich.

DIE SPURENSICHERUNG hatte keine besonderen Hinweise in Valerias Zimmer finden können. Keine Fingerabdrücke, die nicht von Valeria selbst oder eindeutig von einem der kleinen Kinder stammten.

«Das bedeutet natürlich nicht, dass niemand dieses Zimmer durchsucht hat. Der Niemand kann Handschuhe getragen haben», sagte Andreas Havel und machte ein unzufriedenes Gesicht. Er saß mit Laura und Baumann an dem kleinen Tisch im Dezernatsbüro, eingerahmt von einem Ficus Benjamini und einer Yuccapalme.

«Und was denkst du – abgesehen von den Beweisen, die du nicht hast?», fragte Laura.

«Ich denke, was denke ich denn?» Er lachte verlegen auf.

«Na, was denkst du denn?», fragte Kommissar Baumann mit höchst ironischem Unterton.

«Ich denke, dass all das noch überhaupt nichts beweist. Im Gegenteil! Ich finde es sehr merkwürdig, dass weder am so genannten Tatort noch in dem Zimmer des Opfers irgendwelche Spuren zu finden sind. Mir ist die ganze Angelegenheit zu clean, wenn ihr wisst, was ich meine!»

«Hast du den Eindruck, dass Valeria Cabuns Zimmer durchsucht wurde, oder war sie einfach ein unordentlicher Mensch?»

«Es ist verdammt schwierig, denn mein Eindruck lenkt die Ermittlung in eine bestimmte Richtung. Und ich muss ehrlich sagen, dass ich es nicht weiß. Wenn ich allerdings meiner Intuition folge, würde ich sagen:

Da hat jemand etwas gesucht. Ob das allerdings Valeria selbst oder ein anderer war, das ist völlig unklar.»

«Meine Güte!», stöhnte Laura. «Ich habe selten eine klarere Aussage gehört. Danke, Andreas, du hast uns sehr geholfen!»

Peter Baumann grinste breit.

«Habt ihr eine heiße Spur?», fragte Havel gutmütig.

«Na ja, viel besser sieht es bei uns auch nicht aus», erwiderte Laura. «Immerhin gibt es inzwischen den Namen ihres angeblichen Freundes: Roberto Malenge. Er ist Afrikaner, und das stimmt mit den Aussagen der Denners überein. Und was hast du, Peter?»

«Die Dachwohnung mit dem roten Teppich auf der Treppe wurde von einem Dr. Detlef Schneider gemietet. Er wohnt angeblich in Hamburg, hat aber häufig beruflich in München zu tun. Das hat mir die Immobilienverwaltung erzählt. Mehr wissen die nicht, nur dass er die Miete stets pünktlich überweist und es noch nie Ärger gegeben hat.»

Vor den Glaswänden ging Kriminaloberrat Becker vorüber, winkte und deutete an, dass er gleich zu ihnen kommen würde. Laura warf einen prüfenden Blick zum Schreibtisch der Sekretärin hinüber. Er sah völlig unberührt und verwaist aus, und es war beinahe zwölf.

«Wo ist denn Claudia?», flüsterte sie Peter Baumann zu.

«Noch nicht da! Sie hat mich auf dem Handy angerufen. Musste dringend mit der Kleinen zum Arzt», flüsterte er zurück.

«Du lieber Himmel! Pass auf! Heut bin ich dran!», wisperte sie zurück.

«Was ist denn mit euch los?», fragte Andreas Havel leicht befremdet.

«Wirst du gleich sehen!» Laura wies mit einer leichten Kopfbewegung auf die Tür, die sich in diesem Augenblick öffnete.

«Grüß euch!», sagte Kriminaloberrat Becker. Er blieb vor dem leeren Schreibtisch der Sekretärin stehen, senkte den Kopf und schaute sehr bedeutsam, von unten herauf, mit hochgezogenen Brauen auf seine Mitarbeiter. «Ich möchte, dass von unserer Unterredung ein Protokoll angefertigt wird. Wo ist Claudia?»

«Beim Kinderarzt!», sagte Laura, war beinahe überrascht von ihrer eigenen klaren Antwort. Sie hatte es satt, irgendwelche Ausflüchte zu benutzen. Es stand Claudia zu, mit ihrer Tochter zum Arzt zu gehen! Aus den Augenwinkeln nahm sie Peter Baumanns Stirnrunzeln wahr, das besorgte Staunen in Havels Gesicht.

«So geht das nicht …», begann Becker, doch Laura ließ ihn nicht ausreden.

«So geht es, verehrter Chef!» Laura sprach leise und sehr deutlich. «Eltern haben das gesetzlich verbriefte Recht, sich um ihre kranken Kinder zu kümmern. Falls meine Tochter Sofia oder mein Sohn Luca ernstlich erkranken würde, wäre auch ich nicht hier – ganz egal, wer gerade ermordet wurde! Haben Sie nicht selbst Kinder?»

Beckers Gesicht lief rot an, seine rechte Hand griff in den Nacken. «Sie wissen genau, dass ich Kinder habe. Allerdings hat meine Arbeit niemals darunter zu leiden gehabt!» Er räusperte sich mehrmals, umfasste die Rückenlehne eines leeren Stuhls mit beiden Händen.

«Weil Sie eine Ehefrau haben, die Ihnen das ermöglicht!», gab Laura kühl zurück. «Wenn die Reproduktion der Deutschen sich auf dieses Modell beschränkt, werden wir wahrscheinlich schon innerhalb der nächsten fünfzig Jahre aussterben!»

Andreas Havel stieß einen Laut aus, der sehr an unterdrücktes Losprusten erinnerte, Peter Baumann senkte den Kopf, schluckte und hustete vernehmlich.

«Gut!» Beckers Gesicht färbte sich noch etwas dunkler. «Wenn Sie derart solidarisch für die Rechte der Alleinerziehenden eintreten, dann schreiben Sie eben das Protokoll, Frau Hauptkommissarin!»

Peter Baumann hob endlich den Kopf, räusperte sich noch einmal ziemlich ausführlich, lächelte und sagte: «Ich glaube, das ist nicht nötig, Chef. Wir haben – dank der modernen Technik – Möglichkeiten, ein Protokoll per Recorder aufzunehmen. Wenn Claudia später kommt, kann sie es abtippen.»

«Dann brauchen wir ja in Zukunft keine Sekretärin mehr!», konterte Becker bissig und ließ sich auf den Stuhl fallen, dessen Lehne er bisher festgehalten hatte.

«Natürlich brauchen wir sie – für Koordination, Telephonate, Recherche.» Baumanns Ton war schärfer geworden.

«Gut, gut …» Becker hob beide Hände und seine Schultern, sodass sein Kopf beinahe halslos auf dem Rumpf saß. «Ich sehe schon, dass ich hier einer Verteidigungsfront gegenüberstehe. Ich möchte mit diesen Diskussionen nicht die Ermittlungen aufhalten. Holen Sie schon Ihren Recorder, Baumann. Wir besprechen diese Angelegenheit ein anderes Mal.»

«Ich denke, da gibt es nichts zu besprechen!», erwiderte Laura. «Claudia ist eine hervorragende Assistentin, und wir wüssten nicht, was wir ohne sie machen sollten. Im Gegensatz zu anderen Menschen denkt Claudia nämlich mit und kann selbständig handeln.»

Becker lehnte sich zurück und seufzte. «Noch mehr?»

«Nein, das wäre alles!»

«Gut, also, ich höre. Was gibt es in diesem Fall Cabun zu berichten?»

Laura schaute auf den kleinen Recorder, den Kommissar Baumann auf den Tisch gestellt hatte, und war sicher, dass Kriminaloberrat Becker für eine Einstellung der Ermittlungen plädieren würde, da es bisher keinerlei Hinweise auf eine Gewalttat gab.

Nein, er hatte nicht darauf bestanden, die Ermittlungen einzustellen. Er war aber der Meinung, dass Laura und Baumann sich diesen Afrikaner ansehen sollten, ehe eine Entscheidung gefällt werden konnte. Sie hielten es ihrer klaren Front für Claudia zugute, dass Becker sich so kooperativ zeigte. Vielleicht war es aber auch eine dieser Entscheidungen, die er hin und wieder zur Überraschung aller anderen traf.

Laura und Baumann fanden ziemlich schnell die Adresse von Roberto Malenge heraus und machten sich nach einer kurzen Mittagspause auf den Weg zu ihm. Valerias angeblicher Freund wohnte ebenfalls im Stadtteil Schwabing, teilte offenbar eine Wohnung mit anderen Studenten – die meisten von ihnen Afrikaner wie er selbst.

«Vor zwei Jahren gab es mal ein Drogenproblem in der WG», erzählte Baumann unterwegs. «Aber der Typ, der darin verwickelt war, ist inzwischen ausgezogen. Erstaunlich, wie genau unsere Kollegen ein Auge auf die Afrikaner haben. Die wussten sofort jede Menge … Wer was studiert, wer wie lange schon in Deutschland lebt, wer einen Antrag auf permanente Aufenthaltsgenehmigung gestellt hat. Ich bin irgendwie froh, dass ich nicht schwarz bin, wenn ich das so höre.»

«Nicht schwarz, kein Muslim und kein allein erziehender Vater. Dir geht's ziemlich gut, was?», murmelte Laura.

«So gesehen durchaus», erwiderte der junge Kommissar. «Und dir?»

«Na ja, im Augenblick kann ich dir keine präzise Antwort geben, also lassen wir das. Wo müssen wir hin?»

«Schellingstraße – nicht weit von dem Lokal, in dem Hitler Billard zu spielen pflegte»

«Ich kann mir nicht vorstellen, dass Hitler Billard gespielt hat.»

«Hat er aber. Im Schellingsalon! Ist historisch bewiesen.»

«Wie kommst du eigentlich darauf? Was hat Hitler mit Roberto Malenge zu tun?»

«Nichts. Das ist mir nur gerade zum Thema Schellingstraße eingefallen. Ich wollte mit meinen intimen Geschichtskenntnissen angeben. Aber nachdem es dich nicht beeindruckt, vergiss es einfach!»

Laura fröstelte plötzlich, zog ihre Lederjacke enger um sich.

«Wie geht es eigentlich Commissario Guerrini?», fragte Baumann.

«Sag mal, wie kommst du von Hitler und Billard auf Guerrini? Ich würde manchmal wirklich viel dafür geben, die assoziativen Verbindungen in deinem Gehirn zu verfolgen.»

Peter Baumann hob kurz beide Hände vom Steuerrad und lachte. «Es gibt überhaupt keine Verbindung zwischen ihnen. Es ist reine Verzweiflung, weil du so ungeheuer gesprächig bist, Laura! Ich rede einfach, um die

Stille zu füllen! Außerdem interessiert es mich wirklich, wie es dem Commissario geht.»

«Warum?»

«Warum musst du eigentlich jede einfache Äußerung hinterfragen? Das ist anstrengend!»

«Schon gut!»

«Also, wie geht es ihm?»

«Ganz ordentlich. Außerdem ist es in Siena wärmer als in München.»

«Das sagt ja unheimlich viel aus, was?!»

Laura betrachtete den jungen Kollegen von der Seite, registrierte das Zucken seiner Wangenmuskeln, den Ärger, den sein Körper ausstrahlte.

«Eigentlich wolltest du doch fragen, wie es mir und dem Commissario geht, nicht wahr?», sagte sie langsam.

Er bremste scharf und lenkte den Dienstwagen rückwärts in eine ziemlich kleine Parklücke. «Wollte ich das?»

«Ich nehme es zumindest an.»

«Na gut! Dann frage ich eben, ob meine geschätzte Kollegin immer noch eine heiße Love-Story mit dem fernen Commissario laufen hat.»

«Sie hat! Beruhigt?»

Baumann stieß einen leisen Fluch aus, weil er ziemlich kräftig gegen das hinter ihm geparkte Fahrzeug gefahren war. Zwei alte Männer blieben stehen und starrten vorwurfsvoll und neugierig zu Laura und Baumann herein. Der Kommissar sprang aus dem Wagen, überprüfte beide Fahrzeuge. «Nichts passiert, meine Herren. Sie können weitergehen. Kein Kratzer, keine Beulen! Auf Wiedersehen!» Er kehrte in den Wagen zurück, knallte die Tür zu und knurrte: «Verpisst euch, ihr neugierigen Uhus!»

«Und jetzt?», fragte Laura.

«Jetzt warten wir, bis die beiden Blockwarte weg sind, und steigen dann aus!»

Es dauerte dreieinhalb Minuten, ehe die alten Männer sich entschlossen, ein Stückchen weiterzugehen. Dabei ließen sie allerdings Laura und Baumann nicht aus den Augen, lehnten sich endlich mit dem Rücken an das Schaufenster einer Boutique und starrten weiter in ihre Richtung.

«Mann!», stöhnte Peter Baumann. «Ich geh jetzt hin und halte denen meinen Ausweis unter die Nase!»

«Lass sie doch!» Laura öffnete die Beifahrertür. «Es macht ihnen Spaß, uns zu beobachten. Sie halten uns für verdächtig. Das tut ihnen gut – endlich passiert etwas!»

Langsam stieg Laura aus, setzte eine große Sonnenbrille auf und schlug den Kragen ihrer Lederjacke hoch. Die beiden Alten reckten die Köpfe. Da öffnete Laura kurz ihre Jacke und rückte die Pistole in ihrem Schulterhalfter so auffällig zurecht, dass die alten Männer sie sehen mussten. Laura lächelte Peter Baumann zu und überquerte gemeinsam mit ihm die Schellingstraße. Die beiden Alten blieben mit offenen Mündern zurück.

«Die sind garantiert noch da, wenn wir wieder zurückkommen. Vielleicht rufen sie sogar die Bullen!» Baumann drehte sich nach den beiden um.

«Wär doch ganz lustig, du Bulle!», entgegnete Laura. «Welches Haus ist es?»

«Das hässliche da mit den vielen Fahrrädern davor.»

Die Wohngemeinschaft von Roberto Malenge war in einem der Mietshäuser untergebracht, die nach dem Zweiten Weltkrieg aus den Trümmern der Bombenangriffe hochgezogen worden waren. Hässliche Wohnblöcke mit zu kleinen Fenstern und graubraunem Anstrich. Das hier war inzwischen mit hellgrüner Farbe aufgepeppt worden, wirkte trotzdem ärmlich. Laura kannte diese Häuser. Wände und Böden waren so schlecht isoliert, dass man jeden Laut aus den Nachbarwohnungen hörte. Sie selbst hatte während ihres Studiums einige Zeit in so einem Haus gewohnt – ebenfalls in einer WG. Lernen war nur mit Hilfe von Ohropax möglich gewesen.

Als Laura und Baumann den engen Flur betraten, kam ihnen ein junger Afrikaner entgegen, der einen knallroten Schal um seinen Hals geschlungen hatte. Er trug einen Instrumentenkoffer unterm Arm und schien es eilig zu haben.

«Entschuldigen Sie!» Laura verstellte ihm halb den Weg.

«Ja?» Seine Stimme war sehr tief.

«Sie sind nicht zufällig Roberto Malenge?»

Er schüttelte den Kopf, kleine Ringe blitzten an seinem rechten Ohr.

«Roberto ist oben.»

«Danke.»

Er ging weiter, drehte sich aber nach drei Schritten um.

«Was wollen Sie denn von ihm?» Sein Deutsch war sehr gut. Einzig ein leichter französischer Akzent zeigte an, dass es nicht seine Muttersprache war.

«Wir haben eine Nachricht für ihn.»

Der junge Mann runzelte die Stirn. «Was denn für 'ne Nachricht?»

«Das kann ich Ihnen nicht sagen», erwiderte Laura. «Die Nachricht ist nur für Roberto Malenge bestimmt.»

Der junge Afrikaner kam zurück, drückte auf den Lichtschalter und betrachtete Laura und Peter Baumann aus leicht zusammengekniffenen Augen.

«Polizei … oder?»

Laura fragte sich, woran er das erkennen konnte. Sie selbst war angezogen wie tausend andere Frauen auch, Baumann war ein ausgesprochen lockerer Typ. Hatten sie beide tatsächlich diese Aura um sich?

«Sehen wir so aus?», fragte sie deshalb zurück.

Er lachte plötzlich, kräftige weiße Zähne blitzten in seinem dunklen Gesicht.

«Ich weiß es nicht! Es ist mehr ein Erfahrungswert! Zwei weiße Leute, die ich noch nie hier gesehen habe, die weder mich noch Roberto kennen, können eigentlich nur von der Polizei sein.»

«Was studieren Sie?», fragte Baumann.

«Medizin, genau wie Roberto. Warum?»

«Ich dachte Mathematik, weil Sie so wahnsinnig logisch denken können!», grinste Baumann.

«Logisches Denken nützt immer, nicht wahr?» Das Lächeln des jungen Mannes war verschwunden. «Ich denke, ich komme besser mit nach oben, falls Roberto meine Unterstützung braucht! Dritter Stock, rechts!»

Schweigend machten sie sich an den Aufstieg. Die Treppe war schmal, das Holz abgetreten, zeigte nur am Rand noch Spuren der einstigen Versiegelung. Ein leichter Geruch nach zu heißem Bratenfett schien aus der Wohnung links im zweiten Stock zu kommen. Geräusche von überall her – Musik, Stimmen, Geschirrklappern, ein weinendes Baby. Im dritten Stock blieben sie vor der rechten Wohnungstür stehen. Baumann sah den jungen Afrikaner fragend an, der schüttelte den Kopf.

«Besser, Sie klingeln. Ich möchte nicht als Türöffner auftreten, als wäre ich einer von Ihnen!»

Baumann zuckte die Achseln und drückte auf den Klingelknopf. Die Wohnungstür wurde so schnell und schwungvoll aufgerissen, dass Laura und Baumann ein wenig zurückwichen. Vor ihnen stand ein großer, gut aussehender Schwarzer mit einem buschigen Pferdeschwanz aus Rastalocken. Die Knöpfe seines blauen Leinenhemds standen bis zum Bauchnabel offen.

«Oh!», sagte er erstaunt, entdeckte seinen Wohnungsgenossen hinter den beiden Unbekannten und sah ihn fragend an. «Freunde von dir, Aristide?»

«Polizisten!», gab Aristide zurück.

Laura registrierte, wie der Körper des Mannes sich anspannte, seine Augen sich verengten. «Roberto Malenge?», fragte sie, und als er nickend einen halben Schritt zurücktrat, fügte sie hinzu: «Laura Gottberg, Kripo München. Das hier ist Kommissar Baumann. Wir brauchen Ihre Hilfe, und wir haben eine traurige Nachricht für Sie.»

Er sah verwirrt aus, schien heftig nachzudenken, aber zu keinem Ergebnis zu kommen. «Jaja», stammelte er endlich. «Kommen Sie herein. Außer mir und Aristide ist im Augenblick niemand hier. Wir können uns in die Küche setzen. Da gibt es genügend Stühle.»

«Soll ich dabeibleiben?», fragte Aristide.

«Wär nicht schlecht!» Roberto Malenge zog die Schultern hoch und ließ sie wieder fallen, tat einen tiefen Atemzug, der wie ein Seufzer klang. Sie folgten ihm in den engen dunklen Flur, waren erstaunt über die große Küche, deren Wände mit bunten Postern und Originalgemälden bedeckt waren. Ungewöhnliche Bilder – die Silhouette eines schwarzen Mannes vor kalten Straßenfluchten, Hochhäusern, leeren Landschaften. Die Poster dazwischen zeigten vor allem Regenwälder, Palmenstrände, den Kilimandscharo, ein afrikanisches Dorf.

«Einer unserer WG-Genossen studiert Kunst», erklärte Aristide, als Laura sich aufmerksam umsah.

Sie ließen sich alle vier nieder, saßen ein bisschen verloren um den runden Esstisch herum.

«Soll ich Kaffee machen?», fragte Aristide und legte seinen roten Schal sorgfältig über die Rückenlehne eines Stuhls.

«Nein, das ist nicht nötig», erwiderte Laura und sah Roberto Malenge an. «Wollen Sie wirklich, dass Aristide hört, was wir Ihnen mitteilen müssen?»

Roberto strich mit beiden Händen über die dicken Strähnen seiner Rastalocken. «Jaja, natürlich», murmelte er. «Ich habe keine Ahnung, was Sie mir sagen wollen. Ich wüsste nicht, dass ich etwas Verbotenes getan oder gegen Ihre Gesetze verstoßen hätte!»

Laura dachte, dass sie lieber wieder gehen würde. Sie hatte absolut keine Lust, diesen jungen Mann in die Reihe der Verdächtigen aufzunehmen. Aber sie wusste, dass es unprofessionell war, dass er sehr wohl in diesen Kreis gehörte – ein eifersüchtiger Liebhaber vielleicht, einer, der in seinem Stolz verletzt worden war, der sich zurückgesetzt fühlte, diskriminiert, verraten. Sie hoffte, dass Peter Baumann jetzt etwas sagen würde, dass er die Nachricht überbringen könnte, doch der Kommissar betrachtete nachdenklich die Bilder an den Wänden und machte keinerlei Anstalten, die Initiative zu ergreifen.

Laura fühlte die Blicke der beiden Männer auf sich, die wachsende Spannung im Raum. «Herr Malenge …», begann sie. Er fuhr auf. «Herr Malenge, kennen Sie eine junge Italienerin namens Valeria Cabun?»

Sein Blick streifte sie nur kurz, wanderte schnell zu Baumann, zu Aristide, unsicher, fragend, dann stützte er beide Hände auf seine Knie, senkte den Kopf und starrte auf den Boden.

«Kennen Sie Valeria?», fragte Laura noch einmal.

«Ja», murmelte er undeutlich. «Warum? Ist das verboten?»

«Nein», erwiderte Laura. «Natürlich nicht. Aber ...», sie zögerte, «... ich weiß nicht, in welchem Verhältnis Sie zu Valeria standen ... Es ist eine traurige Nachricht, die ich Ihnen bringen muss: Valeria ist tot.»

Roberto Malenge sprang auf. Aus weit aufgerissenen Augen starrte er Laura und Baumann an, wiegte seinen Oberkörper hin und her.

«Nicht sie!», flüsterte er heiser. «Nicht Valeria. Nicht meine Löwin ...»

Als Aristide neben ihn trat und vorsichtig eine Hand auf seine Schulter legte, brach der große Mann plötzlich zusammen und weinte. Er knickte ein, als hätte ihm jemand die Beine weggezogen, fiel schwer auf den Stuhl zurück und verbarg sein Gesicht in beiden Händen. Sein ganzer Körper zuckte, und er weinte so heftig, dass Laura nur mit Mühe die Erschütterung zurückdrängen konnte, die in ihr aufstieg. Mit einem Seitenblick auf Baumann nahm sie wahr, dass auch er mehrmals schluckte.

«Es tut mir Leid», sagte sie heiser, und es stimmte, obwohl sie vergeblich nach persönlicheren Worten suchte. Sie kannte Roberto Malenge nicht, wusste kaum etwas über seine Beziehung zu Valeria. Einen Augenblick lang saß sie ganz kraftlos da, spürte wieder den Schmerz zwischen ihren Schulterblättern, dann rappelte sie sich auf. Sie brauchten Roberto Malenges Aussage, doch jetzt würden sie sicher kein ruhiges Gespräch mehr führen können. Laura nahm eine ihrer Karten aus der Jacke, drückte sie Aristide in die Hand.

«Sorgen Sie bitte dafür, dass er heute Nachmittag um drei ins Polizeipräsidium kommt. Und sagen Sie ihm, dass es nur um seine Aussage geht, um nichts anderes!»

«Wie ... wie ist sie denn gestorben?», fragte Aristide leise.

«Bisher gehen wir von Selbstmord aus», erwiderte Laura ebenso leise.

Aristide runzelte die Stirn und schüttelte den Kopf. «Valeria und Selbstmord? Das kann ich mir nicht vorstellen!»

«Dann kommen Sie doch mit Roberto Malenge ins Präsidium», schlug Peter Baumann vor. «Wir brauchen wirklich jede Aussage in dieser Angelegenheit!»

«Angelegenheit», wiederholte Aristide langsam, warf Baumann einen seltsamen Blick zu und legte beide Arme um Robertos Schultern.

Laura ließ sich von Baumann vor dem gerichtsmedizinischen Institut absetzen. Gab vor, dem Arzt noch ein paar Fragen stellen zu müssen. Sie konnte ihrem jungen Kollegen nicht sagen, dass sie Zwiesprache mit der Toten halten wollte. Sie wusste ja selbst nicht, was sie sich davon erhoffte, folgte eher einer unklaren Eingebung.

Der neue Arzt war nicht da, und Laura fühlte sich erleichtert, ihren alten Kollegen Dr. Reiss zu sehen, der sich gerade die Latexhandschuhe abstreifte, lange die Hände wusch und Laura zu einem Kaffee einlud.

«Nett von Ihnen, aber leider keine Zeit», erwiderte sie. «Ich bin nur gekommen, um noch einen Blick auf die junge Italienerin zu werfen.»

«Hab ich auch schon gemacht.» Der Arzt betrachtete seine Hände. «Altersflecken!», seufzte er. «Zeigen Sie mal Ihre Hände, Laura!»

«Du lieber Himmel, Sie haben Sorgen», lächelte sie.

«Ich hab noch keine, falls es Sie interessiert. Nur einen – vielleicht –, und den tarne ich als Sommersprosse!»

«Wie alt sind Sie, Laura?»

«Bald 45!»

«Na, dann haben Sie noch eine Gnadenfrist von ein paar Jahren …»

«Stimmt was nicht, Doktor?»

«Ach, nichts Ernstes. Im Frühling neige ich zu Depressionen. Dieser Ausbruch von Lebendigkeit erinnert mich immer daran, dass ich bereits heftig der Pensionierung entgegengehe.»

«Na ja», murmelte Laura, «Sie gehen immerhin noch – die arme Valeria Cabun liegt im Kühlfach.»

Er lachte kurz auf. «Ich wusste, dass Sie mir kein Selbstmitleid gestatten würden. Also kommen Sie.» Er ging vor Laura her in den Kühlraum, eine große, hagere Gestalt mit einer winzigen Beugung nach rechts, und ihr fiel auf, dass er tatsächlich im letzten halben Jahr gealtert war.

Dr. Reiss blieb vor dem Fach stehen, in dem Valeria gelagert wurde, wandte sich zu Laura um.

«Ich habe den Autopsiebericht von Malic gelesen und bin mit ihm alles nochmal durchgegangen. Er hat ordentliche Arbeit geleistet. Aber eine Sache hat er vielleicht nicht ganz richtig eingeschätzt. Die junge Frau hatte Verletzungen auf beiden Seiten des Schädels. Ich halte es für möglich, dass sie niedergeschlagen wurde, ehe sie aus dem Fenster fiel oder – dann eher – geworfen wurde. Theoretisch zumindest.»

«Und Sie halten es für unmöglich, dass sie sich die Verletzungen beim Aufprall zugezogen hat?»

«Jedenfalls kann ich mir nicht vorstellen, wie es passiert sein könnte. Man schlägt nicht mit beiden Seiten gleichzeitig auf. Sie können es sich ja selbst ansehen!» Entschlossen zog er die Lade auf, Valerias Körper rollte aus der Tiefe des Kühlfachs hervor. Reiss zog das grüne Laken von ihrem Kopf, strich die dunklen Haare zurück, um Laura eine bläuliche Verfärbung zu zeigen, die an der rechten Schläfe zum Ohr verlief und auch noch zwischen den Haarwurzeln zu sehen war. Er war jetzt ganz in seinem Element, hielt einen Vortrag wie in der Universität.

«Das hier», sagte er laut und übertrieben artikuliert, «ist die Folge eines Schlags mit einem stumpfen Gegenstand. Sie sehen keine Hautverletzung, nur ein Hämatom, das sich relativ gleichmäßig verteilt hat.» Er schaute Laura über den Rand seiner Brille bedeutsam an. «Jetzt folgen Sie mir auf die andere Seite. Ich kann ihren Kopf nicht drehen, da die Leichenstarre dies unmöglich macht.»

«Jaja», murmelte Laura, umrundete hinter Reiss die Bahre, dachte plötzlich an Roberto Malenges Worte: Meine Löwin ... Auch Mörder hatten schon ähnliche Worte für ihre Opfer benutzt – eifersüchtige Liebhaber zum Beispiel, nachdem sie ihre Geliebte umgebracht hatten.

«Sehen Sie!» Beinahe triumphierend wies der Mediziner auf die schwarze gezackte Wunde an Valerias linker Schläfe, die sich ebenfalls bis unter ihr dichtes Haar zog. «Da ist sie aufgeprallt, deshalb ist die Haut geplatzt! Und jetzt sind Sie dran, Frau Hauptkommissarin.»

«Danke!» Laura nickte ihm zu. «Könnten Sie mich ein paar Minuten mit ihr allein lassen? Ich möchte all das einfach auf mich wirken lassen und sie ansehen.»

Reiss lächelte und legte kurz seine Hand auf Lauras Schulter. «Sie sind auch eine von den wenigen, die wissen, dass Tote sprechen können – nicht wahr? Ich habe diese Erfahrung unzählige Male gemacht. Man muss sich nur darauf einlassen. Die meisten Menschen fürchten sich davor. Selbst die Profis. Eigenartig, nicht wahr?»

Laura antwortete nicht, wartete nur, bis er den Raum verlassen hatte. Ganz still blieb sie neben Valeria Cabun stehen, erst an ihrer linken Seite, dann wechselte sie zur rechten, weil die ihr unversehrter erschien. Wieder fiel Laura das ausgeprägte Profil der jungen Frau auf. Etwas Wildes, vielleicht auch Hochmütiges oder zumindest sehr Stolzes ging von ihr aus. Selbst im Tod hielt sie das Kinn ein wenig hochgereckt, die kräftigen dunklen Brauen leicht gerunzelt und sah aus, als hätte sie gerade ihr Haar mit einer schnellen Kopfbewegung nach hinten geworfen.

Die Löwin, dachte Laura. Sie wirkt kein bisschen wie jemand, der an einer Depression leidet und deshalb aus dem Fenster springt. Sie wirkt eher wie eine Kämpferin, eine Löwin eben. Roberto Malenge hatte ganz Recht.

«ICH WAR immer dagegen, dass du als Au-pair-Mädchen ins Ausland gehst! Kannst du dich erinnern? Du hättest mich damals am liebsten umgebracht!» Der alte Emilio Gottberg nickte heftig. «Du wolltest unbedingt nach Paris! Deine Mutter hätte es beinahe erlaubt, aber ich habe gesagt: Nur über meine Leiche! Paris ist voller Franzosen, und du warst knappe neunzehn. Wahrscheinlich wärst du mit Drillingen zurückgekommen – wenn überhaupt!»

Laura Gottberg sah ihrem Vater zu, wie er die Wärmetöpfe seines Mittagessens inspizierte, das ihm kurz zuvor geliefert worden war. Jetzt knallte er einen der Deckel wieder auf den Topf und fixierte seine Tochter angriffslustig.

«Warum sagst du nichts? Bist du stumm?»

«Du hattest Recht!»

«Was?» Er starrte sie mit halb offenem Mund an. «Sag das nochmal!»

«Du hattest Recht, Vater!»

«Wie kommst du denn darauf?»

«Ganz einfach – ich habe inzwischen selbst eine Tochter, und ich würde sie nicht in irgendeine Familie irgendwo auf der Welt schicken, um dort in irgendwelche unklaren Situationen zu geraten.»

«Es liegt also nicht nur an dem Fall, den du gerade bearbeitest?» Der alte Gottberg war noch immer misstrauisch.

«Nein. Ich weiß aus meiner eigenen Lebenserfahrung, dass ich mit siebzehn oder achtzehn einfach nicht genug gewusst hätte, um einigermaßen sicher zu sein.»

«Danke!»

«Wofür?»

«Für meine Rehabilitierung als autoritärer Vater!»

«Ach, du mit deinem Talent für Dramatik. Du bist doch schon lange rehabilitiert, oder?»

«Na ja, dieses Zeug hier kann man übrigens nicht essen. Die haben wieder diese ekelhafte braune Sauce über alles gekippt. Wie wär's, wenn ich dich zum Italiener um die Ecke einlade. Die Sonne scheint, es ist Frühling, und wir könnten unsere Reise in die Toskana planen.»

«Ich hab nicht viel Zeit, Vater …»

«Das hast du nie!», unterbrach der alte Gottberg seine Tochter. «Eine Stunde – mehr nicht!» Er sah sie bittend und ein wenig verschmitzt an. Und Laura dachte, dass er trotz seines Alters noch immer ein sehr charmanter Mann war.

«Eine Stunde», erwiderte sie lächelnd. «Aber keine Minute länger.»

«Nein, selbstverständlich nicht, Frau Hauptkommissarin!» Er salutierte und zwinkerte ihr zu.

Es wurden beinahe zwei Stunden in einer windgeschützten Ecke des kleinen italienischen Restaurants in der Osterwaldstraße. Sie schlemmten gegrillte Seezungen, Rosmarinkartoffeln, gedünstete Tomaten. Die Aprilsonne wärmte, und Laura hätte gern die Zeit vergessen, doch kurz vor zwei Uhr meldete sich Peter Baumann auf ihrem Handy.

«Wo zum Teufel steckst du, Laura!» Er grüßte nicht einmal.

«Wieso? Was ist los?»

«Die Hölle! Komm sofort ins Präsidium! Vor mir steht eine total aufgelöste italienische Großfamilie. Valerias Eltern sind hier! Ich brauche dich!»

«Okay! Bin schon unterwegs!»

Laura küsste ihren Vater auf beide Wangen.

«Es war wunderschön, und ich danke dir. Aber jetzt geht's schon wieder weiter. Ich muss ein Taxi nehmen und sofort ins Präsidium. Kommst du allein zurecht?»

«Natürlich», knurrte der alte Gottberg. «Was, denkst du, mache ich, wenn du nicht da bist? Ich hätte nur gern den Espresso auch noch mit dir getrunken. Und ich habe eine wichtige Frage, die du mir vermutlich wieder nicht beantworten wirst.»

«Wir fahren in die Toskana! Ich habe es dir versprochen, Babbo!»

«Ich habe eine ganz andere Frage, Laura!»

«Warum stellst du die wichtigen Frage eigentlich immer dann, wenn ich es eilig habe?»

Emilio Gottberg verzog das Gesicht. «Du weißt genau, warum, Laura!»

«Warum?»

«Weil du dann meistens eine halbwegs ehrliche Antwort gibst. Wenn du Zeit hast, denkst du dir irgendwelche klugen Reden aus.»

Er kennt mich viel zu gut, dachte Laura und sprang auf.

«Warte! Meine Frage: Wann lerne ich endlich diesen Papagallo kennen, diesen Commissario Guerrini? Ich denke, dass ich ein Recht dazu habe!»

«Spätestens dann, wenn wir zusammen in die Toskana reisen!», erwiderte Laura und rief dem Kellner zu, dass er ein Taxi bestellen solle.

«Also vielleicht nie», sagte der alte Gottberg und ließ den Rest seines Pinot Grigio im Glas kreisen.

Warum sagt er so etwas?, dachte Laura auf dem Weg ins Präsidium. Es ist, als wische er das fröhliche Mittagessen mit diesem Satz einfach weg. Als stelle er das ganze Leben infrage und mich, seine Tochter. Als glaube er mir nicht, dass ich wirklich mit ihm reisen will. Sie ärgerte sich. Schuldgefühle, dachte sie. Natürlich – ich hab sie ja schon. Es funktioniert. Bravo, Babbo!

Aber in diesem Augenblick bremste das Taxi vor dem Polizeipräsidium, und Laura hatte keine Zeit mehr, über die Winkelzüge ihres Vaters nachzudenken, der immerhin einmal ein sehr erfolgreicher Rechtsanwalt gewesen war. Dr. Emilio Gottberg wusste genau, was er zu tun hatte, um Menschen in Bewegung zu bringen.

Laura ließ sich vom Taxifahrer eine Quittung geben, zerknüllte sie aber auf dem Weg ins Dezernat. Keine Chance, das Geld als Spesen abzurechnen, seit auch die Polizei vom allgemeinen Sparzwang erfasst worden war. Als sie den Lift verließ und sich dem Aquarium von Kommissar Baumann näherte, fiel ihr auf, dass die meisten Kollegen in den anderen Glaskästen neugierig in genau diese Richtung schauten. Gleich darauf hörte sie eine sehr laute Stimme, die offensichtlich Italienisch sprach, obwohl die Glaswände die Bedeutung der Wörter verwischten. Dann sah sie die vielen Menschen, dazwischen Claudia und Kommissar Baumann.

Niemand außer Baumann bemerkte, dass sie leise die Tür öffnete. Er hob verzweifelt die Augen zur Decke und fasste sich an den Kopf. Alle andern wandten ihr den Rücken zu, standen in Halbkreis hinter einem stämmigen Mann, der sehr laut auf den jungen Kommissar einredete und seine Worte mit ausladenden Armbewegungen unterstrich.

Baumanns kurze Pantomime ließ den Mann verstummen, er drehte sich zu Laura um, mit ihm – beinahe gleichzeitig – alle andern. Sie hatte keine Zeit, die einzelnen Gesichter zu betrachten, empfand die Menschen vor sich wie eine Welle, die auf sie zukam.

«Das ist Commissaria Laura», rief Baumann. «Sie versteht alles, was Sie uns sagen wollen.» In komischer Resignation breitete er seine Arme aus, da er annahm, dass die versammelte Sippe ihn nicht einmal hören konnte. Zu sehr waren sie alle in ihrem Schrecken, ihrer Trauer, ihrem Zorn versunken.

«Buona sera», sagte Laura in die Stille hinein. «La familia Cabun?»

Der stämmige dunkelhaarige Mann, um den die andern sich versammelt hatten wie eine Mauer, machte zwei Schritte auf Laura zu, sah ihr genau in die Augen. Seine waren sehr dunkel, die kräftigen Brauen darüber erinnerten Laura an Valeria. Jetzt reckte er das Kinn ein wenig, streckte Laura seine rechte Hand entgegen. Ihre Hand, ihr ganzer Arm wurde geschüttelt, während er in ihrem Gesicht forschte. Laura dachte, dass er mit diesem verschlossenen wilden Ausdruck und den schwarzsilbernen Bartstoppeln auf den Wangen einem Seeräuber glich.

«Sono Roberto Cabun, il padre di Valeria!» Seine Stimme war heiser, er roch nach Zigaretten.

«Ich möchte Ihnen allen sagen, wie Leid es mir tut, was Ihrer Familie zugestoßen ist. Ich habe Ihre Tochter gesehen und kann mir vorstellen, wie schwer dieser Verlust für Sie ist.» Laura wich seinem Blick nicht aus.

Roberto Cabun aber schloss kurz die Augen, legte eine Hand auf seine Brust. Dann trat er noch näher an Laura heran. «Sie hat sich nicht umgebracht, Signora Commissaria! Valeria war stark und schön, sie wollte leben! Sie hatte unser Blut und die Kraft der Cabuns. Etwas muss passiert sein, Commissaria, in dieser Stadt! Ich wollte sie nicht gehen lassen – aber alle haben gesagt, dass man heute die Mädchen gehen lassen muss. Hätte ich nur nicht auf sie gehört … Ich … ich kann es nicht ertragen! Ich muss sie sehen! Wo ist sie, Commissaria? Wo ist meine Valeria?» Roberto Cabuns Stimme war immer intensiver, gleichzeitig aber auch immer leiser geworden. Das tiefe Aufschluchzen, mit dem er verstummte, wurde von den übrigen Familienmitgliedern weitergetragen wie das Summen eines Insektenschwarms.

Endlich nahm Laura die Gesichter der anderen wahr, scharfe, angespannte Gesichter. Zwei ältere Frauen, zwei junge Burschen, ein Mann, der Roberto Cabun sehr ähnlich sah, vermutlich sein Bruder.

Seltsam, dass Valerias Vater Roberto heißt – genau wie Roberto Malenge, dachte Laura. Ich muss sie hier wegbringen. Das ist kein Ort, um so schwere Dinge zu besprechen.

Laura führte die Familie Cabun in die Kantine, sorgte für Kaffee und Wasser, hörte zu – den Klagen, den Vorwürfen. Aber je mehr sie hörte, desto deutlicher wurde, dass auch Valerias Familie keine Ahnung hatte, wer die junge Frau eigentlich war. Fröhlich war sie und heftig und schwierig, keineswegs depressiv, nein – aber sie hatte verrückte Träume vom Leben – hatten wir die nicht alle einmal? Sie wollte weg aus der Heimat – wollten nicht alle einmal weg und sind dann dageblieben? Oder zurückgekommen?

Die Aussagen widersprachen sich, schlossen alle Möglichkeiten ein. Selbst Lauras behutsame Fragen brachten keine Klärung. Gab es vielleicht einen jungen Mann in der Heimat, mit dem Valeria verbunden war? Natürlich, fast alle jungen Männer der Gegend schwärmten für sie. Einen mochte sie vielleicht besonders. Aber es war ganz harmlos, eine Freundschaft. Nichts Ernstes. Sie war doch noch so jung! Noch nicht einmal einundzwanzig. Und Laura dachte an Roberto Malenges Löwin.

Hatte sie etwas über ihr Leben in München erzählt? Am Telefon oder in Briefen? Nur dass es ihr gut gehe, dass sie viel lerne, dass die Kinder lieb seien, die sie zu betreuen habe. Nichts über die Eltern der Kinder? Nein, nichts. Über Freunde oder Freundinnen? Nichts, gar nichts. Und im Lauf des Gesprächs wurden alle immer stiller, schienen zu begreifen, dass sie Valeria kaum kannten.

Jeder der Anwesenden schien ein anderes Bild der jungen Frau in sich zu tragen. Nur eines stand für alle fest: Jemand hatte Valeria umgebracht, und dieser Jemand würde dafür büßen! Roberto Cabun ballte hilflos seine Fäuste und drohte einem imaginären Feind.

Alle wollten sie Valeria sehen und Abschied von ihr nehmen, sie anfassen, um zu begreifen, dass sie wirklich tot war. Die Eltern, Tante und Onkel, die Brüder. Jemand musste sie dabei begleiten, und der Jemand war natürlich Laura, weil sie Italienisch sprach. Sie ging nicht mit hinein, hatte rasch einen italienischen Priester zur

Unterstützung gerufen, flüchtete bei seiner Ankunft und überließ ihm die Cabuns.

Beinahe halb vier. Roberto Malenge war sicher bereits im Präsidium.

COMMISSARIO ANGELO GUERRINI beobachtete eine Spinne, die vor dem Fenster seines Büros ein Netz webte. Es war eine sehr kleine Spinne, und er bewunderte die absolute Unbeirrbarkeit, mit der sie hin- und hereilte. Immer wieder wanderte sein Blick von den Akten auf seinem Schreibtisch zum Fenster, und seine Gedanken schweiften von diesem seltsamen Todesfall, den die Nachbarn einer alten Frau angezeigt hatten, zur Spinne am Fenster und von ihr zu den Spinnen in seiner Wohnung, die im Winter regelmäßig in ihren Netzen verhungerten, weil sie vergeblich auf Beute hofften.

Er fand, dass es in seinem Büro nach Staub roch, dass es zu klein war und dass er sich im Augenblick wie eine dieser verhungerten Spinnen fühlte, die vergeblich auf Nahrung warteten. Langsam stand er auf und öffnete behutsam das Fenster, um die winzige Baumeisterin nicht zu stören. Tief atmete er die frische Luft ein, die ein wenig zu warm für die Jahreszeit war, schaute über den knappen Ausschnitt von Siena, den die gegenüberliegende Mauer freiließ.

Vor genau drei Monaten hatte er Laura Gottberg zum letzten Mal gesehen. Natürlich, sie telefonierten regelmäßig, schrieben sich sogar, schickten manchmal besprochene Tonbänder – trotzdem war es wie ein langsames Verhungern. Lag es an ihm? Schließlich hatte er genügend zu tun. Wohnte in einer wunderbaren Stadt, hatte Freunde, Verwandte, seinen verrückten Vater. Hatte auch vor der Begegnung mit ihr gelebt, ohne zu verhungern, oder?

Er nahm sich vor, am Wochenende sein Rennrad zu polieren und wie jeden Frühling übers Land zu fahren. Die kleine Spinne seilte sich genau vor seiner Nase ab und schaukelte hin und her, als genieße sie es. Nein, eigentlich hatte er überhaupt keine Lust, allein durch die Gegend zu radeln. Wenn er sich selbst gegenüber ganz ehrlich war, wollte er nach München fahren und Laura sehen – samt ihren Kindern und allem, was sie ausmachte. Es war an der Zeit. Er hatte lange genug gewartet.

Eine Taube flog genau auf ihn zu, drehte knapp vor dem Fenster ab, mit knatternden Flügelschlägen. Für den Bruchteil einer Sekunde tauschte Guerrini einen Blick mit dem Vogel, spürte einen Windhauch. Die kleine Spinne schaukelte heftiger.

«Commissario?»

Guerrini wandte den Kopf. Auf der Türschwelle stand Sergente Tommasini , halb drinnen, halb draußen.

«Si!»

«Werden wir im Fall der Signora Malenchini ermitteln?»

Behutsam schloss Guerrini das Fenster und kehrte zu seinem Schreibtisch zurück, hatte das «wir» registriert, mit dem Tommasini diesen «Fall» zu seinem erklärte.

«Ich weiß nicht», entgegnete er deshalb langsam, um Tommasini hinzuhalten. «Der Arzt hat festgestellt, dass die alte Dame einem Herzanfall erlegen ist. Keinerlei Hinweise auf irgendeine Gewaltanwendung. Sie war immerhin schon siebenundachtzig …»

«Ja, natürlich, Commissario!»

Tommasini war zwölf Jahre jünger als Guerrini, gerade sechsunddreißig geworden, doch ein seltsam müder Zug in seinem Gesicht ließ ihn älter erscheinen. Bisher hatte Guerrini nicht herausgefunden, was die Ursache für diesen müden Zug war – nur eine ungefähre Ahnung brachte ihn mit Tommasinis Neigung in Zusammenhang, den Mitmenschen schlichtweg alles zuzutrauen und vom Leben nicht viel zu erwarten. Eine sehr toskanische Eigenschaft übrigens, geschichtsbedingt vermutlich. Deshalb wartete der Commissario auf den nächsten Satz seines Mitarbeiters.

«Es ist nur …», fuhr Tommasini fort und schaute dabei fest auf den Boden, «… die Aussage der Nachbarn der verblichenen Signora Malenchini erscheint mir bedenkenswert. Es gibt ja die merkwürdigsten Dinge in diesem Leben!»

Guerrini unterdrückte ein Lächeln. «Ja natürlich. Was genau meinst du eigentlich?»

Tommasini lehnte sich an den Türstock und schien mit dem Zeigefinger seiner rechten Hand die etwas schütteren Haare über seiner Stirn zu erforschen. «Ich weiß nicht, ob Sie die Anzeige der Nachbarn gelesen haben, Commissario. Die sagt nicht viel aus, äußert nur einen vagen Verdacht. Aber ich habe schon mit den Leuten gesprochen. Es ist ein sehr gediegenes Ehepaar, und ich finde, Sie sollten sich ebenfalls anhören, was die beiden zu sagen haben, Commissario!»

«Kannst du es mir denn nicht erzählen, Tommasini?»

Der Sergente schüttelte den Kopf. «Nein, das geht nicht! Die Sache ist zu kompliziert.»

Wieder musste Guerrini den Kopf senken, um sein Lächeln zu verbergen. Diese Art von Dialogen hatten er und Tommasini schon viele Male geführt. Sie gehörten zu ihren Ritualen wie die Tatsache, dass Tommasini den Commissario siezte und Guerrini ihn duzte. Der Sergente bestand nachdrücklich auf beidem.

«Also, bestell die Leute her», sagte Guerrini deshalb

entschlossen und wusste bereits, wie die Antwort lauten würde.

Sergente Tommasini richtete sich erleichtert auf und nickte dem Commissario zu. «Sie warten schon draußen. Sind freiwillig hergekommen, weil sie sich ehrliche Sorgen machen.»

«Dann lass die Leute rein, Sergente!»

Es kostete Guerrini ziemliche Anstrengung, ernst zu bleiben, denn er glaubte Tommasini kein Wort. Mit Sicherheit hatte der Sergente persönlich die Nachbarn der bedauernswerten Signora Malenchini in die Questura zitiert. Guerrini wartete. Draußen vor der Tür erklang Tommasinis bedeutungsvolles Murmeln, dann erschien der Sergente wieder, diesmal rückwärts gehend, und es wirkte, als locke er seine Zeugen über die Schwelle, wie man es es mit Hühnern oder ängstlichen Hündchen macht.

Doch sie waren gar nicht so ängstlich, die Eheleute Anna und Cosimo Bembo – Guerrini hatte schnell noch einmal in den Akten nachgesehen. Vor allem Signora Anna begann sofort zu reden, nachdem sie dem Commissario die Hand geschüttelt und sich in einem der etwas narbigen Ledersessel niedergelassen hatte. Cosimo Bembo dagegen nickte nur freundlich und drehte den Hut in seinen Händen.

Während Anna Bembo redete, hatte Guerrini Zeit, sie zu studieren. Sie erzählte, dass sie vierzig Jahre lang Nachbarn der Signora Malenchini waren, vierzig Jahre! Flink bekreuzigte sie sich, legte dann ihre schmalen Hände übereinander auf das rechte Knie. Anna Bembo war schlank und zierlich, ein wenig eingeschrumpft vielleicht, und Guerrini dachte, dass sie unter den Händen knacken würde, wenn man sie zu kräftig anfasste. Aber sie sah seriös aus, da hatte Tommasini schon Recht gehabt. Es lag vor allem an dieser unauffälligen Eleganz, einer gut geschnittenen dunkelblauen Wolljacke über hellblauer Seidenbluse, dem halblangen engen Rock, schlichten Schuhen mit halbhohem Absatz. Nahezu alle älteren Italienerinnen aus gutbürgerlichem Hause besaßen diese besondere Gabe, sich elegant zu kleiden; eine Eigenschaft, die Guerrini an seinen Mitbürgerinnen sehr schätzte. Es erschien ihm als ein Ausdruck einer Kultur, die kostbar und vom Aussterben bedroht war.

«Sie war eine gute Nachbarin, die Signora Malenchini, nicht wahr Cosimo!»

Cosimo Bembo nickte kaum merklich. Auch er war dünn und ein wenig vertrocknet. Sehr blass, beinahe gelblich, und das feine hellgraue Wolljackett schien zu groß für ihn, wie auch seine Füße, deren Länge Guerrini irritierte.

«Sie war uns beinahe wie ein Familienmitglied. Wir haben so viel mit ihr durchgemacht ... den Tod ihres Mannes, Gott hab ihn selig ...» Wieder bekreuzigte sie sich. «Und dann den Kummer mit ihrem einzigen Sohn. Es war einfach furchtbar. Sie hatte immer nur Kummer, die arme Signora Malenchini, nicht wahr, Cosimo?!»

Cosimo nickte und drehte wieder den Hut in seinen zarten Greisenhänden. Guerrini schaukelte leicht auf seinem Drehsessel hin und her.

«Das ist sehr traurig», sagte er langsam. «Aber warum glauben Sie, dass die Signora Malenchini keines natürlichen Todes gestorben ist?»

Anna Bembo öffnete ihren Mund, um tief Luft zu holen, ihre Augen weiteten sich ein wenig, und Guerrini registrierte den winzigen Hauch von türkisfarbenem Puder auf ihren Lidern.

«Es war der Hund», stieß sie hervor.

«Der Hund?» Guerrini zog fragend seine Augenbrauen hoch, obwohl er die Geschichte bereits aus den Akten kannte.

«Sie hatte einen Hund, den sie über alles liebte. Sein Name war Bimbo. So hat sie übrigens immer ihren Sohn gerufen. Bimbo ... Er war ein süßer kleiner Kerl, der Bimbo!»

«Wer? Der Sohn oder der Hund?», fragte Guerrini.

«Der Hund natürlich!», antwortete sie mit Würde und runzelte die Stirn. Sie hüstelte hinter vorgehaltener Hand, warf Guerrini einen tadelnden Blick zu und redete weiter: «Er war schon alt, der Hund, mindestens vierzehn. Aber Bimbo war kerngesund. Kleine Hunde werden sehr alt, müssen Sie wissen, Commissario. Ich kannte einen Hund, der war neunzehn Jahre alt, einen winzigen Hund. Ganz grau und winzig. Bimbo war nicht ganz so winzig, aber auch sehr klein. Eine Mischung aus Pudel und irgendwas. Sehr klug und witzig. Das war Bimbo!»

Guerrini nickte gemeinsam mit Signor Bembo, fand die Ähnlichkeit der Namen seltsam: Bembo und Bimbo. Aber so war das Leben, voller Merkwürdigkeiten.

«Bimbo», murmelte er. «Was geschah mit Bimbo?»

«Man hat ihn entführt und umgebracht, Commissario! Es war ein gemeiner, hinterlistiger Mord an einem kleinen Hund! Nicht wahr, Cosimo?»

Cosimo nickte langsamer als zuvor, brummte sogar etwas.

«Wer hat ihn entführt und umgebracht?», fragte Guerrini.

«Ah, es ist nur so eine Vermutung, Commissario», antwortete sie beinahe leichthin, spreizte ein wenig die Finger und strich über ihr sorgsam gewelltes graues Haar, das einen kaum merklichen blauen Schimmer hatte. «Nein, eigentlich nicht nur eine Vermutung!», fügte sie plötzlich hinzu. «Wir sind ganz sicher, dass es sich so zugetragen hat, nicht wahr, Cosimo!»

«Si, cara!» Cosimo Bembo richtete sich ein wenig auf und legte seinen Hut auf Guerrinis Schreibtisch.

«Und wer könnte den kleinen Hund entführt und umgebracht haben, Signora Bembo?»

Sie warf einen scharfen Blick auf ihren Mann, der aber genau in diesem Augenblick zum Fenster schaute und deshalb nichts bemerkte.

«Ich möchte ja niemanden beschuldigen, Commissario», begann sie. «Es sind nur Vermutungen, Dinge, die wir uns zusammengereimt haben. Wir kennen die Malenchinis eben schon sehr lange. Sehen Sie, die Schwierigkeiten fingen damit an, dass Bimbo eine Asiatin geheiratet hat.»

«Welcher Bimbo?», fragte Guerrini mit gespielter Ahnungslosigkeit, obwohl er wusste, dass er die alte Dame damit gegen sich aufbringen würde. Signor Bembo stieß einen seltsamen Laut aus, der eher einem unterdrückten Kichern denn einem Husten oder Räuspern ähnelte.

Signora Anna warf den Kopf in den Nacken, schaute streng auf die beiden Männer herab und ignorierte Guerrinis unbotmäßige Frage.

«Signora Malenchini war eine gläubige Katholikin, wie wir. Diese Asiatin war etwas ganz anderes – ich weiß nicht genau, was. Bimbo hat sich völlig verändert, seit er mit dieser Frau zusammen war. Ich glaube, er wurde Buddhist oder so was. Jedenfalls etwas Schreckliches! Signora Malenchini hat ihn enterbt. Wir haben das sehr gut verstanden, nicht wahr, Cosimo? Wenn unsere Kinder plötzlich Buddhisten oder Muslime würden, müssten wir sie auch enterben, nicht wahr?»

Cosimo sog die Luft ein und schaute den Commissario bedeutungsvoll an.

«Danach gab es nur Streit zwischen Signora Malenchini und ihrem Sohn. Und eines Tages lag Bimbo tot vor ihrer Tür. Die arme Signora hat ihn aufgehoben, und im nächsten Augenblick ist sie selbst gestorben. Herzanfall. Alle, die sie kannten, wussten, dass man sie nicht aufregen durfte. Derjenige, der den armen Bimbo vor ihre Tür gelegt hat, wusste genau, dass sie sterben würde. Es war ein Mordanschlag, Commissario. Nichts anderes als ein gemeiner Mordanschlag!»

Nachdenklich rieb Guerrini mit der rechten Hand sein Kinn. Inzwischen richtete er seine Aufmerksamkeit mehr auf Signor Bembo, dessen Gesicht einen seltsam verschmitzten Ausdruck zeigte.

«Ich würde gern Ihre Meinung dazu hören, Signor Bembo.»

Der alte Herr neigte den Kopf ein wenig zur Seite, lächelte schüchtern, räusperte sich dann und sagte leise: «Falls es ein Mordanschlag war, dann ein sehr kluger.»

Seine Frau stieß ein verächtliches Zischen aus. «Er schaut alle Kriminalfilme im Fernsehen an und sagt, dass die meisten Mörder dumm seien und keine Phantasie hätten. Das stimmt doch, Cosimo. Du sagst das jeden Tag, auch wenn du die Zeitung liest.»

«Si, si!», nickte Signor Bembo gelassen. «Es macht Spaß, die Dummheit der anderen zu sehen. Es ist mein Hobby, cara.»

«Bene!» Guerrini fand die Auseinandersetzung des alten Ehepaars amüsant, wollte aber trotzdem versuchen, das Gespräch wieder auf die tote Signora Malenchini zu lenken. «Wer könnte Ihrer Meinung nach den kleinen Hund entführt haben? Oder ist er vielleicht einfach weggelaufen und unterwegs an Altersschwäche gestorben? Jemand hat ihn gefunden und der Signora Malenchini vor die Tür gelegt, weil sie die Klingel nicht gehört hat oder weil er die Verzweiflung der alten Dame nicht erleben wollte.»

«No!» Signora Bembo schüttelte entschieden den Kopf. «Niemals! So war es ganz sicher nicht, Commissario!»

«Und was sagen Sie, Signore?» Guerrini beugte sich zu dem alten Herrn.

«Es könnte so gewesen sein», entgegnete der langsam. «Aber ich bezweifle es. Die Signora Malenchini war nicht besonders beliebt, müssen Sie wissen …»

«Versündige dich nicht an einer Toten, Cosimo», unterbrach ihn seine Frau mit harter Stimme, bekreuzigte sich schnell. «Sie war uns immer eine gute Nachbarin.»

«Si, si», nickte der alte Bembo, und die tiefen Falten um seine Augen zuckten. «Aber sie war nicht nur eine gute Nachbarin. Ihr gehörte zum Beispiel das Haus, in dem wir wohnen, und sie hat alle zwei Jahre die Miete erhöht, und nur ihr Hund durfte bellen, andere Hunde nicht, und sie hat alles über ihre Mieter gewusst und herumerzählt.»

«Das ist doch nicht wichtig, jetzt, nach ihrem Tod!» Signora Bembo atmete schwer.

«Es könnte durchaus wichtig sein, Signora», erwiderte Guerrini. «Deshalb möchte ich Sie fragen, ob Sie einen ganz konkreten Verdacht haben. Immerhin waren Sie es, die Anzeige gegen unbekannt erstattet hat.»

«No!» Signora Bembo richtete sich sehr gerade auf.

«Ich möchte niemanden beschuldigen. Das ist Ihre Aufgabe, Commissario!»

«Und Sie? Wo es doch Ihr Hobby ist!» Guerrini sah den alten Bembo fragend und ermutigend an. Der schürzte nachdenklich seine Lippen, schüttelte dann den Kopf. «Es gibt einige Motive, das haben Sie ja gehört, Commissario. Einen enterbten Sohn, eine verhasste Schwiegertochter, Leute, die ausziehen müssen, weil sie die Miete nicht bezahlen können, oder die sich über üble Nachrede ärgern. Aber wer von ihnen so klug war, sich die Sache mit dem Hund auszudenken, das kann ich Ihnen wirklich nicht sagen.»

«Klug, sagst du? Klug?» Signora Bembo starrte ihren Mann mit aufgerissenen Augen an. Ihre Wangen färbten sich rosarot, als hätte sie soeben Rouge aufgelegt. «Herzlos bist du, Cosimo Bembo! Herzlos!» Sie sprang auf, nickte Guerrini hochmütig zu und wandte sich zur Tür. Ihr Mann erhob sich ebenfalls, mühsamer, langte mit zittrigen Händen nach seinem Hut, der noch immer auf dem Schreibtisch des Commissario lag. Ehe er sich ebenfalls zur Tür drehte, um seiner Frau zu folgen, zuckte er leicht die Achseln, zwinkerte Guerrini zu und murmelte: «Buona sera, Commissario.»

Dann waren sie fort, die Bembos, und Guerrini dachte, dass er Laura von diesem Auftritt erzählen musste. Sie würde die Geschichte lieben. Da war er sicher. Als Sergente Tommasini erwartungsvoll seinen Kopf zur Tür hereinsteckte, wies Guerrini ihn schnell wieder hinaus.

«Ich muss erst über diese Aussagen nachdenken», sagte er laut, und um den Sergente zu beruhigen, fügte er hinzu: «Es ist durchaus möglich, dass diese Signora Malenchini ermordet wurde. Gute Arbeit, Tommasini!»

Tommasinis lächelndes Gesicht verschwand wieder,

und Guerrini ertappte sich bei dem fröhlich-rachsüchti-
gen Gedanken, dass er dem Sergente die Ermittlungen
überlassen würde ... jedenfalls die Basisarbeit. Er selbst
würde noch einmal die Akten durchsehen und um fünf
ein Glas Wein auf dem Campo trinken, jetzt, da die
Abende endlich wärmer wurden. Später würde er Laura
anrufen. Vielleicht.

ALS LAURA GOTTBERG wieder im Präsidium ankam, außer Atem und ärgerlich darüber, dass sie Roberto Malenge warten lassen musste, fand sie Kommissar Baumann und die beiden afrikanischen Studenten Kaffee trinkend in ihrem Büro.

«Eigentlich sind wir schon fertig», sagte Baumann. «Wir haben nur auf dich gewartet, falls du noch ein paar spezielle Fragen haben solltest.»

«Das ist sehr rücksichtsvoll …», Laura wollte eigentlich gar nicht ironisch sein, war nur einfach genervt von diesem Tag. Sie warf einen Blick auf ihren blinkenden Anrufbeantworter und bat ihren Kollegen und die beiden Studenten hinaus, um schnell die Nachrichten abzuhören.

Die erste war von ihrem Vater, der sagen musste, wie schön er das gemeinsame Mittagessen gefunden hatte. Als zweite Nachricht ertönte eine unbekannte Stimme, ein wenig verzerrt, verfremdet. Laura stellte sich neben den Apparat, bückte sich, hatte Mühe, genau zu verstehen, lauschte noch einmal. Der Anrufer – sie war ziemlich sicher, dass es sich um einen Mann handelte – sprach sehr leise. «Es geht um diese Frau, die aus dem Fenster gefallen ist. In dem Haus in der Herzogstraße. Ich hab den Kerl gesehen, der mit ihr raufgegangen ist. Er war schwarz!»

Das war alles. Laura spielte die Aufzeichnung dreimal hintereinander ab, schlug wütend mit der flachen Hand auf ihren Oberschenkel. Das hatte sie nicht hören wollen. Sie öffnete die Tür und rief Peter Baumann herein.

«Es dauert nur eine Minute!», sagte sie zu den beiden Studenten, die im Flur an der Wand lehnten, versuchte ein Lächeln, das ihr aber misslang.

«Was ist denn?» Baumann sah sie fragend an. «Ich bin schon beinahe durch mit den beiden. Sie sind Medizinstudenten, wirklich nette Burschen. Hab alles aufgenommen und werde das Protokoll freiwillig übernehmen, weil Claudias Kind noch krank ist.»

«Ja, ist schon gut. Genau so hätte ich es mir auch gewünscht. Dann könnte ich nämlich früher nach Hause gehen. Es hat sich nur ein neuer Gesichtspunkt ergeben. Hör dir das an!» Laura drückte auf den Wiedergabeknopf ihres Anrufbeantworters. Mit leicht gesenktem Kopf lauschte Baumann der verzerrten Stimme, steckte dann beide Hände in die Hosentaschen, zog die Schultern hoch.

«Scheiße!»

«So ähnlich», murmelte Laura. «Es gibt jetzt mehrere Möglichkeiten. Erstens: Malenge ist tatsächlich mit dem Mädchen zusammen gewesen. Zweitens: Sie hat sich mit einem anderen Afrikaner getroffen. Drittens: Jemand, der von Valerias Beziehung zu Malenge wusste, versucht ihn zu belasten. Viertens: Der Anrufer war der Mörder oder will den Mörder decken. Auf jeden Fall ist es nach diesem Anruf ziemlich unwahrscheinlich, dass Valeria Cabun Selbstmord begangen hat …»

«Halt mal an!» Der junge Kommissar stand noch immer mit hochgezogenen Schultern vor Laura. «Es bedeutet, dass wir einen Fall haben und dass wir richtig von vorn anfangen müssen, nicht wahr?»

«Das genau bedeutet es, und deshalb wirst du jetzt Roberto Malenge allein hereinholen, sein Freund Aristide soll warten! Und ich kann dir gleich sagen, dass es mir unangenehm ist, weil ich die Empfindlichkeit der Schwarzen kenne und irgendwie auch verstehe.» Laura setzte sich auf eine Ecke ihres Schreibtischs. Sie wollte sich nicht dahinter verschanzen und die Rolle der Mächtigen einnehmen – nicht vor Roberto Malenge. Kurz dachte sie an den Abend mit ihren Kindern, an das Gespräch über die Unberechenbarkeit von Gefühlen, dann nickte sie Baumann zu. «Fangen wir an!»

Er sog hörbar die Luft ein, blies sie ebenso hörbar wieder aus und rief Roberto Malenge herein. Laura sah dem jungen Afrikaner an, dass er die veränderte Atmosphäre sofort spürte, seine Augen wachsam wurden. Als Baumann ihm einen Stuhl anbot, setzte er sich, aber nicht entspannt, sondern auf die Kante, bereit, aufzuspringen. Und Laura dachte, dass es alles bedeuten konnte: Angst, weil er schuldig war, oder Angst, weil er schwarz war und fürchtete, als Schwarzer ohnehin schuldig gesprochen zu werden.

«Es tut mir Leid, dass wir Sie noch nicht gehen lassen können, Herr Malenge.» Eine bessere Einleitung fiel ihr nicht ein, und Roberto Malenge nahm diese Floskel mit unbewegtem Gesicht hin. «Es gibt da noch einige Fragen …», fuhr Laura fort. «Ich war leider bei Ihrem Gespräch mit meinem Kollegen nicht dabei … Könnten Sie für mich noch einmal wiederholen, wo und wie Sie die Nacht verbracht haben, in der Valeria Cabun starb.»

Der junge Mann schüttelte ungläubig den Kopf. «Aber ich habe doch schon alles gesagt, und Ihr Kollege hat es aufgenommen. Sie müssen sich nur das Band anhören.»

«Das werde ich auch noch tun», entgegnete Laura freundlich. «Aber ich möchte es trotzdem noch einmal von Ihnen persönlich hören.»

Malenge warf Laura einen Blick zu, den sie nicht deuten konnte, dann studierte er seine rechte Handfläche, zog mit dem Finger die Linien nach. Endlich hob er den Kopf und räusperte sich.

«Ich verstehe zwar nicht, warum Sie mich nochmal fragen, aber ich werde natürlich antworten. Mir wäre allerdings wichtig, wenn Sie mir sagen würden, was mit Valeria geschehen ist!»

«Das versuchen wir gerade herauszufinden», warf Peter Baumann ein.

«Durch mich?» Roberto Malenge fuhr auf. «Ich kann Ihnen nicht helfen, das wissen Sie genau!»

«Bitte, Herr Malenge. Ich denke, dass Sie uns durchaus helfen können. Erzählen Sie jetzt einfach, was Sie an dem Abend gemacht haben!» Laura ärgerte sich über Baumann, der manchmal keine besondere Geschicklichkeit zeigte, wenn es um Verhöre ging.

Unruhig wippte der junge Afrikaner mit einem Bein. «Ich war mit Aristide in unserer Stammkneipe und habe Freunde getroffen. Ungefähr um halb elf sind wir nach Hause und haben uns etwas gekocht. Da waren auch Carlos und Teim. Carlos kommt aus Angola wie ich, und Teim ist der Maler. Seine Bilder hängen überall in unserer Wohnung. Carlos und Teim haben auch gekocht – wir kochen häufig zusammen. Dann haben wir gegessen, und ich wollte noch ein bisschen lernen. War aber zu müde. Bin einfach eingeschlafen.»

«Wann war das ungefähr?»

Roberto zuckte die Achseln. «Ein Uhr vielleicht oder halb zwei? Ich gehe meistens spät ins Bett.»

«Hätte jemand bemerkt, wenn Sie die Wohnung noch einmal verlassen hätten, Herr Malenge?»

«Vielleicht, vielleicht auch nicht? Ich weiß nicht, ob

die andern geschlafen haben oder noch wach waren. Ich habe die Wohnung nicht verlassen. Warum fragen Sie? Ihr Kollege hat das nicht gefragt!»

«Ich bin nicht mein Kollege», antwortete Laura ernst. «Beschreiben Sie mir bitte Ihr Verhältnis zu Valeria Cabun. Wo haben Sie sie kennen gelernt, wie lange waren Sie zusammen und so weiter …»

«Warum muss ich das machen?» Roberto biss die Zähne zusammen, schüttelte den Kopf. «Wir haben uns geliebt! Reicht das nicht? Wir wollten heiraten und gemeinsam nach Angola gehen, wenn ich mit meinem Studium fertig bin. Es hätte nicht mehr lange gedauert, in zwei Wochen habe ich mein drittes Staatsexamen.»

«Ich verstehe. Würden Sie bitte trotzdem erzählen, wann Sie Valeria kennen gelernt haben …»

Er wehrte sich dagegen, nicht verbal, sondern körperlich, lehnte sich weg von ihr, verspannte sich. Laura kam es vor, als wehre er sich gegen die Erinnerung, weil sein Schmerz so groß war. Oder war er ein großartiger Schauspieler? Oder lag es an diesem Anderssein? Diesem viel direkteren Ausdruck von Gefühlen, der Weißen eher peinlich war, denn sie verklemmten und verkniffen sich meist, was sie empfanden.

Sie wandte die Augen ab, strich über ihren Schreibtisch, wechselte einen kurzen Blick mit Baumann, der ungewohnt ernst aussah. Dann lauschten sie beide den Worten des jungen Mannes, der beinahe schon Arzt war. Er erzählte von einem einsamen Spaziergang im Englischen Garten, im Schnee und wie er diesen Schnee noch immer wie ein Wunder empfand, obwohl er ihn nun schon seit Jahren kennt. Und da war diese junge Frau, die ebenfalls den Schnee betastete, hochwarf, ausprobierte – wie ein Kind eben, das sich zum ersten Mal über gefrorenen Regen freut. Dann hatten sie gemeinsam gelacht und sich erzählt, dass Schnee etwas ganz Besonderes für sie sei. Danach haben sie sich immer wieder getroffen – zu Spaziergängen, in Cafés, in der afrikanischen Stammkneipe. Irgendwann war es mehr geworden, eine wilde, leidenschaftliche Liebe. Und sie wurde zu seiner Löwin, denn sie war stark und kämpferisch.

Als Roberto Malenge geendet hatte, blieb es lange Zeit still im Raum. Laura musste sich zwingen, eine neue Frage zu stellen.

«Hat Valeria etwas über die Familie erzählt, für die sie hier arbeitete?» Ihre Stimme kam ihr irgendwie zu hoch vor, nachdem Malenge so lange mit seinem heiseren Bass gesprochen hatte.

«Sie war nicht glücklich dort! Keine gute Familie. Valeria mochte die Kinder, hatte Mitleid mit ihnen. Das Ehepaar hat oft gestritten. Die Frau war sehr streng mit Valeria. Das ist alles, was ich weiß.» Roberto machte eine vage, entschuldigende Bewegung.

«Was hat sie über den Mann gesagt? Diesen Dr. Denner?», fragte Laura.

«Valeria mochte ihn nicht. Einmal sagte sie, dass sie immer gedacht hätte, Machos gäbe es nur in Italien. Aber Dr. Denner sei ein typischer Macho gewesen – ein deutscher, einer, den man nicht sofort erkennt. Und dann hat sie gelacht. Seinen Bruder mochte sie auch nicht. Sie sagte, dass er sie immer so komisch anstarren würde. Aber ich selbst kenne die Leute nicht …»

«Gut!» Laura rutschte von ihrer Schreibtischkante und ging zum Fenster. «Ich möchte Ihnen sagen, warum wir Sie noch einmal so ausführlich befragen, Herr Malenge. Es gab einen anonymen Anruf, und der Anrufer hat Sie indirekt beschuldigt. Ich werde Ihnen diesen Anruf jetzt vorspielen. Hören Sie genau zu – vielleicht erkennen Sie die Stimme.»

Sie beobachtete den jungen Afrikaner, konnte aber nicht beurteilen, was sein Gesicht in diesem Augenblick ausdrückte – es war eine Mischung aus Erschrecken, Zorn, Verwirrung. Er wollte etwas sagen, doch Laura hob die Hand. «Hören Sie erst!»

Sie drückte auf den Wiedergabeknopf. Die verzerrte Stimme füllte den Raum, lauter, als Laura sie in Erinnerung hatte. Laura sah Schweißperlen auf Roberto Malenges Stirn, spielte die Nachricht noch einmal ab. Dann war es still. So still, dass wohl jeder von ihnen die Atemzüge der anderen und die eigenen als zu laut empfand.

Malenge saß ganz ruhig, hielt die Augen geschlossen, leicht zusammengekniffen, als litte er Schmerzen. Endlich schüttelte er den Kopf.

«Ich kenne diese Stimme nicht. Und ich war nicht mit Valeria zusammen.»

«Können Sie sich vorstellen, dass Valeria mit einem anderen Afrikaner zusammen war?» Peter Baumann hatte inzwischen seine beiden Fäuste so tief in den Taschen seiner Jeans vergraben, dass ein Stückchen Haut zwischen Hosenbund und T-Shirt sichtbar wurde.

«Nein», antwortete Malenge heftig.

«Überhaupt nicht?» Baumann gab nicht auf.

«Nein, nein, nein!» Roberto Malenge sprang auf, machte einen drohenden Schritt auf Baumann zu. «So war sie nicht! Beleidigen Sie Valeria nicht!»

Laura rutschte von der Schreibtischkante und legte beruhigend eine Hand auf Malenges Schulter.

«Niemand will Valeria beleidigen», sagte sie leise. «Aber es wäre wichtig zu wissen, wer Sie beschuldigen möchte. Fällt Ihnen dazu etwas ein?»

«Nein. Ich weiß überhaupt nichts mehr. Ich kann auch nicht mehr denken! Ich bin so traurig … Kann noch gar nicht fassen, was passiert ist. Muss sie sehen. Wenn ich sie nicht sehe, dann glaube ich nicht, dass sie fort ist. Bitte, bringen Sie mich zu ihr, bitte!»

«Ja», sagte Baumann mit seltsam entschlossenem Ton. «Ich werde Sie hinbringen. Jetzt gleich. Ich kann das verstehen. In Ordnung, Laura?»

Laura nickte. Als die beiden sich auf den Weg machten, bat sie Aristide herein und fand es gut, dass sie allein mit ihm war.

SPÄTER, AUF dem Heimweg, dachte Laura darüber nach, wie schön es wäre, wenn man Menschen einfach glauben könnte, und sie fragte sich, ob ihr Beruf doch schädlich für den Charakter war. Sowohl Aristide als auch Roberto Malenge erschienen ihr sehr glaubwürdig. Erschrockene Menschen, die einen großen Verlust erlitten hatten. Aber sie selbst war berufsmäßig dazu verpflichtet, ihnen zu misstrauen, und es wäre ja durchaus möglich, dass Robertos leidenschaftliche Löwin nicht nur ihn, sondern auch andere gemocht hatte. Dass Roberto eifersüchtig war, emotional, unkontrolliert, gewalttätig – es gab Hunderte solcher Fälle. Tötungsdelikt im Affekt. Taten, die nicht einmal beabsichtigt waren, einfach so geschahen. Und doch fühlte Laura eine gewisse Spannung, ja Neugier. Diese Geschichte war nicht zu Ende, das spürte sie genau. Sie würde sich weiterentwickeln und sie alle in Atem halten. Genau das war es ja, was sie nach wie vor an ihrem Beruf faszinierte.

Die verzerrte Nachricht auf ihrem Anrufbeantworter wurde inzwischen von den Technikern ausgewertet. Vielleicht konnten sie morgen dem anonymen Anrufer ein bisschen näher rücken.

Vor der Isarbrücke staute sich der Verkehr. Laura empfand diese Verzögerung als angenehm, lehnte sich in ihren Sitz zurück und streckte die Beine aus. Kein Grund zur Eile. Für eine berufstätige Mutter war sie ziemlich früh dran – erst kurz vor sechs! Was würde sie kochen? Spinatpfannkuchen und Tomatensalat! Alle Zutaten waren vorhanden, und es ging ziemlich schnell. Sie ließ den Wagen ein Stückchen weiterrollen, dachte an ihre Kinder und freute sich auf sie. Dachte, wie froh sie darüber war, dass ihr Handy nicht klingelte, hätte es lieber nicht gedacht, denn natürlich klingelte es in diesem Augenblick.

Es war Luca. Und er klang nicht gut.

«Mama! Du musst ganz schnell nach Hause kommen. Bei unseren türkischen Nachbarn stimmt was nicht. Ülivia schreit. Ich hab schon geklingelt, aber sie machen nicht auf. Ich weiß nicht, was ich tun soll!»

«Wo ist Sofia?»

«Sie hat totale Angst. Sie will die Tür der Özmers einschlagen! Und sie hat Papa angerufen, weil wir dich im Büro nicht erreicht haben!»

«Papa?»

«Ja, er ist auch schon auf dem Weg hierher. Aber er wird mindestens eine halbe Stunde brauchen!»

«Okay, Luca. Ich bin gleich da! Klingle einfach weiter an der Tür, dann wissen die, dass jemand aufpasst! Das ist wichtig, Luca! Hast du verstanden?»

«Ja, Mama! Beeil dich!»

«Natürlich. Bis gleich.»

Laura zog das mobile Blaulicht unter ihrem Sitz hervor, steckte es aufs Dach und schaltete ihr Martinshorn ein, das allerdings ein wenig jaulend und schwach klang. Trotzdem arbeitete sie sich erfolgreich am Stau entlang zur Kreuzung vor der Isar, stoppte den Verkehr, war schon auf der Brücke und vier Minuten später vor der Haustür, parkte halb auf dem Gehweg und begann die 86 Stufen zu ihrer Wohnung hinaufzulaufen. Bereits im Parterre hörte sie das Klingeln einer Türglocke und war stolz auf Luca.

Laura ahnte, was geschehen war. Sie hatte die jüngste

Tochter der türkischen Nachbarn in letzter Zeit zweimal mit einem jungen bärtigen Mann gesehen. Ganz zufällig: das erste Mal auf einem S-Bahnhof. Ülivia, so hieß die Tochter, war schneeweiß im Gesicht geworden, regelrecht erstarrt. Am nächsten Abend hatte Laura bei ihren Nachbarn geklingelt und Ülivia kurz zu sich in die Wohnung geholt, ihr gesagt, dass sie keine Angst haben müsse. Sie, Laura, würde niemandem von dem jungen Mann erzählen. Sie erinnerte sich genau an Ülivias erschrockene Augen, ihr Flehen. «Bitte, bitte! Nix sagen! Bitte, Papa und Mama so böse werden!»

Laura hatte das Mädchen gewarnt, es ermahnt, vorsichtiger zu sein. Wenn sie sich so öffentlich mit einem Freund traf, konnte auch ein Verwandter oder Bekannter sie sehen. Vermutlich war genau das inzwischen geschehen.

Außer Atem kam sie endlich in vierten Stock an, fand Luca vor der Wohnungstür der Nachbarn, ein bisschen blass, aber sehr entschlossen.

«Du musst sie da rausholen, Mama», sagte er. «Ich hab keine Ahnung, was die mit ihr machen, aber sie schreit immer wieder.»

«Hast du denn keinen der anderen Nachbarn erreicht?»

«Totale Fehlanzeige! Sofia ist durchs ganze Haus. Die sind alle weg. Nur Frau Werner war da. Aber die konnte auch nicht helfen! Ist ja klar.»

Natürlich, Frau Werner war zweiundneunzig.

«So, jetzt lass mich mal versuchen!» Laura stellte sich vor die Wohnungstür der Familie Özmer. Im Augenblick war nichts zu hören. Laura klingelte nicht, sondern klopfte mehrmals kräftig gegen die Tür. Dann drückte sie die Briefklappe nach innen auf und sagte laut: «Ich möchte, dass Sie sofort öffnen. Hier ist Ihre Nachbarin, Laura Gottberg. Falls Sie nicht aufmachen, werde ich meine Kollegen von der Polizei rufen!» Laura lehnte den Kopf an den Briefschlitz. Drinnen war es totenstill, dann wisperte es, leise Schritte näherten sich, Laura hörte Atemzüge, wieder Flüstern, endlich knackte das Sicherheitsschloss, und die Tür öffnete sich einen Spalt breit. Es war Safira Özmer, Ülivias Mutter, die ängstlich aus dem dunklen Flur ihrer Wohnung hervorspähte.

«Ist alles in Ordnung, Laura. Warum Luca klingeln? Alles in Ordnung!» Ihre Stimme war so leise, dass Laura sie kaum verstehen konnte.

«Ich würde gern mit Ülivia sprechen», erwiderte Laura. «Luca hat sich Sorgen gemacht, weil sie um Hilfe gerufen hat.»

Safira Özmers Stimme wurde leiser, sie hauchte ihre Worte nur noch, und der Türspalt wurde schmaler. «Niemand geschrien. Nicht Ülivia. War Fernseher!»

Laura schob ihre Fußspitze nach vorn, drückte die Tür ein bisschen weiter auf. Safira wich zurück.

«Ülivia nicht da! Arbeiten!»

Laura sah die Furcht in ihren Augen und gleichzeitig eine Art Flehen, das sie nicht genau deuten konnte. Jedenfalls hinderte Safira sie nicht daran, die Tür ganz aufzuschieben, tat zwei Schritte rückwärts und lehnte sich mit gesenktem Kopf an die Wand, zog das geblümte Kopftuch tiefer ins Gesicht, als könne sie sich auf diese Weise unsichtbar machen.

In dem langen Flur brannte kein Licht. Als Lauras Augen sich an die Dunkelheit gewöhnt hatten, erkannte sie, dass außer Safira fünf andere Frauen herumstanden, wie eine seltsame Installation. Einige wandten ihr den Rücken zu, andere starrten sie an. Keine sagte etwas. Laura knipste das Licht an. Die Frauen zuckten beinahe gleichzeitig zusammen, schlossen die Augen oder hoben schützend die Hände. Alle gehörten sie zur Großfamilie der Özmers. Da waren Ülivias Schwester, die beiden Schwägerinnen, eine Tante und eine Cousine. Laura überlegte. Ihr war sehr wohl bewusst, dass sie unbefugt in diese fremde Wohnung eindrang und im Begriff war, so etwas wie Hausfriedensbruch zu begehen.

Sie wartete auf ein Wort, einen Hinweis, doch die Frauen blieben stumm, bewegten sich nicht einmal. Langsam ging Laura an ihnen vorbei, forschte in den blassen Gesichtern, deren Augen sich abwandten, wenn sie versuchte, Kontakt aufzunehmen. Nur eine, Ülivias Schwägerin Ila, wies Laura den Weg, mit einer winzigen Bewegung ihres Kinns und einem schnellen Blick auf die verschlossene Küchentür am Ende des Flurs. Keine der Frauen hinderte Laura daran, auf diese Tür zuzugehen und sie aufzustoßen.

Ülivia saß auf einem Stuhl in der Mitte der kleinen Küche. Vor ihr standen drei Männer: ihr Vater, ihr ältester Bruder und ein Onkel. Das Gesicht der jungen Frau war geschwollen, blaue und rote Flecke breiteten sich über Stirn, Augen und Kinn aus. Sie hielt beide Arme erhoben und versuchte so die Schläge abzuwehren. Laura Gottberg erfasste die Situation im Bruchteil einer Sekunde, stieß den Bruder zur Seite, packte das Mädchen an der Schulter und zog es hinter sich her durch den langen Flur zur Wohnungstür, vorbei an den erstarrten Frauen, hinaus ins Treppenhaus und in die eigene Wohnung. Luca knallte die Tür hinter ihnen zu, drehte den Schlüssel um und legte die Kette vor.

«Mann!», sagte er. «Wie hast du denn das gemacht?»

Er beobachtete den Hausgang durch den winzigen Spion in der Tür. Sofia legte das Telefon weg und presste eine Hand auf ihren Mund.

«Los, hol die kalten Kompressen aus dem Kühlschrank», wies Laura ihre Tochter an. Behutsam führte sie Ülivia in ihr Schlafzimmer und setzte sich neben sie aufs Bett. Die junge Türkin ließ alles mit sich geschehen, hielt mit beiden Armen ihren Oberkörper umschlungen, weinte lautlos.

Laura streichelte ihren Rücken, legte dann einen Arm um die Schultern des Mädchens, wiegte es leicht hin und her, murmelte beruhigende Worte, irgendwas, ohne Sinn. Summte eher. Als Sofia mit den kalten Kompressen erschien, untersuchte Laura vorsichtig die Schwellungen, die Ülivias Kopf und Gesicht bedeckten. Unter dem rechten Auge war sogar die Haut aufgeplatzt, vermutlich schon vor ein paar Stunden, denn die Wunde war bereits verkrustet. Laura wurde heiß bei dieser Untersuchung. Sie ertappte sich bei dem Gedanken, dass sie am liebsten die männlichen Mitglieder der Familie Özmer verprügeln würde … und wenn sie genauer darüber nachdachte, auch die weiblichen! Sie wusste, dass es nichts bewirken würde. Nur ihr selbst würde es gut tun. Jedenfalls in diesem Augenblick. Allein die Vorstellung, einen Faustschlag im Gesicht von Ülivias ältestem Bruder zu landen, half ein wenig. Laura wusste von Ülivia, dass er seine Frau schlug.

«Es ist besser, wenn du dich hinlegst, Ülivia», sagte sie und musste sich räuspern, weil ihre Stimme kippte. «Wir werden dir jetzt ein paar kalte Umschläge machen, und dann lasse ich meine Ärztin kommen, damit sie sich deine Verletzungen ansieht.»

«Nein, nein! Bitte nicht Arzt! Ist nicht so schlimm. Tut

nicht weh!» Ülivia wollte sich aufsetzen. Sanft drückte Laura sie wieder in die Kissen.

«Doch, ich werde die Ärztin rufen. Diese Blutergüsse sehen nicht gut aus. Ist dir schlecht, hast du Kopfweh?»

Ülivia schüttelte den Kopf, kniff aber gleichzeitig die Augen zusammen und spannte ihre Muskeln an. Damit war klar, dass sie Schmerzen litt. Vorsichtig verteilte Laura die kalten Kompressen um den Kopf der jungen Frau. Ülivia lag mit geschlossenen Augen, war sehr blass. Die braunen Pigmentflecke auf ihren Wangenknochen und über ihrer Oberlippe wirkten beinahe schwarz. Obwohl sie so zerstört aussah und offensichtlich ein regelrechtes Folterverhör hinter sich hatte, lag ein trotziger Zug um Mund und Kinn. Ihr schwarzes lockiges Haar kringelte sich auf dem Kopfkissen, und Laura fühlte sich plötzlich an Valeria Cabun erinnert.

«Sie werden kommen», flüsterte Ülivia.

«Wir lassen sie nicht herein!», entgegnete Laura und drückte die Hand der jungen Frau. «Ich verspreche dir, dass wir sie nicht hereinlassen!»

Als zehn Minuten später Lauras Exmann Ronald erschien, war Ülivia vor Erschöpfung bereits eingeschlafen. Die türkischen Nachbarn blieben unsichtbar und unhörbar, Lauras Ärztin war auf dem Weg zu ihnen. Nach dem Sturm kehrte eine zerbrechliche Ruhe ein. Und doch warf sich Sofia geradezu dramatisch in die Arme ihres Vaters, schluchzte plötzlich. «Ich bin so froh, dass du da bist, Papa. Es war entsetzlich!»

Soso, dachte Laura und betrachtete ein wenig irritiert ihre Tochter. Luca zog die Augenbrauen hoch.

«Erzählt erst mal, was passiert ist. Ich nehme an, dass

unsere türkische Tragödie wieder ausgebrochen ist. Wäre ja nicht das erste Mal.» Ronald grinste und drückte Sofia an sich. Und Laura, die immer so sehr darauf bedacht war, dass ihre Kinder trotz der Scheidung ein gutes Verhältnis zu ihrem Vater behielten, spürte unvermutet so etwas wie Eifersucht, einen regelrechten Stich in der Magengegend.

«Nett, dass du so schnell gekommen bist», murmelte sie. «Aber inzwischen ist alles halbwegs unter Kontrolle. Die sind wohl draufgekommen, dass Ülivia einen Freund hat. Du kannst dir vorstellen, was über das arme Kind hereingebrochen ist.»

«Ich hab eine solche Wut auf den alten Özmer!» Sofia ballte die Fäuste. «Der tut immer so freundlich, besonders wenn er was haben will! Und dann bringt er fast seine Tochter um! Ich will den nie mehr sehen!»

Ronald zog ein Päckchen Tabak und eine Pfeife aus seiner Jackentasche.

«Seit wann rauchst du Pfeife?», fragte Luca verblüfft.

«Seit vorgestern!» Ronald zwinkerte seinem Sohn zu. «Soll gesünder sein als Zigaretten. Außerdem sieht man damit bedeutend aus. Ich schreibe gerade eine Serie über berühmte Pfeifenraucher für ein Lifestyle-Magazin.»

«Guter Auftrag?» Laura stellte die Frage automatisch, wie früher, dachte sie. Als freier Journalist hatte Ronald sich immer schon von Auftrag zu Auftrag gehangelt, stets am Rand des finanziellen Absturzes.

«Nicht schlecht», antwortete er, stopfte seine Pfeife und zündete sie an. Laura öffnete die Balkontür und bat ihn mit einer Kopfbewegung hinaus. Achselzuckend und mit einem ironischen Lächeln um die Lippen rauchte er draußen weiter, legte wieder einen Arm um Sofias Schultern. Wie ein Hündchen war sie ihm auf den Balkon gefolgt.

«Du kannst mit zu mir kommen, Kleines!», sagte er. «Dann bist du erst mal aus der Schusslinie!»

«Hier schießt niemand!», entgegnete Laura scharf, versuchte ruhig zu atmen, sich nicht von Ronald provozieren zu lassen.

«Ich habe Hunger!» Luca sprach sehr laut und überdeutlich, machte den Kühlschrank auf und starrte hinein, als könnte er davon satt werden. Wie immer reagierte er auf die Spannungen zwischen ihnen wie ein Seismograph. Es war ja auch absolut lächerlich und überflüssig, ausgerechnet in dieser Situation Seitenhiebe auszuteilen. Laura wusste das, konnte aber nicht verhindern, dass allein der Anblick ihres Pfeife rauchenden Exmannes sie wütend machte. Vor allem die Art, wie er den Arm um Sofia legte, machte sie wütend. Diese Gebärde des großen Beschützers, der er verdammt nicht war.

«Ich wollte Pfannkuchen machen ... Hast du Appetit darauf?», murmelte sie und zog die Eierschachtel aus dem Kühlschrank, hätte sie beinahe fallen lassen.

Es klingelte.

«Das wird meine Ärztin sein ...» Laura lief zur Tür, öffnete aber nicht. Es konnte nicht die Ärztin sein. Mit ihr hatte sie vier kurze und zwei lange Klingelzeichen ausgemacht. Es hatte aber nur einmal und ganz leicht, beinahe schüchtern geklingelt. Sie schaute durch den Spion direkt ins Gesicht von Ülivias Mutter, dachte, dass jetzt die Verhandlungen begannen, dass sie genauso hungrig war wie Luca, müde und durstig und keinerlei Lust auf diese Verhandlungen hatte. Vorsichtig öffnete sie die Tür, gerade so weit es die Sicherheitskette zuließ.

«Was wollen Sie, Frau Özmer?» Laura nannte sie mit Bedacht nicht Safira, wie sie es sonst tat.

«Bitte bringen Ülivia zurück. Bitte. Alle weinen! Nicht mehr schlagen Ülivia. Bitte bringen zurück, Laura!» Sie rang ihre Hände.

«Nein», sagte Laura bestimmt. «Heute Abend nicht mehr. Sie muss jetzt schlafen.»

«Bitte, Laura! Mein Mann zerreißen Hemd. Ist Schande. Du musst zurückbringen Ülivia.»

«Nein, Frau Özmer! Es ist eine Schande, dass Sie ihr nicht geholfen haben! Ülivia ist Ihre Tochter!»

Safira schluchzte laut, streckte eine Hand durch den Türspalt und umfasste Lauras Arm. «Sie macht Schande! Hat Bräutigam in Türkei und jetzt Schande! Bitte, Laura! Ich sprechen mit Ülivia!»

«Nein!» Laura löste die Hand der kleinen Frau von ihrem Arm. «Sie ist verletzt! Sie hätte sterben können! Sie braucht einen Arzt. Richte deiner Familie aus, dass niemand versuchen soll, Ülivia zurückzuholen. Du weißt, dass ich Polizistin bin. Sag das deinen Leuten!» Jetzt war sie doch wieder ins vertraute Du verfallen. Hatte plötzlich Mitleid mit der Verzweifelten. Vielleicht wurde auch sie geschlagen. «Wir sprechen morgen miteinander. Es ist besser, wenn nach diesem Schrecken alle erst einmal zur Ruhe kommen. Vielleicht denkt auch dein Mann nach. Es wäre ganz gut für ihn. Richte ihm aus, dass ich ihn und die anderen beiden wegen Körperverletzung anzeigen könnte. Du verstehst das, Safira. Dein Deutsch ist ziemlich gut, nicht wahr!»

Safira Özmer warf Laura einen entsetzten Blick zu, nickte, presste eine Hand vor ihren Mund.

«Ich meine es ernst, Safira. Es ist mein Beruf, Menschen zu beschützen. Ich kann prügelnde Männer nicht leiden! Aber wir können miteinander sprechen. Morgen. Vielleicht finden wir eine Lösung. Gute Nacht!»

Leise schloss Laura die Wohnungstür, drehte sich um und lehnte sich mit dem Rücken dagegen. Seit fast zehn Jahren lebte sie mit der Familie Özmer Tür an Tür. Ronald hatte ganz Recht, wenn er von den türkischen Tragödien sprach. Häufig hatten sie darüber gelacht – nicht verächtlich, sondern voll Sympathie –, den Kulturschock begreifend, dem diese einfachen Menschen aus Izmir ausgesetzt waren.

Amüsiert hatten sie und Ronald beobachtet, wie bereits nach wenigen Jahren die Frauen nicht mehr in die Türkei zurückwollten, während der alte Özmer weder Deutsch lernte noch von seinem Plan abrückte, ganz schnell wieder in die Heimat zurückzukehren. Er war noch immer in München und würde es wohl auch bleiben.

Laura hatte geholfen, wo es ging, ein paar Mal sogar die Lohnsteuererklärung ausgefüllt, war mit aufs Ausländeramt gegangen, hatte sich über deutsche Beamte geärgert. Einmal hatte sie sogar gelogen, indem sie eine Bestätigung schrieb, dass sie ein Zimmer an die Familie Özmer vermietete, um der jüngsten Schwiegertochter eine Aufenthaltsgenehmigung zu verschaffen. Sie hatte die Gaswache gerufen, als der alte Özmer beim Versuch, seinen Gasherd zu reparieren, eine kleine Explosion auslöste. Hatte anschließend die Anzeige wegen Gefährdung der Öffentlichkeit abgewendet. Türkische Tragödien eben.

Seit Laura sich von Ronald getrennt hatte – vor immerhin fast drei Jahren –, beäugten die Özmers sie mit ängstlicher Distanz. Fragten noch immer um Rat, borgten Lebensmittel, Leiter oder Werkzeug. Sie brachten manchmal süßen türkischen Nachtisch für die Kinder, freuten sich, wenn Laura sich mit einem Apfelstrudel revanchierte. Doch das Verhältnis hatte sich verändert, war nicht mehr so selbstverständlich familiär wie zuvor. Eine geschiedene Frau schien den Özmers Angst zu machen.

Laura war das gar nicht so unrecht, hatte sie doch genug zu tun und kaum Kraft, sich auch noch um türkische Tragödien zu kümmern. Doch jetzt waren sie massiv ausgebrochen, schlimmer als je zuvor, und sie fragte sich, ob sie etwas übersehen hatte. Der alte Ibrahim Özmer war nicht unbedingt der schlimmste aller Machos. Immerhin war er vor ein paar Jahren über seinen eigenen Schatten gesprungen, als seine älteste Tochter über Nacht mit einem jungen Mann verschwunden war. Zwar war er wochenlang in Verzweiflung versunken, hatte auf Rache gesonnen, wollte sie samt Geliebtem umbringen. All das hatte Laura sehr genau miterlebt und gemeinsam mit Ronald nächtelang vermittelt, besänftigt, manchmal gedroht. Ronald hatte später einen großen Artikel darüber geschrieben und sogar beinahe einen Preis dafür erhalten. Beinahe, das war bei ihm eben so.

Nach unzähligen zerrissenen Hemden, Tränen und Zusammenbrüchen hatte Özmer der Heirat seiner Tochter mit dem Entführer zugestimmt. Eine wahre Heldentat für einen türkischen Vater. Es wurde eine rauschende Hochzeit in einer Turnhalle im Ruhrgebiet. Die Braut brach ohnmächtig zusammen, nachdem mindestens zweihundert Leute ihr Hochzeitskleid mit Geldscheinen und Goldketten behängt hatten. Tragödien ohne Ende. Danach waren alle pleite, aber die Ehre war wiederhergestellt, und Laura kam zu der Erkenntnis, dass sie die türkische Kultur zwar sehr lebendig, aber auch sehr anstrengend fand. Allmählich war in ihr eine stille Hochachtung vor türkischen Frauen gewachsen, vor diesen unauffälligen Frauen beinahe jeden Alters, die beharrlich und listig ihre Grenzen ausloteten, mit hohem Risiko, hin- und hergerissen zwischen Tradition, Familie und dieser neuen verlockenden Freiheit.

Offensichtlich war es jetzt zu viel für den alten Özmer. Wenigstens eine seiner Töchter sollte den Mann heiraten, den er ihr zugedacht hatte. Es ging um seine Ehre. Viele türkische Frauen waren genau aus diesen Gründen umgebracht worden. Laura kannte einige Fälle, hatte sogar in einem mal ermittelt. Allerdings gab es nicht viel zu ermitteln, weil die Täter sich selbst gestellt hatten: Vater und Bruder der jungen Frau. Sie waren traurig, tief erschüttert gewesen und fühlten sich dennoch im Recht, erklärten, dass der Tod der Schwester und Tochter unausweichlich gewesen sei, ein schicksalhaftes Unglück, notwendig zur Wiederherstellung der Ehre.

Laura hatte versucht, ihren Zorn zu kontrollieren, um zu verstehen, was in den Herzen und Köpfen solcher Väter und Brüder vor sich ging. Sie wollte begreifen, was solche Macht über sie besaß, dass sie die Tochter und Schwester brutal erschlugen, archaische Rächer in Jeans und T-Shirt mit Jobs bei BMW. Tagelang hatte sie die beiden befragt – einzeln, gemeinsam. Aber sie konnte es einfach nicht verstehen. Fassungslos saß sie immer wieder diesen höflichen Männern mit ihren weichen gepflegten Schnauzbärten und den dunklen melancholischen Augen gegenüber. Die beiden bemühten sich, ihre Fragen zu beantworten, und konnten es doch nicht, weil sie nicht begriffen, was Laura wissen wollte.

Was hatte der alte Emilio Gottberg gesagt, als Laura mit ihm über ihre Ratlosigkeit und Erschütterung sprach? Er sprach von Systemen, in denen alle Menschen lebten.

Das Problem sei die Verschiedenheit dieser Systeme – ob man sie nun Religion, Tradition oder Politik nennen wollte. Und dann sei da noch der Unterschied zwischen geschlossenen Systemen und offenen. Geschlossene Systeme mit ihren strengen Regeln und Gesetzen böten den Menschen vermeintliche Sicherheit. Wenn so ein geschlossenes System mit einem relativ offenen zusammenstoße – wie bei Menschen aus einer traditionellen türkisch-muslimischen Gesellschaft und einer ziemlich liberalen westlichen –, dann führe das logischerweise zu heftigen Konflikten.

«Das ist mir zu theoretisch», hatte Laura protestiert, und ihr Vater war in lautes Gelächter ausgebrochen.

«Mir auch! So ähnlich musste ich vor Gericht argumentieren! Aber ich kann dir genau sagen, warum solch schreckliche Dinge passieren: weil die Männer totale Angst davor haben, dass sie die Kontrolle und Macht über die Frauen verlieren könnten. Und diese Angst muss man sehr ernst nehmen!»

«Hast du auch Angst davor?»

«Nein, ich bin schon drüber weg. Hätte ich sonst eine Tochter wie dich?»

Seltsam, dass ihr der genaue Wortlaut seiner Sätze einfiel, während sie noch immer mit dem Rücken an der Wohnungstür lehnte. Sie hatte das unbestimmte Gefühl, als hielte sie einen Schlüssel zum Tod von Valeria Cabun in der Hand, einen Schlüssel ohne Schloss – es fühlte sich an wie ein wichtiger Traum, der sich beim Aufwachen in neblige Ahnungen auflöst; wie ein Name, der einem auf der Zunge liegt und den man trotzdem nicht aussprechen kann.

Eineinhalb Stunden dauerte es noch, ehe sie endlich gemeinsam bei Zwiebelpfannkuchen mit Tomatensalat saßen. Den Spinat hatten sie weggelassen. Widerwillig hatte Ronald mit Sofia und Luca das Kochen übernommen, während Laura der Ärztin dabei half, Ülivia zu versorgen. Die junge Türkin wollte nichts essen, trank nur ein großes Glas Wasser und schlief wieder ein. Eigentlich war Lauras Ärztin der Meinung, dass man Ülivia ins Krankenhaus bringen sollte, um die Kopfverletzungen genau zu untersuchen. Aber Ülivia weigerte sich, wollte nur schlafen. Laura hätte sie zwingen können, brachte es aber nicht übers Herz. Krankenhäuser waren keine Orte, an denen man sich vor dem Leben verkriechen und ausruhen konnte.

Im Augenblick würde ich mich auch ganz gern verkriechen, dachte Laura, ehe sie die Küche betrat. Ihr war überhaupt nicht danach zumute, eine Familienmahlzeit mit Ronald einzunehmen. Manchmal konnte sie es ganz gut, aber heute Abend graute ihr davor. Die anderen hatten schon angefangen zu essen, es roch nach heißem Öl, und draußen wurde es dunkel.

«Ich wünsch mir, dass Papa heute Nacht hier bleibt», sagte Sofia mit kleiner Stimme, als Laura gerade den ersten Bissen ihres Pfannkuchens in den Mund steckte. «Ich auch», fügte Luca hinzu, warf seiner Mutter dabei einen unsicheren Blick zu.

«Wenn euer Vater damit einverstanden ist …», murmelte Laura mit vollem Mund.

«Aber klar!» Ronald lächelte seinen Kindern verschwörerisch zu. «Wenn ihr mich braucht, bleibe ich. In dieser Situation ist es ohnehin besser. Den Türken muss man mit männlicher Unterstützung entgegentreten!»

Laura verschluckte sich beinahe an ihrem Pfannkuchen, aber er hatte ja Recht. Wenn Ronald den Özmer'schen Männern die Rechtslage klarmachte, dann hatte das viermal so viel Gewicht wie alle Worte von Hauptkommissarin Laura Gottberg.

Sie beschloss, die Lage so hinzunehmen, wie sie eben war, und das Beste daraus zu machen. Der Pfannkuchen sah zwar ein bisschen schlaff und fettig aus, schmeckte aber trotzdem. Der Salat war saftig, und als Ronald ihr ein Glas Rotwein reichte, fühlte sie sich beinahe versöhnt. Die Anwesenheit ihres Exmannes nahm immerhin einen gewissen Druck von ihr. Falls sie zu einem nächtlichen Einsatz gerufen würde, konnte Ronald die Verantwortung für Ülivia und die Kinder übernehmen. Überhaupt war alles einfacher gewesen, als sie noch zusammenlebten. Na ja, nicht alles, aber die Organisation des Alltäglichen. Laura schob den Gedanken weg und nippte an ihrem Wein, beobachtete ihre Kinder. Luca und Sofia bewegten sich so zufrieden, lachten mit Ronald, erzählten von der Schule – die türkische Tragödie schien vergessen.

Und ich, dachte Laura, wo bin ich? Sie wusste es nicht genau – fühlte sich angesteckt von der Wohligkeit der Atmosphäre und trotzdem nicht als Teil von ihr. Es gab kein Zurück mehr. Und Angelo Guerrini war weit weg, erschien ihr wie eine Illusion, jedenfalls ganz und gar nicht wie ein Teil ihrer Lebenswirklichkeit.

«Kaffee?»

Laura schreckte aus ihren Gedanken auf. «Gern!», antwortete sie und beobachtete, wie selbstverständlich Ronald sich in ihrer Küche bewegte. Na ja, immerhin war diese Küche viele Jahre lang seine eigene gewesen. Merkwürdig, es störte sie, und gleichzeitig fand sie es angenehm, dass er Kaffee für sie zubereitete.

«Am liebsten würde ich jetzt mit euch allen Monopoly spielen!», sagte Sofia und warf ihr langes dunkles Haar zurück.

Nein, dachte Laura, nicht Monopoly. Nicht trautes Familienleben, das halte ich jetzt nicht aus. Sie räusperte sich. «Ihr könnt ja Monopoly spielen. Ich muss noch ein paar Anrufe erledigen. Wir haben einen sehr komplizierten Fall.»

«Habt ihr doch immer, Mama!» Sofias Stimme klang aufmüpfig.

Laura sah ihre Tochter nachdenklich an. Diesen Konflikt mit ihr würde sie nicht heute Abend austragen und schon gar nicht vor ihrem Exmann. Deshalb war sie richtig dankbar, als das Telefon klingelte, nahm ihre Kaffeetasse, zog sich ins Wohnzimmer zurück und drückte die Verbindungstaste.

«Gottberg!»

«Buona sera, Laura», sagte Angelo Guerrini.

Laura saß ganz still und spürte den kleinen Wellen nach, die beim Klang seiner Stimme durch ihren Körper liefen.

«Laura?», fragte er.

«Sono qua!», antwortete sie endlich.

«Vero?» Leises Lachen lag in seiner Stimme.

«Vero!»

Sie hatte die Zeit vergessen, beinahe ein Stunde mit Angelo gesprochen. Zweimal hatte Luca den Kopf ins Zimmer gesteckt, sie scheuchte ihn jedes Mal mit einer Handbewegung wieder hinaus. Beim dritten Mal blieb er stehen und erklärte, dass er jetzt ins Bett gehe, weil er am nächsten Tag eine Stunde früher zum Sport müsse.

Laura beendete ihr Gespräch, entschuldigte sich bei Angelo für die Eile.

«Wieso redest du denn Italienisch?», fragte Luca.

«Weil der Todesfall, den wir gerade untersuchen, mit Italien zu tun hat.»

«Ach so. Ich dachte, du redest mit dem Typen, der immer auf den Anrufbeantworter spricht.»

Laura verdrehte die Augen, sagte nichts.

«Außerdem wollte ich wissen, wer wo schläft ... also Papa wahrscheinlich im Wohnzimmer auf der Couch und du? In deinem Bett liegt Ülivia.»

«Ich schlafe auf dem Klappbett im Arbeitszimmer.»

«Arme Mama!»

«Das macht mir nichts aus, Luca. Wie spät ist es denn?»

«Beinahe elf. Papa und Sofia spielen immer noch Monopoly.

«Es ist viel zu spät für Sofia!»

«Ach, lass sie doch, Mama. Wenn Papa schon mal da ist. Gute Nacht.»

Er sieht so erwachsen aus, dachte Laura. Redet auch so. Sie winkte ihm nach.

Später, als sie auf ihrem Klappbett in dem winzigen Arbeitszimmer lag, lauschte sie den leisen Stimmen von Ronald und Sofia nach, die gedämpft durch die Wand drangen. War schon in Ordnung so, jedenfalls solange Ronald keine Anstalten machte, wieder unter das schützende Dach ihres Beamtengehalts zurückzukehren. Laura streckte sich lang aus, spielte kurz mit dem Gedanken, Peter Baumann anzurufen. Aber das hatte Zeit bis morgen – war ohnehin zu spät ... lieber ließ sie das Gespräch mit Angelo Guerrini noch einmal an sich vorüberziehen, lächelte beim Gedanken an seinen «Fall», den Mordanschlag mit Hilfe eines toten Hundes. Sie liebte Angelos Humor, seine Art, Menschen zu beobachten, vermisste ihn so sehr und wusste trotzdem noch immer nicht, wo genau in ihrem Leben sie ihn unterbringen konnte. Er hatte angekündigt, dass er an Ostern nach München kommen werde. In seiner Stimme war etwas angeklungen, das ihr Angst machte – etwas Kompromissloses. Und sie wusste, wenn sie wieder eine Ausrede finden würde, dann konnte es das Ende ihrer Beziehung bedeuten.

Er würde also kommen! Hierher, in ihre Wohnung. War schon einmal hier gewesen – damals hatte sie es geschafft, ihn vor Sofia und Luca zu verstecken. Das ging nun nicht mehr. Diesmal musste sie sich dazu bekennen, dass sie einen Freund hatte. Laura spürte ein leichtes Ziehen in der Magengegend, schob es auf den fetten Pfannkuchen, wusste gleichzeitig, dass es eher mit dem bevorstehenden Besuch von Guerrini zusammenhing.

Sie musste eingeschlafen sein, ohne es zu merken. Als neben dem Kopfkissen ihr Handy zu brummen begann, brannte noch Licht in ihrem Zimmer, und sie lag angezogen auf dem Bett, fror ein bisschen.

«Ja», murmelte sie verschlafen ins Telefon.

«Laura?»

«Ja?»

«Hier ist Peter. Tut mir Leid, wenn ich dich schon wieder aus dem Bett holen muss. Aber irgendwer hat Roberto Malenge überfallen. Ist wohl besser, wenn wir uns das sofort ansehen.»

«Was? Woher weißt du das? Wer hat dich benachrichtigt?»

«Malenge hat den Kollegen meinen Namen genannt.»

«Ist er verletzt?»

«Er liegt im Krankenhaus. Muss ganz schön was abgekriegt haben. Die Kollegen gehen von einem rassistischen Hintergrund aus.»

«Haben sie jemanden erwischt?»

«Nein. Du bist ganz schön wach für jemanden, der um drei Uhr morgens aus dem Tiefschlaf gerissen wurde!»

«Weiß auch nicht, warum ich so wach bin. Holst du mich ab?»

«Bin in zehn Minuten da!»

DER SCHAUPLATZ des Überfalls in der Isabella-straße war mit Plastikbändern abgesperrt. Ein Streifen-wagen der Polizei parkte halb auf dem Gehweg. Kreide-linien markierten die Stelle, an der Roberto Malenge gelegen hatte. Ein später Spaziergänger war beinahe über ihn gestolpert, hatte Notarzt und Polizei alarmiert.

«Hat er was gesehen oder gehört?», fragte Laura einen blassen, sehr müde wirkenden Kollegen, der an seinem Streifenwagen lehnte und den Leuten von der Spurensi-cherung zusah.

«Gesehen hat er nichts, aber das Opfer hat ihm gesagt, dass der oder die Täter ‹Scheißnigger› gerufen hätten. Hat der Schwarze was ausgefressen, weil er den Namen von Kommissar Baumann kannte?»

«Nein», murmelte Laura. «Kannte ihn nur so.» Ihr ge-fiel die Art nicht, wie der Kollege «der Schwarze» sagte. Sie umkreiste die abgesperrte Fläche, sah eine Weile den beiden ebenfalls sehr müden Kriminaltechnikern zu, streifte die dunkle Blutlache nur mit einem kurzen Blick. Spürte wieder ihren Magen. Endlich wandte sie sich zu Baumann: «Hol Havel aus dem Bett! Ich möchte, dass er sich das hier ansieht.»

«Wird den Kollegen nicht gefallen», wandte Baumann ein.

«Ist mir egal», entgegnete Laura. «Mir ist dieser Zufall zu zufällig. Es ist doch sehr merkwürdig, dass Roberto Malenge ausgerechnet dann Opfer eines rassistischen Überfalls wird, wenn kurz zuvor seine Freundin ums Le-ben kam und ein anonymer Anrufer ihn der Tat bezichtigt. Es könnte doch einen Zusammenhang geben, nicht wahr?»

«Und welchen? Der anonyme Anrufer ist der wahre Geliebte der schönen Italienerin und will nun ihren Tod rächen? Meinst du das?» Baumann stieß ein wenig verächtlich die Luft aus.

«Nein. So direkt wird die Sache nicht laufen. Du musst deine Intuition arbeiten lassen, Peter. Ich empfehle dir die Romane von Agatha Christie. Die Dame hatte ein bemerkenswertes kriminalistisches Talent. Vermutlich hätte sie den perfekten Mord begehen können.»

Der junge Kommissar starrte seine Vorgesetzte an. «Bist du immer so drauf, wenn du mitten in der Nacht aufwachst?»

«Nein!», erwiderte Laura grimmig. «Aber mich regt es auf, dass dauernd Leute zusammengeschlagen werden, die mir sympathisch sind!»

Roberto Malenge trug einen schneeweißen Verband um seinen dunklen Kopf, und die Ärzte des Schwabinger Krankenhauses gaben Laura und Baumann fünf Minuten, ihn zu befragen. Nach den Befunden der Mediziner hatte der junge Afrikaner bei dem Überfall eine schwere Gehirnerschütterung, eine haarfeine Schädelfraktur und mehrere Platzwunden erlitten. Er war offenbar mit einem schweren Gegenstand niedergeschlagen worden – einer Keule oder einem Baseballschläger.

Der Ausdruck seiner Augen hatte sich seit ihrem Gespräch am Nachmittag verändert. Er schien nicht mehr nach außen gerichtet, sondern eine Art Schutzwand zwischen sich und der Welt errichtet zu haben. Sein Blick war zurückgenommen, vage, hatte etwas Abgestorbenes.

«Wer hat es getan?», fragte sie. Fand es unnötig, irgendwelche mitfühlenden Floskeln aufzusagen. Er wollte so was nicht, das konnte sie sehen.

«Weiß nicht!» Seine Stimme klang brüchig.

«Wirklich keine Ahnung?»

«Nein.»

«Hat er ‹Scheißnigger› gesagt?»

Roberto schluckte schwer, befeuchtete mit der Zungenspitze seine Lippen. «Er hat gesagt: Scheißnigger, ich bring dich um!»

«War es einer?»

«Ich glaube. Können aber auch zwei gewesen sein.»

«Weshalb waren Sie so spät noch unterwegs, Roberto?» Das war Kommissar Baumann.

Malenge schloss die Augen. «Konnte nicht schlafen. War erst in der Kneipe, dann spazieren. Weiß nicht, wohin mit mir … ohne sie.»

«Hatten Sie das Gefühl, dass jemand Ihnen folgte?» Baumann spulte das Programm ab.

«Ich weiß nicht.» Malenge machte seine Augen nicht mehr auf.

«Ich glaube, es reicht. Danke, Roberto. Sie sollten sich jetzt ausruhen … Ich hoffe, es geht Ihnen bald besser.» Laura legte eine Hand auf seinen Arm. Roberto Malenge bewegte sich nicht. Leise verließen sie das Krankenzimmer.

«Das ist eine sehr merkwürdige Geschichte», sagte Laura auf dem Weg zum Ausgang. «Falls Malenge in einem Anfall von Eifersucht Valeria Cabun aus dem Fenster gestoßen hat, dann frage ich mich wirklich, wer hier als Rächer auftritt. Aber angenommen, Malenge hat nichts mit Valerias Tod zu tun, dann wird die Angelegenheit noch unverständlicher.»

«Vielleicht solltest auch du Agatha Christie lesen», murmelte Peter Baumann. «Ich kenne ein Kaffeehaus, das macht um halb fünf in der Früh auf. Da gehen wir jetzt hin und trinken Kaffee. Dann rufen wir Havel an und fragen ihn, was er rausgekriegt hat. Vielleicht fällt uns danach mehr ein.»

Laura antwortete nicht, ließ sich neben Kommissar Baumann in den Beifahrersitz seines etwas schmuddeligen Golfs fallen.

«Warum sagst du denn nichts? Willst du Kaffee oder nicht?» Seine Stimme klang gereizt.

«Kaffee klingt gut, aber ich muss spätestens um sechs zu Hause sein. In meinem Bett liegt eine junge Türkin, die nicht wesentlich besser dran ist als Malenge, und ich habe schwierige Verhandlungen mit ihrer Sippschaft vor mir. Außerdem möchte ich mit meinen Kindern frühstücken.» Laura verschwieg ihren Exmann, der vermutlich ebenfalls an diesem Frühstück teilnehmen würde. Baumanns Kaffeehaus lag in der Türkenstraße und wurde von einem Türken betrieben. Sie tranken türkischen Kaffee, aßen fürchterlich süße kleine Kuchen und waren die einzigen Kunden.

Der Kaffee war gut. Gegen fünf kamen zwei türkische Straßenkehrer und frühstückten am andern Ende der langen Theke.

Abwechselnd sprachen Laura und Baumann am Handy mit Andreas Havel, der seltsamerweise überhaupt nicht böse war, dass sie ihn aus dem Bett gescheucht hatten. Etwas an diesem Fall hatte ihn gepackt. Aber er hüllte sich in dunkle Andeutungen – meinte, er könne sich ein Motiv für den Überfall auf Malenge vorstellen. Und außerdem werde er am Morgen sofort nachmessen, ob Valeria Cabun wirklich aus dem Fenster im Treppenhaus gestürzt war. Ihm seien da Zweifel gekommen, und der Kollege, der die Messung durchgeführt habe, sei manchmal nicht so zuverlässig.

Laura war über diese Nachrichten sehr zufrieden, hielt sich aber mit anerkennenden Worten für Andreas Havel zurück. Sie wusste, wie empfindlich Baumann darauf meistens reagierte. Als sie das türkische Kaffeehaus verließen, hatte Laura Herzklopfen, weil sie es nicht gewöhnt war, mitten in der Nacht so starken Kaffee zu trinken.

«Es gibt zwei Dinge, die als Nächstes anstehen», sagte sie auf dem Heimweg. «Ich will mir diese mysteriöse Wohnung im fünften Stock ansehen. Du weißt schon, in dem Haus, in dem Valeria Cabun gestorben ist. Und ich will noch einmal mit den Dottores Denner sprechen.»

«Wunderbar!», erwiderte Baumann. «Und ich habe zwei, drei Widersprüche in deinem Report gefunden, die wir auch noch klären müssen, ehe wir das Ding dem Richter übergeben. Außerdem will die Familie Cabun noch einmal mit uns reden.»

«Na wunderbar», kicherte Laura und legte eine Hand auf ihr Herz, das seltsame Hüpfer vollführte. «Wie wäre es, wenn wir beide uns morgen krank melden würden. Ich finde das Programm irgendwie zu voll!»

«Keine schlechte Idee», grinste Baumann. «Aber ich kann dir eins sagen, liebe Kollegin und Vorgesetzte. Wenn wir heute nicht pünktlich im Dezernat sind, gehen wir baden.» Er nahm die letzte Abzweigung vor Lauras Haus ein bisschen zu schwungvoll. Die Reifen rutschten quietschend über das glatte Kopfsteinpflaster.

«Wann ist eigentlich Ostern?», fragte Laura, als er vor ihrer Haustür anhielt.

«Ich glaube, am nächsten Wochenende.» Er schaute auf seine Uhr. «Warum?»

160

«Ach, nur so. Weil die Kinder dann Ferien haben …», murmelte Laura und stieg aus.

«Punkt neun!», rief Baumann ihr nach.

Sie winkte ihm zu, öffnete schnell die Tür und lehnte sich an die Wand des Hausgangs. Guerrini würde also bereits nächstes Wochenende kommen. Sie hatte noch fünf Tage Zeit, ihre Kinder darauf vorzubereiten. Irgendwie hatte sie Ostern in weiter Ferne vermutet. Fünf Tage. Ihr Herz schlug noch immer merkwürdige Kapriolen.

Als Laura leise die Tür zu ihrem Schlafzimmer öffnete, fand sie Ülivia wach.

«Oh Laura, tut mir so Leid», flüsterte sie. «Wo hast du geschlafen?»

«Mach dir darüber keine Gedanken. Ich musste zu einem Einsatz! Bin gerade erst zurückgekommen. Möchtest du etwas trinken.»

Die junge Türkin nickte vorsichtig, verzog trotzdem das Gesicht. Ihr rechtes Auge war von einem dunkelblauen Bluterguss eingerahmt, der sich bis zur Schläfe ausgebreitet hatte.

«Schmerzen?» Laura sammelte die Kühlkompressen vom Kopfkissen, um sie wieder in den Kühlschrank zu legen, goss Wasser aus der Karaffe am Nachttisch in ein Glas. «Hier!»

Ülivia stützte sich auf einen Ellbogen, nahm das Glas und trank mit vorsichtigen Schlucken.

«Was ist eigentlich passiert?», fragte Laura und setzte sich auf die Bettkante. Behutsam ließ sie ihre Fingerspitzen über die Beulen auf Ülivias Kopf gleiten. Sie waren noch immer deutlich spürbar.

«Sie gesehen, dass ich Freund habe. Das ist schlimm. Aber Riza hat viel Bart, ist Kurde. Das noch schlimmer!»

«Liebst du ihn, diesen Riza?»

Ülivia zog die Schultern hoch, blickte zur Seite. «Ist nett, lustig. Wir viel lachen. Ich nichts gemacht, was schlecht.»

«Hast du das deinem Vater gesagt?»

«Er nichts glauben. Alle nichts glauben. Nur schlagen und schreien.»

«Und was ist mit diesem Riza? Glaubst du, dass er in Gefahr ist?»

Ülivia hielt erschrocken eine Hand vor ihren Mund. «Wenn wissen, wer ist und wo wohnt, ganz bestimmt! Mein Bruder gesagt, dass er ihn umbringt!»

«Warum hast du mir das nicht gleich gesagt?» Laura musste sich sehr zusammennehmen, um keinen Ärger in ihre Stimme zu legen.

«Ich Angst, ich nichts mehr wissen!» Ülivias Augen füllten sich mit Tränen.

«Dann gib mir jetzt die Adresse und die Telefonnummer deines Freundes. Ich möchte, dass er für ein paar Tage verschwindet! Hier, schreib alles auf diesen Zettel!» Laura drückte ihr einen kleinen Notizblock und einen Kugelschreiber in die Hand. Ülivia schrieb, hielt aber plötzlich inne.

«Ich will Riza anrufen!»

«Das halte ich für keine gute Idee», entgegnete Laura. «Am Ende kommt er noch auf den Gedanken, dass er dich befreien und entführen will – oder gar rächen! Mir reichen diese Tragödien! Du bleibst hier liegen, und ich kümmere mich um ihn. Du kannst dich auf mich verlassen!»

«Tut mir so Leid, Laura. Ist alles so schlimm! Für dich

auch!» Ülivia weinte, nicht laut und heftig, sondern still – als wollte sie ihren verletzten Kopf schonen.

«Ist schon gut, Ülivia. Solche Dinge passieren eben. Als mein Vater mich zum ersten Mal mit einem Jungen erwischte und ich außerdem noch zwei Stunden zu spät nach Hause kam, da gab er mir eine saftige Ohrfeige. Bei euch ist es schlimmer, wenn die Frauen anfangen, sich selbständig zu machen.» Seufzend erhob sie sich, wandte sich an der Tür noch einmal um. «Ruh dich noch aus – es ist sehr früh am Morgen. Ich bring dir gleich frische kalte Kompressen.»

Als Laura in der Küche stand, beschloss sie, einen Aktionsplan zu erstellen. Draußen auf dem Balkongeländer landeten zwei Turteltäubchen und rieben die Köpfe aneinander. Hatte ihr geliebter alter Vater ihr tatsächlich eine Ohrfeige gegeben, als er sie mit ihrem Schulfreund erwischte? Natürlich hatte er das! Aber mehr für ihre Unzuverlässigkeit … oder doch für die Küsse, die sie in der Dunkelheit ausgetauscht hatten? Im Alter von siebzehn? Sie würde ihn fragen! Ganz gewiss würde sie das tun.

Ronald wachte nicht auf, obwohl Luca und Sofia nicht gerade leise waren. Seine Fähigkeit, sich vor allen Schwierigkeiten des Lebens auf eine Insel des Schlafs zu retten, hatte Laura schon während ihrer Ehe fassungslos gemacht. Rund um Ronald konnte die Welt in Stücke fallen, er würde schlafen. Vermutlich war er der einzige Mensch, der es sogar schaffte, während eines Flugzeugstarts einzuschlafen.

Laura weckte ihn unsanft, indem sie die Wohnzimmertür aufriss und rief: «Kaffee ist fertig!»

Immerhin fünf Minuten ehe Sofia und Luca zur

Schule mussten, erschien er barfuß, mit verstrubbelten Haaren. Seine Jeans und das T-Shirt waren zerknautscht, er hatte offensichtlich in seinen Kleidern geschlafen. Wortlos reichte Laura ihm eine Henkeltasse voll schwarzen Kaffees, wortlos nahm er sie entgegen, schlürfte vorsichtig, verzog das Gesicht.

«Zu heiß», murmelte er, goss ein bisschen Kaffee ins Waschbecken und füllte die Tasse mit kaltem Wasser auf. Endlich trank er einen großen Schluck, lächelte seine Kinder an und sagte: «Guten Morgen! Was macht die türkische Tragödie? Gibt es neue Entwicklungen, die ich verschlafen habe?»

Blitzschnell erwog Laura die besten taktischen Möglichkeiten. Sie brauchte Ronald an diesem Tag, konnte Ülivia unmöglich allein in der Wohnung lassen. Solange die Kinder da waren, würde Ronald auf alle Fälle versuchen, seine Beschützerrolle von gestern Abend weiterzuspielen. Es war also besser, ihn gleich anzusprechen.

«Wäre es möglich, dass du dich heute Vormittag …»

«… um die arme Ülivia kümmerst», vollendete Ronald ihren Satz.

«Ja, bitte, Papa», rief Sofia. «Ich kann ja auch zu Hause bleiben und sie pflegen. Aber allein trau ich mich nicht!»

Luca warf seiner Mutter einen nachdenklichen Blick zu.

Er durchschaut mich, dachte Laura. Es war ihr unangenehm. Sie war froh, dass er sich schnell verzog. Sofia durfte bleiben – Ronald war bereit, eine Entschuldigung für sie zu schreiben.

«Falls die andere Seite Verhandlungen aufnimmt, mach ihnen klar, dass es fürchterlich für sie werden wird, wenn sie das Mädchen nicht in Ruhe lassen. Ich muss jetzt blitzschnell diesen unbekannten Freund aus der

Schusslinie bringen und dann ins Dezernat. Bringt Ülivia Frühstück und neue Umschläge für den Kopf. Danke!»

«Noch was, Hauptkommissarin?», fragte Ronald mit beißender Ironie in der Stimme.

«Scheiße», entfuhr es Laura.

«Hört auf!» Sofia stampfte mit dem Fuß auf.

«Entschuldigung!» Laura flüchtete ins Bad, begriff selbst nicht, warum sie es nie verhindern konnte, mit Ronald in Konflikt zu geraten. Ihre Kinder hassten diese kurzen Wortgefechte. Vielleicht würde sie es schaffen, wenn sie entspannt wäre. Aber wie sollte sie in dieser Situation entspannt sein? Wann war sie überhaupt zum letzten Mal wirklich entspannt gewesen? Als sie mit Angelo Guerrini Anfang Januar in Venedig war. Vor drei Monaten. Laura schnitt sich selbst eine Grimasse im Spiegel, dann bürstete sie ihr Haar und schminkte sich. War nötig nach dieser Nacht.

Der geheimnisvolle Riza Talabani wohnte im Rückgebäude eines Altbaus im Bahnhofsviertel. Laura rief ihn von ihrem Auto aus an, um sicher zu sein, dass er nicht bereits zur Arbeit gegangen war. Als sie ihm sagte, dass sie im Auftrag von Ülivia komme, versprach er, auf sie zu warten. Vor der Einfahrt zu seinem Haus parkte Laura in der zweiten Reihe, klebte ihr Einsatzzeichen innen an die Windschutzscheibe. Sie hatte nicht vor, lange zu bleiben, nahm sich aber eine Minute Zeit, den türkischen Gemüseladen zu betrachten, der sich an der gesamten Hausfront entlangzog. Gigantische Löwenzahnstauden stapelten sich neben hellgrünem Weißkraut, orangefarbenen Rüben, Sellerieknollen, Artischocken, Tomaten, Süßkartoffeln, jungem Knoblauch, den ersten Melonen. Es roch nach eingelegten Oliven und Döner Kebab. Laura lief das Wasser im Mund zusammen. Sie liebte türkische und griechische Gemüseläden, war den Händlern dankbar, dass sie diese sinnliche Vielfalt in die Stadtviertel zurückgebracht hatten, allen Supermärkten zum Trotz.

«Ich habe frische Sardinen», rief der Händler ihr nach, als sie sich endlich losriss. Sie konnte nur seinen Schattenriss im Halbdunkel des Geschäftsraums erkennen und dass er einen Karton hochhielt.

«Danke», rief sie zurück. «Vielleicht später!»

Im Hinterhof stand die Tür zu einem Warenlager voller Computer und Drucker offen. Sie musste sich zwischen mehreren Lieferwagen durchzwängen, die eng nebeneinander geparkt waren, und es dauerte eine Weile, ehe sie den richtigen Aufgang zur Wohnung von Talabani fand. Seltsam, dass er den Namen eines kurdischen Rebellenführers trug.

Das Treppenhaus roch ein bisschen, war nicht gerade sauber. Die Döner-Düfte hatten sich offensichtlich mit den Dünsten der Müllcontainer verbunden, was ihnen nicht bekommen war. Talabani wohnte im zweiten Stock, öffnete sofort, obwohl Laura die Klingel kaum berührt hatte. Er war ein hübscher junger Mann, der einen gepflegten Dreitagebart trug. Sein Haar war nicht schwarz, sondern dunkelbraun, seine Augen waren grün. Laura musste mehrmals hinsehen, um es zu glauben. Er lächelte, fuhr sich nervös durchs Haar, das er ein bisschen länger trug, was ihm sehr gut stand. Laura konnte durchaus verstehen, dass Ülivia sich in den jungen Mann verliebt hatte. Er hatte nichts von der Vierschrötigkeit und Schwere ihres Vaters oder Bruders. In seinen Bewegungen lag eine gewisse Anmut.

«Was ist mit Ülivia?», fragte er und sah Laura forschend an.

«Können wir irgendwo ungestört sprechen?»

«Ja, natürlich!» Jetzt sah er besorgt aus. Er schloss die Wohnungstür hinter Laura und führte sie ins Wohnzimmer, das einer roten weichen Höhle glich, weil alle Wände mit roten Teppichen verhängt waren. «Außer mir ist niemand zu Hause», fuhr er fort. «Meine ganze Familie arbeitet. Ich bin tagsüber zu Hause, weil ich als Kellner in einem kurdischen Lokal arbeite. Mein Dienst beginnt um vier Uhr nachmittags.»

Sein Deutsch war perfekt.

«Das ist gut», erwiderte Laura. «Haben Sie einen Freund oder Kollegen, bei dem Sie eine Weile wohnen könnten?»

«Weshalb?», fragte er verwirrt.

«Weil Sie für ein paar Tage untertauchen sollten …» Laura versuchte ihm die Situation auf eine Weise zu erklären, dass er nicht zu sehr um Ülivia besorgt sein musste. Aber es funktionierte nicht. Er war nicht nur besorgt, sondern alarmiert.

«Wo ist sie jetzt?»

«Ich sagte doch schon, dass sie in Sicherheit ist.»

«Aber wo?»

«Das ist doch nicht so wichtig. Wichtig ist jetzt, dass Sie sich in Sicherheit bringen, bis die Wogen wieder geglättet sind. Es war schon ein bisschen gefährlich, was ihr beiden da gemacht habt.»

«Gefährlich?» Unruhig lief er in der weichen roten Höhle herum. «Es ist immer gefährlich, wenn man sich in ein türkisches oder kurdisches Mädchen verliebt. Können Sie mir erklären, wie wir es anders machen sollen? Für Sie ist das natürlich kein Problem – Sie können sich mit jedem Mann treffen. Aber bei uns ist das anders! Das läuft über die Eltern. Ich bin sicher, dass meine Eltern schon lange eine Braut für mich ausgehandelt haben. Sie versuchen immer wieder davon zu reden. Aber ich explodiere jedes Mal, und dann hören sie auf!»

«Also, ganz so einfach ist das bei uns auch nicht mit dem Treffen von Männern, aber ich gebe zu, dass es bei euch wesentlich schwieriger ist! Ich wollte aber keine Grundsatzdebatte über dieses Thema, sondern Ihnen sagen, dass Ihr Leben in Gefahr sein könnte, wenn Sie in dieser Wohnung bleiben. Ich würde Ihnen auch raten, ein paar Tage nicht zur Arbeit zu gehen. Die Özmers sind sehr sauer, und ich kann für nichts garantieren.»

«Aber Sie sind doch von der Polizei! Warum verhaften Sie die nicht?» Er riss das Fenster auf, holte tief Luft.

«Solange sie keine Straftat begehen, kann ich rechtlich nichts machen.» Laura wurde ungeduldig, schaute auf die Uhr. Natürlich könnte sie theoretisch etwas tun. Schließlich hatten die drei Özmers Ülivia grün und blau geschlagen. Aber Laura wollte versuchen, die Angelegenheit auf diplomatische Weise zu lösen.

«Dann müssen die erst Ülivia oder mich umbringen, ehe die deutsche Polizei etwas tut?» Er drehte sich zu Laura um, Zorn in den Augen.

«Deshalb bin ich ja hier. Ich möchte Sie in Sicherheit bringen. Sie kennen doch Situationen wie diese besser als ich, und Sie wissen genau, dass es Möglichkeiten gibt, sie auf gütliche Weise zu klären.»

Er lachte spöttisch auf. «Wissen Sie, wie die gütliche Weise aussieht? Ülivia wird verprügelt, bis sie diesen anatolischen Trottel heiratet, den ihr Vater ihr ausgesucht hat. So sieht das aus!»

«Gibt es denn keine Möglichkeit, dass Sie zu dem alten Özmer gehen und ihn um die Hand seiner Tochter bitten?»

«Nein! Was glauben Sie, warum es immer wieder zu diesen Familientragödien kommt. Niemals könnte ich zu ihm gehen. Schon deshalb nicht, weil ich Kurde bin. Das ist in ihren Augen so etwas wie ein Teufel.»

Laura lehnte sich mit einer Schulter an den weichen Wandteppich und betrachtete nachdenklich den empörten jungen Mann.

«Was wollen Sie eigentlich von Ülivia?», fragte sie langsam.

Er breitete die Arme aus, stieß eine Fußspitze in den flauschigen Boden.

«Sie kennen lernen, mit ihr ausgehen, eine Freundin haben. Ich will sie nicht heiraten! Vielleicht später, vielleicht gar nicht. Haben Sie einen Sohn? Will Ihr Sohn ein Mädchen, das er gerade kennen gelernt hat, sofort heiraten?»

Laura unterdrückte ein Lächeln. Er hatte ja Recht. Vieles, was für sie so normal war, funktionierte in dieser anderen Welt nicht. Aber sie wollte ihn jetzt hier weghaben. Es war inzwischen halb neun!

«Werden Sie zu einem Freund oder Kollegen gehen? Ich muss das jetzt wissen!»

«Jaja», murmelte er. «Ich geh schon.»

«Soll ich Sie mitnehmen?»

«Nein, ich hab meinen eigenen Wagen.»

«Wo werden Sie hingehen, Herr Talabani?»

«Muss ich Ihnen das sagen?»

«Nein, Sie müssen nicht. Aber ich werde Ihnen meine Handynummer geben, falls Sie mit Ülivia sprechen wollen oder in Schwierigkeiten geraten.» Sie hielt ihm eine Karte hin, die er beinahe widerwillig nahm. Ohne einen

Blick darauf zu werfen, steckte er sie in die Brusttasche seines Hemdes.

«Gehen Sie bald!», sagte Laura und nickte ihm zu. Sie wusste inzwischen nicht mehr genau, ob sie ihn mochte oder nicht. Ehe sie die Haustür hinter sich schloss, drehte sie sich noch einmal zu ihm um. «Bedeutet Ihnen Ülivia eigentlich etwas?»

«Ja, natürlich», antwortete er schnell. Aber es klang irgendwie flau. Laura zog schnell die Tür zu, lief die Treppe hinunter. Wenn sie sich beeilte, würde sie pünktlich im Dezernat sein. Warum war ihr das eigentlich wichtig? Vielleicht, um diese traurige Lähmung zu überwinden, die sich in der roten Wohnhöhle in ihr ausgebreitet hatte. Hatte sie einen leidenschaftlichen Geliebten erwartet? Einen, der für Ülivia sein Leben riskieren würde? Irgendwie wäre ihr so einer lieber gewesen als dieser gescheite, distanzierte junge Mann.

«Sentimentale Kuh», sagte sie leise zu sich selbst, während sie ihre Wagentür aufsperrte. Der türkische Händler schwenkte wieder seine Sardinenkiste. Sie winkte ihm zu, obwohl diesmal auch sein bunter Gemüseladen sie nicht mit der türkischen Tragödie versöhnen konnte.

NOCH IMMER war es zu kalt an der ligurischen Küste. Der Wind wollte nicht aufhören, dieser kalte Wind, der von Süden auf Westen gedreht hatte. Pfeilschnell trieb er die Möwen über den Himmel, presste riesige Wogen in die Buchten und gegen die Klippen. Tag und Nacht donnerte das Meer gegen die Klippen, und der alten Maria Valeria Cabun kam es vor, als greife das Wasser das Land an. Es flößte ihr eine merkwürdige Furcht ein, die sie bis dahin nicht gekannt hatte. Sie war so vertraut mit dem Meer, mit seinem Schmeicheln und mit seinen Drohungen, wusste, wann man beten musste und wann es gut war, die Füße ins Wasser zu strecken.

Seit dem Tod ihrer Enkelin war alles anders geworden. Maria Valeria fürchtete sich, weil sie spürte, dass das Licht ausgegangen war, das bisher in ihrem Herzen gebrannt hatte. Ein Licht, das alle Frauen der Cabuns in sich trugen, sobald sie die Geschichte von Claretta erfuhren. Maria Valeria erhob sich mühsam von ihrem Platz am Fenster der kleinen Küche, ging zu dem verblichenen Foto an der Wand, berührte es wie eine Reliquie.

Clarettas Geschichte war von Generation zu Generation weitergegeben worden. Maria Valeria hatte sie von ihrer Großmutter gehört, und sie selbst erzählte sie ihrer Enkelin Valeria.

Der Pfarrer mochte die Geschichte nicht, obwohl er sie nur gerüchteweise kannte. Einmal hatte er Maria Valeria nach der Messe zur Seite genommen und erklärt, dass es gut sei, den Jungen die Geschichten der Bibel zu erzählen, dass es aber Geschichten gebe, die nichts mit

Gott und dem Glauben zu tun hätten. Heiden und Wilde würden solche Geschichten erzählen, und es wäre besser, wenn Maria Valeria Buße tun würde. Er sei bereit, ihr die Beichte abzunehmen.

Aber Maria Valeria hatte ihr eigenes Abkommen mit dem Herrn getroffen. Sie ging sowieso am liebsten in die Kirche, wenn sie allein mit Gott und Johannes dem Täufer sein konnte, hatte nie viel auf das Gerede der Priester gegeben. Das behielt sie zwar für sich, besuchte auch regelmäßig die Gottesdienste – des dörflichen Friedens willen –, aber genau wie ihr verstorbener Mann war sie Mitglied der Kommunistischen Partei Italiens und noch immer stolz darauf. Früher gehörten viele Bewohner der Cinque Terre der PCI an, früher, als es noch um etwas ging im Leben. Heute wollten sie alle nur noch Geld verdienen … Verächtlich verzog die alte Frau ihr Gesicht.

Wieder zeichnete sie mit ihrem Finger die Umrisse der Claretta Cabun nach, krümmte sich beim Gedanken an ihre Enkelin vor Schmerz zusammen, fürchtete, ohnmächtig zu werden. Als sie wieder durchatmen konnte, trank sie einen Schluck Wasser, fragte den heiligen Johannes, wie sie weiterleben solle nach diesem Verlust. Als er nicht antwortete, erklärte sie ihm, dass Menschen nicht immer selbst die Antwort finden könnten, dass die Götter ihnen manchmal Hinweise geben müssten, eine Hand reichen … Erschöpft hielt sie inne. Lauschte. Aber da war nur das unablässige Donnern des Meeres.

Und plötzlich wusste sie, was sie tun musste. Entschlossen legte sie das dicke schwarze Wolltuch um ihre Schultern, wickelte sich ein wie in einen Kokon. Valeria hatte ihr dieses Tuch zu Weihnachten geschenkt. Es war warm und weich, an den Rändern mit blauen Sternen verziert. Sie steckte ein kleines Messer in die Tasche ihres langen dunkelblauen Rocks und machte sich auf den Weg, nahm nicht die Hauptstraße durchs Dorf, sondern wählte die steilen Treppen durch die Gemüsegärten und Weinfelder.

Es war noch früh am Morgen, und außer einigen Bauarbeitern und zwei schläfrigen Katzen begegnete ihr niemand. Maria Valeria kam nur sehr langsam voran, musste immer wieder stehen bleiben, um Luft zu schöpfen. Obwohl die Sonne schien, war es sehr kühl. Tautropfen funkelten auf den Blüten der Anemonen und winzigen Cyclamen, die aus den Mauerritzen wuchsen.

Als sie die Häuser hinter sich gelassen hatte, setzte Maria Valeria sich auf eine Stufe und ließ den Blick über die felsige Bucht und die Küste entlangwandern. Sie fühlte sich wie ein Teil dieser Trockenmauer, an der sie lehnte, und gleichzeitig wie eine der Möwen, die im Aufwind kreisten. Sie war dieses Land, ein Weinstock, ein Ginsterbusch, eine Eidechse. Sie wusste, wie man Mauern baute, die das Land festhielten und vor dem Absturz ins Meer bewahrten, wusste, wie man Weinstöcke beschnitt, die Erde verbesserte. Wenn die Männer im Krieg waren oder sich in anderen Ländern verdingten, hatten stets die Frauen allein die schwere Arbeit verrichtet. Valeria hätte das Zeug dazu gehabt, dieses Land zu bewahren, war eine der wenigen Jungen gewesen, die mehr wollten als ein bequemes Leben. Valeria hatte sich nicht umgebracht, da war sich die alte Frau sicher. Ganz egal, was der Maresciallo auch sagte!

Sie zog sich an der Mauer hoch und stieg langsam weiter. Ehe sie die Straße nach La Spezia erreichte, bog sie in einen winzigen Pfad ein, der zu einem verwachsenen

Gärtchen führte. Lange hatte hier niemand mehr die Wildnis gebändigt, und wieder spürte Maria Valeria einen heftigen Schmerz in der Herzgegend. Noch vor fünf Jahren hatte sie hier Gemüse angebaut, war beinahe jeden Tag heraufgestiegen. Irgendwann reichte ihre Kraft nicht mehr aus. Zu Beginn hatten ein paar Familienmitglieder abwechselnd den Garten gepflegt, seit einem Jahr kümmerte sich niemand mehr darum.

Wie schnell die Dinge verloren gehen, dachte Maria Valeria. Ihr kam dieser verwilderte Garten vor wie ein Fußabdruck im Sand, der vom Meer weggewaschen wird. Ihr eigener Abdruck war es, der hier zuwucherte, ein Stück ihres Lebens. So war es eben, ewige Wanderer waren die Menschen. Aber etwas hatte überlebt, ein Rosenbusch, dessen dunkelrote Blütenknospen sich gerade öffneten. Maria Valeria nickte, zog das kleine Messer aus ihrer Rocktasche und begann, Zweige abzuschneiden.

«Die sind für dich, Claretta», murmelte sie, «für dich und Valeria. Ihr gehört zusammen, ihr beide, wild und unbezwingbar, wie ihr wart!» Sie hatte Mühe, den Arm voll Rosen zur Straße hinaufzutragen und die letzten Meter zum kleinen Friedhof des Dorfes zu schaffen.

Claretta Cabuns Grab lag ganz am Rand, war in den Hang eingewachsen, überwuchert von Efeu. Maria Valeria legte die Rosen nieder und starrte auf das ewige Licht, das zwischen den dunklen Efeublättern flackerte. Wieder spürte sie Stiche in ihrem Herzen, ließ sich auf das Mäuerchen des Nachbargrabs sinken. Dieses Licht kam ihr vor wie ein Zeichen von Valeria. Es verwirrte sie, flößte ihr ähnliche Furcht ein wie das Donnern des Meeres. Sie konnte sich nicht vorstellen, wer dieses Licht auf Clarettas Grab gestellt hatte. Sie konnte nicht mehr aufstehen, nicht einmal die Rosen in eine Vase stecken, blieb einfach sitzen und schaute auf das Licht. Vielleicht würde sie hier sterben, vielleicht brannte deshalb das Licht, das in ihrem Herzen erloschen war. Es war ihr gleich, sie war schon lange bereit.

Aber sie starb nicht. Nach zwei Stunden wurde Maria Valeria von ihrer Nichte Alessandra gefunden.

«Dachte, dass du hier bist, zia», sagte sie und sammelte die Rosen ein, um sie in eine Vase zu stellen.

«Warum?», fragte Maria Valeria.

«Weil du es warst, die mir die Geschichte von Claretta erzählt hat, und weil Valeria tot ist.» Alessandra war eine Frau, die nicht viel redete. Eine der wenigen, die mit ihrem Mann noch in den Weinbergen arbeitete.

«Hast du das Licht angezündet?»

Alessandra nickte. «Weil Claretta doch so etwas wie unsere Schutzheilige ist, vero?»

«Vero!», murmelte die alte Frau und ließ sich von ihrer Nichte zum Auto führen.

Wieder war die Familie Cabun vor Laura im Polizeipräsidium angekommen. Claudia kochte Kaffee, organisierte Tassen bei den Kollegen.

«Warum so früh?», fragte Kommissar Baumann in komischer Verzweiflung. «Ich bin sicher, dass die italienische Polizei niemals so früh zu sprechen ist.»

Laura zuckte die Achseln. Ihr war nicht nach Scherzen zumute. Ihr Exmann hatte gerade angerufen, dass die Özmers Verhandlungen aufnehmen wollten. Wann Laura zu kommen gedenke.

«Nur wenn's brenzlig wird», hatte sie geantwortet. «Ich habe einen Job, Ronald! Job!»

«Aber es sind verdammt nochmal deine Nachbarn und nicht meine!»

«Es waren auch mal deine, und du kennst die Lage mindestens so gut wie ich. Bitte, Ronald!»

Das «bitte» war Laura nicht leicht gefallen. Es hatte immerhin eine begrenzte Wirkung gezeigt. Er würde es versuchen, vermutlich nur, weil Sofia neben ihm stand und ihn mit flehenden Augen anschaute.

Abwesend nahm Laura den Kaffeebecher entgegen, den Claudia ihr in die Hand drückte, schüttelte viele Hände. An diesem Morgen glichen die Cabuns nicht länger einer tosenden Welle. Sie waren still geworden, hatten verstanden, dass Valeria wirklich tot war, hatten sie gesehen, gestreichelt, sich verabschiedet.

«Meine Frau und ich möchten gern allein mit Ihnen sprechen, Commissaria.» Roberto Cabun räusperte sich mehrmals, griff nach der Hand seiner Frau.

«Kommen Sie!» Laura führte die beiden in ihr Büro. Dort setzten sie sich, hielten einander noch immer an den Händen.

«Wir wollten Ihnen nur sagen, dass wir gestern Abend bei diesem Dottore Denner waren. Seine Frau und er waren am Anfang sehr freundlich zu uns, haben viele gute Dinge über Valeria gesagt. Aber ...» Roberto Cabun hielt inne, sah seine Frau an. Carla schloss kurz die Augen, richtete sich dann ein wenig auf, als müsse sie sich einen Schubs geben.

«Wir mögen sie nicht, diese Denners!», sagte sie sehr bestimmt. «Sie sind nicht wirklich freundlich ... Vielleicht drücke ich es ungeschickt aus. Vielleicht verstehen Sie aber, was ich meine, Signora Commissaria. Sie haben auch gesagt, dass Valeria unvorsichtig war, dass sie sich mit schwarzen Männern eingelassen hat!»

Roberto Cabun atmete schwer. «So etwas sagt man nicht über eine Cabun!», stieß er hervor. «Er hat Glück gehabt, dass Carla mich festgehalten hat, dieser Dottore. Ich hätte ihm gern gezeigt, was passiert, wenn man solche Sachen über eine Cabun sagt!»

«Sie haben eine kluge Frau», entgegnete Laura, trank zwei winzige Schlucke des bitteren Kaffees. «Ich denke, dass Ihre Tochter in eine schwierige Familie geraten ist. Haben Sie Valerias afrikanischen Freund auch getroffen?» Sie sagte es so dahin, wartete auf die Reaktion.

«Sie hat keinen schwarzen Freund!» Valerias Vater sprang auf, entriss seiner Frau die Hand. «Das sind alles Verleumdungen! Die konnten nicht mal Namen nennen, haben ihn nie gesehen!»

«Woher wussten sie es dann?», fragte Laura.

«Bitte, Roberto! Reg dich nicht auf!» Carla Cabun erhob sich ebenfalls, ging zu ihrem Mann und legte eine Hand auf seine Schulter. Dann sah sie Laura an. «Die Dottoressa Denner sagte, dass er sie manchmal abgeholt hat, unsere Valeria. Sie wollte das nicht wegen der Kinder, hat sie gesagt!»

«Soso, wegen der Kinder!» Lauras Abneigung gegen die Denners wuchs mit jedem Satz der Cabuns. Sie stellte die Kaffeetasse etwas zu hart auf ihren Schreibtisch. «Also hatte sie einen afrikanischen Freund. Ist das so schlimm?»

«Hätte ich sie nur nicht gehen lassen!» Roberto Cabun stöhnte.

«Ist ein afrikanischer Freund schlimm?», fragte Laura noch einmal, ließ Valerias Mutter nicht aus den Augen.

«Ich weiß es nicht … Es gibt so viele nette Burschen bei uns, und einige sind ganz verrückt nach Valeria. Vielleicht sind schwarze Menschen nicht anders als weiße – aber ich wünsche mir einen weißen Schwiegersohn ...» Carla Cabun brach plötzlich in Schluchzen aus.

«Haben Sie ihn getroffen, diesen schwarzen Freund?», fragte Laura.

«No, Commissaria!» Plötzlich schien Roberto Cabun ganz sachlich. «Ich weiß nicht, warum Sie diese Fragen stellen. Aber wir haben niemand gesehen. Nur die Dottori Denner. Danach hat der Priester uns ins Hotel gebracht. Wir haben noch lange mit ihm gesprochen.»

«Alle? Auch Ihr Sohn und Ihr Neffe?»

«Tutti, alle! Warum fragen Sie, Commissaria?»

«Weil der schwarze Freund von Valeria letzte Nacht niedergeschlagen und schwer verletzt wurde, deshalb.»

«Aber keiner von uns ... wir wissen ja nicht einmal, wer er ist ... Sie können uns doch nicht verdächtigen, Commissaria!»

Laura atmete tief ein und brachte ein halbes Lächeln zustande. «Ich fühle tief mit Ihnen, Signora Cabun, Signor Cabun. Es ist unendlich traurig, dass Ihre Tochter nicht mehr lebt. Aber manchmal entstehen aus solchen Verlusten andere unglückliche Dinge. Deshalb frage ich Sie.»

Roberto Cabun senkte seinen Kopf, fuhr sich mit einer Hand über die Augen. «Si, Signora Commissaria», sagte er leise. «Manchmal entstehen andere unglückliche Dinge.»

Laura wartete ein paar Minuten, spürte dem Schweigen nach, konnte es nicht deuten. «Wie lange werden Sie in München bleiben?», fragte sie endlich.

«Wir bleiben, bis wir Valeria mit nach Hause nehmen können.» Carla Cabun faltete ihre Hände. «Wir lassen sie nicht allein in diesem schrecklichen Raum, in dieser

Kühltruhe. Valeria muss zurück zum Meer, wir müssen sie in ihrer Erde begraben. Wann können wir sie mitnehmen, Signora Commissaria?»

«Es kann nicht mehr lange dauern, Signora Cabun. Ich werde morgen mit dem Gerichtsmediziner sprechen, ob er alle Untersuchungen abgeschlossen hat. Wenn es so ist, dann können Sie Valeria mitnehmen.»

«Grazie, Signora Commissaria», flüsterte Carla Cabun und griff wieder nach der Hand ihres Mannes.

«Warum müssen die eigentlich immer mit ihrer ganzen Sippschaft anrücken?», fragte Kommissar Baumann, als die Familie Cabun gegangen war.

«Weil sie zusammengehören, deshalb», erwiderte Laura unwirsch.

«Ich wollte, ich hätte so eine Rückendeckung von meiner Familie», warf Claudia ein, während sie die Kaffeebecher einsammelte.

«Also, ich muss sagen, dass es mir eher Angst machen würde.» Baumann reichte Claudia seine Tasse. «Was haben denn die Cabuns erzählt, Laura? Glaubst du, dass die was mit dem Überfall auf Malenge zu tun haben?»

«Keine Ahnung ...» Laura füllte einen Becher aus dem Wasserspender, trank schnell. «Dein Kaffee war wahnsinnig stark, Claudia. Ich hab das Gefühl, völlig auszutrocknen!»

«Ich hab ihn nicht gemacht. Der eine Cabun-Sohn, oder was immer er war, hat Kaffee gemacht. Wollte helfen. Ist doch in Ordnung, oder?»

«Klar – wahrscheinlich wollte er Espresso in einer deutschen Kaffeemaschine machen.» Laura wusste, dass ihr Scherz nicht gut war. Sie fühlte sich auch nicht gut, war müde. Sie wünschte sich weit weg, irgendwohin ans Meer oder auf einen Hügel inmitten einer leeren Landschaft ohne türkische und italienische Tragödien. Vielleicht könnte sie es gerade noch ertragen, mit Guerrini unter einem Olivenbaum zu sitzen und eine Flasche Rotwein zu trinken. Schweigend.

Doch sie stand in einem Großraumbüro, hielt einen halb vollen Becher Wasser in der Hand, ihre Sekretärin und ihr engster Mitarbeiter sahen sie an.

«Haben die nun etwas damit zu tun, oder nicht?» Baumann schnippte mit dem Finger, als wolle er Laura aufwecken.

«Ich weiß es wirklich nicht, Peter. Vielleicht, wahrscheinlich aber nicht. Woher sollen sie Malenges Adresse, seinen Namen wissen. Es sei denn, die Denners haben uns eine Menge verschwiegen. Vielleicht haben Denners die Cabuns auf Malenge gehetzt, um den Verdacht auf andere zu lenken. Möglich ist alles.»

«Aber Italiener sagen nicht ‹Scheißnigger, ich bring dich um› auf Deutsch.» Er setzte sich auf die Kante seines Schreibtischs und wippte ungeduldig mit dem Fuß.

«Der Cabun, der mir beim Kaffee geholfen hat, sprach ziemlich gut Deutsch!», warf Claudia ein.

«Tatsächlich?» Baumanns Fuß hörte auf zu wippen.

Nein, dachte Laura. Ich hätte die Cabuns fragen müssen, ob einer der jungen Männer Deutsch spricht. Warum habe ich nicht gefragt? Sie kannte die Antwort: weil sie nicht wollte, dass die Cabuns etwas mit dem Überfall auf Malenge zu tun hatten. Nicht sehr professionell, aber so war es eben.

«Und jetzt?» Der junge Kommissar sah Laura fragend an. Ihr war noch nie aufgefallen, dass seine Stirn so viele Querfalten hatte.

«Tja, was wohl», murmelte sie. «Wir werden zu ihnen ins Hotel fahren und Fragen stellen, Alibis überprüfen. Was man eben so macht bei der Kripo.» Sie ließ ihren Blick über die vielen gläsernen Bürozellen wandern, sah Kriminaloberrat Becker vier Zellen weiter mit Kollegen sprechen. Er ruderte mit seinem rechten Arm und machte keinen zufriedenen Eindruck. Draußen auf dem Flur näherte sich Andreas Havel und winkte ihr zu. Sie winkte zurück. Immerhin einen Vorteil haben diese Aquarien, dachte Laura. Man kann sich darauf einstellen, wer im nächsten Augenblick vor einem steht.

«Seid ihr irgendwie deprimiert?», fragte der junge Kriminaltechniker, als er die Tür öffnete.

«Möglich», knurrte Baumann.

«Na ja, vielleicht kann ich euch ein bisschen aufmuntern. Dieser Fall Cabun könnte noch ganz spannend werden. Sie ist nicht aus dem Fenster im Treppenhaus gestürzt. Ich habe es nachgemessen. Es ist vollkommen unmöglich. Sieht so aus, als hätte jemand das Fenster weit aufgemacht, um den Eindruck zu erwecken, dass sie sich dort hinausgestürzt hat. Hat ja funktioniert. Mein Kollege glaubte es, und ich vermute, dass er gar nicht nachgemessen hat. Anschiss bereits erfolgt. Er streitet alles ab – so ist es eben!» Er lächelte, warf mit einer leichten Kopfbewegung die Haarsträhne zurück, die ihm über die Augen fiel.

«Aber gefallen ist sie doch, oder?», fragte Laura.

«Natürlich ist sie gefallen. Aber nicht aus diesem Fenster. Meinen Berechnungen nach muss es das Fenster in der Dachwohnung gewesen sein. Ich würde vorschlagen, dass wir uns einen Durchsuchungsbefehl beschaffen.»

«Wie heißt der Mieter nochmal?», fragte Laura.

«Dr. Detlef Schneider, Pharmavertreter aus Hamburg», sagte Claudia und blickte kurz von ihren Unterlagen auf.

«Das ist schon dein zweiter Bonuspunkt heute Morgen!» Baumann lächelte der Sekretärin zu. «Wenn das so weitergeht, kannst du bald meinen Job übernehmen, und ich schreib die Protokolle!»

«Möchte ich aber gar nicht», gab Claudia zurück. «Ich muss nicht mitten in der Nacht aufstehen, um mir Leichen anzusehen. Es ist mir weitaus lieber, eure Fälle theoretisch mitzudenken.»

«Wie geht's denn deiner Kleinen?», fragte Laura.

«Besser, Gott sei Dank. Die Ohrenschmerzen sind weg. Letzte Nacht hat sie zum ersten Mal seit einer Woche durchgeschlafen.»

«Schön! Kannst du bitte die genaue Adresse dieses Herrn beschaffen und die Sache in die Wege leiten!»

Claudia nickte und erwiderte Lauras Lächeln.

«Mir ist übrigens zu diesem Überfall auf Malenge noch etwas eingefallen», sagte Havel. «Der Tatort gibt nicht viel her – und natürlich ist es möglich, dass so ein verrückter Rassist ihn angegriffen hat. Es gibt aber noch eine andere Möglichkeit – mag abwegig klingen, aber vielleicht hat jemand versucht, Malenges DNA zu kriegen. Mit genetischem Material kann man heute hervorragend falsche Spuren legen. Denkt mal drüber nach.»

«In diese Richtung habe ich auch schon gedacht …», murmelte Kommissar Baumann, und Laura wusste, dass das nicht stimmte. Baumann hatte immer Probleme damit, hinter Andreas Havel zurückzustehen.

«Gut», sagte Laura. «Heute die Cabuns, morgen nochmal die Denners und sobald wie möglich ein Durchsuchungsbefehl für diese Wohnung.»

Halb elf. Ronald hatte noch nicht angerufen. Vielleicht schaffte er die Friedensverhandlungen allein. Laura schickte ein stilles Gebet zum Himmel.

Er schaffte es nicht. Als Laura um fünf nach Hause kam, befand Ronald sich seit drei Stunden in einer Verhandlungspause.

«Es ist wie bei der Irak-Konferenz», erklärte er seufzend und entkorkte gerade eine Weinflasche. Eine von Lauras wohl gehüteten Barolos, wie sie mit einem kurzen Blick feststellte.

«Und wie ist es bei der Irak-Konferenz?», fragte sie zerstreut.

«Alle reden, und es gibt kein Ergebnis!»

«Wie geht es Ülivia?»

«Du hast keinen Humor, Laura. Du hättest wenigstens höflich lächeln können. So schlecht war mein Witz nämlich nicht.» Er roch an der Flaschenöffnung und zog anerkennend die Augenbrauen hoch.

«Gut war er auch nicht», erwiderte Laura. «Also, wie geht's dem Mädchen?»

«Nicht schlecht. Sie hat viel geschlafen, kaum was gegessen und viel getrunken. Sofia hat ihr immer wieder Umschläge gemacht. Sie ist klar im Kopf und kann selbst auf die Toilette gehen. Ich denke, dass sie in ein, zwei Tagen wieder auf dem Damm ist.» Er hob fragend ein Glas. «Willst du auch einen Schluck?»

«Später … ich muss erst was essen. Danke, dass du dich um das Drama hier gekümmert hast. Ich hätte nicht zu Hause bleiben können.»

«Was hättest du ohne mich gemacht?» Ronald meinte die Frage offensichtlich ernst. Der ironische Zug um seinen Mund war verschwunden.

«Ich weiß es nicht, Ronald.» Laura antwortete ehrlich. «Ich weiß es wirklich nicht. Vielleicht hätte ich Ülivia zu einer Freundin bringen können oder ins Frauenhaus. Auf jeden Fall wäre es ziemlich kompliziert und stressig geworden.»

«Schön, dass Männer doch manchmal zu etwas gut sind in deinem Leben!» Jetzt war die Ironie wieder da, und Laura dachte: Bitte nicht. Ich habe es nicht gehört! Ich habe es nicht gehört!

Wortlos drehte sie sich um und ging in ihr Schlafzimmer, das jetzt Ülivias war, setzte sich ans Bett und schaute die junge Frau an. Die Hämatome in ihrem Gesicht hatten sich lila verfärbt, waren an den Rändern gelb. Es sah erschreckend aus.

«Wie geht es dir?», fragte Laura leise.

Ülivia versuchte zu lächeln, schluckte mühsam.

«Du musst viel trinken!» Laura füllte das Glas neben dem Bett mit frischem Wasser aus einer Karaffe. Vorsichtig setzte Ülivia sich auf, nahm das Glas aus Lauras Hand und trank sehr langsam.

«Es geht schon», flüsterte sie. «Aber ich hab so Angst! Angst ist schlimmer als Schmerzen, Laura. Ich will immer schlafen. Dann keine Angst.»

«Du hast Angst vor deiner Familie, nicht wahr?» Laura strich Ülivia die feuchten Locken aus der Stirn.

«Ich weiß nicht, was machen! Ich will sie nicht sehen! Ich soll heiraten und sie mich schlagen, weil Angst, dass mein Bräutigam mich nicht nimmt. Aber ich will den nicht! Ich hab noch nie gesehen, nur Foto. Er sieht aus wie mein Bruder! Ich will nicht Mann, der aussieht wie mein Bruder!» Ülivias Stimme war immer lauter und verzweifelter geworden, ihre Hände zitterten. Sie verschüttete ein bisschen Wasser, gab Laura das Glas zurück und drehte das Gesicht in die Kissen.

«Wir sprechen mit ihnen, Ülivia. Wir versuchen eine Lösung zu finden. Am besten, du schläfst jetzt wieder und denkst nicht daran.»

«Aber ich denke die ganze Zeit!» Ülivias Stimme war kaum hörbar.

«Hör auf damit! Es hilft ja nichts. Denk daran, dass du in Sicherheit bist und dein Riza auch!»

«Wo ist Riza?» Ülivia wandte Laura ihr Gesicht zu. Ihre Augen schienen übergroß. Antilopenaugen, dachte Laura.

«Ich habe ihn heute Morgen getroffen und ihm gesagt, dass er zu einem Freund ziehen soll, bis die Situation wieder geklärt ist.»

«Was hat gesagt, Laura. Hat was gesagt über mich?» Die dunklen Augen sahen Laura so intensiv an, dass sie den Blick abwandte.

«Er lässt dich grüßen. Er war sehr besorgt! Er ist wirklich ein sehr netter junger Mann.» Laura log, um Ülivia ein bisschen Hoffnung zu geben.

«Ja, sehr lustig auch!» Tränen liefen plötzlich über die Wangen der jungen Frau. «Ich will Mann, der lustig. Ich lache gern!» Ihre Tränen flossen jetzt in Strömen.

«Wer hat euch eigentlich entdeckt, dich und Riza?»

«Meine Schwester.»

«Deine Schwester?» Laura war fassungslos. «Bist du sicher? Deine Schwester ist doch selbst mit einem Mann weggelaufen. Wieso verrät sie dich?»

Ülivia presste ein Papiertaschentuch vors Gesicht. «Weil Riza Kurde ist. Das ist ganz schlimm, wenn Kurde.

185

Sind die Leute, die immer Krieg führen gegen uns Türken!»

«Na ja, das kann man auch umgekehrt sehen», entfuhr es Laura. «Und deshalb verrät sie dich? Lässt zu, dass du geschlagen wirst?»

«Ja, weil hat Angst um mich. Denkt, dass Kurde mich nur mag, weil Rache will an Türken. Aber Riza ist anders. Ist nicht so ein Kurde.» Ülivia umarmte die Bettdecke und presste sie fest an sich. Unbewusst stieß sie mit einem Bein, war auch mit ihrem Körper gänzlich gefangen in dieser unauflöslichen Lage.

«Und du hast keine Angst vor Kurden?», fragte Laura, kam sich dumm und hilflos vor angesichts dieser schwierigen Verflechtungen.

«Doch, hatte schon Angst. Aber Riza ist anders. Nicht gefährlich. Ganz nett. Wirklich! Nie gefährlich, nie frech!»

Trotz ihrer Erschütterung musste Laura lächeln. Nie gefährlich, nie frech! Ülivia war über eine Grenze gegangen, war ungeheuer mutig und neugierig gewesen. Laura hätte sie am liebsten geküsst. «Du kannst ihn ja anrufen!», sagte sie stattdessen und drückte Ülivia ihr Telefon in die Hand. «Kennst ja seine Handynummer.»

Laura kehrte in die Küche zurück, trank jetzt doch ein halbes Glas Rotwein und fühlte sich bereits nach dem ersten Schluck beschwipst.

Abendessen. Sie hatte nicht eine Sekunde daran gedacht, dass der Kühlschrank ziemlich leer war. «Bitte geht einkaufen!», sagte sie deshalb mit sanfter Stimme zu Sofia und Ronald. «Hier sind 40 Euro. Lasst euch was einfallen!»

Vater und Tochter zogen fröhlich davon, während Laura sich in die offene Balkontür setzte und den Frühlingsabend überhaupt zum ersten Mal wahrnahm. Der zarte Duft junger Blätter war selbst in diesem Hinterhof spürbar. Laura ließ einen winzigen Schluck Barolo über ihre Zunge rinnen, dachte, dass sie Angelo Guerrini eigentlich absagen müsste. Es war kein günstiger Zeitpunkt für ihn, jetzt, wo Ronald gerade zum Superstar auflief. Aber dann dachte sie an die Cabuns, die alle gemeinsam geschworen hatten, dass kein Cabun jemals den schwarzen Freund Valerias angreifen würde. Keiner von ihnen hätte den Namen oder die Adresse gewusst, es hätte ja auch keinen Grund gegeben, den Freund zu schlagen. Diesmal waren sie nicht wie eine Welle auf Laura und Baumann zugeschwappt, sondern hatten dagestanden wie eine Mauer, ehern und ohne Lücke. Laura legte die Beine auf einen Balkonstuhl und schloss die Augen. Jetzt gerade bin ich hier auf diesem Stuhl und habe die Beine hochgelegt, dachte sie. Es wird gleich weitergehen, aber jetzt gerade bin ich hier.

LEICHT NACH vorn gebeugt, beide Arme auf der Brüstung, das Kinn auf die verschränkten Hände gelegt, saß Commissario Angelo Guerrini auf seiner Dachterrasse und schaute auf die südlichen Stadtviertel von Siena. Rechts von ihm stand eine winzige Espressotasse, links ein großer Blumentopf mit Basilikumpflanzen.

Er hatte Zeit. Eine Stunde für sich. In einer Stunde würde sein Vater kommen, und sie würden gemeinsam die Bistecche braten, die Kartoffeln in Rosmarin wenden und den Spinat zubereiten.

Guerrini ließ seinen Blick über die Türme und Häuser hinweg zu den Hügeln in der Ferne wandern und hinaus auf die Crete, die um diese Jahreszeit noch hellgrün von der jungen Saat waren. Er fühlte sich wohlig und schlapp, fragte sich, was es eigentlich war, das Menschen antrieb, so komplizierte Beziehungen einzugehen wie die zu Laura Gottberg. Er war immerhin achtundvierzig Jahre alt – nicht mehr lange, leider –, und es gab keinen Grund, warum er nach München fahren sollte, um sich einer unklaren Situation auszusetzen. Er hatte nicht den Eindruck, dass sie begeistert von seinem Kommen war. Er hätte es sich gewünscht, aber sie hatte atemlos am Telefon geklungen und unsicher.

Hatte sie solche Angst vor ihren Kindern? Er wollte sie sehen, diese Kinder, freute sich sogar auf sie. Aber wahrscheinlich war das eine vermessene Sehnsucht. Wenn er ehrlich zu sich selbst war, dann erfüllte ihn diese merkwürdige Sehnsucht, seit er Laura zum ersten Mal getroffen hatte. Sie hatte so eine Art, zu antworten, Dinge offen zu lassen, die ihm Raum gab. Es waren diese Momente gegenseitigen Erkennens, Sich-fallen-Lassens ins Leben, die er so noch nie erlebt hatte. Immer nur Momente, störbar, zeitlich begrenzt – deshalb umso kostbarer.

Er dachte an ihr Lachen, als er ihr von dem toten Hund und dem unverhofften Ableben der Signora Malenchini erzählte. Sie hatte diesen Sinn für die Absurditäten des Lebens, den er häufig bei anderen vermisste. Seine Frau Carlotta – von der er seit drei Jahren getrennt lebte – hatte diesen Sinn überhaupt nicht. Carlotta hatte keinen Humor. Wenn Guerrini aus reiner Verzweiflung etwas zu laut lachte, nur damit jemand lachte, sagte sie: «Lach nicht so laut, Angelo!»

Carlotta war bitter gewesen, weil sie keine Kinder bekommen konnte, weil Guerrini selten pünktlich nach Hause kam, weil sie ihre Arbeit als Sekretärin eines Notars hasste.

Aber dennoch – wenn Guerrini über seine Noch-Ehefrau nachdachte, überkam ihn auch etwas wie Bewunderung. Carlotta hatte auf der Abendschule Englisch gelernt, sich diese Stellung in Rom gesucht und ihn einfach verlassen. Sie hatte ein neues Leben angefangen, während er alles so hätte laufen lassen – aus Rücksicht auf sie, wie er dachte.

Was für ein Irrtum. Es war keine Rücksicht gewesen, sondern die schlichte Tatsache, dass er in den vergangenen Jahren innerlich allmählich abgestorben war. Er machte sich da inzwischen nichts mehr vor, hatte sogar Laura von seiner inneren Wüste erzählt. Mit ihr konnte er darüber sprechen, sogar lachen.

Und deshalb sehnte er sich danach, die Beziehung

zu ihr aus der Unverbindlichkeit zu lösen, in etwas zu verwandeln, das mehr war als die flüchtigen Begegnungen.

Das Telefon klingelte, weckte ihn aus seinen Gedanken, und er hoffte, dass sie es sein könnte. Aber es war Sergente Tommasini, der ihm mitteilen wollte, dass er den Sohn der Signora Malenchini verhört habe und dass der Mann ihm sehr verdächtig erscheine.

«Er hasste seine Mutter, Commissario! Er gibt es sogar zu!»

«Wenn alle Italiener, die ihre Mütter hassen, sie auch umbringen würden, dann gäbe es ein landesweites Massaker», entgegnete Guerrini lachend.

«Er hasste auch den Hund!»

«Gibt er das auch zu?»

«Ganz offen, Commissario!»

«Dann war er's nicht, sonst würde er es nicht so offen zugeben!»

«Aber alle anderen reden nur gut von der Signora Malenchini!» Tommasinis Stimme klang unsicher.

«Die sind alle verdächtig, Sergente. Befragen sie die weiter, lassen sie nicht locker.»

«Aber nicht heute Abend», gab Tommasini ruhig zurück. «Da wird nämlich in unserem Stadtviertel der Palio vorbereitet, und ich reite in diesem Jahr mit!»

«Morgen ist ja auch noch ein Tag, Sergente. Morgen können wir die Leute gemeinsam befragen.»

«Ja dann auf morgen, Commissario.»

«A domani, Sergente!»

Tommasini ist nicht dumm, dachte Guerrini, während er die Bistecche in einem Gemisch aus Knoblauch, Thymian und Olivenöl wendete. Er hat genau durchschaut, dass ich diesen Fall nicht ganz ernst nehme. Ich werde den Fall mit meinem Vater besprechen, dann haben wir ein Thema, und der Abend ist gerettet. Bin gespannt, wen der alte Guerrini für den Mörder hält.

Die türkisch-deutschen Verhandlungen begannen gegen halb neun. Wenigstens hatten sie noch in Ruhe zu Abend essen können. Danach nahmen Ronald und Laura die Einladung zu Gesprächen an, begaben sich in die Räume der Gegenpartei, mussten husten, als sie das große Wohnzimmer der Özmers betraten, so verraucht war es. Laura begriff sofort, dass nicht nur der männliche Özmer-Clan versammelt war, sondern auch noch ein paar andere Türken, die sie noch nie gesehen hatte. Laura war die einzige Frau im Zimmer – die anderen Frauen standen im Flur herum, in der Küche, machten Tee und Kaffee, huschten hin und wieder in den Raum, um Tassen aufzufüllen, Aschenbecher zu leeren.

Irgendwer bot ihnen Platz auf einem der schweren Sofas an, die die Wände säumten. Es gab vier Sofas und eine Schrankwand, Eiche, in der ein großer Fernseher, drei Puppen mit Rüschenröcken und eine venezianische Gondel untergebracht waren. Der Fernseher lief, und Laura dachte, dass das Leben manchmal einem Witzfilm ähnelte, dass in bestimmten Augenblicken alle Klischees gleichzeitig zutrafen und es enorme Anstrengung kostete, zu differenzieren.

Ronald wechselte einen stirnrunzelnden Blick mit ihr, sie hob kurz die Augenbrauen. Es war gut, ihn neben sich zu wissen. Gemeinsam hatten sie es schon einmal geschafft, eine türkische Tragödie abzuwenden. Allein hätte sie keine Chance gegen diese männliche Übermacht, das war Laura klar.

Es ging auch sofort zur Sache. Einer der Männer, den Laura noch nie gesehen hatte, eröffnete die Verhandlungen, ohne darauf zu warten, dass sie und Ronald eine Tasse in der Hand hielten. Das war eine Unhöflichkeit, die gleich mit einem Angriff verbunden wurde.

«Sie müssen Ülivia Özmer herausgeben! Was Sie da machen, ist Freiheitsberaubung!» Er sagte es in sehr gutem Deutsch. Laura schätzte ihn auf Anfang vierzig. Sein Schnurrbart war frisch gestutzt, und er wirkte sehr professionell.

«Sind Sie Rechtsanwalt?», fragte sie freundlich.

Er sah nicht sie an, sondern Ronald, tat so, als hätte er Lauras Frage nicht gehört.

«Keine Freiheitsberaubung», erwiderte Ronald. «Sie ist freiwillig bei uns. Aber hier in dieser Wohnung hat ein Fall schwerer Körperverletzung stattgefunden. Nun sind Sie dran!»

«Ehre kaputt», stöhnte Ibrahim Özmer, der in der Ecke eines der großen Sofas saß, das Gesicht in beiden Händen vergraben. Er begann am Kragen seines Hemds zu ziehen, zerrte und riss, bis sich ein Stoffstreifen löste.

Jetzt fängt das wieder an, dachte Laura, schaute unauffällig auf ihre Uhr. Beinahe neun. Es würde dauern.

«Was hat Ülivia gemacht, dass Ihre Ehre kaputt ist?», fragte sie.

Özmer zerrte heftiger an seinem Hemd. «Ich nicht sagen! Sonst noch schlimmer», jammerte er.

Der vermeintliche Rechtsanwalt übernahm wieder. «Es geht hier um einen Ehevertrag, der eingehalten werden muss», sagte er.

«Sehen Sie, da liegt das Problem!» Ronald zog seine Pfeife aus der Jackentasche und begann sie zu stopfen. Alle starrten auf die Pfeife. Ronald ließ sich Zeit, klemmte das Ding endlich in seinen Mundwinkel und zündete den Tabak an. Noch immer starrten alle. «Das Problem ist», Ronald sprach zwischen zusammengebissenen Zähnen, die den Pfeifenstiel hielten. «Das Problem ist», wiederholte er, «dass wir hier zwei verschiedene Rechtsauffassungen haben. In Deutschland gibt es keine Eheverträge wie in der Türkei. Solange Ülivia hier lebt, hat sie also zumindest theoretisch das Recht zu heiraten, wen sie will.»

«Wenn wollen heiraten kurdisch Mann, ich umbringen», rief der alte Özmer dramatisch aus und riss sich das halbe Hemd vom Leib. Ein mehrstimmiges Aufschluchzen kam vom Flur her, wo die Frauen lauschten.

«Wen wollen Sie umbringen, Herr Özmer?», fragte Laura. «Sich selbst, Ülivia oder den Kurden?»

Er antwortete nicht, sondern sah sie aus leidenden Augen an, als wäre er misshandelt worden, und stürzte sich in die Arme seines Sohnes, der neben ihm saß.

So ging es immer weiter. Eine Stunde lang, zwei Stunden. Der Fernseher lief im Hintergrund, zeigte irgendwelche türkischen Seifenopern mit sehr blond gefärbten üppigen Frauen und sehr dunklen Männern. Es war unerträglich heiß im Zimmer und sehr verraucht, obwohl Laura mehrmals die Fenster aufgerissen hatte.

Inzwischen war sie so müde, dass sie den Verhandlungen kaum noch folgen konnte. Sie hatte auch keine Lust mehr, keine Geduld, keine Diplomatie, mit der Ronald übrigens auch nicht weiterkam.

Ehe ich hier einschlafe, muss ich etwas machen, dachte sie. Ich werde jetzt einfach mal die Sprache versuchen, die meine lieben Nachbarn offensichtlich gewöhnt sind.

«Ich mache einen Vorschlag! Und es ist mein letzter»,

sagte sie und stand auf. «Ich werde einen Vertrag aufset-zen, und Sie unterschreiben, dass Sie Ülivia nicht mehr misshandeln. Was die Heirat angeht: Wenn Sie mit Üli-via darüber reden, muss eine neutrale Person dabei sein. Also entweder ich oder mein Mann …» Laura stockte ei-nen Augenblick, hatte sie wirklich «mein Mann» gesagt? Sie schüttelte leicht den Kopf und fuhr fort: «Außerdem wird Ülivia nur dann zu Ihnen zurück in die Wohnung kommen, wenn sie selbst damit einverstanden ist. Und ich warne Sie alle vor jeglicher Form von Gewalt!»

Der letzte Rest von Ibrahim Özmers Hemd ging in Fetzen. Seine Frau eilte herbei und half ihm in ein fri-sches.

Ich halte das nicht mehr aus, dachte Laura und ging entschlossen zur Tür. Ronald folgte ihr, heftig auf dem Pfeifenstiel kauend. Sie verbeugten sich beide vor den Anwesenden, die in der rauchigen Luft seltsam unscharf aussahen.

«Ich denke, Hauptkommissarin Gottberg hat Recht», sagte Ronald. «Den Vertrag bekommen Sie morgen früh.»

Er hat nicht «meine Frau» gesagt, dachte Laura. Hof-fentlich hat er meinen Ausrutscher nicht gehört. Aber sie wusste, dass Ronald ihn natürlich gehört hatte. Bei all seiner Unzuverlässigkeit war er doch ein guter Journa-list, der auch Zwischentöne sehr genau registrierte, was seinen Artikeln eine besondere Note gab. Rückwärts ge-hend, sich noch mehrmals verbeugend, erreichten sie endlich den Flur.

«Was passieren?», fragte Ülivias Mutter mit angstvoll aufgerissenen Augen, griff nach Lauras Händen, hielt sie sehr fest.

«Ich weiß es nicht, Safira», antwortete Laura müde,

löste ihre Hände und ging weiter. Neben der Wohnungstür lehnte Ülivias Schwester. Sie sah Laura nicht an, hielt den Kopf gesenkt, verharrte reglos. Als Laura nach der Türklinke griff, machte sie eine kaum wahrnehmbare Bewegung.

«Wie geht es Ülivia?», flüsterte sie.

«Nicht besonders gut, das kannst du dir denken!» Laura blieb neben ihr stehen. «Da hast du was Schönes angerichtet, Harun! Wie kommst du dazu, deine Schwester zu verraten? Wo du genau all das selbst durchgemacht hast! Warum, Harun? Warum?»

Harun senkte den Kopf noch tiefer. Das Haar fiel locker über ihr Gesicht, denn im Gegensatz zu den anderen Frauen trug sie kein Kopftuch, sondern eine lockige halblange Frisur. Harun war groß, sogar ein bisschen größer als Laura.

«Weil Kurde», stieß sie hervor. «Du nicht verstehen, Laura. Mein Cousin wurde erschossen von Kurden, ein Onkel auch! Ist gefährlich mit Kurden. Ülivia verrückt geworden, oder?»

«Meine Güte, Harun! Kurden sind Menschen wie alle anderen. Hast du mal darüber nachgedacht, wie viele Kurden von türkischen Soldaten erschossen wurden?» Laura wusste, dass es sinnlos war. Vielleicht konnte sie später mit Harun darüber reden, vielleicht auch nicht.

«Kann ich meine Schwester sehen? Ich möchte sie so gern sehen …»

«Heute Nacht jedenfalls nicht mehr. Ich werde sie fragen, ob sie dich sehen will. Jetzt schläft sie, und wir sind auch müde!» Laura öffnete die Tür, trat endlich hinaus aus dieser Wohnung, die ihr nicht nur des Rauchs wegen das Atmen schwer machte.

Auf der anderen Seite des Hausflurs konnten sie wieder Luft holen, hatten solchen Hunger nach Sauerstoff, dass sie sich nebeneinander auf den kleinen Balkon stellten. Ronald füllte den Rest des Barolos in zwei Gläser.

«Es ist kein berauschender Sieg, aber immerhin gibt es bisher außer einem zerrissenen Hemd keine Folgeschäden!» Er prostete Laura zu, stieß mit ihr an, wirkte beinahe übermütig. In Laura löste sein Verhalten Alarmsignale aus. Sie lehnte sich an die raue Hauswand, versuchte sich zu entspannen. Die Hinterhöfe lagen in tiefer Dunkelheit, nur aus einem einzigen Fenster des Nachbarhauses drang noch ein Lichtschein. Hinter prallen Wolken, deren Ränder silbern leuchteten, versteckte sich ein halber Mond. In der Ferne kreischte das Martinshorn eines Krankenwagens. Sehr nah spürte Laura Ronalds Arm, seine Körperwärme.

«Manchmal sind wir kein schlechtes Team», sagte er leise, räusperte sich. Jetzt streifte sein Arm den ihren. Sie rückte ab.

«Vielleicht hättest du zur Polizei gehen sollen», erwiderte sie trocken, wusste schon beim Klang ihrer Worte, dass sie ihn verletzen würde. Es tat ihr Leid und auch wieder nicht. Sie wollte ihm klar machen, dass es nichts zu bedeuten hatte, wenn sie ihn als «meinen Mann» bezeichnet hatte.

Es geschah eben hin und wieder, dass Ronald und sie diese fast intimen Momente teilten, eine Sehnsucht vielleicht, dass alles gut sein möge – so wie früher, als sie noch zusammenlebten.

Aber es stimmte nicht.

Laura wollte auch nicht zurück! Nicht wieder die großen Pläne hören, die sich immer wieder in Nebel auflösten. Wollte nicht auf ihn warten, wenn er zum hundertsten Mal eine Verabredung vergessen hatte. Wollte nicht mehr seine Rechnungen bezahlen oder entdecken, dass er wieder eine Affäre hatte.

Ronald war ebenfalls von ihr weggerückt, hatte sich ans äußerste Ende des kleinen Balkons zurückgezogen, zündete seine Pfeife an.

«Warum musst du eigentlich immer gleich um dich schlagen, wenn es gerade einmal etwas entspannter ist?», fragte er und schaute dabei den Mond an, der für Sekunden zwischen den Wolken aufleuchtete und gleich darauf wieder verschwunden war.

«Ich wollte das gerade nicht – es ist mir so rausgerutscht. Ich finde es wirklich gut, dass wir die Sache mit den Özmers gemeinsam lösen. Gut für die Kinder, wenn sie wissen, dass wir beide da sind, wenn's brenzlig wird …»

Was rede ich, dachte Laura.

«Du drückst dich!» Ronald stieß ein bitteres Lachen aus.

«Nein», antwortete Laura heftig. «Ich drück mich überhaupt nicht. Ich möchte, dass wir Freunde sind – so gut es eben geht nach all den Jahren und dem Scheiß, den wir durchgemacht haben. Aber dabei muss es bleiben. Freunde, die in schwierigen Situationen füreinander da sind. Wir kennen beide unsere gegenseitigen Schwächen, können sie dem anderen lassen. Das ist eine Menge nach vierzehn Jahren Ehe, findest du nicht? Jedenfalls verglichen mit den Fällen, die ich hin und wieder bearbeiten muss!»

Diesmal lachte Ronald los. «Immerhin hast du dir deinen Humor bewahrt! Aber ich kenne dich gut genug, um zu wissen, dass hinter deiner Kratzbürstigkeit noch etwas anderes steckt! Hast du einen Lover?»

Laura stieß sich von der Wand ab, ging in die Küche zurück und stellte ihr Weinglas in die Spüle.

«Das», sagte sie leise, «geht dich gar nichts an, Ronald.»

Ehe sie die Küche verließ, wandte sie sich noch einmal kurz um. «Ich nehme an, dass du wieder im Wohnzimmer schläfst.»

«Wenn ich ehrlich bin, Laura, würde ich am liebsten zurück in meine Wohnung fahren. Ich bleibe nur wegen der Kinder. Aber du solltest dich schnellstens nach einem anderen Unterschlupf für Ülivia umsehen. Ich bin nicht bereit, länger auf sie aufzupassen!»

«Verstehe ich! Schlaf gut!» Laura schaffte es, ihre Stimme freundlich klingen zu lassen. Doch im Badezimmer schloss sie sich ein, setzte sich auf den Rand der Wanne und massierte vorsichtig ihre Schläfen.

Ronald hatte irgendwie Recht. Die türkische Tragödie war eine Zumutung, die den Alltag sprengte und sie alle überforderte. Aber bei allen Schrecken hatte sie auch etwas Gutes. Sie machte Menschen sichtbar, brachte Gefühle zum Ausbruch, forderte Verantwortung. Es war, als hätte jemand einen Vorhang weggerissen. Genauso war es: Die türkische Tragödie machte Grenzen sichtbar und schuf gleichzeitig Nähe.

Langsam stand sie auf, wusch ihr Gesicht mit lauwarmem Wasser. Noch vier Tage bis Ostern. Vier Tage bis zu Angelos Ankunft. Vielleicht fünf, wenn sie ihn überzeugen konnte, erst am Sonntag zu kommen und nicht schon am Samstag. Wovor fürchtete sie sich eigentlich? Vor der Nähe. Davor, Angelo mit ihren Kindern zu erleben.

Etwas in ihr sträubte sich noch immer mit ungeheurer Heftigkeit dagegen. Sie wusste selbst nicht genau, warum. Es kam ihr vor, als verteidigte sie einen kostbaren Teil ihres Selbst gegen die Normalität. Sie wollte nicht, dass ihre Liebe zu Guerrini «normal» wurde, eingeebnet, einverleibt, irgendwann alltäglich.

Ich beschütze meine Sehnsucht, dachte sie, als sie endlich auf ihrem Klappbett lag. Kurz vor dem Fortdämmern spürte sie, dass ihr Gesicht nass von Tränen war.

«Wir haben den Durchsuchungsbefehl!» Kommissar Baumanns Stimme klang triumphierend.

«Schön! Wann treffen wir uns vor der Wohnung?» Laura saß am PC ihres Sohnes und schrieb den «Vertrag» für Ülivias Zukunft.

«Um zehn! Havel und seine Jungs kommen gleich mit. Heißt das, dass du vorher nicht ins Dezernat kommst?»

«Genau das heißt es!»

«Na gut. Ich wollte dir vorher noch meine Änderungen an dem verdammten Protokoll zeigen. Hab die halbe Nacht damit zugebracht.»

«Ich hab auch nicht geschlafen!»

«Warum denn nicht?»

«Türkische Tragödie!»

«Schon wieder?»

«Schon wieder.»

«Na dann, bis zehn!»

«Bis zehn!»

Es war halb neun. Sofia und Luca waren längst zur Schule gegangen. Sofia unter heftigen Protesten. Sie wollte noch einen Tag mit ihrem Vater verbringen und Ülivia umsorgen. Nur mit Mühe hatten Laura und Ronald sie überzeugen können, dass Schule ebenfalls wichtig war. Ronald war bereit, bis zwei Uhr auf Ülivia aufzupassen, danach würde ihn eine Nachbarin aus dem zweiten Stock ablösen. Sie hatte vor zwei Monaten ihren Job verloren, nahm es aber nicht so tragisch, wollte ohnehin nach Neuseeland auswandern. Laura war locker mit ihr befreundet, trank ab und zu einen Kaffee mit ihr. Es war beinahe alles organisiert, im Griff, und trotzdem empfand Laura totale Atemlosigkeit. Schrieb zwei Zeilen des «Vertrags» und dachte: Ich brauche Urlaub, ich will hier weg! Wieder zwei Zeilen. Urlaub! Ruhe! Frieden! Fertig!

Laura druckte den Vertrag aus, las ihn durch, fand ihn halbwegs in Ordnung, fragte sich aber, ob die Özmers ihn annehmen würden. Es gab ja keinerlei rechtliche Grundlage für so ein Papier, war reiner Bluff. Ein Versuch, die Situation wieder in halbwegs vernünftige Bahnen zu lenken.

Laura gab das Schreiben Ronald.

«Lies es durch, ändere es, mach, was du willst – aber lass sie bitte unterschreiben! Ich muss in zwanzig Minuten weg!»

Sie brachte Ülivia frischen Tee und eine Schale mit Obst. Die junge Frau hatte die Decke über den Kopf gezogen. Nur ein schwarzes lockiges Haarbüschel schaute heraus.

«Ülivia?» Vorsichtig zog Laura an der Bettdecke.

Ülivia weinte. Das Kissen war nass.

«Was ist denn los?» Laura schüttelte sanft die Schulter des Mädchens. Ülivia drehte den Kopf in die Kissen.

«Das mit deinen Eltern werden wir schon irgendwie hinkriegen», sagte Laura und setzte sich auf die Bettkante.

«Es ist Riza», schluchzte Ülivia halb erstickt in die Kissen.

«Was ist mit Riza?» Laura ahnte es schon.

«Riza sagt, dass wir besser nie mehr treffen. Zu gefährlich für dich, sagt Riza. Er will mich beschützen, und deshalb will er mich nicht mehr sehen ... aber ich liebe ihn so, Laura. Ich sterbe, wenn ich ihn nie mehr sehen kann!»

Laura streichelte Ülivias Hand, dachte: Scheißkerl! Aber wahrscheinlich hat er sogar Recht. Trotzdem Scheißkerl!

«Warum geht er nicht mit mir weg, wie der Mann von meiner Schwester? Ich überall mit ihm hingehen!» Ülivia schluchzte so laut, dass Ronald den Kopf ins Zimmer streckte und Laura fragend ansah. Sie legte einen Finger an die Lippen und schüttelte den Kopf. Ronald zog sich wieder zurück.

Was sage ich jetzt, dachte Laura. Dass alles nicht so schlimm ist, dass es sich nicht lohnt, für einen Riza zu sterben ... Dass ich auch schon jede Menge Liebeskummer überlebt habe? Das ist genau das, was Ülivia mit Sicherheit nicht hören will.

«Tut verdammt weh», sagte sie deshalb. «Ich kann das gut verstehen. Wein dich aus, Ülivia. Dann wird es leichter. Und vergiss nicht, dass es Menschen gibt, die für dich da sind. Harun möchte dich übrigens auch sehen.»

«Aber ich sie nicht!» Ülivia fuhr hoch, ihr Haar flog, und ihre rot verweinten Augen blickten hasserfüllt. «Nicht Harun! Ich will nie mehr sehen. Ist nicht mehr meine Schwester!»

«Pssst!», machte Laura. «Versuch zu schlafen oder geh duschen. Hier ist Tee. Du kannst sicher sein, dass das Leben weitergeht, Ülivia, und die meisten Wunden heilen nach einiger Zeit. Ich muss jetzt zur Arbeit. Ronald wird bei dir bleiben. Wir sehen uns später, ja?»

Die junge Frau antwortete nicht, zog einfach wieder die Decke über den Kopf.

Die Geranien mit Verzweiflungstrieben standen noch immer am Fenster des Treppenhauses in der Herzogstraße. Der rote Teppich auf den Stufen zur Dachwohnung war makellos sauber. Den Schlüssel hatte Baumann von der Hausverwaltung bekommen, der Mieter aus Hamburg war angeblich nicht erreichbar.

«Absichtlich», verkündete Baumann. «Heutzutage ist jeder Mensch erreichbar, der einen Beruf hat wie dieser Dr. Detlev Schneider. Und zwar immer. Er hat E-Mail, ein Handy, einen Anrufbeantworter!»

«Ja», brummte Andreas Havel. «Ich auch, und es ist entsetzlich!»

«Vielleicht ist er tot», sagte einer von Havels Team und merkte selbst, dass sein Satz irgendwie daneben war, zuckte leicht mit den Schultern. Wieder ein neues Gesicht, dachte Laura.

«Mach endlich auf», sagte sie laut, war wirklich neugierig auf diese geheimnisvolle Wohnung. Kommissar Baumann vollzog eine regelrechte Zeremonie: klingelte erst mehrere Male, zog dann den Schlüsselbund aus einem Lederetui, hob ihn gegen das Licht, steckte den kleinsten Schlüssel ins Sicherheitsschloss, öffnete es, nahm dann den größeren und sperrte die Tür auf. Im Zeitlupentempo schob er sie mit dem Fuß nach innen, hielt bereits seine Pistole in beiden Händen, sprang in den Flur, der sich als große Halle entpuppte, drehte sich nach allen Seiten, die Waffe immer im Anschlag.

«Lass doch das Theater», grinste Havel. «Ist doch keiner drin!»

«Na gut, wenn du meinst …» Baumann hatte seinen gutmütigen Tag. Er steckte die Pistole ins Schulterhalfter zurück und sah sich um, pfiff gleich darauf durch die Zähne. «Nicht schlecht!»

Nicht schlecht, dachte auch Laura Gottberg und legte den Kopf in den Nacken, um mit den Augen den schrägen hohen Wänden bis hinauf in den Dachfirst zu folgen. Rohe Holzbalken wie ein organischer Teil der Mauer, die Farben Weinrot, Orange, Schwarz. Abstrakte Bilder, weiche Sofalandschaften, eine unauffällige Küchenzeile in Schwarz und Chrom. Designerküche, dachte Laura.

Sie schwärmten aus, entdeckten einen zweiten Raum, der beinahe so groß war wie der erste, ein Schlafzimmer, ebenfalls in warmen Rottönen eingerichtet, mit vielen Spiegeln an den Wänden und einem überdimensionalen Bett. An das Schlafzimmer grenzte ein Luxusbad in Schwarz und Gold.

«Sieht aus wie 'n Edelpuff!», sagte Peter Baumann, streifte einen Latexhandschuh über und öffnete den Kühlschrank. «Will jemand einen Drink? Ist alles da!»

Laura verzog das Gesicht und stellte sich neben Andreas Havel, der sich langsam um seine eigene Achse drehte und das Ambiente auf sich wirken ließ.

«Verdammt ordentlich hier», sagte er nachdenklich. «Und trotzdem wirkt die Wohnung, als würde sie auch benutzt. Du kennst doch Räume, die wochenlang leer stehen. Die haben einen bestimmten Geruch, etwas Kaltes und Muffiges. Weißt du, was ich meine?» Er sah Laura nicht an, sondern ging zu den beiden Fenstern hinüber, zog ebenfalls Handschuhe an, machte eines der Fenster auf und lehnte sich vorsichtig hinaus.

«Ja», murmelte er dann. «Das könnte es sein. Wir werden es nachmessen. Aber erst mal werden wir den ganzen Laden hier auseinander nehmen. Fangen wir an, Jungs!»

Manchmal wäre ich gern bei der Spurensicherung, dachte Laura. Das ist so angenehm konkret. Auch sie selbst zog Handschuhe an, schaute in Schubladen, den einzigen Schrank – fand nur seidene Bettwäsche, Badezusätze, teure Körperöle, ein paar Zeitschriften (keine Pornomagazine, sondern den Spiegel, Focus und medizinische Fachblätter), CDs von Rock bis Klassik, DVDs mit Spielfilmen. Im Kühlschrank lagerten nur Getränke, nichts zu essen, aber es gab Teller und Besteck – offensichtlich aßen die mysteriösen Bewohner hin und wieder etwas.

«Lassen sich wahrscheinlich Kaviar und Austern liefern», mutmaßte Baumann.

«Das würde auffallen», entgegnete Laura. «Die bringen ihr Essen selbst mit.»

«Und wer räumt hinterher auf?»

«Keine Ahnung. Vielleicht sie selbst.»

«Das glaubst du doch nicht, Laura. Die Kunden eines Luxusbordells packen brav ihren Müll in Plastiksäcke und tragen ihn weg. Sie spülen das Geschirr, saugen den Teppich, schrubben die Badewanne, beziehen das Bett frisch … nie im Leben!»

«Aber das ist wahrscheinlich gar kein Luxuspuff, sondern ein geheimer Treffpunkt für bestimmte Leute. Wenn es ein Puff wäre, dann hätten die anderen Hausbewohner etwas mitgekriegt. So etwas kann man nicht geheim halten.»

«Dieser nicht erreichbare Mieter aus Hamburg ist Pharmavertreter, besucht Arztpraxen. Könnte das vielleicht eine Verbindung zu unserem Dr. Denner und seiner Frau sein?»

«Na, so ein kluges Kerlchen!» Laura stieß Baumann mit dem Ellbogen in die Seite. «Fragt sich nur, was für eine Verbindung, nicht wahr? Ich finde, wir besuchen Dr. Denner in seiner Praxis und stellen ihm ein paar hintergründige Fragen. Mal sehen, wie er reagiert.»

«Nein! Es ist völlig unmöglich! Herr Doktor Denner ist heute den ganzen Tag unabkömmlich. Im Augenblick ist er noch im OP, und das geht auch so weiter. Sie müssen einen Termin mit ihm ausmachen!» Die Frau, die an Dr. Denners Rezeption das Sagen hatte, war ungefähr dreißig, von kühler blonder Schönheit – ein bisschen wie Denners Ehefrau, dachte Laura – und sehr bestimmt.

«Es ist aber wichtig», sagte Laura leise. «Wir sind keine Patienten, sondern von der Kriminalpolizei!»

«Kriminalpolizei?» Sie wiederholte das Wort beinahe unhörbar, und trotzdem klang es wie ein Alarmruf. «Anna, bitte übernehmen Sie mal für eine Weile, ich muss mit diesen Klienten hier sprechen!»

Eine hübsche gepiercte Rothaarige, deren Namen offenbar Anna war, musterte Laura und Baumann mit neugierigen Augen und begrüßte einen Patienten, der bereits hinter den beiden Kriminalbeamten wartete.

«Könnte ich Ihren Ausweis sehen?» Denners Mitarbeiterin wirkte jetzt betont ruhig. «Simone» stand in Brusthöhe auf ihrem weißen Kittel, der geschnitten war wie ein japanischer Kimono.

«Bitte!» Laura und Baumann reichten ihr die Dienstausweise. Die Frau mit dem Namen «Simone» bat sie in einen Nebenraum, eine Art elegantes Wohnzimmer, vermutlich der Empfangsraum für Privatpatienten. Überhaupt war die Praxis sehr schick eingerichtet, seltene Pflanzen, Gemälde und Wände in verschiedenen Rottönen.

Rottöne, dachte Laura. Ich sehe nur noch Rottöne: bei Riza Talabani, in der geheimen Wohnung und sogar in einer Arztpraxis.

«Ich kann mir nicht vorstellen, was Dr. Denner mit der Kriminalpolizei zu tun haben könnte!» Die blonde Frau mit dem eingestickten Namen Simone hob den Kopf, nachdem sie beide Ausweise genau überprüft hatte.

«Es ist auch mehr eine Angelegenheit, die Dr. Denner betrifft und nicht Sie», sagte Laura. «Deshalb wäre es sinnvoll, wenn Sie ihm Bescheid sagen würden. Ich bin sicher, dass er ein paar Minuten Zeit für uns finden wird.»

«Hören Sie, Frau Hauptkommissarin, ich regle eigentlich alles für Dr. Denner. Ich denke, dass er vor mir keine Geheimnisse hat … Ich kann mir wirklich nicht erklären …»

«So ist das manchmal im Leben», warf Peter Baumann gallig ein. «Wären Sie aber trotzdem so freundlich, ihn zu informieren. Wir sind nicht gekommen, uns mit Ihnen zu unterhalten, Schwester Simone.»

«Die Schwester können Sie sich sparen», zischte sie und verschwand durch eine Seitentür.

«Manchmal triffst du doch den richtigen Ton, Peter.» Laura lächelte dem jungen Kommissar zu.

«Manchmal! Danke für das Kompliment. Du siehst übrigens verdammt müde aus. Soll ich mich mal um deine türkische Tragödie kümmern? Vielleicht finde ich da auch den richtigen Ton.»

«Nein! Da kommt es wirklich auf den besonders richtigen Ton an. Es sind gute Nachbarn, und ich wohne eigentlich gern neben ihnen, auch wenn sie mich manchmal nerven. Aber vielleicht nerve ich sie auch. Deshalb möchte ich die Angelegenheit so sanft und friedlich wie möglich regeln. Verwundet sind sowieso schon alle Beteiligten.»

«Du auch?»

«Klar!»

«Warum du?»

«Weil es nicht angenehm ist, zu sehen, wie nebenan ein junges Mädchen zusammengeschlagen wird. Und weil man auch dem völlig verzweifelten Vater hilflos gegenübersteht. Ihm bricht eine Welt zusammen, wenn auch die zweite Tochter seine Ehre ruiniert. Die Mutter hat Angst um alle beide. Es ist eine ganz beschissene Situation, bei der ich eigentlich alle Beteiligten mehr oder weniger gut verstehen kann. Und das Schärfste daran ist, dass auch noch der Konflikt zwischen Türken und Kurden eine Rolle spielt.»

«Vielleicht solltest du in den diplomatischen Dienst wechseln!» Baumann grinste, stand auf und füllte ein Glas aus dem Wasserspender. «Glas», sagte er und hielt es hoch. «Kein Plastikbecher! Willst du auch?»

Laura nickte, und Baumann reichte ihr sein Glas, füllte ein zweites.

«Da bin ich ja richtig froh, dass ich keine türkische Großfamilie als Nachbarn habe. Ich hab nämlich in meiner Freizeit gern meine Ruhe und mag Familientragödien überhaupt nicht!»

Laura zuckte die Achseln. «Ich will dich nicht bekehren. Aber wenn du in einem Haus wohnst, das so lebendig ist wie meins, dann hat das auch Vorteile. Ich könnte dir über jedes der vier Stockwerke viele Geschichten erzählen und die meisten sind höchst amüsant.»

«Erzähl sie mir doch mal deine Geschichten. Ich lade dich zum Essen ein und hinterher auf einen Kaffee zu mir!» Baumann ging hinter einer riesigen Pflanze in Deckung. Doch Laura warf nicht, sondern lächelte.

«Mal wieder ein Versuch, Herr Kommissar?»

Ehe Baumann antworten konnte, öffnete sich die Seitentür, durch die Simone verschwunden war und Dr. Denner stürmte herein, mit schnellen Schritten, flatterndem Mantel, sah sich leicht irritiert nach dem jungen Kommissar um, der noch immer hinter der Pflanze stand, wandte sich Laura zu, gab ihr aber nicht die Hand, sondern steckte beide Hände in die Taschen seines weißen Mantels.

«Hören Sie, Hauptkommissarin, ich habe wenig Zeit. Eigentlich gar keine. Ich muss sofort wieder in den OP. Weshalb kommen Sie zu mir in die Praxis? Was gibt es denn noch?» Seine Stimme klang gereizt, ungeduldig.

«Ich wollte Sie nur etwas fragen», erwiderte Laura, versuchte höflich zu sein.

«Fragen Sie und dann gehen Sie!» Er wippte kurz mit seinem rechten Fuß.

«Ist Ihnen eine sehr gut eingerichtete Wohnung im fünften Stock eines Hauses in der Herzogstraße bekannt?»

«Nein!» Wieder wippte der Fuß.

«Sie kennen auch keinen Dr. Detlev Schneider aus Hamburg?»

«Nein!» Die Hände in den Manteltaschen ballten sich zu Fäusten.

«Es kann auch nicht sein, dass dieser Herr Schneider hin und wieder als Pharmavertreter in Ihre Praxis kam?»

«Falls es so sein sollte, dann kann ich mich nicht daran erinnern. Da kommen viele …»

«Das war es bereits, Herr Dr. Denner. Ich danke Ihnen, dass Sie unsere Fragen beantwortet haben.» Laura nickte ihm zu und wandte sich zur Tür. Baumann folgte ihr.

«Hören Sie! Das war schon alles?» Der Arzt wirkte irritiert.

«Ja, das war alles», erwiderte Baumann und stellte sein Glas auf ein Tablett, ehe er die Tür hinter sich schloss.

Das Gespräch mit Dr. Renate Denner unterschied sich nur in Nuancen von der Begegnung mit ihrem Ehemann. Sie hatte ebenfalls keine Zeit, stürzte nach zwanzig Minuten aus irgendeinem OP herbei, blass und fahrig. Sie redete von der hochkonzentrierten Arbeit, die sie zu leisten habe und dass sie den Besuch der Kriminalpolizei in ihrer Praxis als Zumutung empfinde. Laura fiel es inzwischen schwer, höflich zu bleiben, doch sie gab sich alle Mühe. Baumann dagegen musterte die Augenärztin mit unverhohlenem Missfallen.

«Wie kommen Sie dazu, mich nach einer Luxuswohnung in der Herzogstraße zu fragen?», sagte sie im Tonfall echter Empörung. «Nach einer Wohnung, die möglicherweise eine Absteige ist!»

«Ich stelle diese Frage, weil Ihr Au-pair-Mädchen in diesem Haus ums Leben gekommen ist und es so aussieht als wäre sie aus einem Fenster dieser Wohnung gestürzt!»

«Ich habe keine Ahnung, was dieses Mädchen in der besagten Wohnung gemacht haben könnte. Ich kenne diese Wohnung nicht! Genügt das?» Im Gegensatz zu ihrem Mann trug Renata Denner einen hellblauen Kittel, und auch ihr Praxisteam war hellblau gekleidet. Die Wände grün und blau. Keine Rottöne.

«Könnte es sein, dass Ihr Mann diese Wohnung kennt?» Laura sprach diesen Satz sehr bewusst und deutlich aus.

Renata Denner fuhr hoch. «Das müssen sie ihn schon selbst fragen! Ich wüsste allerdings nicht, was mein Mann in dieser Wohnung zu suchen hätte!»

«Entschuldigen Sie, dass wir Sie so lange aufhalten, aber eine Frage habe ich noch … Sie kennen nicht zufällig die Anschrift von Valerias afrikanischem Freund?» Laura ließ die Ärztin nicht aus den Augen, nahm das winzige Zucken ihres linken Augenlids wahr, das Zusammenpressen der Lippen.

«Nein! Ich sagte Ihnen das bereits bei Ihrem ersten Besuch!» Sie schluckte zweimal, legte eine Hand auf den Türgriff.

«Wir sind schon fertig.» Laura nickte ihr zu.

«Und deshalb stören Sie mich bei meiner Arbeit? Säen Klatsch unter meine Angestellten?» Renata Denner atmete schwer. «Bitte kommen Sie nie wieder in meine Praxis. Falls Sie noch etwas von mir wollen, kommen Sie nach Hause!» Grußlos verließ sie das Zimmer.

«War keine schlechte Idee, die beiden in der Praxis zu besuchen», sagte Peter Baumann nachdenklich. «Das macht sie wirklich nervös, weil sie komisch vor ihren Angestellten und Patienten dastehen. Bloß … Antworten haben wir keine!»

«Doch», Laura klopfte ihrem Mitarbeiter auf die Schulter. «Unsichtbare und unhörbare Antworten. Du musst mehr Agatha Christie lesen!»

Draußen hatte es zu regnen begonnen, ein warmer Frühlingsregen ergoss sich über München, und als kurz darauf die Sonne wieder durch die Wolken brach, stiegen feine Dämpfe von Straßen und Dächern auf. Eine fast dramatische Stimmung legte sich über die Stadt, das grelle Sonnenlicht ließ die Wolken beinahe schwarz erscheinen, die dampfenden Häuser erstrahlten golden, wie von Scheinwerfern beleuchtet.

«Und jetzt?», fragte Baumann, als sie den Wagen im Innenhof des Polizeipräsidiums abgestellt hatten.

«Jetzt warten wir. Irgendwie geht die Geschichte schon weiter. Jemand wird nervös, Havel findet noch ein paar interessante Hinweise … Ich wäre ganz froh, wenn ein paar Tage lang nichts passieren würde. Immerhin ist in drei Tagen Ostern, und ich habe keinen Dienst.»

«Was gar nichts bedeutet, liebe Laura.»

«Ich weiß, aber wenn wir Glück haben, dann kommt niemand auf den Gedanken, einem Mitmenschen ans Leder zu wollen.»

«Die Wahrscheinlichkeit ist sehr gering!» Baumann hielt Laura die Tür auf, ging hinter ihr zum Fahrstuhl. «Außerdem müssen wir uns wirklich noch einmal mit dem Protokoll befassen, das du geschrieben hast.»

In der Liftkabine roch es so stark nach Schweiß, dass Laura ein bisschen übel wurde und Baumann sich die Nase zuhielt. Als sie endlich im vierten Stock ankamen, wollte Laura gleich in ihr Büro, doch Claudia winkte durch die Glaswand.

«Havel war gerade da. Ihr sollt ihn sofort anrufen. Scheint wichtig zu sein.»

«Es geht mir zu schnell! Ich wollte jetzt eigentlich meine Ruhe haben und über diesen komplizierten

Fall nachdenken.» Laura betrachtete missmutig ihre Schuhe.

Ein paar Minuten lang blieb sie am Fenster stehen und schaute auf die Türme des Liebfrauendoms, die vor Nässe glänzten. Ein Taubenschwarm umkreiste zweimal den linken Turm, ließ sich dann auf dem Dach des Kirchenschiffs nieder. Irgendwo draußen knallte es, und die Vögel stoben davon, eine schnelle flatternde Wolke.

Laura drehte sich um und griff nach dem Telefon, wählte Havels Nummer.

«Was gibt's?»

«Interessante Neuigkeiten, Laura.» Havels tschechischer Akzent erschien Laura am Telefon noch stärker als sonst.

«Mach's nicht so spannend.»

«Das Mädchen ist mit Sicherheit aus dem Fenster in dieser Wohnung gestürzt. Wir haben das nachgemessen, und jetzt stimmt die Falllinie hundertprozentig mit dem Fundort überein. Du erinnerst dich doch, dass die Wohnung sehr aufgeräumt war ... Wir hatten darüber gesprochen.»

«Ja, natürlich erinnere ich mich!»

«Sie war aber gar nicht so aufgeräumt – jedenfalls nicht so sauber, wie sie aussah. Im Bett haben wir jede Menge Haare gefunden und auf dem Teppich verwischte Blutspuren. Man konnte sie nicht sehen, weil der Teppich rot ist. Es wird ein, zwei Tage dauern, bis wir die DNA mit der von Malenge und dem Mädchen vergleichen können.»

«Hast du denn eine Vergleichsprobe von Malenge?»

«Natürlich. Da war genügend Blut auf dem Bürgersteig!»

Laura schwieg.

«Bist du noch da?»

«Ja», entgegnete sie langsam.

«Gefällt dir nicht, die Sache, was?»

«Nein, gefällt mir überhaupt nicht.»

«Ich finde, jetzt wird es interessant!» Havel lachte leise. «Lass dir was einfallen, Laura!»

«Ich werd's versuchen. Ciao!»

Langsam ließ Laura sich auf ihren schwarzen Ledersessel sinken. Auch ohne das Ergebnis des Gentests war sie überzeugt, dass die Haare und Blutspuren von Roberto Malenge und Valeria stammten. Damit würde sich der Verdacht gegen den jungen Afrikaner erhärten. Sie konnte sich bereits Kriminaloberrat Beckers befriedigte Miene vorstellen, kannte auch den latenten Rassismus mancher ihrer Kollegen.

Was aber hatten Valeria und Roberto Malenge mit dieser Luxusabsteige zu tun? Es passte nicht zu ihnen. Andererseits hatte Laura viele Erfahrungen mit völlig unvorstellbaren Geschichten hinter sich. Vielleicht war diese Wohnung ihr geheimer Treffpunkt, vielleicht hatte Malenge Bekannte im zweifelhaften Milieu.

Seufzend stand Laura auf, griff nach ihrer Jacke und verließ ihr Büro. Baumann war zum Glück nicht zu sehen, so sagte Laura nur Claudia Bescheid, dass sie nochmal fortmüsse.

«Schwierigkeiten?», fragte die Sekretärin.

«Kann man sagen. Ich möchte der Sache aber erst mal allein nachgehen. Sag Baumann, dass ich in einer Stunde zurück bin.»

Claudia nickte und sah Laura besorgt nach.

Er hatte noch immer diesen nach innen gerichteten Blick, zeigte keine Reaktion, weder Erstaunen noch Erschrecken. Seine Augen schienen durch Laura hindurchzusehen, auf etwas gerichtet zu sein, das nur für ihn sichtbar war.

«Ich muss etwas von Ihnen wissen», sagte Laura. «Es ist wichtig, Roberto!»

Er schüttelte ganz leicht den Kopf.

«Roberto! Waren Sie mit Valeria jemals in einer Wohnung in der Herzogstraße? Haben Sie sich dort mit ihr getroffen?»

Seine Augen weiteten sich kaum merklich. «Wir hatten keinen Platz für uns. Nur mein Zimmer. Welche Wohnung?»

«Eine schöne Wohnung, Roberto. Mit roten Wänden und roten Teppichen, einer schwarzen Küche und seidener Bettwäsche.»

Er fröstelte plötzlich, schloss die Augen.

«Roberto!» Laura legte die Hand auf seinen Arm. «Es ist wichtig!»

«Lassen Sie mich in Ruhe!» Er sprach so leise, dass Laura ihn kaum verstand. «Gehen Sie und lassen Sie mich in Ruhe!»

«So hat das keinen Sinn, Roberto. Sie sind nicht so schwer verletzt, dass Sie nicht antworten könnten. In der Wohnung wurden viele Spuren gefunden, die jetzt auf Genmaterial untersucht werden. Falls Sie in der Wohnung waren, wird es herauskommen.»

Malenge öffnete seine Augen nur halb. «Und wenn ich nicht in der Wohnung war, aber trotzdem Spuren von mir gefunden werden, was dann? Niemand wird mir glauben, das wissen Sie genau. Wahrscheinlich werden auch Sie mir nicht glauben ... einfach, weil ich schwarz bin.

Schwarze sind immer schuldig – überall auf der Welt. Also lassen Sie mich gefälligst in Ruhe!»

«Verdammt nochmal!» Laura stand auf und begann im Krankenzimmer umherzugehen. «Ich weiß, dass es schwer ist, gegen Vorurteile und Diskriminierungen anzuleben. Aber Sie verbarrikadieren sich gerade dahinter, und das führt zu gar nichts! Wie kommen Sie darauf, anzunehmen, dass Genmaterial von Ihnen in der Wohnung gefunden wird, obwohl Sie nicht da waren?»

Ein winziges verächtliches Lächeln huschte über sein Gesicht, und er machte seine Augen ein bisschen weiter auf.

«Ich bin Arzt, Kommissarin. Verbrecher haben heute viele Möglichkeiten, ihre Taten anderen in die Schuhe zu schieben. Wenn sie klug genug sind, jedenfalls.»

«Möglich. Sie bleiben also dabei, dass Sie nie in dieser Wohnung waren? Aber was könnte Valeria Cabun dort gemacht haben? Fällt Ihnen vielleicht dazu etwas ein?»

Malenge drehte den Kopf zur Seite, starrte die Wand an. «Nein, mir fällt dazu überhaupt nichts ein. Würden Sie jetzt bitte gehen?»

Laura ging, blieb auf dem leeren Flur kurz stehen und dachte über Malenges Worte nach. Sie ergaben einen gewissen Sinn und trafen sich mit Havels Gedanken. Andererseits fühlte Laura sich von Robertos Hinweis auf die ewig schuldigen Schwarzen manipuliert – es gab eben schuldige und unschuldige Schwarze, wie es auch schuldige und unschuldige Weiße gab.

Und wie stand es mit ihren Vorurteilen? Bisher war sie der Überzeugung gewesen, frei davon zu sein. Hatte die Eigenheiten der verschiedenen Hautfarben und Religionen gegeneinander aufgewogen, konnte keine wesentlich schlimmer als die andere finden. Ihre Kriterien der Beurteilung waren Intoleranz, Hass und Unterdrückung. Aber die fand sie ziemlich gleichmäßig über die Erde verteilt.

Trotzdem hatte Malenge natürlich Recht. Falls seine DNA in der ominösen Wohnung nachgewiesen wurde, bedeutete es mit Sicherheit seine Festnahme. Kriminaloberrat Becker würde darauf bestehen. Er war einer von denen, die an die Unfehlbarkeit von Gentests glaubten. Ihm war noch nie der Gedanke gekommen, dass sich damit auch ganz neue Möglichkeiten für Verbrecher auftaten.

Laura beschloss, nach Hause zu fahren. Es war Mittwochnachmittag, vier Uhr. Vom Wagen aus rief sie Baumann an, der nicht sehr begeistert von ihrer Flucht war.

«Wir müssen dieses Protokoll durchgehen, Laura, sonst kommen wir in Teufels Küche!»

«Kein Schwein wird dieses Protokoll noch vor Ostern ansehen, das garantiere ich dir», entgegnete Laura.

«Aber nach Ostern, und dann ist es immer noch nicht da!»

«Wir können es morgen machen. Ich glaube nicht, dass sich im Fall Valeria Cabun in den nächsten Tagen etwas tun wird. Die Denners brüten vor sich hin, Malenge liegt noch im Krankenhaus, und die Cabuns werden zu Ostern wieder zu Hause sein. Dr. Reiss meint, dass wir die Leiche freigeben können.»

«Na gut, dann viel Spaß mit deiner türkischen Tragödie. Ich hätte dich zum Essen eingeladen, und dabei hätten wir das Protokoll durchgehen können.»

«Heute Abend hätte ich sowieso keine Zeit gehabt,

Peter. Der hoffentlich letzte Akt der türkischen Tragödie steht an. Ich kann das nicht meiner Nachbarin überlassen. Die hat keine Ahnung, was eigentlich los ist.»

«Dann bis morgen.» Er legte auf, war offensichtlich sauer.

Mir auch egal, dachte Laura und parkte ihren Wagen in einer winzigen Lücke, musste so oft hin- und herrangieren, dass sie am Ende schweißgebadet war, als sie den Motor ausschaltete. Im kleinen griechischen Gemüseladen an der Ecke kaufte sie frisches Obst, Tomaten, Zucchini und Oliven. Es war der einzige Lebensmittelladen, der in der Gegend überlebt hatte. Der kleine Supermarkt war vor zwei Monaten geschlossen worden, der Metzger schon vor einem halben Jahr. Ein türkischer Laden, eine große Bäckerei und zwei Getränkemärkte hatten ebenfalls Pleite gemacht. Laura fragte sich, wo die alten Menschen im Viertel einkaufen gingen. Die Wege waren weit geworden.

Die Veränderungen waren nicht gut, hatten die Gegend ärmer gemacht, weniger lebendig. Begegnungen mit Nachbarn wurden seltener, und jede Menge Jobs waren verloren gegangen wie überall. Niemand konnte etwas dagegen tun – es war einfach so. Sieger blieben die großen Ketten.

Im Treppenhaus traf Laura Ülivias Schwester Harun, die offensichtlich auf dem Weg zum nächsten Supermarkt war. Sie trug einen großen leeren Korb und erschrak, als sie Laura sah, fasste sich aber schnell.

«Meine Schwester muss nach Hause kommen», sagte sie. «Mein Vater und meine Mutter leiden sehr. Ülivia kann das nicht machen!»

«Was ist los mit dir, Harun?» Laura sah der jungen Frau direkt in die Augen. «Erinnerst du dich nicht daran, wie sehr deine Eltern gelitten haben, als du fortgegangen bist? Sie haben sehr gelitten, Harun. Aber du bist nicht zurückgekommen. Es ist der Weisheit deiner Eltern zu verdanken, dass du eine so schöne Hochzeit hattest. Warum also sollte deine Schwester zurückkommen, wenn sie zu Hause geschlagen wird!»

«Du verstehst das nicht, Laura. Ein Kurde …», sie suchte nach Worten, «… ein Kurde, das ist etwas ganz Furchtbares für unsere Familie. Ich bin mit einem Türken fortgegangen, einem guten anständigen Mann. Ülivias Bräutigam ist ein guter anständiger Mann. Sie hat etwas sehr Schlechtes gemacht!»

«Aber vielleicht mag deine Schwester diesen guten anständigen Mann nicht. Sie kennt ihn ja gar nicht. Vielleicht ist er auch gar nicht anständig! Warum hast du denn deinen versprochenen Bräutigam nicht geheiratet?» Laura bebte vor Zorn und hatte so laut gesprochen, dass die alte Frau Werner die Tür einen Spalt öffnete und neugierig herausschaute.

«Weil ich anderen anständigen Mann gefunden. Meine Schwester ist verrückt. Ich hätte geholfen, wenn sie normalen Freund hätte, nicht Kurden!»

«Mein Gott!» Laura seufzte. «Geh einkaufen. Ich werde mich nachher bei euch melden. Die Sache mit dem Kurden ist sowieso aus, und ich kann euch garantieren, dass Ülivia noch Jungfrau ist. Sie hat viel zu viel Angst, um solch gefährlichen Dinge zu tun.»

Harun wurde rot.

«Du musst nicht rot werden. Du weißt genau, worum es geht. Schließlich bist du verheiratet!»

Laura ging weiter und ließ die junge Türkin stehen.

Ülivia ging es ein bisschen besser, wenigstens körperlich. Jetzt war es mehr der Liebeskummer, der ihr zu schaffen machte. Inzwischen war ihr klar, dass Riza Talabani den totalen Rückzug angetreten hatte. Er war nicht dumm und hatte keine Lust, sich mit einer ganzen türkischen Sippe anzulegen. Versunken in ihren Schmerz, verweigerte Ülivia jede Nahrung, trank nur etwas Tee oder Saft.

Lauras Nachbarin Terese hatte es eilig, wieder fortzukommen.

«Jede Menge Vorbereitungen für Neuseeland!» Schon war sie an der Tür.

«Halt mal! Ich möchte dir danken», rief Laura. «Und ich will auch was wissen.»

«Was denn?» Terese blieb stehen, wuschelte mit den Fingern durch ihre dichten blonden Ponyfransen.

«Was willst du eigentlich in Neuseeland machen?»

«Keine Ahnung», lachte die junge Frau. «Vielleicht eröffne ich einen Buchladen, oder ich hüte Schafe, gehe fischen, bringe den Neuseeländern Deutsch bei und such mir einen schönen Maori!»

«Und die lassen dich einfach so ins Land?»

«Na ja, ich habe beste Voraussetzungen: Ich bin weiß, vierunddreißig Jahre alt, Buchhändlerin und Bibliothekarin mit hervorragenden Kenntnissen der englischen Literatur. Offensichtlich brauchen die gerade so was!»

«Falls die auch Kriminaler brauchen, lass es mich wissen.»

«Du?» Terese lachte laut. «Du gehst doch nie weg aus München!»

«Woher willst du das wissen?»

«Deine Kinder, deine Arbeit, dein Vater ... sogar deine Nachbarn! Du bist derartig verbandelt, dass du hier nie weggehen würdest! Ciao, ich muss jetzt wirklich los!»

«Ciao», murmelte Laura, ging langsam in die Küche und blieb ein bisschen verloren vor dem Kühlschrank stehen. Es war sehr ruhig in der Wohnung, so ruhig, dass ihr das Ticken der Küchenuhr unangenehm laut erschien. Luca und Sofia waren noch nicht zu Hause, Ülivia rührte sich nicht. Es war schon eine Weile her, dass Laura so etwas wie Stille wahrgenommen hatte.

War es für andere tatsächlich undenkbar, dass sie, Laura, ihre Stadt verlassen könnte? Plötzlich kam sie sich alt und festgefahren vor. Hätte sie Lust, nach Neuseeland auszuwandern? Eigentlich nicht – sogar ganz sicher nicht! Absolut nichts verband sie mit den Inseln am Ende der Welt. Sie kannte dort keinen Menschen, aß nicht einmal gern Kiwis, musste über diesen Gedanken lächeln. Nein, sie brauchte Neuseeland nicht, hatte ja gerade vor zweieinhalb Jahren ein neues Leben angefangen – zwar in der alten Wohnung, in der alten Stadt, aber trotzdem neu. Allein erziehende Mutter eben. Seitdem hatte sie keine Zeit mehr zum Nachdenken, das Leben zu überdenken.

Trotzdem irrte Teresa. Seit Laura Angelo kannte, stahlen sich immer wieder aufrührerische Gedanken in ihren Alltag. Es waren Vorstellungen einer neuen, unbekannten Freiheit, der Wunsch, alles aufzugeben, die Kinder zu Ronald zu schicken und nach Italien zu ziehen. Einfach leben, diese kostbare Begegnung ausleben. Hin und wieder überfiel Laura unvermutet Angst, dass ihre Liebe in diesen langen Trennungen versickern könnte.

Sie ließ sich auf einen der blau lackierten Stühle fallen, legte die Hände auf ihre Knie. Nein, sie würde

Angelo nicht bitten, erst am Sonntag zu kommen. Ihretwegen konnte er auch schon am Karfreitag losfahren – übermorgen eben. Sie beschloss, noch an diesem Abend ihren Kindern von Angelo zu erzählen, wusste plötzlich selbst nicht mehr, warum sie es bisher nicht getan hatte, fand ihr eigenes Verhalten geradezu lächerlich.

Während sie mit geschlossenen Augen, Hände auf den Knien, beinahe wegdöste, störte etwas die Stille der Wohnung. Eine Tür öffnete sich leise, vorsichtige Schritte näherten sich, Dielen knarrten. Es fiel Laura schwer, die Augen zu öffnen. Vor ihr stand Ülivia, angekleidet, bleich, entstellt von den blaugrünen Blutergüssen.

«Ich gehe, Laura!» Sie schaute zu Boden.

«Was?»

«Ich gehen nach Hause. Ich heiraten diesen Mann! Dann Riza sehen, dass er nicht so behandeln kann eine Özmer. Kurden kann man nicht trauen!» Noch immer sah sie Laura nicht an, hielt den Blick gesenkt.

«Aber Ülivia! Du kennst den Mann doch gar nicht! Du musst ihn nicht heiraten … Wir finden schon einen Weg!»

«Ich will ihn aber heiraten!» Sie schaute schnell auf, wieder weg. Ihre Augen funkelten. «Ich will nicht verlieren meine Familie. Ich hasse Riza!» Tränen strömten plötzlich über ihr Gesicht. «Ich hasse ihn, hasse ihn!» Mit geballten Fäusten stand sie vor Laura und schluchzte.

«Ja», sagte Laura leise und streckte eine Hand nach Ülivia aus. «Das sehe ich.»

«Oh Laura, ich würde ihn am liebsten umbringen!»

«Sag das lieber nicht!»

«Es ist aber wahr!» Sie hörte so unvermutet auf zu weinen, wie sie angefangen hatte. «Keine Angst, Laura. Ich bringe ihn nicht um. Wegen so einem gehe ich nicht ins

Gefängnis!» Sie nahm das Papiertaschentuch, das Laura ihr reichte, wischte sich das Gesicht trocken – sehr vorsichtig, denn die Blutergüsse schmerzten.

«Willst du wirklich zu deiner Familie?»

Ülivia nickte entschlossen.

«Sollen alle sehen, was sie gemacht! Ich nicht reden mit Papa! Mindestens zwei Tage! Mit meinem Bruder eine Woche!»

«Und Harun? Was machst du mit ihr?»

Ülivia zerknüllte das Taschentuch in ihrer Hand, zupfte kleine Fetzen heraus.

«Ich kann nicht leben ohne meine Schwester. Harun wollte mich beschützen vor Kurden. Ach, Harun!»

Wieder strömten die Tränen, und Laura dachte darüber nach, mit welchem Geschick Menschen das Verhalten anderer so umdeuteten, dass sie damit leben konnten. Die Bösen wurden zu Guten und umgekehrt – damit konnte man übersehen, dass niemand ganz gut oder ganz böse war. Und auf diese Weise löste sich die türkische Tragödie in Luft auf, noch ehe Lauras Kinder nach Hause kamen. Vater Özmer unterzeichnete beinahe feierlich den «Vertrag» und schwor Laura, dass er seine Tochter nicht mehr schlagen würde. Nein, der Bruder auch nicht. Niemand, auch der Onkel nicht! Ülivia warf sich in die Arme ihrer Mutter, alle weinten. Dann schloss sich die Tür, und Laura fragte sich, ob sie alles nur geträumt hatte. Doch sie war sicher, dass die Fortsetzung der Tragödie nicht lange auf sich warten lassen würde.

«Dachte ich's mir doch!» Luca lehnte mit verschränkten Armen am Küchenschrank.

«Was dachtest du?» Sofias Stimme kippte.

«Na, ich dachte mir, dass dieser Italiener auf unserem Anrufbeantworter irgendwas mit Mama zu tun hat!»

«Wann kommt der?» Sofia piepste geradezu.

«Entweder morgen oder am Samstag. Er möchte euch gern kennen lernen, und ich freu mich auf ihn. Er ist ein sehr guter Freund von mir.»

«Ein richtiger Freund?» Sofia starrte ihre Mutter mit aufgerissenen Augen an.

«Ja, Sofi – ein richtiger Freund. Ich mag ihn wirklich sehr.»

«Und warum hast du nichts von ihm erzählt?» Sofias Augen wurden noch größer.

«Weil … ich wollte erst sicher sein, dass unsere Freundschaft dauert.»

«Dann warst du also an Silvester nicht bei Tante Anna in Florenz!» Um Luca schwebte eine Aura von Missbilligung. Laura dachte, dass ihr Vater Emilio es nicht besser hätte sagen können.

«Nein, ich war nicht in Florenz, sondern in Venedig.»

«Mit diesem Angelo?» Sofias Mund stand ein bisschen offen.

Das ist absolut lächerlich, dachte Laura. Ich bin doch meinen Kindern keine Rechenschaft schuldig.

«Ich finde es ganz gut, wenn wir ihn kennen lernen.» Luca verschränkte seine Arme noch enger, was seine Worte Lügen strafte.

«Ich nicht! Ich will Ostern zu Papa!»

«Sofia! Was soll denn das? Dein Vater hat schon lange eine Freundin. Weshalb sollte ich keinen Freund haben?»

«Weil …» Sofia schluckte. «… weil du meine Mutter bist und ich es nicht aushalte, wenn hier ein Mann rumhängt!»

Luca legte seiner Schwester eine Hand auf die Schulter. «Ach, lass sie doch», murmelte er. «Man kann ja doch nichts dagegen machen.»

Laura dagegen hoffte, dass er sich an die Umsicht seiner Mutter erinnerte, als er sich vor ein paar Monaten zum ersten Mal ernsthaft verliebt hatte.

AM KARFREITAG entließ sich Roberto Malenge selbst aus dem Krankenhaus. Laura erfuhr es von Kommissar Baumann, der ihr außerdem meldete, dass das Ergebnis des Gentests noch nicht vorlag. Dem Labor war beim ersten Versuch ein Fehler unterlaufen. Laura war herzlich froh darüber, denn sie versuchte ihre Wohnung in Ordnung zu bringen und hatte keine Lust, ihre freien Tage mit Festnahmen und Verhören zu ruinieren. Sie wies Baumann an, den jungen Kollegen von der Polizeischule auf Malenge anzusetzen. Danach räumte sie weiter auf, unterstützt von Luca und Sofia. Allerdings kam es Laura so vor, als boykottierten die beiden eher ihre Bemühungen, Angelo Guerrini ein halbwegs gepflegtes Heim vorzuführen. Am Nachmittag verschwanden beide zu Freunden – mit unklaren Angaben über ihre Rückkehr.

«Spätestens um sieben!», rief Laura ihnen nach. «Ich will mit euch essen gehen.»

Laura verteilte Tulpensträuße in Wohnzimmer und Küche, sank endlich erschöpft aufs Sofa. In drei Stunden würde Guerrini am Hauptbahnhof ankommen.

Er kam. Stieg aus dem Zug, blieb auf dem Bahnsteig stehen, den Rollkoffer neben sich, zögernd. Er war sicher, dass sie ihn beobachtete – verborgen zwischen den unzähligen Reisenden, die sich aus dem Eurocity ergossen, hinter einer der Informationstafeln oder einer der seltsamen Figuren, die in Deutschland auf allen Bahnhöfen herumstanden. Doch er irrte sich, denn als seine Mitreisenden davoneilten, war von Laura Gottberg noch immer nichts zu sehen. Den Koffer hinter sich herziehend, ging er langsam zur Bahnhofshalle.

Sie stand neben einem der Pavillons, in denen Zeitungen verkauft wurden, stand da und sah ihm entgegen. Guerrini nahm die Rose wahr, die sie in einer Hand hielt, und gleichzeitig diesen forschenden Ausdruck in ihren Augen, den er inzwischen kannte.

Wieder blieb er stehen, hatte plötzlich die absurde Vorstellung, dass sie sich umdrehen und weglaufen könnte. Fragte sich gleichzeitig, warum er so etwas dachte – nach der Zeit in Venedig, all den Telefonaten und Briefen, die sie inzwischen ausgetauscht hatten.

Laura sah ihn kommen, allein in der Mitte des leeren Bahnsteigs. Eine Taube flatterte so dicht an seinem Kopf vorbei, dass er sich ein wenig duckte, um ihr auszuweichen. Er war größer und schlaksiger, als sie ihn in Erinnerung hatte, und es erschreckte sie, dass innere Bilder in wenigen Monaten unscharf wurden. Auch seine Eleganz erschreckte sie. Er trug einen dunkelblauen Anzug, hätte ein Geschäftsmann oder ein Diplomat sein können.

Als er sie entdeckte, machte ihr Herz einen Sprung, und sie konnte sich selbst nicht begreifen, verstand nicht, warum sie ihm nicht entgegenlief und sich in seine Arme warf.

Er lächelte, rührte sich aber nicht von der Stelle, und Laura wusste, dass es an ihr war, ihm entgegenzugehen. Mit Mühe überwand sie diese merkwürdige Lähmung, konnte sich endlich bewegen, stand gleich darauf vor ihm, und dann lachten sie gleichzeitig los. So laut, dass die Umstehenden, selbst die eilig Hastenden sich nach ihnen umsahen.

«Buona sera, Commissaria», sagte er. «Ich erinnere mich daran, dass du in Florenz einmal gesagt hast, du seist neurotisch. Ich glaube inzwischen, dass dieses Problem uns beide betrifft!»

Laura ließ versehentlich die Rose fallen, umfasste sein Gesicht mit beiden Händen, zog ihn zu sich und küsste ihn. Ein paar Leute applaudierten und lachten ebenfalls, doch Laura und Guerrini achteten nicht auf sie. Als sie sich endlich voneinander lösten, reichte eine alte Dame Guerrini die Rose, die Laura aus der Hand gefallen war.

«Bitte», sagte sie mit einem sehnsüchtigen Ausdruck in den Augen. «Wenn ich sie beide so sehe, dann wäre ich gern noch ein paar Jahre jünger!»

Ich auch, dachte Laura und musste wieder lachen.

Er war also da. Laura hatte beschlossen, nicht zu Hause zu kochen, sondern mit Angelo und ihren Kindern essen zu gehen. Eine Wirtshausatmosphäre würde die Annäherung zwischen allen erleichtern, das jedenfalls hatte Laura gedacht. Falls das Gespräch ins Stocken kommen sollte, waren da noch die Stimmen der anderen Gäste. Deshalb hatte Laura auch kein kleines intimes Restaurant ausgewählt, sondern das Hofbräuhaus am Wiener Platz, das immer voll und laut war.

Als Laura mit Angelo vom Bahnhof zurückkehrte, waren Luca und Sofia zwar zu Hause, hatten sich aber in ihre Zimmer zurückgezogen und erschienen erst auf Lauras ausdrückliche Aufforderung.

Sie gaben sich Mühe, doch ihre prüfenden Blicke und ihre Verstocktheit passten nicht zu ihnen. Sie waren nicht offen wie sonst, sondern fest verschlossene Austern. Laura kannte ihre Kinder.

Angelo hielt sich tapfer. Er biederte sich nicht mit irgendwelchen Mitbringseln an, sondern erklärte den beiden, dass er Geschenke erst mache, wenn er Menschen kenne. Das zumindest nahm Luca für ihn ein, denn er hasste unpassende Geschenke, für die er sich bedanken musste. Luca war auch derjenige, der Angelo auf dem Weg ins Wirtshaus in ein höfliches Gespräch verwickelte, ihn fragte, ob er ein Commissario sei wie seine Mutter.

Sofia sagte nichts, musterte Angelo nur hin und wieder mit diesem Blick, den Laura nicht deuten konnte. Was die Sache etwas erleichterte, war, dass sowohl Luca als auch Sofia ziemlich gut Italienisch sprachen. Laura hatte sie mit Bedacht zweisprachig aufwachsen lassen. Trotzdem war klar, dass Angelo und die Kinder eigentlich nichts verband. Dazu kam, dass sowohl Luca als auch Sofia in den vergangenen Tagen ihren Vater in einer Art Helden- und Beschützerrolle erlebt hatten. Keine guten Voraussetzungen für ein entspanntes Abendessen also.

Angelo Guerrini sah sich etwas erstaunt in den riesigen Räumen des Brauhauses um und vermutete, dass es so ähnlich auf dem «festa della birra» zugehen müsse, womit das Oktoberfest gemeint war. Alle vier bestellten Schweinebraten und Knödel, weil das ein besonders originales Gericht war, und damit war über diesen ersten Abend eigentlich alles gesagt.

Als sie endlich wieder zu Hause anlangten, hatte Laura leichte Bauchschmerzen, weil sie eigentlich nie

Schweinebraten und Knödel aß und ihr die Kommunikationsprobleme mit den Kindern ebenfalls auf dem Magen geschlagen waren. Deshalb war sie froh, als Luca und Sofia sich ins Wohnzimmer zurückzogen, um sich einen Film anzusehen. Es waren ja Ferien, und sie konnten am nächsten Morgen ausschlafen. Laura war es völlig egal, um welchen Film es sich handelte – sie wollte nur endlich mit Angelo allein sein.

Er hatte ein paar Flaschen von Lauras Lieblingswein aus Montalcino mitgebracht, und sie hätte viel darum gegeben, mit ihm wie bei ihrer ersten Begegnung in Serafinas Osteria in Buonconvento zu sitzen. Aber nun saßen sie eben in Lauras blau lackierter Küche, mit gelben Tulpen auf dem Tisch, und stießen ein bisschen beklommen auf ihr Wiedersehen an.

Laura spürte, dass sie sich nicht wirklich einlassen konnte, malte die türkische Tragödie in allen Farben aus und brachte Angelo damit zum Lachen. Doch als sie die Geschichte zu Ende erzählt hatte, wurde er schnell ernst, nippte nachdenklich an seinem Wein, kaute ein paar Walnüsse. An der Wand tickte die Uhr sehr laut, und Laura fühlte sich erschöpft.

«Du siehst aus, als hättest du ein schlechtes Gewissen», sagte er nach einer Weile.

«Tatsächlich?»

«Ja. Ich denke die ganze Zeit darüber nach, warum du dich so anstrengen musst, und ich bin sicher, dass es daran liegt.»

Laura war zu müde, um Widerstand zu leisten. «Ja, ich habe ein schlechtes Gewissen. Es fällt mir schwer, meinen Kindern zu zeigen, dass ich außer ihnen noch jemand anderen liebe.»

Guerrini lächelte, und Laura versuchte die winzigen

Lustwellen zu ignorieren, die über ihren Rücken liefen, wenn sie in seine Augen sah. Diese verdammten Bernsteinaugen!

«Das hast du hübsch gesagt.»

«Was?» Laura hatte völlig den Faden verloren.

«Dass es dir schwer fällt, deinen Kindern zu zeigen, dass du außer ihnen noch jemand anderen liebst. Danke für diese indirekte Liebeserklärung. Wann hast du es deinen Kindern eigentlich gesagt?»

«Gestern Abend.»

«Du bist ja wirklich eine Heldin!» Er lachte laut. «Und da wunderst du dich, dass die beiden mich ansehen wie einen gefährlichen Feind?»

«Nein! Ich wundere mich nicht!»

«Und warum hast du ein schlechtes Gewissen?» Er beugte sich vor, nahm ihre Hand und sah ihr forschend in die Augen.

«Weil sie unter der Scheidung gelitten haben, weil sie beide ihren Vater lieben, weil sie es schrecklich finden, dass er eine Freundin hat, und ich ihnen einen festen Boden geben möchte, auf dem sie stehen und sich entwickeln können.»

«Glaubst du, dass wir beide deinen Kindern etwas wegnehmen, wenn wir uns lieben?»

«Ich weiß es nicht, Angelo. Es ist nur so, dass ich mit dir eine ganz andere Seite meiner Persönlichkeit lebe. Ich würde am liebsten mit dir weglaufen, alle Pflichten vergessen … das Ticken in meinem Kopf abschalten. Du hast mich dazu gebracht, dass ich inzwischen dieses Ticken meines Pflichtbewusstseins selbst hören kann. Ich möchte mehr meine italienische Seite leben und die deutsche für eine Weile vergessen. Mein eigener Vater drängt mich dazu, es zu tun!»

Guerrini nahm auch Lauras zweite Hand. «Ich will ihn unbedingt kennen lernen!»

«Er dich auch! Zeig mir endlich diesen verdammten Papagallo, hat er gesagt!»

«Klingt sehr sympathisch!»

«Ist er auch. Hast du es übrigens inzwischen deinem Vater gesagt, dass wir uns lieben?»

Guerrini schüttelte den Kopf.

«Auch schlechtes Gewissen?»

«No! Paura, Angst! Er war immerhin Partisan!»

Sie brachen beide in Gelächter aus, und die Beklommenheit zwischen ihnen löste sich endlich. Es war halb zwölf, als sie auf ihre Feigheit anstießen. Und dann klingelte das Telefon.

Als Laura kurz darauf in ihrem Wagen saß und sich auf den Weg nach Schwabing machte, empfand sie das Leben als hochgradig ungerecht. Es war Peter Baumann gewesen, der sie angerufen hatte, und ein Anklang von Schadenfreude war nicht zu überhören, obwohl er nicht wusste, dass Guerrini bei ihr war.

«Dieser Fall Cabun wird langsam wirklich interessant», hatte er gesagt. «Rate mal, wen es diesmal erwischt hat?»

«Ich hab keine Lust zu raten!»

«Spielverderberin! Es ist … Doktor Denner persönlich.»

«Ist er tot?»

«Nein, aber es sieht nicht gut aus!»

«Wohin soll ich kommen?»

«Erst mal zu den Denners. Er wurde fünfzig Meter vor der eigenen Haustür niedergestochen!»

«Hol Havel!»

«Schon erledigt!»

Malenge?, dachte Laura, während sie über den Altstadtring nach Norden fuhr. Es herrschte noch eine Menge Verkehr. Karfreitag war offensichtlich eine Nacht zum Ausgehen geworden. Vieles deutete auf Malenge. Es machte Laura wütend. Sie hasste Fälle, die der schweigenden Mehrheit Munition für ihre Vorurteile lieferten. Sie war überhaupt wütend! Ihr erster Abend mit Guerrini war genau in dem Augenblick unterbrochen worden, als sie sich wiedergefunden hatten. Sie fragte sich, ob er jetzt mit Luca und Sofia den Rest des Films ansah. Natürlich hatte er verstanden, dass sie zum Dienst musste, schließlich war er selbst Polizist.

Laura bremste scharf, als ein Wagen genau vor ihr auf die linke Spur wechselte. Wie viele Gläser Wein hatte sie getrunken? Drei oder vier? Jedenfalls zu viele. Sie fuhr langsamer, war froh, als sie endlich die stille Seitenstraße erreichte, in der das Dennersche Haus stand. In dieser Nacht allerdings war es keine stille Sackgasse mehr, sondern wirkte eher wie der Drehort eines Tatort-Krimis. Blaulichter blinkten, Scheinwerfer waren aufgestellt, Kollegen in Uniform und Zivil wuselten herum. Der gesamte polizeiliche Zirkus war in Aktion, Kommissar Baumann mittendrin. Laura wusste, dass er solche Inszenierungen genoss. Ein paar Sekunden lang blieb sie im Wagen sitzen, atmete tief durch, ehe sie sich einen Ruck gab, ausstieg und zu Baumann hinüberging.

«Schön, dass du da bist», rief er ihr entgegen. «Das ist eine Überraschung, was?»

Laura antwortete nicht, sondern ließ die Bilder und Geräusche auf sich wirken, sah die Blutlache auf dem Boden, die Kreidezeichnung. Roberto Malenge hatte man so gefunden.

«Was genau ist passiert?», fragte sie.

«Seine Frau hat ihn entdeckt. Jemand hat ihm offensichtlich ein Messer in den Rücken gestoßen, als er spät nach Hause kam. Und besonders interessant dürfte die Aussage eines Nachbarn sein, der bereits gegen neun Uhr seinen Wagen in die Garage fuhr. Er sah zwei Schwarze vor dem Dennerschen Haus. Fällt dir dazu etwas ein?»

«Nein, nichts!»

«Komm mir bloß nicht wieder mit Agatha Christie!»

«Nein. Mir ist nicht nach Witzen zumute. Wo ist Frau Denner?»

«Im Krankenhaus bei ihrem Mann. Er wird noch operiert. Man weiß nicht, ob er durchkommt.»

«Und die Kinder?»

«Schlafen. Denners Mutter ist im Haus und passt auf.»

«Ich möchte mit ihr sprechen.» Laura winkte Andreas Havel zu.

«Die hat aber nichts gesehen», knurrte Baumann. «Sie kam erst vor einer halben Stunde mit dem Taxi.»

«Ich will ja auch nicht wissen, ob sie etwas gesehen hat!»

«Du bist irgendwie schlecht gelaunt, oder?» Baumann sah Laura von der Seite an.

«Nein», erwiderte sie kurz und ging Havel entgegen. «Gibt's was?

«Wenig bisher.» Er schüttelte den Kopf. «Keine Tatwaffe, keine Spuren. Leider hat der Täter auch keine Visitenkarte verloren.» Er lächelte ein bisschen.

«Na gut. Ich werde mich mit der Mutter des Opfers

unterhalten … Irgendwas stimmt hier nicht. Für mich deutet alles zu sehr in eine Richtung.»

«Weil du die Richtung nicht magst. Ich kenn dich doch, Laura», mischte Peter Baumann sich ein.

«Vielleicht!» Laura drehte sich um und ließ beide stehen. Manchmal wäre es ganz gut, wenn wir nicht so vertraut miteinander wären, dachte sie. Ein bisschen Distanz zu seiner Vorgesetzten stünde Baumann ganz gut an. Sie bat ihn nicht darum, mit ins Haus zu kommen, ging allein den Gartenweg entlang. Die Mandelbäumchen blühten immer noch, aber auf der Terrasse lag kein Spielzeugauto. Als Laura an die Tür klopfte – sie wollte nicht klingeln, um die Kinder nicht zu wecken –, wurde ihr sehr schnell geöffnet. Doktor Denners Mutter war jünger, als Laura erwartet hatte, höchstens Mitte sechzig, und das glatte Gegenteil seiner Ehefrau. Weder blass noch blond, sondern rot gefärbt, braun gebrannt und von ähnlich sportlich untersetztem Typ wie ihr Sohn.

«Kommen Sie rein», sagte sie, als Laura ihren Ausweis gezeigt hatte.

«Es tut mir sehr Leid, dass Ihr Sohn so schwer verletzt worden ist.» Laura ging hinter Frau Denner, wäre beinahe mit ihr zusammengestoßen, als diese plötzlich stehen blieb und sich umwandte.

«Das ist nett von Ihnen. Sie werden sich vielleicht über mich wundern – natürlich bin ich erschrocken, und es wäre mir lieber, wenn er gesund wäre. Aber es wundert mich nicht. Mein Sohn ist … wie soll ich es sagen … er ist kein besonders sympathischer Mensch.» Sie warf Laura einen bedeutungsvollen Blick zu und ging langsam weiter in das große Wohnzimmer mit den blauen Polstermöbeln.

«Bitte nehmen Sie Platz, möchten Sie einen Kaffee?»

«Nein danke. Sie müssen mir etwas Zeit lassen, denn Ihre Bemerkung über den Charakter Ihres Sohnes ist zumindest ungewöhnlich.»

«Haben Sie Kinder? Stört Sie nie etwas an ihnen?» Denners Mutter lachte kurz auf.

«Natürlich stört mich ab und zu etwas an meinen Kinder, aber ich finde sie keineswegs unsympathisch», antwortete Laura und setzte sich langsam.

«Das kann sich sehr schnell ändern, wenn sie älter werden. Mein Sohn zum Beispiel ist zerfressen von Ehrgeiz und Geldgier – seine Frau übrigens auch. Daran kann ich nichts Sympathisches finden. Ich bin nur hier der Enkel wegen.» Sie ging zu einer gläsernen Vitrine, in der die Drinks aufbewahrt wurden, und goss sich etwas Whisky in ein Glas, ließ das goldgelbe Getränk kreisen und betrachtete es nachdenklich, ohne zu trinken. «Vermutlich werden Sie mich gleich fragen, ob mein Sohn Feinde hatte. Unzählige, nehme ich an. Aber Genaues kann ich Ihnen nicht sagen, weil ich ihn nicht sehr oft sehe.»

«Haben Sie noch andere Kinder?»

«Ja, Frau Kommissarin. Noch so einen gelungenen Sohn. Er ist etwas jünger, nicht von Ehrgeiz zerfressen, aber dafür umso geldgieriger.»

«Gibt es möglicherweise Streit zwischen den Brüdern?»

«Ach, Sie meinen, ob mein zweiter Sohn dem ersten ein Messer in den Rücken gerammt haben könnte? Nein, das glaube ich nicht. Die beiden sind zwar kein Herz und eine Seele, aber größere Katastrophen gab es in letzter Zeit nicht.»

«Sind Sie verheiratet, Frau Denner?» Laura konnte

hinter dem flotten Sarkasmus der Frau eine tiefe Bitterkeit spüren.

«Ich bin Witwe. Seit fast zwanzig Jahren. Ich reise viel, spiele so gut Golf, dass ich damit sogar hin und wieder ein wenig Geld verdiene. Allerdings habe ich es nicht nötig, weil mein Mann mir genügend hinterlassen hat. Reicht das?»

«Im Augenblick reicht es. Kannten Sie übrigens das Au-pair-Mädchen, Valeria Cabun?»

Ein Schatten huschte über das Gesicht der Frau; sie trank zum ersten Mal einen Schluck Whisky, verzog dabei ein wenig den Mund. «Ich habe sie zweimal getroffen. Einmal waren wir gemeinsam mit den Kindern im Englischen Garten. Wir haben uns gut verstanden und viel gelacht. Sie war eine sehr sympathische junge Frau, genau nach meinem Geschmack und viel zu schön, um in diesem Haus zu arbeiten.»

«Wie meinen Sie das, Frau Denner?»

«Sie haben mich schon verstanden, Frau Kommissarin. Mein Sohn ist einer von denen, die hinter jedem Rock her sind. Aber besonders schöne Röcke müssen um jeden Preis erobert werden.»

«Weiß seine Frau davon?»

«Sie wäre blöd, wenn sie es nicht wüsste. Aber vielleicht arbeitet sie ja so viel, dass sie es nicht merkt.»

Laura fühlte sich unbehaglich. Der Sarkasmus der Frau verbreitete sich wie schleichendes Gift in den eleganten Räumen. «Halten Sie es denn für möglich, dass Ihr Sohn ein Verhältnis mit Valeria hatte?»

Frau Denner lachte auf, warf dabei den Kopf in den Nacken. «Versucht hat er's mit Sicherheit. Ob es geklappt hat, kann ich Ihnen natürlich nicht sagen. Möglich, dass sie von ihm beeindruckt war, obwohl ich es eher nicht glaube. Das Mädchen hatte Charakter und einen starken Willen. Ich hoffe nicht, dass der angestaubte Charme eines arroganten Modearztes sie umwerfen konnte.» Den Rest des Whiskys leerte sie in einem Zug, begleitete dann Laura zur Tür.

«Tut mir Leid, wenn ich Sie schockiert habe, Kommissarin. Aber ich nehme an, dass Sie einiges gewöhnt sind.»

«Wie man's nimmt», murmelte Laura, nickte ihr zu und fragte sich, ob in Verachtung und Hass die eigentliche Wurzel der drei Gewalttaten lag, die in den letzten Tagen über diese Familie hereingebrochen waren.

«Wo ist der Nachbar?» Laura hielt eine Hand vor ihre Augen, weil das rotierende Blaulicht sie schwindlig machte. «Kann man das nicht ausschalten!»

«Lass ihnen doch ihr Spielzeug», sagte Baumann. «Der Nachbar ist da drüben bei Havel. Der ist ganz aufgeregt von dem Aufruhr hier.»

«Manche Menschen blühen auf, wenn endlich etwas Ungewöhnliches passiert. Aber die sind mit Vorsicht zu genießen, was die Aussagen angeht!»

«Er sagt jedenfalls eine Menge, und das jedem, der es wissen will. Ich glaube, dass Havel schon taub ist.»

«Welcher ist es denn?»

Baumann wies auf einen kleinen Mann mit rundem Kopf und Glatze, der sehr nahe bei Havel stand und wild auf ihn einredete. Der kleine Mann bemerkte Laura erst, als sie neben ihn trat und sich räusperte.

«Vorsicht!», sagte er. «Hier kann man … kann man … leicht wichtige Spu… Spuren zerstören.» Offensichtlich litt er vor Aufregung an einer Sprechhemmung.

«Soso», erwiderte Laura und unterdrückte ein Lächeln. «Ich würde mich gern mit Ihnen unterhalten. Ganz kurz nur. Mein Kollege sagte mir, dass Sie etwas gesehen haben, als Sie nach Hause fuhren.»

«Sind Sie … sind Sie auch von der Polizei?» Er versuchte ihr Gesicht zu sehen, wurde aber von einem Scheinwerfer geblendet.

«Ich leite die Ermittlungen in diesem Fall. Wollen Sie meinen Ausweis sehen?»

«Nein, nein! Es ist nur … alles … alles so aufregend und nun auch noch eine Kommissarin, wie im Fernsehen!» Er gluckste förmlich vor Vergnügen.

«Können Sie mir einfach sagen, was Ihnen aufgefallen ist?»

«Ja, natürlich, Frau Kommissarin. Ich fuhr … fuhr … fuhr … in unsere Straße – die ist ja nur für Anlieger und außerdem Sackgasse. Ich fa… fa… fahre also rein, halte schon die Fernbedienung für das Garagentor in der Hand, bremse vor dem Tor und schaue nach links, dahin, wo die Straße endet und nur noch ein Fußweg weitergeht. Und da … da … da sehe ich zwei Leute, Kerle, Mä… Mä… Männer … wie immer sie es ausdrücken wollen. Die ka… kamen ein Stück in unsere Straße rein, zögerten, drehten um und verschwanden im Fußweg. Der ist ziemlich dunkel, deshalb hab ich sie au… auch nur kurz gesehen.» Er schnaufte heftig wie nach einer körperlichen Anstrengung.

«Haben Sie die Männer erkennen können?»

Er schnaufte noch heftiger. «Wenn Sie meinen, ob ich sie erkannt habe – das nicht. Aber ich hab gesehen, dass sie schwarz waren. Schwarze Haut, Ne… Neger, A… Afrikaner … oder was man heute sagt!»

«Neger jedenfalls nicht!», erwiderte Laura ärgerlich. «Sind Sie ganz sicher, dass die beiden Männer dunkle

Haut hatten, oder sahen sie im Dunkeln einfach dunkel aus?»

«Nie… niemals, Frau Kommissarin! Da … da hinten steht eine Laterne!» Er wies nach links. «Un… unter der haben sie gestanden. Da ha… hab ich sie ganz deutlich sehen kön… können. Der … der eine hatte lange Ha… Haare!»

Malenge, dachte Laura wieder. Warum deutet alles auf Malenge? Hatte sie einen derartig schlechten Spürsinn entwickelt? Es blieb ihr eigentlich nichts anderes übrig, als einen Haftbefehl zu erwirken und Malenge dem Untersuchungsrichter vorzuführen.

Als sie zu Baumann zurückkehrte, sah er sie ernst an, presste die Lippen zusammen. «Schellingstraße?», fragte er.

Laura nickte. «Was ist eigentlich mit unserem Mann von der Polizeischule? Sollte der Malenge nicht observieren?»

«Er behauptet, dass er Malenge verloren hat. Ich nehme aber an, dass er keine allzu große Lust auf den Job hatte. Ich hab früher auch manchmal behauptet, dass ich mein Observierungsobjekt aus den Augen verloren habe.»

«Mhm.»

«Was ist denn los mit dir, Laura?»

«Ich will nicht in die Schellingstraße, sondern nach Hause. Mir geht es wie unserem jungen Kollegen. Aber natürlich fahren wir jetzt in die Schellingstraße und anschließend ins Krankenhaus. So sieht eben ein freies Wochenende aus!»

«Liegt irgendwas Spezielles an?», fragte Baumann.

«Nein.»

Weder Roberto Malenge noch sein Freund Aristide waren zu Hause. Überhaupt niemand aus der Wohngemeinschaft war da. Laura und Baumann zogen wieder ab, beide irgendwie erleichtert.

«Und wenn beide weg sind?», fragte Baumann, als sie wieder in Lauras altem Mercedes saßen.

Sie zuckte die Achseln. «Dann sind sie eben weg. Vielleicht waren sie aus einem ganz anderen Grund in Denners Straße. Vielleicht wollten sie mit ihm reden, und er war nicht zu Hause. Der stotternde Zeuge hat sie gegen neun Uhr gesehen. Denner wurde zwischen elf und halb zwölf angegriffen.»

«Und was jetzt?» Baumann gähnte laut.

«Krankenhaus.»

Während Laura den Wagen durch die nächtlichen Straßen steuerte, dachte sie darüber nach, wie oft sie diesen Weg schon genommen hatte. Über die Isarbrücke hinauf zum Maximilianeum und dann links zum Krankenhaus Rechts der Isar. Die Nacht war klar, kühl und leer. Wie ausgestorben erschien die Stadt, dabei nicht friedlich, eher bedrohlich. Aber Laura konnte ganz gut erkennen, dass dieses Gefühl an ihrem eigenen Zustand lag, an ihrem Zorn über die Situation. Guerrini schlief vermutlich, und der nächste Tag war eigentlich auch schon gelaufen.

«Hey! Fahr mal rechts rein. Da ist der Parkplatz!» Baumanns Stimme riss sie aus ihren Gedanken. Sie bremste zu heftig, kam ein bisschen ins Schleudern.

«Was ist denn mit dir los?» Baumann beugte sich zu ihr und betrachtete sie besorgt.

«Nichts! Ich bin nur müde und möchte endlich mal ein paar Tage lang meine Ruhe haben!»

«Na, vielleicht solltest du Urlaub nehmen und wegfahren. Dann geht dich der ganze Mist nichts mehr an. Aber dazu bist du schon wieder viel zu verwurstelt in diese Geschichte, gib's doch zu!»

«Jajaja!»

Als Laura auf Zehenspitzen und mit den Schuhen in der Hand ihre Wohnung betrat, war es halb vier Uhr morgens. Sie schlich in die Küche, trank ein Glas Wasser, schlich zurück ins Bad, betrachtete sich im Spiegel. Todmüde sah sie aus. Wie gern wäre sie für Guerrini frisch und ausgeruht gewesen. Sie zog sich aus und stellte sich unter die Dusche, genoss mit geschlossenen Augen das lauwarme Wasser auf ihrer Haut. Dachte plötzlich wieder an Renata Denner, die noch bleicher als sonst im Warteraum der Intensivstation auf und ab gegangen war. Seltsam unberührt hatte sie gewirkt. Ganz Ärztin. «Seine Chancen stehen schlecht», hatte sie zu Laura und Baumann gesagt. Sachlich hatte das geklungen. Laura war es sogar so vorgekommen, als hätte ein Anklang von Hoffnung in ihrer Stimme gelegen. Hoffnung, dass seine Chancen sehr schlecht stehen könnten?

Mehr gab es nicht zu tun in dieser Nacht. Mit Baumann war sie übereingekommen, erst mal keine Fahndung nach Malenge auszulösen. Baumann wollte am Vormittag noch einmal in Malenges Wohngemeinschaft vorbeischauen. Vielleicht war Malenge dann da, vielleicht war alles nur ein Irrtum. Und doch, wo war dieser Mann, der sich selbst gerade aus dem Krankenhaus entlassen hatte? Er war nicht gesund, verzweifelt über den Verlust seiner Freundin. Kaum anzunehmen, dass er ausgegangen war, um mit Freunden ein Bier zu trinken … Baumann hatte Recht. Sie war bereits zu tief in diesen Fall verstrickt – niemals würde sie ihn einfach aus der Hand geben. Es war diese unvermutet dunkle Seite in Menschen, die noch immer eine unwiderstehliche Anziehungskraft auf sie ausübte. Sie wollte wissen, warum Menschen dieser dunklen Seite nichts entgegensetzen konnten. Warum sie töteten, verletzten, zerstörten.

Wie lange hatte sie unter der Dusche gestanden? Fünf Minuten, zehn? Sie wusste es nicht, drehte das Wasser ab und hüllte sich in eine Badetuch. Wo sollte sie Guerrini unterbringen in ihrem Leben? … Immer wieder diese Frage. Nicht darüber nachdenken!

Sie massierte duftende Mangomilch in ihre Haut, bürstete ihr Haar, putzte die Zähne. So lautlos wie möglich schlüpfte sie endlich in ihr Schlafzimmer, hielt den Atem an und lauschte in Richtung Bett. Er schien tief zu schlafen, so leise zu atmen, dass Laura nichts hören konnte. Wenn nur dieser verdammte Parkettboden aus den Nachkriegsjahren nicht so laut knarren würde.

Sie versuchte über den Boden zu schweben, doch es gelang ihr nicht. Endlich erreichte sie ihr Bett, setzte sich behutsam, tastete mit einer Hand, fand nur ihre Bettdecke, kühle Stofffalten. Das Bett war leer.

Erschrocken knipste sie die Nachttischlampe an. Guerrini war nicht da!

Laura sprang auf, lief ins Wohnzimmer. Diesmal achtete sie nicht auf das Knarren der Dielen, und sie schaltete das Deckenlicht ein. Angelo Guerrini lag auf der Couch, wie in den Nächten zuvor ihr Exmann, und blinzelte ihr verschlafen entgegen.

«Was machst du denn hier?», fragte sie verwirrt.

Guerrini richtete sich auf, mit einer Hand seine Augen vor dem grellen Deckenlicht schützend. «Ich schlafe.»

«Aber warum hier?»

«Deine Kinder haben dieses Bett für mich bereitet. Sie waren sehr nett. Nachdem du weg warst, haben wir uns noch ganz gut unterhalten. Sie mögen Benigni – genau wie ich ...»

«Und deshalb lässt du dich von ihnen austricksen?»

«Aber du willst sie doch vor der schrecklichen Erkenntnis beschützen, dass ihre Mutter einen Liebhaber haben könnte!»

Laura sah seine Augen, das zerzauste Haar, seine Schultern und das Grübchen am Ansatz seiner Schlüsselbeine. Es war ihr ganz egal, was ihre Kinder dachten. Sie streckte die Hand nach ihm aus, sah sein Lächeln, als er sich erhob und zu ihr kam.

Am Karsamstag klingelte Lauras Telefon bereits um kurz vor acht. Sie hatte knappe zwei Stunden geschlafen. Angelo rührte sich nicht, deshalb warf sie ihren Morgenmantel über und wankte in die Küche. Leise schloss sie die Tür hinter sich, um niemand zu wecken. Es war Kommissar Baumann, und er entschuldigte sich. Laura antwortete nur mit einem Stöhnen.

«Tut mir wirklich Leid», wiederholte er. «Ich habe nur keine Lust, den Chef anzurufen. Wenn der sich einmischt, ist der Fall in zwei Stunden geklärt, und der falsche Mann sitzt im Knast, bis wir ihn wieder rausholen!»

Laura bewegte vorsichtig ihren Kopf. In ihrem Nacken knirschte es. «Wer ist denn der falsche Mann?» Sie räusperte sich; ihre Kehle war ganz eingetrocknet.

«Malenge natürlich – na ja, vielleicht ist er ja auch der Richtige. Ich habe keine Ahnung, versuche nur, dich zu motivieren! Wahrscheinlich wirst du wach, wenn ich dir das Ergebnis der Spurensuche und des Genvergleichs erzähle!»

Laura sagte nichts.

«Bist du noch da?»

«Ich wär's lieber nicht!»

«Sie haben Haare im Bett gefunden und verwischte Blutspuren auf dem Teppich. Beides stammt eindeutig von Malenge und Valeria Cabun.»

«So.» Laura räusperte sich erneut.

«Ja, so! Und was machen wir jetzt?»

«Das, was unser Kriminaloberrat auch tun würde. Wir beantragen einen Haftbefehl, und dann nehmen wir Malenge vorläufig fest. Gewisse Tatsachen kann man nicht ignorieren!»

«Malenge ist aber weg! Dieser Aristide übrigens auch. Soll ich eine Fahndung nach den beiden rausgeben?»

Wieder stöhnte Laura.

«Was ist denn mit dir los?»

«Ich habe kaum geschlafen und hätte wirklich gern ein freies Wochenende!»

«Morgen vielleicht. Also, Fahndung oder nicht?»

«Keine Fahndung. Ich will erst mal ins Krankenhaus. Vielleicht ist Denner aus dem Koma aufgewacht und kann uns sagen, wer ihn überfallen hat.»

«Er ist aber von hinten niedergestochen worden!»

«Trotzdem! Ruf bitte im Krankenhaus an und frag, wie es ihm geht. Aber erst gegen Mittag. Das gibt ihm Zeit aufzuwachen und mir auch. Ciao!» Sie wartete nicht auf seine Antwort, blinzelte kurz in die Sonnenstrahlen, die durch die Balkontür fielen und den gelben Tulpenstrauß aufleuchten ließen, kehrte dann langsam ins Schlafzimmer zurück.

Als sie neben Angelo unter die Bettdecke schlüpfte, zog er sie so heftig an sich, dass sie kaum atmen konnte. Eingehüllt von seiner Wärme und seinem Duft lag sie da, wagte nicht, sich zu bewegen. Er stieß ein zufriedenes Brummen aus, dann wurde sein Atem wieder tief und regelmäßig. Vorsichtig versuchte Laura sich etwas bequemer auszustrecken, denn ihr rechter Arm begann bereits nach wenigen Minuten abzusterben. Als sie sich endlich in eine halbwegs angenehme Lage gearbeitet hatte, war sie hellwach, aber sogar dankbar dafür.

Mit allen Körperzellen spürte sie, dass er neben ihr lag, dass er tatsächlich hier war, konnte der heftigen Umarmung der letzten Nacht noch einmal nachspüren. Ein wildes Sich-gegenseitig-in-Besitz-Nehmen war es gewesen – lautlos, der Kinder wegen –, fast unzärtlich. Aber Sofia und Luca würden ohnehin wissen an diesem Morgen. Seltsamerweise hatte Laura in diesem Augenblick keine Angst mehr vor der Reaktion ihrer Kinder. Angelo war wichtiger als ihre Ängste. Sie würden es aushalten.

Als Laura gegen Mittag das Frühstück zubereitete, war sie sich ihrer Einsichten vom Morgen nicht mehr ganz so sicher, denn weder Luca noch Sofia tauchten auf, während Angelo und sie selbst längst angezogen waren und sich unterhielten. Obwohl Laura wieder diese diffuse Unruhe spürte, die sie jedes Mal überfiel, wenn sie daran dachte, wie Luca und Sofia die Sache mit Angelo aufnehmen würden, genoss sie es gleichzeitig, diese erste Tasse Cappuccino ungestört trinken zu können. Allein mit Angelo. Er stellte sich auf den kleinen Balkon und sah den Tauben auf den Dächern zu. Als er in einer winzigen

Lücke zwischen den Häusern, kaum wahrnehmbar, zart hellblau wie eine Aquarellskizze, ein Stück der Alpen entdeckte, wurde er ganz aufgeregt.

«Guardi!», rief er.

«Wohnung mit zwei Zentimeter Alpenblick», lachte Laura. «Deshalb ist die Miete so hoch!»

«Ist sie hoch?» Er drehte sich um, sah sie ernst an, und Laura dachte, dass trotz ihrer langen Trennungen etwas Vertrautes zwischen ihnen schwang.

«Es geht», lächelte sie, «ich kann's gerade noch bezahlen.»

«Gerade noch?» Er war besorgt.

«Nein, ganz gut. Das Gehalt einer Hauptkommissarin ist nicht ganz schlecht. Es war ein Scherz, Angelo.» Dann erzählte sie ihm von der neuesten Entwicklung ihres Falles und bereitete ihn darauf vor, dass sie in spätestens einer Stunde fortmusste.

«Mach dir keine Gedanken um mich. Ich werde mir München ansehen.» Er sprach leichthin, versuchte, seine Enttäuschung zu verbergen.

«Es wird nicht lange dauern, Angelo. Der Unterschied zu Siena liegt eben darin, dass München eine Millionenstadt ist. Da werden mehr Leute umgebracht, einfach, weil es mehr Leute gibt!»

«Hoffentlich machen die an Ostern Pause», seufzte er und kam sich ein wenig provinziell vor.

«Keine Angst! Ich habe offiziell gar keinen Dienst. Aber der Fall, an dem ich gerade arbeite, ist ziemlich diffizil. Ich möchte die Ermittlungen nicht ganz meinem Mitarbeiter überlassen. Er neigt zu den einfacheren Lösungen.»

«Commissario Baumann?»

«Ja, Commissario Baumann. Er ist gut, aber manchmal

denkt er zu sehr geradeaus, wenn du verstehst, was ich meine. Er hat ein bisschen zu wenig Phantasie.»

«Mein Mitarbeiter hat zu viel davon. Soll ich ihn dir ausleihen?»

«Danke, mir reicht einer und ein Praktikant, der nie da ist. Lass uns frühstücken. Wenn die jungen Leute nicht aufstehen wollen, dann sollen sie eben im Bett bleiben.»

Obwohl Laura so tat, als schliefen Luca und Sofia zu Ferienbeginn immer bis nachmittags, spürte Angelo ihren verhaltenen Zorn.

«Lass die beiden», sagte er. «Du hattest wahrscheinlich Recht. Es ist nicht einfach für sie, einen Mann zu akzeptieren, der ihnen die Mama wegnehmen könnte. Aber schade. Ich mag sie. Luca möchte gern mit mir reden … Gestern Abend wurde es ganz deutlich. Ich habe den beiden einen Sketch von Benigni vorgespielt – das kann ich ganz gut. Luca hat sich ausgeschüttet vor Lachen und gefragt, wo man das lernen kann. Sofia musste auch lachen, aber dann hat sie sofort wieder zugemacht und ihren Bruder mitgezogen. Es ist eben so …»

Laura stützte das Kinn in die Hand und sah Guerrini nachdenklich an.

«Ich wusste gar nicht, dass du Sketche von Benigni kannst. Damit hast du Luca sicher schwer beeindruckt und Sofia auch. Aber sie können ihrem Vater nicht so schnell untreu werden, Angelo. Das sind Konflikte, die wir beide nie erleben mussten, nicht wahr?»

«Nein, so direkt vermutlich nicht. Obwohl ich meiner Mutter und meinem Vater durchaus Affären zutraue. Sie haben diese Dinge gut versteckt.» Er seufzte, schob mit einem Finger die Brotkrümel auf seinem Teller hin und her.

«Meine Eltern hatten keine Affären, da bin ich ziemlich sicher. Mama liebte meinen Vater wirklich sehr und er sie auch. Andererseits war er immer höchst lebenslustig. Also, wenn ich es mir genau überlege, bin ich mir bei ihm doch nicht ganz so sicher!»

«Wann werde ich ihn kennen lernen?» Angelo beugte sich vor und küsste Laura blitzschnell auf die Nase.

«Morgen. Wir kochen gemeinsam bei ihm zu Hause. Das hat er sich gewünscht.»

«Bene!» Guerrini reckte sich. «Vielleicht kann wenigstens er mich leiden.»

Als Laura vor dem Polizeipräsidium ankam, musste sie erst ein paar Minuten lang durchatmen, ehe sie ihren Wagen verlassen konnte. Sie hatte Angelo Guerrini hinter dem Haus der Kunst abgesetzt, ihm den Monopteros, den kleinen griechischen Rundtempel auf einem Hügel, gezeigt und versprochen, ihn dort in einer Stunde zu treffen. Es war ein blitzender Frühlingstag, ungewöhnlich warm für Ostern, und die Stadt summte vor Lebendigkeit. All das war genau richtig für ihr Wiedersehen mit Angelo – nur das Verhalten der Kinder lag ihr schwer im Magen. Sofia und Luca waren unsichtbar geblieben. Laura deutete diesen plötzlichen Ausbruch von Schlafkrankheit als Boykott und hatte mit Gegenboykott reagiert. Sie weckte die beiden nicht, rief sie nicht zum Frühstück, machte ihnen keine Vorwürfe, hinterließ nur einen Zettel, auf dem stand:

«Sind im Englischen Garten. Schönen Tag! Mama (Handynummer bekannt)»

Die Besprechung mit Peter Baumann würde nicht lange dauern. Doktor Denner war noch nicht wieder aufgewacht, Malenge noch immer verschwunden. Gedankenverloren grüßte Laura ein paar Kollegen, während sie auf den Lift wartete. Es musste ihr gelingen, den Rest des Tages und den Ostersonntag für sich und Angelo freizuhalten. Kriminaloberrat Becker war vermutlich in seine Ferienwohnung am Chiemsee gefahren, das verschaffte ihr einen gewissen Spielraum.

Als sie das Großraumbüro betrat, sah Kommissar Baumann von seinem Schreibtisch auf und nickte ihr zu.

«Also, pass mal auf! Hier sind die Änderungen an deinem Protokoll. Schau sie dir an, ob du einverstanden bist.»

Das verdammte Protokoll hatte sie ganz vergessen. Sie schob einen Stuhl neben Baumanns Schreibtisch, griff nach dem Ordner und begann zu lesen.

«Was ist mit Malenge?», fragte sie nach der zweiten Seite.

«Unser Kleiner ist dran, hat aber noch nicht viel erreicht!»

«Wie heißt der eigentlich?», fragte Laura. «Ich hab seinen Namen vergessen, weil ich ihn erst zweimal gesehen habe!»

«Helmut Mitterer aus dem Bayerischen Wald!»

«Und wo ist er dran?»

«Keine Ahnung!» Baumann lachte.

«Ich mag so unklare Sachen nicht! Ruf ihn an und sag ihm, dass er herkommen soll!»

«Warum denn? Er ist völlig in seinem Element! Außerdem kommt er sowieso nicht weiter, weil niemand weiß, wo Aristide und Malenge sind. Ich hätte die beiden eigentlich für klüger gehalten! In so einer Situation einfach abzutauchen ist ganz schön bescheuert.»

«Du bist ja auch nicht schwarz», entgegnete Laura

kühl und las weiter. Baumann setzte die Kaffeemaschine in Gang und beobachtete seine Vorgesetzte. Nach der zehnten Seite seufzte sie tief, klappte den Ordner zu und meinte: «So können wir's lassen. Das hast du gut gemacht!»

«Keine Einwände?»

«Keine.»

«Und was machen wir mit Malenge?»

«Pfeif mal den kleinen Spürhund zurück. Ich nehme das auf meine Kappe.»

«Aber du kannst Malenge nicht einfach so laufen lassen!»

«Das tu ich nicht. Aber ich bin sicher, dass er nicht weit ist und dass er zurückkommt. Du hast doch eben selbst gesagt, dass du Roberto und Aristide für klug hältst.»

«Glaubst du, dass sie's waren?»

«Ich glaube nichts, ehe ich Beweise habe.»

«Und warum sind Malenges Spuren in einer Wohnung, die er angeblich nicht kennt?»

«Die sind ein echtes Problem, aber noch immer kein sicherer Beweis dafür, dass er tatsächlich dort war.»

«Du glaubst doch nicht im Ernst, dass jemand sich die Mühe macht, Malenges DNA-Spuren in dieser Wohnung zu verteilen, Laura!»

«Ich glaube gar nichts! Aber ich möchte diese Angelegenheit noch ein ganzes Stück genauer untersuchen. Ich bin nämlich ziemlich sicher, dass Doktor Denner diese Wohnung kennt. Vielleicht hat er die Spuren präpariert – immerhin ist er Arzt und kennt sich mit so was aus.»

«Damit kannst du dem Chef nicht kommen. Der steht auf DNA-Nachweise!»

«Der Chef ist doch wahrscheinlich am Chiemsee, oder?»

«Manchmal hast du ziemlich gute Nerven, was?»

«Es geht …» Laura stand auf und dehnte ihre Arme. «Ich gehe jetzt. Ruf mich an, wenn irgendwas Dramatisches passiert, aber nur dann. Ich bin erst am Ostermontag wieder zu sprechen.»

«Da hab ich frei», grinste Baumann.

«Das trifft sich gut, dann eben bis Dienstag. Frohe Ostern!»

Weg war sie, und Baumann fragte sich, was mit ihr los sein könnte.

Laura saß neben Angelo Guerrini auf den hohen Stufen des Monopteros und folgte seinem Blick über die weiten Wiesen des Englischen Gartens zu den Türmen der Stadt. Ein winziges weißes Pferd mit einem winzigen Reiter zog hinter dem Eisbach seine Runden über eine unsichtbare Bahn. Winzige Menschen lagen an den Bachufern im Gras. Hinter Laura und Guerrini spielte ein Mann Saxophon.

«Sitzt du hier öfter?» Angelo legte einen Arm um Lauras Schultern.

«Nein, ganz selten. Ich habe keine Zeit dazu.»

«Schade.»

«Vielleicht.»

«Was machst du, wenn du nicht arbeitest?» Er zog sie näher zu sich, betrachtete sie von der Seite. Es dauerte eine Weile, ehe Laura antwortete. Sie musste diese Frage erst sich selbst beantworten.

«Ich verbringe viel Zeit mit meinen Kindern», sagte sie endlich, «versuche den Haushalt zu organisieren, sitze manchmal auf dem Balkon in der Sonne und lese die Zeitung, schaue nachts den Mond an. Ich koche, schlafe, lege mich zwei Stunden in die Badewanne und lese. Ich besuche meinen Vater ... ziemlich oft sogar. Manchmal gehe ich mit einer Freundin spazieren oder ins Kino ...»

Angelo lachte leise. «Klingt vertraut. Bei mir fehlen nur die Kinder im Programm.»

«Ich hab noch etwas vergessen», fügte Laura hinzu, sah ihn dabei nicht an, sondern schaute zu den weißen Türmen der Ludwigskirche hinüber. «Ich denke manchmal an dich!» Noch immer schaute sie ihn nicht an, legte aber für einen Augenblick ihren Kopf an seine Schulter – eine Geste, die nicht gerade typisch für sie war. Guerrini drehte ihr Gesicht zu sich, und Laura musste die Augen schließen. Weil sie es einfach nicht ertragen konnte, ihn anzusehen. Sie hatte ein Gefühl, als schmerzte ihre Haut, als spürte sie jede Körperzelle noch stärker als am Morgen. Als seine Lippen sie berührten, wurde ihr schwindlig, und sie versuchte sich vor diesem süßem Absturz zu retten, indem sie sich fragte, was sie in ihn hineinprojizierte. Die Sehnsucht nach dem Italien ihrer Mutter vielleicht? Oder die Sehnsucht nach einem ganz anderen Leben? Sie kam nicht weiter, denn er küsste verdammt gut, und sie gab ihren Widerstand auf, stürzte eben. Als sie sich endlich, nach Luft schnappend, trennten und einander staunend betrachteten, klingelte Lauras Handy.

«Ich habe es erwartet.» Angelo lehnte sich an eine der Säulen.

«Hätte ich es nur im Wagen gelassen», jammerte Laura, und sie brachen beide in Gelächter aus, schauten auf Lauras kleinen Rucksack, der – wie etwas Lebendiges – immer lauter piepste.

«Soll ich es annehmen?»

«Klar!»

«Warum?»

«Weil es deine Kinder sein könnten.»

Seit Stunden hatte Laura nicht mehr an sie gedacht. Schuldbewusst zog sie das kleine Telefon aus ihrem Rucksack und blickte auf die Anzeige.

«Dienst!»

«Nimm trotzdem an. Ich finde deinen Fall ausgesprochen interessant.»

«Bist du sicher? Nicht böse?»

«Nein, überhaupt nicht.»

Endlich drückte Laura auf den Knopf.

«Hast wohl dein Handy nicht gefunden, oder was!» Peter Baumanns Stimme klang genervt.

«Jetzt hab ich's gefunden. Also, was ist los?»

«Da war eine Schießerei in der Nähe des Hauptbahnhofs. Hat was mit Schutzgeldern zu tun. Die haben so einen armen kleinen Chinesen erschossen, der erst vor ein paar Wochen einen Schnellimbiss aufgemacht hat. Aber deshalb rufe ich nicht an. Das schaff ich mit den Kollegen. Ich wollte dir sagen, dass Denner aufgewacht ist. Seine Frau hat bei mir angerufen und irgendwas von komischen Phantasien erzählt, die ihr Mann hätte.»

«Danke, Peter! Bin schon unterwegs.»

«Ich hab lange überlegt, ob ich es wagen kann, dich anzurufen.»

«Phantasien finde ich immer spannend. Ich melde mich später. Salve!»

«Was?»

«Salve!»

«Was bedeutet das?»

«Es ist ein römischer Gruß.» Laura beendete das Gespräch und lachte.

«Was ist los?», fragte Guerrini.

Laura stupste ihn auf die Nase. «Commissario Guerrini ermittelt, was? Mein Kollege Baumann wusste nicht, was Salve bedeutet. Aber im Ernst: Der verletzte Arzt ist aus dem Koma erwacht, und er scheint merkwürdige Dinge zu erzählen. Die werden wir uns jetzt anhören!»

«Wir?»

«Ja, wir! Wer sollte uns daran hindern?»

«Bene. Wir haben ja inzwischen Erfahrung in illegalen Ermittlungen.»

Hand in Hand schlenderten sie durch den Park zum Wagen zurück. Auf der Brücke über dem Eisbach blieb Guerrini stehen und betrachtete verblüfft ein paar splitternackte Männer und Frauen, die ihre bleichen Körper der Aprilsonne und den Blicken der Spaziergänger darboten.

«Ist das bei euch erlaubt?», fragte er, ein ganz klein wenig schockiert.

«Es ist so etwas wie ein Gewohnheitsrecht geworden. Alle schauen weg, und damit ist der Frieden gewahrt.»

«Aber die sind ja nicht einmal besonders schön», rief er verdutzt.

«Deshalb schauen ja die meisten weg», lachte Laura, und er stimmte ein.

Das weiße Pferd war hier unten wieder groß und zog schnaubend seine Runden. Süßer Duft hing unter den Bäumen.

«Ich mag es nicht, wenn Menschen sich so exponieren», sagte Laura plötzlich ernst. «Für mich ist es eine Rücksichtslosigkeit, die an Aggression grenzt.»

«Und warum ziehen die Deutschen sich in aller Öffentlichkeit aus?», fragte er.

«Zum Glück sind es nicht alle!» Laura musste wieder lachen. «Stell dir 80 Millionen Nackte vor. Es sind gar nicht viele, die sich ausziehen – sie fallen nur stark auf. Hat etwas mit einem irregeleiteten Bedürfnis nach Natur und Freiheit zu tun. Also, die Leute, die ich als öffentliche Nackte kenne, sind entweder total verklemmt oder neigen zum Exhibitionismus. Aber besonders gut kenne ich mich mit diesem Phänomen nicht aus.»

Guerrini ließ seinen Blick über den breiten Hintern einer ziemlich unförmigen Frau gleiten, die auf dem Bauch im Gras lag. Er verzog leicht das Gesicht.

«Ich kann nicht besonders gut Englisch, aber mir hat schon immer der englische Ausdruck für die intimen Körperstellen gefallen: private parts! Ich finde diese Bezeichnung ganz wunderbar. Private parts zeigt man nicht jedem, weil sie eben privat sind!»

«Ich jedenfalls lege keinen Wert darauf, beim Spazierengehen mit den private parts von irgendwelchen Leuten konfrontiert zu werden», murmelte Laura.

Guerrini näherte seinen Mund ihrem rechten Ohr und flüsterte: «Ich liebe deine private parts!»

«Ich auch!», gab sie leise zurück.

«Welche? Deine oder meine, Commissaria?»

«Beide, Commissario!»

Guerrini blieb im Vorraum sitzen, während Laura von einer Schwester in die Intensivstation eingelassen wurde. Von einem Arzt war nichts zu sehen, und Laura war froh darüber.

«Er scheint unter Schock zu stehen», sagte die Schwester. «Er ist aufgewacht und wollte vor etwas weglaufen, obwohl er sich kaum rühren konnte. Zum Glück waren wir gerade bei ihm, sonst hätte er sich die Infusionen rausgerissen.»

«Seine Frau hat ihn schon im wachen Zustand gesehen?»

«Wir haben sie sofort gerufen. Sie kam auch gleich und ist erst vor zehn Minuten gegangen. Sie muss sich um die Kinder kümmern.»

«Hat er etwas gesagt?» Laura sah die junge Krankenschwester fragend an. Die steckte eine Haarsträhne unter ihrer Haube fest, nickte leicht.

«Er redet dauernd von einer Valeria. Die muss ihn wohl ziemlich erschreckt haben. Kennen Sie die Frau?»

«Ja», antwortete Laura, «ich kenne sie.» Es war der Schwester anzusehen, dass sie gern mehr gewusst hätte, doch sie fragte nicht nach.

Kurz darauf stand Laura neben Christoph Denners Bett, dachte, wie oft sie dieses Bild schon gesehen hatte, diese grünen Tücher, die Schläuche, Kabel, die Instrumente, das stets zu grelle Licht, das in ihr ein Gefühl auslöste, als wäre sie in einer Art Vorhölle angekommen.

«Nur ein paar Minuten», flüsterte die Schwester. Auch diesen Satz hatte Laura unzählige Male gehört.

«Ich hole einen Arzt!»

Laura wollte sagen, dass es nicht nötig sei, doch die Schwester war schon fort. Christoph Denner lag ganz still. Sein Gesicht sah grau aus, die Haut grob, wie brüchiger Zement. Er hielt die Augen geschlossen, doch nach einer Weile schien er ihre Anwesenheit zu spüren, denn seine Lider begannen zu zucken. Es schien ihn große Mühe zu kosten, seine Augen zu öffnen, endlich riss er sie geradezu auf, als erwarte er Schreckliches, schloss sie sofort wieder und hauchte kaum hörbar: «Ach, Sie sind es. Gut, dass Sie da sind.»

Laura trat näher an sein Bett heran, beugte sich zu ihm hinab. Er schluckte schwer, stieß ein tiefes Stöhnen aus. «Sie war da! Sie haben mir etwas Falsches erzählt, Kommissarin!»

«Wer war da?»

«Valeria Cabun!» Denner verzerrte sein Gesicht. Laura wusste nicht, ob voll Schmerz oder Schrecken.

«Valeria Cabun war wo?», fragte sie und legte eine Hand auf seinen Oberarm. Wieder riss er die Augen auf.

«Sie stand vor mir. Sie lachte, breitete ihre Arme aus, dann stach sie zu.» Unruhig warf er sich hin und her.

«Valeria ist tot, Doktor Denner.»

«Nein!» Er schüttelte heftig seinen Kopf. «Nein, nein! Sie ist nicht tot! Sie stand vor mir! Ich habe sie genau gesehen! Das ist keine Einbildung, Kommissarin. Sie hat uns alle hinters Licht geführt.»

Laura wusste, dass es keinen Sinn hatte, mit ihm zu streiten. Er war völlig gefangen in seiner Vorstellung.

«Sie wird wiederkommen …», flüsterte er jetzt und griff nach Lauras Hand. «Sie wird es noch einmal versuchen. Bitte beschützen Sie mich. Bitte lassen Sie Valeria nicht herein!» Er brach in Schluchzen aus, hustete.

«Ich denke, das brechen wir jetzt lieber ab», sagte eine weibliche Stimme mit Bestimmtheit hinter Laura. Als sie sich umdrehte, schaute sie genau in die Augen einer hübschen jungen Frau, deren Gesicht mit Sommersprossen übersät war. Sie trug den grünen Anzug einer Chirurgin, ihr langes Haar war zu einem straffen Pferdeschwanz zusammengefasst, um ihren Hals baumelte ein Mundschutz. Sie bedachte Laura mit einem leichten Stirnrunzeln, nahm Denners Hand, kontrollierte die Instrumente und murmelte in paar beruhigende Worte. Erstaunlicherweise entspannte er sich schnell, schien Vertrauen zu der jungen Ärztin zu haben.

«Schlafen Sie, Doktor Denner», sagte sie leise. «Es kann Ihnen nichts geschehen. Hier sind Sie in Sicherheit!» Mit einer Kopfbewegung und einem halben Lächeln bat sie Laura hinaus, folgte ihr nach wenigen Minuten.

«Er schläft jetzt. Ich habe ihm ein Beruhigungsmittel gegeben. Doktor Denner ist schwer traumatisiert. Können Sie mir erklären, wer diese Valeria ist, von der er dauernd spricht? Seine Frau behauptet, es nicht zu wissen.»

«Interessant!» Laura sah die junge Ärztin nachdenklich an. «Valeria war das Au-pair-Mädchen der Familie Denner. Sie starb vor einer Woche unter ungeklärten Umständen.»

Die Ärztin runzelte ihre Stirn. «Dann kann sie ihn ja gar nicht überfallen haben.»

«So ist es.»

«Aber warum spricht er dann dauernd von ihr und verfällt regelrecht in Panik? Warum behauptet seine Frau, das Mädchen nicht zu kennen?»

«Das, Frau Doktor, ist ein Geheimnis, das ich zu klären versuche. Kann es sein, dass er aufgrund des Traumas Wahnvorstellungen hat?»

Sie zupfte an ihrem Mundschutz, zuckte die Achseln. «Angstzustände sind bei Traumatisierten verbreitet. Aber so konkrete Phantasien eher ungewöhnlich. Ich war ganz sicher, dass er diese Valeria gesehen hat, ehe er niedergestochen wurde.»

«Und ich hatte erwartet, dass er etwas ganz anderes gesehen hat!», erwiderte Laura nachdenklich.

«Glaubst du an Geister?» Laura saß neben Guerrini in ihrem alten Mercedes. Sie waren auf dem Weg zu einer Stadtrundfahrt.

«Sehr individuell … nur an meine absoluten Lieblingsplätze», hatte Laura angekündigt. Eigentlich wollte sie Sofia und Luca mitnehmen und auch ihnen diese Plätze zeigen, die ein Teil ihres Lebens waren. Doch ihre Kinder hatten sich noch immer nicht gemeldet, und Laura beließ es dabei.

«Unter bestimmten Umständen.» Guerrini lehnte sich in den Autositz zurück und verschränkte die Arme hinter dem Kopf.

«Welchen?»

«Seltsame Todesfälle, alte Häuser, England.»

«Klischees!», murrte Laura. «Fällt dir nichts zu Italien ein?»

«Mir ist noch kein Geist begegnet. Ein italienischer, meine ich.»

«Siena sieht aber so aus, als könnten da eine Menge Geister wohnen.»

«Meine Großmutter konnte Geister sehen. Jedenfalls behauptete das meine Mutter. In bestimmten Nächten sammeln sie sich angeblich auf dem Campo. Aber nur Menschen mit ungewöhnlichen Fähigkeiten sehen sie oder spüren ihre Anwesenheit.»

«Was sind das für Geister?» Laura bremste vor einer roten Ampel hinter dem Maximilianeum. «Warte! Das hier ist das Märchenschloss meiner Kindheit. Vater zeigte es mir immer nur von vorn. Heute weiß ich, dass es von hinten aussieht wie ein ganz gewöhnliches, hässliches Bürogebäude.»

«Warst du enttäuscht?» Angelo betrachtete die nüchterne Rückseite des angeblichen Märchenschlosses.

«Ziemlich. Aber mein Vater meinte, dass es ein Symbol für die meisten Dinge im Leben sei. Man müsse stets die Vorderseite fest im Augen behalten, aber gleichzeitig um die Rückseite wissen!»

Angelo lachte. «Ich freue mich sehr auf deinen Vater. Seltsam, dass er nicht Italiener ist. Bei uns ist es grundsätzlich besser, wenn man die Fassaden fest im Blick behält. Um die Rückseiten weiß jedes Kind!»

«Hat das etwas mit der Melancholie der Italiener zu tun?» Laura lächelte ihm zu. Er beugte den Kopf zur Seite, und Lauras Blick blieb kurz an seinem kräftigen Hals hängen. Ich liebe sogar seinen Hals, dachte sie verwirrt. So etwas ist mir noch nie passiert.

«Es hat sicher etwas mit der Melancholie vieler Italiener zu tun», antwortete er leise. «Aber nur insofern, als die meisten in einer geradezu historischen Dimension wissen, dass sie ihr Leben lang in den Hinterhöfen bleiben.»

«Klingt weise. Hier setzen die Leute eher auf einen Lottogewinn und schauen lieber nicht hinter die Fassaden. Aber um auf die Geister zurückzukommen: Was sind das für Geister, die deine Großmutter auf dem Campo gesehen hat?»

Angelo Guerrini legte eine Hand leicht auf Lauras Oberschenkel, leicht, nicht plump vertraulich, und sie liebte ihn auch für diese Leichtigkeit.

«Angeblich sind es die vielen Opfer der mörderischen Machtkämpfe zwischen den herrschenden Familien.»

«Familien», wiederholte Laura. «Familien!» Sie bremste, fuhr halb auf den Bürgersteig, griff nach ihrem Handy und war kurz darauf mit Peter Baumann verbunden.

«Sag mal! Sind die Cabuns eigentlich abgereist?»

«Soweit ich weiß, ja! Valerias Leiche wurde freigegeben und nach Hause geschickt. Die Cabuns sind mitgefahren.»

«Alle?»

«Ja, sicher!»

«Vor dem Überfall auf Denner?»

«Ja, vorher. Was ist denn los?»

«War nur so ein Gedanke. Ich habe gerade mit Denner gesprochen. Er ist überzeugt, dass Valeria ihn mit dem Messer angegriffen hat.»

«Valeria Cabun?»

«Ja, Valeria Cabun! Und für mich klingt es nicht nach einer Wahnvorstellung.»

«Na ja … zumindest eins ist sicher. Roberto Malenge sieht nicht im Entferntesten aus wie Valeria Cabun.»

Der Rest des Tages verlief ungestört, obwohl Laura ab und zu dachte, dass sie eigentlich Frau Denner fragen müsste, warum sie leugnete, den Namen Valeria zu kennen. Als sie gegen Abend in Lauras Wohnung zurückkehrten, begegnete ihnen im Treppenhaus Ülivias Vater. Er wusste nicht, wohin er schauen sollte vor lauter Verlegenheit, nachdem er Guerrini blitzschnell taxiert hatte.

«Das ist ein Kollege», stellte Laura vor, doch Ibrahim Özmer reagierte nicht.

«Wie geht es Ülivia?»

«Gut! Sehr gut!» Er lachte das Treppengeländer an.

«Kann ich sie sehen?»

«Ja, sehen! Immer! Nur läuten. Frau zu Hause mit Ülivia.»

«Gut, dann auf Wiedersehen.»

Als Laura die Wohnungstür hinter sich und Angelo geschlossen hatte, stieß sie einen kleinen Schrei aus.

«Jetzt», sagte sie, «ist mein Ruf endgültig ruiniert. Die geschiedene Polizistin hat einen Freund, empfängt Männerbesuch in ihrer Wohnung.»

Angelo brach in Gelächter aus und küsste sie in den Nacken. Auf dem Küchentisch fanden sie eine Nachricht von Luca und Sofia:

«Sind bei Papa. Kommen am Montag wieder. Nicht böse sein. Luca und Sofia.»

«Natürlich bin ich böse», rief Laura. In ihrer Brust steckte plötzlich ein viereckiger Klotz. «Ich bin total böse!» Sie biss die Zähne zusammen, um nicht in Tränen auszubrechen. Doch als Angelo die Arme um sie legte, verlor sie die Selbstbeherrschung und weinte an seiner Schulter.

«Du hast dir gewünscht, dass sie mich sofort in die Familie aufnehmen, nicht wahr?», flüsterte er in ihr Ohr. «Ich habe das gar nicht erwartet, Laura. Sie sind in einem schwierigen Alter. Lass sie doch. Sie werden schon kommen, da bin ich sicher. Beide haben gelacht, als ich ihnen Sketche von Benigni vorgeführt habe.»

Laura wischte sich die Augen. «Führst du mir auch welche vor?»

«Wenn es passt. Ich liebe Benigni.»

Laura brach erneut in Tränen aus.

«Was ist denn so schlimm daran?» Er suchte nach einem Taschentuch.

«Es ist … überhaupt nicht schlimm. Es ist wunderbar!»

«Grazie, aber offenbar nicht wunderbar genug, denn sonst wären die beiden nicht zu ihrem Vater geflüchtet … worüber ich andererseits nicht unglücklich bin, denn auf diese Weise kann ich mit dir allein sein. Und jetzt lass uns etwas kochen!»

Laura schluckte entschlossen ihre Tränen hinunter. «Ich habe frischen Seelachs im Kühlschrank. Den dünsten wir jetzt und bitten Gott um Verzeihung, dass wir gestern Schweinebraten gegessen haben.»

«Dio mio! Ich hatte ganz vergessen, dass Karfreitag war!»

«Ich auch. Deshalb holen wir das heute nach.»

Das Lachen kam ganz leicht, und trotzdem spürte Laura noch immer eine Ahnung des viereckigen Klotzes nahe am Herzen.

Es gab keine Integration ihrer Beziehung ins normale Leben. Die Kinder streikten. Sie und Angelo befanden sich wieder in dieser Exklusivsituation, die Laura zwar bewahren wollte, die ihr aber trotzdem etwas unbehaglich war.

Ich bin genauso gespalten wie diese Situation, dachte sie, während sie eine Tasse Tee aufgoss. Wieder war sie vor Angelo aufgewacht, aber immerhin hatte sie sieben Stunden geschlafen, mehr als seit Wochen. Draußen begann ein klarer Tag, und die Vögel sangen auf allen Dächern.

Als das Telefon klingelte, dachte Laura an ihren Vater, an die Kinder, doch die heisere, von Schluchzen unterbrochene Stimme am anderen Ende gehörte Renata Denner.

«Ich muss mit Ihnen sprechen. Sofort! Bitte kommen Sie, bitte!»

«Was ist denn geschehen?» Laura fiel nichts Besseres ein. «Woher haben Sie meine Nummer?»

Keine Störung, bitte, dachte sie. Einmal in Ruhe Tee trinken und nachdenken.

«Ihr Assistent hat mir die Nummer gegeben. Ich spreche nur mit Ihnen, mit keinem anderen Menschen. Ich will nicht, dass man mich für verrückt hält.»

«Weshalb sollte man Sie für verrückt halten?»

«Das kann ich nicht am Telefon sagen. Bitte kommen Sie! Ich bin allein im Haus. Meine Schwiegermutter hat die Kinder mitgenommen, gestern Abend schon ... damit ich etwas Ruhe habe. Aber jetzt ... ich glaube, es ist etwas Entsetzliches geschehen!»

«Ich komme.» Laura legte das Telefon weg, rührte einen halben Löffel braunen Zuckers in ihre Tasse und trank mit vorsichtigen Schlucken. Der Fall Cabun nahm immer verworrenere Formen an, und obwohl sie gern zu Angelo unter die Bettdecke geschlüpft wäre, überwog im Augenblick ihre Neugier.

«ICH WEISS NICHT, wo ich anfangen soll?» Renata Denner war sehr bleich, ihr Haar nicht so sorgfältig gekämmt wie beim ersten Treffen. Sie rang ihre Hände, ließ sich in einen der tiefen blauen Sessel fallen, sprang wieder auf, ging unruhig umher.

Laura stellte sich an die riesige Fensterfront und schaute zu den hohen Bäumen hinüber. Nur der Eisbach und ein hoher Drahtzaun trennten das Dennersche Anwesen vom Englischen Garten.

«Hat es etwas mit dem Überfall auf Ihren Mann zu tun?», fragte sie.

«Ja, auch!» Die Ärztin schluchzte auf, setzte sich wieder. Sie schien völlig durcheinander und kurz vor einem Zusammenbruch. Laura ging zu ihr und legte ihr eine Hand auf die Schulter.

«Es geht schon», flüsterte Renata Denner. «Warten Sie … hat mein Mann Ihnen erzählt, dass Valeria ihn erstechen wollte?» Sie sprach hastig und undeutlich. Laura nickte.

«Ich hielt es für ein Hirngespinst, war ganz sicher, dass es dieser Schwarze war! Aber inzwischen ist etwas passiert, das ich nicht begreifen kann … Ich habe … sie hier am Fenster gesehen …» Mit zitternder Hand wies Renata Denner in den Garten.

«Wann haben Sie Valeria gesehen?» Laura versuchte ganz ruhig und sachlich zu bleiben.

«Gestern Abend. Es war schon dunkel. Ich bin so sehr erschrocken, dass ich laut geschrien habe. Dann rief ich meinen Schwager an. Er kam sofort und hat mich ausgelacht. Danach hat er den Garten durchsucht … nichts gefunden. Ich hatte solche Angst, konnte einfach nicht allein bleiben. Deshalb blieb er hier. Aber heute Morgen war er nicht da! Verstehen Sie? Er war einfach nicht mehr da!» Ihre Stimme war immer lauter geworden, kippte, und wieder schluchzte sie auf, bedeckte ihr Gesicht mit beiden Händen. Von ihrer distanzierten Arroganz war nichts mehr übrig.

«Könnte es sein, dass Ihr Schwager nach Hause gefahren ist?»

«Nein, nein! Sein Wagen ist noch hier, seine Schlüssel. Die Tür zum Gästezimmer stand offen und auch die Terrassentür zum Garten. Er muss nachts hinausgegangen sein. Vielleicht hat er etwas gehört, vielleicht hat er sie gesehen und ist ihr nachgelaufen … Frau Gottberg, ich bin kein Mensch, der an Geister glaubt … Aber ich habe sie gesehen. Es war eindeutig Valeria!»

«Sie haben die Terrassentür wieder geschlossen …»

«Natürlich! Ich hatte Angst, verstehen Sie!»

«Welchen Grund könnte Valeria haben, Ihren Mann oder Sie anzugreifen?», fragte Laura.

Ranata Denner sprang auf.

«Grund? Es gibt keinen Grund! Das ist ein Albtraum, ein Horrorfilm!»

Laura zog ihr Handy aus der Jackentasche.

«Wen rufen Sie an?» Die Augen der Ärztin verengten sich zu misstrauischen Schlitzen.

«Die Spurensicherung und meinen Kollegen, den Sie ja bereits kennen. Wir müssen Ihren Schwager suchen und herausfinden, wen Sie im Garten gesehen haben.»

«Aber es war ganz sicher Valeria!»

«Frau Doktor Denner, ich würde vorschlagen, dass Sie eine Beruhigungstablette nehmen und sich eine Weile hinlegen. Wenn meine Kollegen hier sind, können Sie sich ausruhen und brauchen keine Angst zu haben. Weshalb haben Sie mich eigentlich nicht gestern Abend angerufen?»

«Sie halten mich für verrückt, nicht wahr? Ich habe es gewusst, dass man mich für verrückt halten würde.»

«Nein, ich halte Sie nicht für verrückt. Aber ich wundere mich etwas.»

Renata Denner starrte vor sich hin, fuhr dann wieder auf.

«Bleiben Sie auch hier? Bitte bleiben Sie hier, Kommissarin!»

«Das wird nicht nötig sein. Mein Team ist sehr gut, und ich habe heute eigentlich frei. Auf mich warten zwei Kinder!»

Gut gelogen, dachte Laura. Zwei Männer warten auf mich. Einer, der wahrscheinlich gerade aufwacht und sich fragt, wo ich bin, und einer, der gerade zum fünften Mal die Lammkeule in ihrer Beize wendet und vor Aufregung über Guerrinis Besuch vermutlich nicht geschlafen hat.

«Ich bete!», sagte Laura, als Guerrini sie fragte, warum sie mit geschlossenen Augen vor dem Haus ihres Vaters stehen blieb.

«Ist dein Vater so schlimm?»

«Nein, ich bete, dass meine Kollegen die Leiche von Denners Bruder nicht vor dem späten Nachmittag finden!»

«Meinst du, dass Gott solche Gebete erhört?»

«Ich habe nicht zu Gott gebetet, sondern zum heiligen Antonius von Padua!»

«Was hat der mit Leichen zu tun?»

«Er war der Spezialheilige meiner Mutter und ist für alles zuständig, was unsere Familie betrifft! Er wird verstehen, dass ich mich sehr darauf freue, mit dir und Vater zu kochen. Ich freu mich darauf, dass er dich endlich kennen lernt.»

«Soso», machte Guerrini.

«Er hat einen speziellen Humor.»

«Mein Vater auch.»

«Dann also los!» Laura klingelte, und der Türöffner summte so blitzschnell, dass Emilio Gottberg wartend neben seiner Wohnungstür gestanden haben musste. Guerrini trug in einer Tasche zwei Flaschen eines sehr alten Barolos und strich sich mit der freien Hand etwas nervös übers Haar.

«Ich komme mir vor, als würde ich um deine Hand anhalten!»

«Bitte tu's nicht», flüsterte Laura zurück. «Sonst müsste ich dich sofort verlassen!»

«Das musst du mir erklären!»

«Später.»

Sie hatten die Treppe genommen, nicht den Lift. Dr. Emilio Gottberg stand in der Tür zu seiner Wohnung, hoch aufgerichtet, den Kopf ein wenig nach vorn geneigt, mit diesen aufmerksamen Augen, die Laura so gut kannte. Er war frisch rasiert, hatte sein dünnes weißes Haar sorgfältig nach hinten gekämmt und trug einen hellgrauen Anzug über einem schwarzen T-Shirt. Kein Hemd, keine Krawatte. Das hatte er kürzlich in einem Magazin gesehen, und es hatte ihm gefallen.

«Ah, da seid ihr ja», rief er, als sie nur noch drei Schritte von ihm entfernt waren. «Benvenuto, Commissario! Schade, dass meine Frau Sie nicht mehr kennen lernen durfte. Aber ich freu mich sehr!» Er streckte Guerrini beide Hände entgegen, und der reichte die Weinflaschen schnell an Laura weiter, ehe er die Hände des alten Mannes ergreifen konnte.

«Wo sind die Kinder?», fragte Emilio Gottberg endlich.

«Bei ihrem Vater. Sie haben sich aus dem Staub gemacht, Papa.» Laura küsste ihren Vater auf die Wange.

«Aus dem Staub gemacht?»

«Ja, aus dem Staub gemacht. Mögen wohl nicht, dass ich einen Freund habe.»

Emilio Gottberg fixierte seine Tochter ein paar Sekunden lang.

«Hast es ihnen zu spät gesagt, was? Wenn ich es nicht selbst gemerkt hätte, wüsste ich's ja auch bis heute nicht! Ist es denn in deinen Augen verboten, einen Freund zu haben? Was ist denn mit dir los, Laura?»

Guerrini schaute fragend vom alten Gottberg zu Laura, denn er verstand nicht, worum es ging.

«Scusi!» Emilio Gottberg fasste Guerrini am Arm und führte ihn in die Küche. «Ich musste meiner Tochter eben ein paar Wahrheiten sagen. Nichts Ernstes!» Er sprach fast akzentfreies Hochitalienisch, reichte ihnen Gläser, die er bereits halb mit Rotwein gefüllt hatte, und erklärte, dass er Prosecco hasse. Dann stieß er mit ihnen an, auf das Leben und die Liebe.

Es wurde – auf unerwartete Weise – ein ganz entspanntes fröhliches Zusammensein. Guerrini hackte Zwiebeln, Laura putzte Bohnen und schälte Kartoffeln. Emilio Gottberg wachte über die Lammkeule, begoss und wendete sie mit Hingabe. Vielleicht tranken sie ein klein wenig zu viel vom roten Wein, jedenfalls schmückte Angelo den angeblichen Mordfall mittels eines toten Hundes so lebendig aus, dass Lauras Vater sich vor Lachen an die Wand lehnen musste. Er verzichtete auch beim Essen auf seine üblichen Sticheleien, lobte seinen Braten und das übrige Menü, befragte zwischendurch Guerrini geschickt über dessen Leben. Laura dachte, dass ihr Vater ein echter Fuchs sei, schlürfte genüsslich den schweren Rotwein und fühlte sich seit Wochen zum ersten Mal richtig wohl. Über zwei Stunden verbrachten sie essend, trinkend und redend. Guerrini betrachtete lange ein Foto von Lauras Mutter, das der alte Gottberg ihm ganz beiläufig hingelegt hatte. Als sie beim Espresso angelangt waren, wirkte Lauras Vater plötzlich sehr müde. Trotzdem bestand er darauf, ihnen beim Aufräumen der Küche zuzusehen.

«Hinlegen kann ich mich später», verkündete er. «Ich habe endlos Zeit, mich hinzulegen. Aber euch kann ich nicht endlos lange ansehen. Mir ist übrigens während des köstlichen Essens etwas eingefallen, Commissario. Ich denke, dass ich inzwischen weiß, wer Ihrer ehrenwerten Signora Malenchini den toten Hund vor die Tür gelegt hat.»

«Na, da bin ich aber gespannt.» Guerrini blickte von der Spülmaschine auf, die er gerade einräumte.

«Es war Ihr reizender Signor Bembo! Ein kluger alter Mann, der nichts zu tun hat und sich über die Dummheit der meisten Mörder ärgert. Als er den toten Hund fand, sah er plötzlich die Möglichkeit, das perfekte Verbrechen zu begehen. Ich nehme an, dass es ihm … bei allem Herzklopfen … eine Menge Spaß gemacht hat.» Emilio Gottberg lächelte verschmitzt.

«Obwohl er damit einen Menschen umgebracht hat?»

«Ach, wissen Sie, Commissario. Ich kenne mich aus mit alten Männern, die nichts zu tun haben. Und in meinem Alter, das ja dem Alter von Signor Bembo entspricht, sorgt man sich nur noch um das Leben der Jungen. Wir Alten leben in nachbarschaftlicher Beziehung zur Ewigkeit. Er wird sich gedacht haben, dass Signora Malenchini den Verlust ihres Hundes ohnehin nicht überleben wird. Ganz egal, wer ihn vor ihre Tür legt oder ihr die Nachricht überbringt. Und ich als Rechtsanwalt kann Ihnen auch sagen, dass Sie Signor Bembo weder überführen noch festnehmen können. Wer will ihm die Absicht nachweisen, wer ihm verbieten, den toten Hund vor die Tür seiner Besitzerin zu legen?»

Guerrini lächelte grimmig. «Sie meinen also, dass er den perfekten Mord begangen hat, Dottore?»

«Ja, das meine ich, und entschuldigen Sie meine Moralvorstellungen, aber ich gönne es dem alten Herrn.»

Angelo Guerrini sah Lauras Vater verblüfft an, räusperte sich dann und sagte: «Sind Sie sicher, Dottore, dass Sie Deutscher und nicht Italiener sind?»

«Ganz sicher!», lachte Emilio Gottberg. «Aber meine Ehe mit einer waschechten Florentinerin hat auf mich abgefärbt. Meine Frau hätte ihre helle Freude an diesem ‹Mordfall› in Siena gehabt. Und ich bin sicher, dass sie zu einer ähnlichen Lösung kommen würde, nicht wahr, Laura?»

Laura nickte. «Aber sie hätte es nicht gebilligt!»

Worauf alle drei in Gelächter ausbrachen.

Sebastian Denners Leiche wurde gegen halb fünf von einem Irischen Setter namens Lord entdeckt. Sie hing zwischen den ausgewaschenen Wurzeln einer alten Weide im tiefen Wasser des Eisbachs, war offenbar von der Strömung unter den Baum getragen worden. Der Hund war einem schmalen Kaninchenpfad gefolgt und eher zufällig auf den Toten gestoßen. Die tief in seinen Genen schlummernde Bestimmung seiner Hundeexistenz erwachte, und er blieb reglos am Ufer stehen und verbellte den Fund, bis sein Herr sich einen Weg durchs Gebüsch gebahnt hatte. Nach dem ersten Schreck rief der Hundebesitzer andere Spaziergänger herbei und zog gemeinsam mit ein paar Beherzten den Toten aus dem Wasser, während die weniger Mutigen per Handy Notarzt und Polizei alarmierten.

Eine Frau meinte, man solle die Leiche im Wasser lassen, eben genau so, wie der Hund sie gefunden hatte. Aber sie wurde überstimmt. Man könne den Mann nicht einfach im Wasser lassen, mit dem Kopf nach unten. Vielleicht gab es ja eine winzige Chance, ihm Leben einzuhauchen. Doch als der schlaffe Körper am Ufer lag, sahen alle, dass es keine Rettung mehr gab. Der Mann hatte offensichtlich viele Stunden im Wasser gelegen, und weil sein Hemd nach oben gerutscht war und den gebräunten Bauch freigab, war außerdem die schmale, sauber ausgewaschene Wunde unter seinem Rippenansatz nicht zu übersehen.

«Der ist umgebracht worden», sagte der Besitzer von Lord erschüttert, packte den Hund am Halsband und trat zwei Schritte zurück. «Ab jetzt nicht mehr anfassen!»

Dr. Renata Denner presste ihren Rücken an die Wand und starrte Laura Gottberg und Guerrini aus weit aufgerissenen Augen an. «Nein!», schrie sie. «Nein, nein, nein! Sie wird uns alle umbringen! Einen nach dem anderen!»

Laura schob die Frau zu einem der blauen Sessel. Sie

ließ es mit sich geschehen, fiel regelrecht, zog die Beine an, drehte sich zur Seite und schloss die Augen. Laura kniete neben ihr auf dem weichen blauen Teppich.

«Hören Sie, Frau Denner. Der Tod Ihres Schwagers ist ein großer Schock für Sie. Aber Valeria Cabun ist tot! Tote laufen nicht mit Messern herum. Und falls es so etwas wie Geister gibt, dann können die Lebende höchstens erschrecken, aber sicher niemanden umbringen. Es muss also eine andere Person hinter diesen Messerattacken stehen!»

Ein Zucken lief durch Renata Denners Körper. «Sie halten mich für verrückt, nicht wahr?», flüsterte sie heiser. «Dabei dachte ich, dass Sie mich vielleicht verstehen würden. Denken Sie, dass mein Mann auch verrückt ist? Wir beide haben Valeria gesehen. Beide!»

«Gut. Sie beide haben Valeria gesehen. Es muss also einen Grund geben, warum sie Ihnen erscheint! Was könnte das sein?»

«Ich habe keine Ahnung!» Renata Denner fuhr auf. «Absolut keine! Sie war unser Au-pair-Mädchen. Sonst nichts. Aber da war etwas Dunkles um sie – genau wie um ihren schwarzen Freund …»

«Sie kannten ihn also doch?»

«Nein, nein, nein!» Wieder schrie sie. «Ich kannte ihn nicht! Vielleicht habe ich ihn ein- oder zweimal gesehen, wenn er sie abgeholt hat. Ich weiß nur, dass er mir unheimlich war!»

Laura dachte an Roberto Malenge. Da war nichts Unheimliches um diesen jungen Mann. Plötzlich setzte sich Renata Denner sehr gerade auf, kämmte mit gespreizten Fingern ihr wirres Haar zurück und schien gleichzeitig auf seltsame Weise ihre Gesichtszüge zu ordnen.

«Ich muss mich zusammennehmen», murmelte sie.

«Entschuldigen Sie mich. Vermutlich habe ich einen sehr schlechten Eindruck gemacht. Aber es war alles ein bisschen viel in den letzten Tagen.» Sie presste die Lippen zusammen, atmete tief ein und tastete mit den Fingerspitzen über ihre Schläfen. «Ich muss wieder sachlich werden. Sie haben natürlich völlig Recht: Es gibt keine Gespenster, die mit Messern herumlaufen. Also, was haben Ihre Leute heute Morgen in meinem Garten gefunden? Lange genug waren sie da.» Sie zog die Augenbrauen ein wenig hoch und warf Laura zum ersten Mal einen Blick zu, der nicht erschrocken, sondern kühl und taxierend war.

«Meine Kollegen haben die Auswertung noch nicht abgeschlossen.»

«Nennen Sie das Effizienz?»

«Nein. Aber es ist Ostersonntag, und die Ergebnisse werden mit Sicherheit rechtzeitig kommen. Haben Sie übrigens nicht gehört, wie Ihr Schwager aufgestanden ist und in den Garten ging?»

«Nein, ich hatte eine starke Schlaftablette genommen. Aber das habe ich alles bereits Ihrem jungen Kommissar erzählt. Kommunizieren Sie nicht miteinander?»

Jetzt hat sie sich wieder im Griff, dachte Laura. Interessante Wandlungen.

«Doch, wir kommunizieren durchaus. Aber ich habe eigentlich frei, und deshalb beobachte ich die Ermittlungen. Wie gesagt, mein Team ist sehr gut. Mich würde noch etwas interessieren. Kannte Ihr Schwager Valeria Cabun?»

«Ja, flüchtig eben. Wie man ein Au-pair-Mädchen kennt.»

«Wie kennt man ein Au-pair-Mädchen?»

Renata Denner seufzte, schloss die Augen. «Eben so

am Rande. Sie ist für die Kinder da, und manchmal sieht man sie in der Küche. Sebastian war kein regelmäßiger Gast in unserem Haus. Er kam nur hin und wieder.»

Als Renata Denner Lauras nachdenklichen Blick auf sich spürte, wandte sie das Gesicht ab.

«Gibt es Freunde, die sich um Sie kümmern könnten, oder brauchen Sie Hilfe?» Laura hielt sich an ihre Aufgaben, wollte sich keinerlei Blöße geben.

«Ich werde zu meiner Schwiegermutter fahren», erwiderte die Ärztin knapp. «Sie weiß noch nicht einmal, dass Sebastian tot ist. Meinem Mann kann ich es nicht sagen. In seinem Zustand könnte das zu schweren Komplikationen führen.»

Kein Wort über die Kinder, dachte Laura, als sie mit Guerrini das Haus verließ.

«Eine merkwürdige Frau.» Angelo drehte sich um und schaute zum Haus zurück. «Ich habe ja nichts verstanden, aber es war sehr interessant, sie zu beobachten. Ich glaube nicht, dass sie wirklich so aufgelöst ist, wie es den Anschein hatte.»

«Das glaube ich auch nicht. Fragt sich nur, warum? Grund genug hätte sie eigentlich!»

Kommissar Baumann und Andreas Havel warteten bereits ungeduldig auf Laura. Als sie das Dezernat betrat, begannen sie gleichzeitig zu sprechen, brachen ab, wechselten einen Blick, dann setzte Havel erneut an. «Glaubst du, dass Geister Telefonkarten mit sich herumtragen?»

«Keine Ahnung!», erwiderte Laura. «Ich kenne die Gewohnheiten von Geistern nicht so genau.»

«Also, wenn Valeria Cabun der Dame Denner als Geist erschienen ist, dann hat sie dabei eine italienische

Telefonkarte verloren. Es ist das einzige Hinweisstück, das wir im Dennerschen Garten gefunden haben. Eine Karte ohne Fingerabdrücke. Es deutet auch nichts darauf hin, dass das Opfer in diesem Garten erstochen und in den Bach geworfen wurde. Das Grundstück wird zwar vom Eisbach begrenzt, aber der Kinder wegen gibt es vor dem Ufer einen hohen Drahtzaun. Die Tür im Zaun war abgeschlossen. Wir haben keine Schleifspuren oder sonstigen Hinweise gefunden, und Frau Denner behauptet, gar nicht zu wissen, wo der Schlüssel ist.»

«Glaubst du ihr das?» Laura wandte sich an Peter Baumann, der mit seinen Fingern einen nervösen Trommelwirbel auf seine Schreibtischplatte klopfte.

«Ich glaube im Augenblick niemandem etwas. Mir kommt es vor allem seltsam vor, dass sowohl Denner als auch seine Frau behaupten, die tote Valeria gesehen zu haben. Da erlaubt sich doch jemand einen finsteren Scherz mit den beiden.»

«Es gibt auch Projektionen», sagte Laura nachdenklich.

«Was?»

«Projektionen! In diesem Fall würde es bedeuten: Man sieht etwas, vor dem man sich fürchtet. Und das wiederum würde bedeuten, dass die Denners etwas mit Valerias Tod zu tun haben.»

«Oder auch nicht», warf Havel ein. «Vielleicht will jemand sich an ihnen rächen, weil er meint, dass die Denners Valeria etwas angetan haben. Roberto Malenge zum Beispiel oder …»

«Und woher kommt die Reinkarnation Valerias?»

«Na, es gibt doch jede Menge hübscher dunkelhaariger Frauen», grinste Baumann.

«Und eine von denen ist bereit, einen Mann zu erschrecken, während jemand von hinten ein Messer in seinen Rücken stößt. Das glaubst du doch selbst nicht. Außerdem: Wie kommt der Bruder von Denner ins Spiel? Wieso wird er umgebracht?»

Baumann begann wieder zu trommeln.

«Hör auf», sagte Havel. «Du machst mich nervös!»

Baumann zog seine Hand von der Schreibtischplatte zurück, seufzte.

«Ich habe keine Ahnung, was da los ist. Aber es muss etwas mit dieser komischen Luxusabsteige im fünften Stock zu tun haben.»

«Hast du inzwischen den Mieter aufgetrieben?» Ganz unbewusst begann nun Laura, mit dem Zeigefinger auf Claudias Schreibtisch zu klopfen. Als sie Havels verzweifelten Blick auffing, verschränkte sie die Hände und zuckte die Achseln.

«Der Mieter ist in der Karibik. Er hat da so was wie eine Zweitniederlassung seiner Pharmageschäfte. Heut Mittag kam eine E-Mail von ihm, und da heißt es, dass er die Wohnung gelegentlich Geschäftsfreunden überlasse. Vorwiegend Pharmavertretern und Ärzten, die zum Beispiel Medizinerkongresse in München besuchten. Er weigerte sich aber, die Namen der Leute rauszurücken. Schrieb: das verletze die Privatsphäre!»

«Bei Mord gibt es keine Privatsphäre», murmelte Laura.

«Soll ich in die Karibik fliegen und ihn ausquetschen?» Baumann grinste.

«Ja, ich finde, du solltest sofort den Chef an seinem Urlaubsort anrufen und ihn um Erlaubnis bitten», feixte Havel.

«Bin ich lebensmüde?»

«Jetzt mal ernsthaft, Jungs. Ich bin im Augenblick

ziemlich unsicher. Für mich sieht es so aus, als würde jemand falsche Fährten legen. So, als bereite es ihm Vergnügen, uns bei unserer ratlosen Suche zuzusehen.»

«Hast du auch schon eine Idee, um wen es sich dabei handeln könnte?» Baumann wippte heftig mit einem Bein.

«Nein.»

«Hast du einen Vorschlag?» Fragend sah der junge Kommissar seinen Kollegen von der Spurensicherung an. Andreas Havel hob beide Schultern bis an die Ohren und ließ sie wieder fallen. Sein zerknittertes Jungengesicht zerknitterte noch mehr.

«Hat Dr. Reiss sich den Toten schon angeschaut?», fragte er.

«Kurz. Er sagte, dass ein Stich genügte. Der Mörder wusste ganz genau, wie er das Messer führen musste. Die beiden Stiche, die Dr. Denner einstecken musste, waren dagegen alles andere als professionell. Der eine wurde von einer Rippe gebremst, der andere traf zwar eine Niere, wurde aber zu gerade geführt, um tödlich zu sein. Von der Art der Waffe her gesehen, könnte der Täter durchaus Italiener sein. Die Italiener, Türken und Kroa…»

«Noch mehr Vorurteile auf Lager?», unterbrach Laura ihren jungen Kollegen.

«Das hat nichts mit Vorurteilen zu tun, sondern mit Statistik. Deutsche schießen lieber oder hauen mit schweren Gegenständen zu. Wahrscheinlich ist ihnen das Stechen zu persönlich!»

Havel und Laura prusteten gleichzeitig los.

«Er ist ein Philosoph, der in die mörderischen Seelen der unterschiedlichen Nationalitäten schaut», lachte Havel. «Wie morden die Tschechen?»

«Keine Ahnung», grinste Baumann. «Aber wenn ich von dir ausgehe, dann mit Gift. Dabei muss man nicht zusehen, wie der andere stirbt. Noch etwas: Dr. Reiss hat sich mit den Ärzten unterhalten, die Denner operiert haben ... Dabei stellte sich heraus, dass Denner offensichtlich vor kurzem einen Unfall gehabt haben muss. An seiner Schulter sind alte Prellungen, und er hat eine angebrochene Rippe, außerdem einen Bluterguss am Kopf, der von seinen dichten Haaren verdeckt war.»

«Und was bedeutet das?» Laura schaute nachdenklich aus dem Fenster.

«Dass er sich entweder geprügelt hat oder einen Autounfall hatte.»

«Mit wem hat er sich geprügelt?» Sie wechselte einen Blick mit Havel.

«Nein», sagte der. «Nicht mit Valeria Cabun, das glaube ich nicht. Ein junges Mädchen kann nicht so zuschlagen!»

«Wirklich nicht?» Laura setzte sich auf Claudias Schreibtisch. «Es ist ein Jammer, dass die Familie Cabun schon abgereist ist. Meiner Ansicht nach ist es nötig, diesen Clan nochmal unter die Lupe zu nehmen. Da sind ein paar sehr dunkle Drohungen ausgestoßen worden, die ich nicht auf die leichte Schulter nehmen kann.» Und während Laura diese Worte sprach, entstand in ihrem Innern – erst unklar, dann immer deutlicher – ein Bild der ligurischen Felsküste im Frühling, gleichzeitig die völlig unerwartete Möglichkeit, ein paar Tage mit Angelo dorthin zu flüchten ... im Rahmen einer völlig legalen Ermittlung. Als sie wieder aus ihren Gedanken auftauchte, hatten sowohl Havel als auch Baumann die Arme vor der Brust verschränkt und sahen sie ernst an.

«Hört mal zu, Leute! Ich habe noch unendlich viele

Urlaubstage. Wenn ihr auf die Denners und Malenge aufpasst, kann ich ein paar Tage lang die Cabuns durchleuchten. Heute ist Sonntag ... Sagen wir ... ich bin am Donnerstag wieder da?»

«Meinst du das im Ernst?» Baumann war fassungslos.

«Ja!»

«Wie lange hat der Chef Urlaub?», fragte Havel mit seinem weichen tschechischen Akzent.

«Die ganze Woche», knurrte Baumann.

«Dann soll Laura doch fahren. Ich glaube auch, dass die Italiener etwas mit der Sache zu tun haben.» Havel breitete die Arme aus, verdrehte die Augen und schaute zur Decke.

Später, als Laura gegangen war, stand Peter Baumann am Fenster und schaute auf den Domplatz hinunter. Es war ziemlich dunkel, und doch blieb zwischen all den Menschen sein Blick an einem schlanken großen Mann hängen. Er wusste selbst nicht, warum. Erst als er Laura Gottberg entdeckte, die auf genau diesen Mann zulief und sich bei ihm einhängte, erkannte er Commissario Guerrini. Ein winziger Schmerz durchzuckte ihn, denn obwohl er sich gerade Mühe gab, sich in eine junge Kollegin vom Streifendienst zu verlieben, fand er seine Vorgesetzte noch immer wesentlich interessanter als die meisten Frauen, die er kannte. Sie führt uns alle hinters Licht, dachte er. Doch auch das bewunderte er an Laura.

UM ZEHN MINUTEN nach vier fuhren sie los. Es war der Morgen des Ostermontags. In der Nacht hatte es geregnet, und die Lichter der Straßenlaternen spiegelten sich im schwarz glänzenden Asphalt.

«Eigentlich wollte ich München kennen lernen», murmelte Angelo Guerrini, als sie durch die schlafende Stadt zur Autobahn nach Süden rollten. «Irgendwie habe ich das Gefühl, dass du mich ganz schnell von hier weghaben willst.»

«Findest du die Vorstellung der Cinque Terre im Frühling so abstoßend?» Laura lauschte auf das Motorgeräusch ihres alten Mercedes, hoffte, dass er durchhalten würde.

«Nein, keineswegs. Aber die Toskana und Ligurien kenne ich ziemlich gut – München dagegen kaum. Der Englische Garten hat mir sehr gut gefallen, die Innenstadt auch – und dein Vater ganz besonders!»

Laura überquerte die letzte Kreuzung vor der Autobahn und beschleunigte den Wagen. «Es tut mir Leid, Angelo … und auch wieder nicht. Ich genieße es viel zu sehr, wenn ich allein mit dir sein kann, und für mich bist du ein Stück Italien, gehörst zu dem Teil, den ich mit dem Tod meiner Mutter verloren habe. Sag jetzt nicht, dass ich etwas in dich hineinlese, das du nicht bist …»

Er lachte leise. «Natürlich liest du etwas in mich hinein. Du kennst meine innere Wüste noch nicht. Ich habe dir von ihr erzählt, aber du kennst sie nicht. Meine Frau hat mich deshalb verlassen, Laura. Es gibt sie wirklich, diese Wüste. Sie ist …»

«… weit und leer wie diese Nacht!»

Wieder lachte Guerrini. «Das ist nicht schlecht ausgedrückt.»

«Ich mag weite und leere Nächte. Sie geben mir Raum, ich kann tief atmen.»

«Aber es gibt auch Sandstürme, und die nächste Wasserstelle ist manchmal weit weg.»

Aus den Augenwinkeln nahm sie das Aufblitzen seiner Zähne wahr.

«Ist das eine Warnung, oder machst du dich über mich lustig?»

«Eine kleine Warnung vielleicht – aber ich genieße einfach unsere Art, miteinander zu reden. Wir konnten das von Anfang an ganz gut: Andeutungen, halbe Antworten, geheimnisvolle Bilder. Es ist nie langweilig mit dir, Laura.»

«Wir hatten nie genug Zeit, um Langeweile entstehen zu lassen. Weshalb hat dich eigentlich deine Frau verlassen? Ich meine konkret … ohne poetische Umschreibungen und Wüstensand.»

«Sie hat gespürt, dass ich sie nicht liebe. Ich bewundere Carlotta für ihre Entscheidung.»

Eine Weile schwiegen sie, und die Nacht war tatsächlich weit und leer, kein anderer Wagen vor oder hinter ihnen. Noch herrschte tiefe Dunkelheit, nur ganz fern im Osten zeigte der Hauch eines silbernen Schimmers, dass der Tag schon angebrochen war.

«Warum hast du sie nicht selbst getroffen, diese Entscheidung?» Laura sprach sehr leise, empfand ihre Stimme trotzdem als zu laut.

«Vermutlich aus Feigheit, Commissaria, und aus Bequemlichkeit, aus Rücksichtnahme, aus einem Gefühl der Lähmung. Zufrieden?»

«Ich weiß nicht. Nein, eigentlich nicht.»

«Was möchtest du noch wissen?»

«Was hinter der Bequemlichkeit, der Rücksichtnahme und der Lähmung stand.»

«Würdest du akzeptieren, wenn ich die Aussage verweigere und einen Anwalt hinzuziehe?»

Laura lachte. «Antworten dieser Art führen dazu, dass ich dich immer mehr liebe, Commissario!»

«Das wusste ich, Commissaria.»

Er suchte im Handschuhfach nach einer CD. Legte endlich ein Klavierkonzert von Mozart auf. Und während die Klänge durch das Innere des Wagens fluteten, überlegte Laura, wohin ihre eleganten Ausweichmanöver und Umkreisungen sie wohl führen würden.

Valeria Cabun war in einer kühlen Seitenkammer der Pfarrkirche von Riomaggiore aufgebahrt worden, obwohl Priester Giovanni Zweifel daran hatte, dass er rechtmäßig handelte. Selbstmördern war es verboten, unter das Dach der Kirche zurückzukehren. Doch Roberto Cabun hatte den Pfarrer angefleht und zum Schluss damit gedroht, dass kein Mitglied der Familie Cabun jemals wieder seine Kirche betreten würde, wenn Valeria nicht halbwegs angemessen aufgebahrt werde. Es gab viele Cabuns, auch wenn sie nicht alle so hießen, und der Pfarrer sah bereits all die leeren Plätze im Kirchenschiff vor sich, deshalb hatte er den kleinen Raum neben der Sakristei zur Verfügung gestellt.

Der Sarg war in einem Meer aus Lilien und Rosen kaum zu sehen, und Pfarrer Giovanni konnte den süßlichen Geruch der welkenden Blüten kaum noch ertragen. Die Beerdigung hatte er auf den Dienstagmorgen nach

Ostern festgesetzt und zugesagt, dass er Valeria segnen würde. Die Reden aber müssten die anderen halten. Er war schließlich ein Mann der Kirche und konnte sich nicht einfach über alle Regeln hinwegsetzen. Hatte er nicht ohnehin schon genug getan? Für jemanden, der selten in die Kirche kam, wie die meisten jungen Leute! Er hatte genug getan, ganz sicher, fühlte sich aber mit jedem Blumenstrauß, der für Valeria niedergelegt wurde, mehr und mehr beunruhigt. Es kamen sogar Leute aus den Nachbargemeinden, die er noch nie in Riomaggiore gesehen hatte. Man konnte die Kammer, in der Valerias Sarg stand, nicht mehr betreten, so voll war sie von Blumen und Kerzen.

Nur noch ein Tag, dachte der Priester. Ein Tag, dann ist es vorbei. Es gab nur noch eines, wovor er sich fürchtete, das war die Begegnung mit der alten Maria Valeria Cabun. Irgendwie war er sicher, dass sie früher als Hexe verbrannt worden wäre. Er hoffte, dass sie nicht kommen würde, denn sie war in der letzten Zeit sehr gebrechlich geworden. Nach dem Tod ihrer Enkelin hatte er immerhin zweimal versucht, ihr Trost zu spenden. Doch sie hatte die Tür nicht aufgemacht. Obwohl seine Vorstellungskraft im Allgemeinen nicht sehr ausgeprägt war, war er sicher, dass alle diese seltsamen Vorkommnisse mit der Geschichte um Claretta Cabun zu tun hatten. Er kannte die Geschichte nicht genau, die Frauen sprachen nicht mit ihm darüber. Aber Claretta musste eine Hexe gewesen sein! Manche Männer bekreuzigten sich, wenn man von ihr sprach.

Als deshalb am Ostermontag gegen Mittag – er wollte gerade ins Pfarrhaus gehen, um zu essen und danach etwas zu ruhen – unvermutet die alte Maria Valeria vor ihm stand, erschrak er so sehr, dass sein Herz beinahe aussetzte.

«Buon giorno, prete», sagte sie und zog das schwarze Wolltuch enger um ihre Schultern. «Ich will meine Enkelin sehen.»

«Aber das geht nicht, Signora Cabun! Der Sarg ist geschlossen, und in der Kammer sind so viele Blumen, dass man nicht hineinkann.»

«Ich muss sie aber sehen. Helfen Sie mir, die Blumen herauszutragen!»

«Es geht trotzdem nicht, Signora! Ihre Enkelin ist seit beinahe zehn Tagen tot. Wenn Sie den Sarg aufmachen, dann … ist es sicher ein entsetzlicher Anblick, Signora!»

«Gehen Sie aus dem Weg!» Maria Valeria Cabun richtete ihre durchdringenden Augen auf den Priester und machte einen Schritt auf ihn zu. Er hatte keine Erfahrung mit Hexen, deshalb trat er zur Seite und half der alten Frau sogar, die Blumengebinde herauszutragen. Als sie sich zum Sarg vorgearbeitet hatten, versuchte er noch einmal, Maria Valeria von ihrem Vorhaben abzubringen. Sie schnitt ihm jedoch mit einer knappen Handbewegung das Wort ab.

Jetzt blieb ihm nur noch die Hoffnung, dass der Sarg versiegelt war, doch er war es nicht, und der Deckel ließ sich erstaunlich leicht anheben. Vermutlich hatten die Zollbeamten nachgesehen, ob wirklich eine junge Frau in dem Sarg lag und nicht hundert Kilo Heroin.

Der Priester wandte den Blick ab, schaute an seiner schwarzen Soutane herunter, entdeckte zwei verwaschene Flecken, die ihn irgendwie beruhigten. Die Flecken erschienen ihm wirklicher als dieser Sarg und die alte Frau mit ihren Raubvogelaugen.

«Gehen Sie, prete. Gehen Sie!» Sie scheuchte ihn geradezu hinaus, und er floh, obwohl er sich nicht gut dabei fühlte und den Eindruck hatte zu versagen.

Die alte Frau aber klappte den Sargdeckel zurück und legte ihre Hand über die gefalteten Hände ihrer Enkelin. Schön wie Schneewittchen lag Valeria auf einem weißen Seidenkissen, das schwarze Haar ausgebreitet. Ein stechender Schmerz durchfuhr das Herz ihrer Großmutter, und sie flehte alle Heiligen und die Mutter Maria um ein Wunder an, wollte der Enkelin ihr eigenes Leben einhauchen, sich an ihrer Stelle in diesen Sarg legen.

Doch es geschah kein Wunder, die Schmerzen der alten Frau verebbten, Valeria verharrte in ihrer entrückten Schönheit, und von draußen drangen Taubengurren und Kindergeschrei herein. Da legte Maria Valeria den Kopf auf die Brust ihrer Enkelin und weinte.

Laura und Guerrini erreichten die Bergkette hinter La Spezia am frühen Nachmittag. Magnolien blühten in den Gärten der Villen, und von der Panoramastraße aus eröffnete sich ein verwirrender Blick auf ein Durcheinander von Straßen, Häusern, Autos, Hafenanlagen und Schiffen. Über eine Stunde hatten sie gebraucht, um dem Irrgarten dieser Stadt zu entkommen, atmeten auf, als die Straße endlich den Bergkamm durchschnitt und die Steilküste der Cinque Terre vor ihnen auftauchte. Die Sonne beleuchtete weit draußen eine schwarze Wolkenwand, vor der das Meer sich silbern bis zum Horizont kräuselte. Hellgrüner Schimmer lag wie Weichzeichner über den Steilhängen, deren akkurate Terrassenfelder Laura an Bilder aus Asien erinnerten. Ganz unten, knapp über dem Meeresspiegel, hingen die Dörfer, schienen sich Häuser an Felsen zu klammern und in tiefe Täler zu ducken.

Guerrini, der inzwischen das Steuer übernommen hatte, bog in die schmale Stichstraße nach Riomaggiore ein, fluchte leise über die endlose Reihe von Autos, die am Straßenrand abgestellt waren.

«Ostern», murmelte er. «Niemand, der auch nur einen Funken Verstand hat, fährt an Ostern in die Cinque Terre. Wir werden vermutlich nicht einmal ein Zimmer bekommen. Seit dem Niedergang des römischen Reiches leidet dieses Land unter permanenten Völkerwanderungen!»

Er parkte Lauras alten Mercedes geschickt in einer winzigen Lücke zwischen zwei Wohnmobilen.

«Und jetzt?», fragte Laura.

«Jetzt gehen wir zu Fuß! Warst du denn noch nie hier? Es gibt keine Parkplätze oder nur solche, die man nicht bezahlen kann. Es ist ein Albtraum, vor allem seit die Gegend hier zum Weltkulturerbe und Nationalpark erklärt wurde. Jetzt kommen die Leute sogar aus Australien, China und Südafrika ... povera Italia.»

«Mir kommen gleich die Tränen!»

Guerrini sah sie einen Augenblick lang verblüfft an, fing dann an zu lachen.

«Danke, dass du mich auf mein italienisches Selbstmitleid hingewiesen hast.»

«Aber bitte, gern geschehen. Du meinst also im Ernst, dass wir jetzt unsere Koffer den Berg hinunter nach Riomaggiore rollen sollen?»

«Ja, natürlich! Und ich kenne sogar einen höchst romantischen, touristenfreien Schleichweg.»

Der Schleichweg stellte sich als steile Treppe heraus, die von der Straße durch die kleinen Gemüsegärten und Weinfelder ins Dorf führte. Es war durchaus beschwerlich, die Koffer über die hohen Stufen zu ziehen und zu heben, doch Laura verzieh Angelo dieses Abenteuer schon nach wenigen Minuten. Der Blick hinunter auf die

Dächer von Riomaggiore war atemberaubend, das Meer nahe der Küste leuchtend grün. Trockenmauern fassten den Weg ein. Zwischen den kunstvoll übereinander geschichteten Steinen wuchsen winzige Alpenveilchen und Anemonen. Feigenbäume duckten sich in die schützenden Terrassen, um den Meeresstürmen auszuweichen. Ihre hellgrünen Blätter sahen wie kleine Hände aus, und ihr Duft ließ Laura immer wieder stehen bleiben und mit geschlossenen Augen tief einatmen. Die ersten Rosen blühten im Schutz der Mauern, Möwen und Mauersegler kreisten über der Bucht.

Auf halbem Weg ins Dorf ließ Laura ihren Koffer stehen und folgte einem Pfad, der parallel zum Hang verlief. Gebückt ging sie unter niedrigen Olivenbäumen hindurch, deren Blätter vom Wind gewendet wurden und wie silberne Wolken umherwogten. Am Ende des Weges erreichte sie ein halb verfallenes Häuschen, einen überwucherten Gemüsegarten, in dem nur Artischocken und ein paar Kräuter überlebt hatten. An der Außenmauer des Häuschens stand ein kräftiger Rosenbusch, dessen rote Knospen sich in der Sonne öffneten. Unterhalb des Gärtchens fiel der Hang so steil ab, dass Laura die Arme ausbreitete und sich wie eine der Möwen fühlte, die unter ihr schwebten. Es roch nach Salz und Tang, nach frischen Blättern und Sonne.

Als Laura sich umdrehte, stand Angelo hinter ihr. Sie lehnte sich an ihn, schnupperte zärtlich an seinem Hals.

«Zwei Minuten Paradies!», flüsterte sie.

«Eine halbe Stunde», erwiderte er leise und zog sie hinunter – zwischen Thymian, Oregano und lila Anemonen.

Und Ameisen. Abwechselnd mussten sie sich heftig kratzen, als sie nach einer Stunde endlich die ersten Häuser von Riomaggiore erreichten, immer weiter hinabstiegen, durch Gassen, die schmalen Schluchten glichen und so tief waren, dass die Sonne sie wohl nie erreichte. Guerrini fragte jeden Einheimischen, dem sie begegneten, nach einem Zimmer. Beim zehnten oder zwölften Versuch wurde er fündig.

«Sei fortunato! Da hast du aber Glück!», rief eine Frau um die sechzig. «Ich bin gerade auf dem Weg, um ein Zimmer sauber zu machen, das heute Morgen frei wurde. Ihr könnt mitkommen und es euch ansehen.»

Geschäftig lief sie voraus, eine kleine Frau mit braun getönten Haaren und sehr heller Haut, nicht dick, nicht schlank. Über einem dunkelblauen Kleid trug sie eine schwarze Stickweste. Laura versuchte sich den Weg irgendwie einzuprägen, gab aber nach kurzer Zeit auf. Die Frau führte sie nach links und rechts, treppauf, treppab, sprach mit allen Katzen, die auf Mäuerchen oder Fenstersimsen saßen, und hielt endlich vor einem Haustor am Ende einer steilen Treppe an.

«Ecco», sagte sie, zückte einen erstaunlich kleinen Schlüssel und öffnete die schwere Tür. Hinter der Tür führte ein schmaler Gang nach rechts, doch genau gegenüber lag eine zweite Tür, und die war der Eingang zum einzigen freien Zimmer von Riomaggiore.

Es war nicht besonders groß, hatte gerade Platz genug für ein breites Bett, einen Schrank und einen Sessel. Durch die beiden Fenster sah man genau auf das gegenüberliegende Haus, das ungefähr fünf Meter entfernt war, und auf drei schwarze Damenschlüpfer, ein Paar Strumpfhosen und einen Geranienstock mit knallrosa Blüten. Direkt unter der Zimmerdecke war ein Fernseher angebracht, und eine schmale Tür führte ins winzige Bad.

«Tutto bene?», fragte die kleine Frau und zog entschlossen das Laken vom Bett.

«Si, tutto bene», gab Guerrini zurück und kratzte sich mit solcher Vehemenz am Oberschenkel, dass Laura wegsehen musste, um nicht in Gelächter auszubrechen.

«Ihr könnt eure Koffer hier lassen. In einer Stunde ist das Zimmer fertig. Jetzt geht ihr am besten zur Hauptstraße runter, dann nach rechts hinauf, und auf der linken Seite ist unser Vermietungsbüro. ‹Appartamenti e Camere Cabun› steht drüber. Das Frühstückszimmer ist gleich daneben. Wir haben Zimmer und Wohnungen im ganzen Ort. Da ist es praktisch, wenn die Leute ihr Frühstück gemeinsam einnehmen können. Unser Hotel ist sozusagen der ganze Ort!» Sie lachte, bemerkte gar nicht das Erstaunen ihrer Gäste.

«Es ist Zimmer Nummer 33. Könnt ihr euch das merken? Nummer 33, und Maddalena schickt euch!» Damit drängte sie Laura und Guerrini sanft hinaus.

«Cabun», sagte Guerrini, während er hinter Laura die engen Stufen hinunterging. «Wahrscheinlich gehört denen der halbe Ort. Vielleicht wäre es besser gewesen, bei der Konkurrenz zu mieten. Die könnten uns ein bisschen mehr erzählen.» Er hielt Laura am Arm zurück und sah sie unglücklich an. «Würdest du bitte meinen Rücken rubbeln. Diese Ameisen machen mich ganz verrückt. Glaubst du, dass die Natur etwas gegen uns Menschen hat?»

«Ja», erwiderte Laura voll Überzeugung und rieb kräftig mit der Faust über Angelos Rücken.

An der Rezeption des verstreuten Hotelunternehmens hatte Laura eigentlich Roberto Cabun erwartet, doch ein junger Mann um die Dreißig bediente sie, verlangte eine Anzahlung, ihre Ausweise, war nicht übermäßig freundlich. Er hatte etwas von dieser herablassend uninteressierten Art, die manche Italiener Touristen entgegenbringen.

Laura und Guerrini stellten keine Fragen, verhielten sich völlig unauffällig. Als sie endlich ihren Zimmerschlüssel bekamen, schlenderten sie wieder abwärts durch die einzige Hauptstraße von Riomaggiore, genossen den Duft frischer Pizza, wichen einem der kleinen Elektrobusse aus – einer Errungenschaft des Weltkulturerbes –, tranken einen Cappuccino. Sie schauten den unzähligen Touristen aller Nationalitäten zu, die dahinströmten, von irgendwoher kamen, irgendwohin gingen, Pizza aus der Hand aßen oder vor einem Geldautomaten Schlange standen.

Es waren drei Glockenschläge, die Laura aufmerksam machten.

«Lass uns die Kirche suchen», sagte sie. «Man hat Valeria vermutlich aufgebahrt.»

Guerrini sah sie zweifelnd an. «Unwahrscheinlich. Sie gehen doch davon aus, dass sie Selbstmord begangen hat. Die katholische Kirche kennt da wenig Milde.»

«Ich würde darauf wetten, dass Valeria aufgebahrt wurde. Du hast ihre Eltern nicht gesehen, Angelo. Ich glaube, Roberto Cabun hat die Kraft, die ganze Kirche samt dem Papst aus den Angeln zu heben, wenn seine Tochter nicht gesegnet wird!»

«Ich wäre durchaus bereit, ihn dabei zu unterstützen», knurrte Guerrini. «Aber nach dieser unerwartet wunderbaren Ankunft fällt es mir schwer, zum Ernst des Lebens

zurückzukehren. Ich liebe dich, Laura. Trotz der Ameisen!»

«Wer die Wüste durchqueren will, muss mit vielen Gefahren rechnen», erwiderte sie und zwinkerte ihm zu.

Nur ein Teil von ihr war ganz und gar der Aufklärung
dieser rätselhaften Vorkommnisse um Valeria verhaftet,
der andere war entzückt darüber, dass sie jetzt und hier
mit Angelo sein konnte. Als ihr Blick auf eine Katze
fiel, die sich in einem Sonnenfleck ausstreckte, mit geschlossenen Augen und schlaffen Pfoten, fühlte sie sich
dem Tier verwandt, hätte es ihm gern gleichgetan.

«Lass uns die Kirche suchen», sagte sie stattdessen,
erhob sich und hielt Angelo ihre Hand hin. Lächelnd
ließ er sich von ihr hochziehen, und Laura dachte, dass
sie stolz auf ihn war. Sie konnte in diesem Augenblick
selbst nicht fassen, dass dieser gut aussehende Mann
im schwarzen Polohemd und hellblauen Jeans zu ihr gehörte.

«Die Kirche ist irgendwo oben.» Guerrini führte Laura
in eine schmale Seitengasse, die steil hinaufführte, in
schier endlose Steintreppen mündete. Links und rechts
lagen die Eingänge zu den Häusern und Wohnungen.
Manche hatten einen kleinen Vorplatz, auf dem eine
Topfpflanze ums Überleben kämpfte, denn nur ein winziger Streifen Himmels war zwischen den hohen Häusern zu sehen. Noch hing die Winterfeuchte in den Gassen, und es roch ein bisschen muffig.

Als sie unversehens das Ende der Treppe erreicht hat-
ten, traten sie hinaus auf einen weiten Platz, der wie eine
große Terrasse über dem Dorf lag, und dort, mit einer
Seite an den Felshang geschmiegt, stand die Kirche San
Giovanni Battista, umsäumt von Oleanderbäumen, deren
Blütezeit noch fern war. Vor dem Kirchenportal spielten

ein paar Jungs Fußball, zwei alte Männer lehnten am Geländer, das den Platz begrenzte, schauten abwechselnd hinab auf die kleinen Gemüsegärten oder hinaus aufs Meer, das in einem riesigen V hinter der Häuserschlucht sichtbar wurde und die Enge des Dorfes in die Unendlichkeit öffnete.

Als Laura und Guerrini in die kleine Pfarrkirche eintraten, umfing sie vollkommene Stille. Sie waren allein, standen ein paar Minuten vor dem Gemälde, das Johannes den Täufer in der Wüste zeigte. Es roch nach kaltem Weihrauch und Stearin.

«Schon wieder die Wüste», wisperte Laura und tauschte ein Lächeln mit Guerrini.

«Valeria ist nicht da!», flüsterte er zurück.

Laura wies in einen Seitengang rechts vom Altar. Von dort drang Kerzenschimmer ins Hauptschiff, und als sie dem Licht folgten, fanden sie den kleinen Seitenraum voller Blumen, fanden Valerias offenen Sarg und eine alte Frau, zusammengekauert, reglos.

Plötzlich wurde der kalte Weihrauch übermächtig, mischte sich mit dem Geruch der welkenden Blumen. Nichts mehr erinnerte an das Leben draußen, an die Sonnenflecken und die dösende Katze, an Anemonen und den Duft des Meeres. Laura und Guerrini standen dicht nebeneinander, wagten kaum zu atmen, fühlten sich wie Eindringlinge und traten instinktiv den Rückzug an. Draußen, auf dem Kirchplatz, blieben sie stehen, horchten verwirrt auf das Lachen der kleinen Fußballer, das von den Wänden widerhallte, auf den dumpfen Aufprall des Balls, wenn er die Fassade der Kirche traf.

Die beiden alten Männer hatten sich inzwischen umgedreht und schauten den Kindern zu. Weil sie freundlich nickten, lehnte Guerrini sich neben sie und begann ein Gespräch … leichthin, übers Wetter, die Ostertage, die Fremden, und ebenso leichthin kam er auf die Kirche zu sprechen und dass er ganz zufällig den Sarg im Seitengang entdeckt hätte. Wer denn die Tote sei und wann die Beerdigung stattfinde?

Die alten Männer senkten bekümmert ihre Köpfe, murmelten von einem schrecklichen Unglück, das über eine Familie des Dorfes gekommen sei, und die Beerdigung finde morgen um zehn Uhr statt. Man hoffe, dass Gott mehr Einsehen habe als der Priester.

Das sei wahrscheinlich, antwortete Guerrini, und Laura liebte ihn für diese Antwort, während sie den kreischenden Mauerseglern zusah, die um den Kirchturm tobten wie ein Echo auf die Fußball spielenden Kinder.

Guerrini und Laura einigten sich darauf, zunächst den Entwicklungen einfach zuzusehen. Einzig ein Gespräch mit dem Maresciallo der Carabinieri wollten sie an diesem Nachmittag noch führen. Auf die Frage nach dem Revier erklärten die alten Männer weitschweifig, dass es zwei Möglichkeiten gebe, den Weg über die Burg und den besonders schönen hinunter zu den Klippen und um den Fels herum in den neuen Teil von Riomaggiore. Sie unterstützten ihre Beschreibung mit heftigen Bewegungen ihrer Arme und Hände.

Auf die Frage der Alten, was sie denn von den «Polizotti» wollten, erwiderte Guerrini, dass jemand das Radio aus seinem Auto gestohlen habe.

«Ah», rief der Dünnere der beiden aus und fuchtelte mit seinem Gehstock, «das sind die aus La Spezia oder aus dem Süden! Sie kommen in der Nacht und verschwinden so schnell, dass man sie nicht erwischen kann. Die

Fremden halten uns für die Diebe, und das ist schlecht, wirklich schlecht für unsere Gegend!»

Guerrini nickte ernst und verabschiedete sich, für all die Auskünfte dankend. Er legte einen Arm um Lauras Schultern, folgte mit ihr dem gepflasterten Fußweg, der vom Kirchplatz entlang der Häuser um den Berghang führte. Es war mehr eine Promenade, und der Ausblick zum Meer öffnete sich immer weiter. Der Beschreibung der Alten folgend, stiegen sie wieder über steile Treppen hinunter zum Wasser, durchquerten kleine Gärten, in denen Gemüse und Blumen durcheinander wuchsen. Große Feigenkakteen und Agaven hingen zwischen den Felsen. Touristen hatten ihre Namen in das Fleisch der Pflanzen geschnitten.

In flachen Wellen schwappte das Meer gegen die Klippen, winzige Schaumkreisel hinterlassend. Tief unter ihnen tauchte ein Zug aus einem Tunnel auf und verschwand wie ein Phantom im nächsten. Hoch oben in den Bergen sammelten sich plötzlich dunkle Wolken, sandten weichen Nebel über die steilen Weinberge herab und verliehen der Landschaft eine fast bedrohliche Dramatik. Als die Sonne hinter den Wolken verschwand, drehte der Wind, plötzlich wurde es kalt, und Laura dachte, dass dieser Wetterwechsel zur ganzen Situation passte.

Maresciallo Sarbia war erstaunt, als Laura und Guerrini sich vorstellten. Er sei davon ausgegangen, dass Valeria sich in München aus dem Fenster gestürzt habe und damit dieser traurige Fall abgeschlossen sei. Natürlich habe er Valeria gekannt – ein wunderschönes Mädchen, stark und ein bisschen widerspenstig, aber das seien die

Frauen in dieser Gegend sowieso. Man nehme nur Valerias Großmutter, die habe auch immer ihren eigenen Kopf gehabt, und Carla Cabun, Valerias Mutter, sei auch nicht ohne. Wohl die Einzige, die es mit Roberto Cabun aufnehmen könne.

Als Laura dem Maresciallo von den merkwürdigen Vorkommnissen in München erzählte, zündete er sich eine Zigarette an und stellte sich ans offene Fenster. Er blies den Rauch hinaus, doch der kalte Wind trieb ihn wieder ins Zimmer zurück. Sarbia entschuldigte sich, rauchte aber weiter.

«So!», sagte er, nachdem Laura geendet hatte. «Man hat Valeria gesehen. In München. Aber sie liegt oben in der Kirche. Ich habe das selbst überprüft!»

«Es gibt keinen Zweifel, dass Valeria tot ist», bestätigte Laura. «Aber offensichtlich ist irgendjemand in ihre Rolle geschlüpft und hat so etwas wie einen Rachefeldzug begonnen.»

Maresciallo Sarbia stippte nervös die Asche aus dem Fenster. Er empfand sich gegenüber den Bewohnern seiner Dörfer eher als Beschützer denn als Ordnungshüter. «Warum?», fragte er und drehte sich zu Laura und Guerrini um. «Wer sollte ein Interesse daran haben? An wem sollten sie sich rächen?»

«Wir glauben inzwischen nicht mehr, dass Valeria Selbstmord begangen hat. Deshalb sind wir hergekommen, um Valeria und ihre Familie besser kennen zu lernen.»

Sarbia drückte die Zigarette in einem Aschenbecher aus, der draußen auf der Fensterbank stand. Der Aschenbecher war voll.

«Sie werden nichts herausfinden», murmelte er. «Da gibt es eine Menge Geheimnisse, und selbst ich erfahre immer nur einen Bruchteil dessen, was hier wirklich passiert. Nehmen Sie nur die regelmäßigen Einbrüche in die Autos der Touristen. Die Leute hier schieben alles auf andere. Auf die Toskaner hinter der Provinzgrenze, die Süditaliener, die Banden aus La Spezia oder sogar Genua. Einiges davon mag stimmen – aber es gibt auch junge Burschen aus dieser Gegend, die Autofenster einschlagen, um sich ein paar Euro extra zu verdienen. Ich habe noch keinen von denen erwischt, Signori!»

Laura warf Guerrini einen irritierten Blick zu.

«Aber Sie, Maresciallo, wissen doch sicher ein wenig über die Familie Cabun und Valeria ...», sagte Guerrini freundlich.

«Ah, nicht sehr viel, Commissario. Was man eben so weiß, wenn man hier aufgewachsen ist. Es sind angesehene Leute, die sich ein hübsches Vermögen erarbeitet haben. Waren mit die Ersten, die auf den Tourismus gesetzt haben, obwohl die alte Maria Valeria nicht besonders begeistert davon war. Roberto und sein Bruder führen mit ihren Frauen und dem Rest der Familie eine Art Rundumunternehmen. Das ist ein Clan, den ich nicht überschauen kann, das müssen Sie mir bitte glauben.»

«Hatte Valeria einen Freund?», warf Laura dazwischen.

«Dio mio, woher soll ich das wissen? Es gab viele Verehrer, schließlich war sie schön und wohlhabend. Aber ob sie sich einen von denen ausgesucht hatte ... Keine Ahnung ...» Sarbia zog die Schultern hoch und machte eine ratlose Geste mit seinen Händen. Dann schaute er auf seine Uhr, verbeugte sich entschuldigend.

«Ich habe jetzt leider einen wichtigen Termin, Signori. Aber Sie können jederzeit zu mir kommen, wenn Sie eine Frage haben. Jederzeit!»

Damit komplimentierte er Laura und Guerrini zur Tür.

«Bene!», sagte Guerrini, als sie wieder auf dem Weg oberhalb des kleinen Bahnhofs standen. «Dieser Sarbia ist ungefähr so mitteilsam wie seine Landsleute, über die er sich beschwert.»

«Aber er ist nett!», erwiderte Laura. «Ich glaube, er will seine Leute beschützen und sie nicht irgendwelchen dahergelaufenen Kommissaren ausliefern.»

«Das machen die von der Mafia auch», murrte Guerrini. «Du hast meinen Landsleuten gegenüber eine viel zu positive Einstellung.»

Als Laura und Guerrini nach dem Abendessen zu ihrem Zimmer zurückkehren wollten, verliefen sie sich in den dunklen Gassen, fanden sich plötzlich am winzigen Hafen wieder. Umgedrehte Boote stapelten sich im schwachen Licht wie bunte Schildkrötenpanzer. Rundherum ragten die Häuser auf, Ränge einer Arena. Ein paar Minuten ließen Laura und Guerrini diese Opernkulisse auf sich wirken, kehrten dann wieder um und tauchten erneut in das dunkle Labyrinth der Gassen, Treppen und Winkel ein.

Guerrini war ein paar Meter voraus, als Laura die Gestalt auf einer Treppe wahrnahm. Eine schlanke Frau mit langen Haaren, nicht mehr als ein Schattenriss. Laura wusste selbst nicht, warum sie stehen blieb. Auch die Schritte der Frau stockten. Sehr langsam nahm sie die nächsten Stufen, wurde unvermutet sichtbar, als hinter dem Fenster neben ihr Licht angeknipst wurde.

Laura unterdrückte einen erstaunten Ausruf. Die Frau starrte in ihre Richtung, drehte sich um und rannte die Stufen wieder hinauf. Es dauerte ein paar Sekunden, ehe Laura sich gefasst hatte, dann nahm sie die Verfolgung auf. Zwar rief sie leise nach Guerrini, doch der war bereits um die nächste Ecke gebogen.

Es war sehr dunkel hier oben. Eine Weile glaubte Laura, den Schatten der Frau vor sich zu sehen, dann verzweigten sich die Gassen. Irgendwoher erklang Gelächter, Stimmen drangen aus einem geöffneten Fenster hoch über Laura. Die Stimmen sprachen Englisch, so laut, dass sie alle anderen Geräusche überdeckten. Laura lief trotzdem weiter, wählte die steilste Treppe, bewegte sich jetzt langsamer, wollte nicht völlig außer Atem geraten. Immer wieder glaubte sie Schritte zu hören, einen Schatten zu sehen. Als dicht neben ihr eine Katze von einer Mauer sprang, erschrak sie so sehr, dass sie warten musste, bis ihr Herz sich wieder beruhigt hatte. Die Katze drängte sich an ihre Beine, stieß ein leises Maunzen aus. Laura stand reglos. Doch außer den fernen Stimmen der Engländer, leisem Meeresrauschen und dem Schnurren der Katze war nichts mehr zu hören.

«Ich kam mir vor wie Orpheus!» Guerrini war noch immer ein wenig außer sich. «Ich drehe mich nach dir um, und du bist verschwunden! Verschluckt von den dunklen Gassen der Unterwelt!»

«Ich konnte nicht laut rufen! Die Frau ist sowieso erschrocken und vor mir weggerannt. Ich frage mich nur, warum? Sie kann doch nicht wissen, wer ich bin.»

«Ich hatte Angst um dich, Laura! Zuerst dachte ich, du erlaubst dir einen Scherz mit mir. Aber als ich dich nirgends finden konnte, kamen mir alle möglichen Schre-

ckensszenarien in den Sinn! Hörst du mir eigentlich zu?»
Er war wütend und verärgert über ihren Alleingang.

«Mi dispiace, Angelo. Es tut mir so Leid. Aber ich
musste der Frau einfach folgen. Sie sah ganz genau aus
wie Valeria Cabun! Und sie wusste es! Vielleicht ist sie
weggelaufen, weil ich vor ihr erschrocken bin. Sie hat gesehen, dass ich sie erkannt habe!» Laura saß auf einem
Mäuerchen, Guerrini ging unruhig vor ihr auf und ab.
Die Katze, die Laura gefolgt war, lauerte auf den richtigen Moment, sich an Guerrinis Beine zu schmiegen.

«Die Beleuchtung in diesen Gassen ist viel zu
schlecht. Es ist unmöglich, jemanden genau zu erkennen. Pass auf, ich zeige dir morgen zehn Mädchen, die
aussehen wie Valeria Cabun. Wir hätten vielleicht nicht
so viel Wein trinken sollen …»

«Ich bin nicht betrunken, wenn du das meinst. Ich
habe eine verdächtige Person gesehen und bin ihr nachgegangen, wie man das in meinem Beruf macht! Neben
all den schönen anderen Dingen bin ich nämlich dienst-
lich hier.»

Angelo Guerrini blieb vor Laura stehen. Die Katze
nutzte ihre Chance und warf ihren Körper gegen sein
Schienbein. Ungeduldig bückte er sich, hob das Tier
hoch und setzte es neben Laura auf die Mauer. «In deinem Kopf tickt es schon wieder», sagte er. «Ich kann es
deutlich hören, du auch?»

Laura schüttelte den Kopf und drückte die Katze an
sich. «Es tickt nicht, Angelo. Ich habe mich gefürchtet,
als ich hinter dieser Frau herlief. Erst nur ein bisschen,
dann immer mehr. Etwas an dieser Geschichte ist sehr
beunruhigend. Allmählich fange ich an zu glauben,
dass Denner und seine Frau tatsächlich Valeria gesehen
haben.»

Guerrini ließ sich neben sie auf die Mauer fallen, stützte einen Ellenbogen auf seinen rechten Oberschenkel.

«Warum ärgerst du dich eigentlich so sehr?», fragte Laura.

«Ich habe mich gefürchtet. Ich hatte wirklich Angst, dass dir etwas zugestoßen sein könnte. Wenn ich mich fürchte, werde ich immer ärgerlich!» Er zauste die Katze auf Lauras Schoß so unbewusst heftig, dass sie leise zu fauchen begann und mit einer Pfote nach ihm schlug.

«Immer?», fragte Laura.

«Ich glaube schon.» Er zog seine Hand zurück. Die Katze machte einen Buckel und sprang von Lauras Schoß.

«Warum?»

«Weiß nicht.»

«Darfst du dich nicht fürchten?»

«Vielleicht.»

«Weshalb?»

«Altes Männerleiden.»

«Ein Junge hat keine Angst?»

«So ähnlich!»

«Anstrengend, was?»

«Sehr!»

Etwas in seiner Körperhaltung veränderte sich plötzlich, und als sie den Kopf wandte, sah sie, dass er vor unterdrücktem Lachen bebte.

«Ich liebe deine deutsche Ernsthaftigkeit!», prustete er und legte beide Arme um sie.

«Mir geht es im Augenblick wie der Katze, ich würde am liebsten einen Buckel machen und dich kratzen.» Sie schob ihn weg. War sie verletzt? Nicht wirklich. Manchmal lachte sie selbst über ihre Eigenschaft, die vermeintlichen Schwierigkeiten anderer zu ernst zu nehmen. Aber ein ganz klein wenig schmerzte Angelos Scherz schon.

Jetzt schaute er sie aufmerksam an, drehte sie so, dass der Schein der Straßenlaterne auf ihr Gesicht fiel. «Vorhin, als ich in diesen dunklen Gassen nach dir suchte, wurde mir plötzlich klar, wie schnell man einen Menschen verlieren kann. Davor habe ich mich gefürchtet, Laura. Ich will dich nicht verlieren.» Er küsste sie so heftig, dass sie das Gleichgewicht verlor und er sie festhalten musste.

ES WAR EIN langer Trauerzug, der sich am nächsten Vormittag durch die Gassen von Riomaggiore zum Friedhof bewegte. Valerias blumenbedeckter Sarg wurde von den jungen Männern der Familie getragen. Die Urlauber blieben dicht gedrängt an den Seiten stehen und starrten, als hätte der Tourismusverband dieses Ereignis eigens für sie inszeniert. Wie das Brummen eines Insektenschwarms setzte sich das Gemurmel der Betenden von der Spitze der Prozession bis zum Ende fort. Es roch ein bisschen nach Mottenkugeln, denn viele gute dunkle Anzüge waren für diese Gelegenheit aus den Schränken geholt worden.

Die schwarzen Wolken des Vortags hatten sich verzogen, und der Himmel erschien beinahe unwirklich klar, von einem durchsichtigen Blau. Laura und Guerrini ließen die Trauernden an sich vorüberziehen, reihten sich erst im letzten Drittel ein. Während sie ihre Schritte dem stockenden, schleppenden Gang der anderen anglichen, dachte Laura, dass keines der Gesichter sie an Valeria erinnert hatte. Allerdings verbargen sich viele Frauen hinter schwarzen Spitzenschleiern, manche trugen auch Sonnenbrillen wie sie selbst. Am tiefsten hatte sich ihr das Bild der alten Frau eingeprägt, die sie bereits kurz in der Kirche gesehen hatte. Schlank und groß war sie gewesen, in ein langes schwarzes Kleid gehüllt, mit einem schwarzen Tuch um die Schultern, das an den Rändern mit blauen Sternen eingefasst war. Im Gegensatz zu den anderen Frauen der Familie bedeckte sie ihr weißes Haar nicht mit einem Schleier. Am Arm ihrer Söhne ging sie sehr aufrecht, obwohl es ihr offensichtlich Mühe bereitete und sie ab und zu etwas nach vorn sackte.

«Schau», flüsterte Guerrini, auch er war von der Schönheit und Würde der alten Frau beeindruckt.

Die Polizia Stradale hatte die Stichstraße zum Dorf kurz hinter dem Friedhof für den Verkehr gesperrt, und auch dort drängten sich unzählige Schaulustige. Die Trauernden nahmen die Fremden einfach nicht zur Kenntnis, schützten sich auf diese Weise. Einzig eine alte Frau im mittleren Drittel des Zuges machte plötzlich eine heftige abwehrende Bewegung mit einem Arm und zischte: «Via! Via! Weg mit euch!»

Der Friedhof war zu klein, um all die Menschen zu fassen. Laura und Guerrini blieben mit vielen anderen auf der Straße stehen, hörten die Worte des Priesters nur undeutlich – er begnügte sich mit einer kurzen Segnung. Alle übrigen Reden gingen im Schluchzen unter.

«Es ist wirklich sehr traurig!», murmelte Guerrini und nahm Lauras Arm. «Lass uns zurückgehen und einen Cappuccino an der Hauptstraße trinken. Sie werden alle da vorbeikommen, und wir können sie uns in Ruhe ansehen.»

Laura nickte. «Du siehst selbst aus wie eine Angehörige – man wird uns mit besonderer Höflichkeit bedienen.» Er spielte auf Lauras schwarzen Blazer, ihren dunkelgrauen Rock und das schwarze Chiffontuch an, das sie wie einen Turban um ihren Kopf gewickelt hatte.

«Ich wollte nicht, dass sie mich sofort erkennen. Aber seit meiner Begegnung in der letzten Nacht habe ich den Verdacht, dass unser freundlicher Maresciallo ein bisschen geplaudert hat.»

«Es ist mir peinlich!»

«Du meinst also, dass ich Recht habe?»

Guerrini blies die Backen auf und machte ein unglückliches Gesicht.

«Also was?»

«Natürlich hat er geplaudert. Ich habe nämlich inzwischen auch nachgedacht. Weshalb sollte diese unbekannte Frau erschrecken und weglaufen, wenn sie nicht wüsste, dass du eine Commissaria bist. So gefährlich siehst du auf den ersten Blick nicht aus, da muss man schon etwas genauer hinsehen.»

«Du bist zurzeit nicht besonders ernsthaft ... oder?» Laura sah ihn ein wenig irritiert an.

«Nein, ich bin überhaupt nicht ernsthaft. Ich würde am liebsten diesen ganzen so genannten Fall vergessen, den ganzen Tag mit dir im Bett bleiben, abends eine riesige Fischplatte essen und viel Wein trinken ... vielleicht sogar in diesem eiskalten Meer schwimmen, neben dir auf den Felsen liegen und einfach leben.»

Laura starrte ihn an. «Die Wüste lebt!», murmelte sie mit düsterer Stimme. Guerrini brach in lautes Gelächter aus, was dazu führte, dass die letzte Reihe der Trauergäste sich nach ihnen umdrehte, denn noch waren sie in Hörweite des Friedhofs. Sie flüchteten ins Dorf hinunter, fanden vor einer der Bars einen Tisch in der Sonne, bestellten Campari und Cappuccino, taten so, als wären sie frei.

Als nach einer Stunde die Trauergäste ins Dorf zurückkehrten, saßen Laura und Guerrini noch immer vor der kleinen Bar. Allerdings hatten sie den Tisch gewechselt, verbargen sich hinter Lorbeerbüschen, um nicht sofort erkannt zu werden. Trotzdem sah Laura Roberto Cabun und seine Frau kommen, und ihr Herz klopfte schneller, sie spürte den Impuls, ins Haus zu laufen. Plötzlich kam es ihr so vor, als hätte sie kein Recht, hier zu sein und die Trauer dieser Menschen zu belauern.

Sie senkte den Kopf, hielt eine Hand vors Gesicht, als würde sie von der Sonne geblendet. Doch Roberto Cabun verlangsamte seinen Schritt – Laura konnte seine Beine sehen –, er löste sich von der Gruppe und kam genau auf sie zu. Noch immer hielt Laura ihren Kopf gesenkt, starrte auf diese Beine, die in schwarzen Hosen steckten. Sie hielten vor dem runden Tischchen, gingen nicht weiter.

Langsam blickte Laura auf, genau in die sehr dunklen geröteten Augen von Valerias Vater. Ein verächtlicher Zug lag um seinen Mund, und sein Brustkorb hob sich, als er hörbar einatmete.

«Was wollen Sie hier, Signora Commissaria? Was suchen Sie bei uns? Warum stören Sie Valerias Beerdigung? Ist sie eine Verbrecherin? Was hat sie getan? Ist es nicht genug, dass sie keine Messe bekommen hat? Mia figlia, meine geliebte Tochter!» Er brach in lautes Weinen aus. Seine Frau eilte zu ihm, nahm seinen Arm, und auf einmal waren viele Menschen um Laura und Guerrini versammelt, redeten durcheinander, versuchten Roberto Cabun zu beruhigen, führten ihn fort, ehe Laura antworten konnte. Nur ein junger Mann blieb kurz stehen, sah die beiden Kommissare aus schmalen Augen an. «Sie sollten nicht hier bleiben!», sagte er, drehte sich um, spuckte aus und folgte den anderen.

Die Leichtigkeit war dahin. Laura bestand darauf, zum Carabinieri-Revier zu gehen und Maresciallo Sarbia zur Rede zu stellen. Er war nicht da, und sein junger Stellvertreter wusste auch nicht, wann er zurückkommen würde.

«Es hat sowieso keinen Sinn», sagte Guerrini. «Er wird leugnen, dass er den Cabuns von unserer Ankunft erzählt hat.»

Sie kletterten hinauf zur Burg, setzten sich in den Schatten einer großen Schirmpinie, schauten aufs Meer hinaus.

«Ich will mit der alten Frau reden!»

«Wenn sie dich lassen …»

«Warum bist du so zögerlich? Ermittelst du immer so?»

«Piano, piano, Laura! Wir brechen hier in ein geschlossenes System ein und müssen erst vorsichtig herausfinden, wie es funktioniert. Ich denke, wir sollten beim Priester anfangen. Der hat bei den Cabuns gerade keine guten Karten, deshalb wird er vielleicht ein bisschen mehr erzählen, als er es sonst täte!»

Sie sahen einander an. Für Bruchteile von Sekunden erschien es Laura, als würden sie sich mit den Augen messen, und merkwürdigerweise gefiel ihr dieser winzige Machtkampf – sie fand ihn erotisch.

«Bene», sagte sie heiser. «Also der Pfarrer!»

«Andiamo», erwiderte er leise, und Laura wusste, dass auch er wahrgenommen hatte, was in den letzten Minuten geschehen war.

Schweigend stiegen sie zur Pfarrkirche hinab. Zwei ältere Frauen säuberten gerade den Raum, in dem Valeria aufgebahrt gelegen hatte. Noch immer roch es nach welkenden Blumen und abgebrannten Kerzen. Als Guerrini nach Don Giovanni fragte, musterten die Frauen neugierig die beiden Fremden und wiesen auf die Sakristei.

«Da drin ist er. Seit einer Stunde schon.»

Guerrini bedankte sich, klopfte dann an die schwere Holztür.

«Das hört er nicht», sagte die dickere der beiden Putzfrauen. «Er hört nicht gut, der Pfarrer. Sie müssen schon richtig Krach machen.» Sie lachte, packte ihren Besenstiel und donnerte an die Tür. «So müssen Sie es machen!»

Als sich nach zwei Minuten noch immer nichts rührte, ließ sie erneut den hölzernen Besenstiel niedersausen. Dieses Mal hatte sie mehr Erfolg. Ein Schlüssel drehte sich im Schloss, dann öffnete sich die Tür einen Spalt breit, und das halbe Gesicht des Don Giovanni wurde sichtbar.

«Ich habe gesagt, dass ich nicht gestört werden will!» Seine Stimme klang zornig. «Was gibt es denn schon wieder? Was kann denn so schwer daran sein, ein Zimmer sauber zu machen?»

«Ma scusa, prete! Ci sono due stranieri! Zwei Fremde wollen Sie sprechen, Hochwürden!»

Der Pfarrer machte die Tür ein bisschen weiter auf, musterte Laura und Guerrini von oben bis unten. «Che cosa vuole? Was wollen Sie? Ich bereite mich gerade auf eine wichtige Messe vor. Wie kann ich Ihnen helfen?»

Offensichtlich hatte er sich im letzten Moment doch noch auf seine priesterliche Pflicht besonnen, für alle Ratsuchenden und Bittenden da zu sein. Don Giovanni war weder jung noch alt, sein Haar zwar etwas angegraut, doch sein Gesicht hatte etwas Jugendliches, faltenlos Rosiges.

Guerrini stellte Laura vor, erklärte wortreich, dass die deutsche Commissaria beweisen wolle, dass Valeria Cabun nicht Selbstmord begangen habe, was ja im Sinne der katholischen Kirche eine Todsünde sei. Sie habe ein paar Fragen, nur wenige … Ob es denn möglich sei, dass er ein paar Minuten seiner kostbaren Zeit … Er, der Priester, der seine Schäfchen doch besonders gut kenne …?

Laura bewunderte Angelo für seine sehr italienische Fähigkeit, einen anderen zu überzeugen. Sie beobachtete die Veränderung, die in Don Giovanni vor sich ging – dieses leichte Aufatmen, die Befriedigung darüber, dass er wichtig war, dass seine fragwürdige Entscheidung, Valeria zu segnen, ihm vielleicht doch keine Schwierigkeiten einbringen würde. Und plötzlich lächelte der Priester, bat die beiden unerwarteten Gäste in seine Sakristei, entschuldigte sich beinahe für die karge Möblierung, murmelte: «Jesus hat uns zur Bescheidenheit gemahnt!»

Er fand zwei Stühle, setzte sich selbst auf einen dritten, reich geschnitzten vor einem schmalen Schreibtisch, blickte kurz zu der Marienstatue hinauf, die in einer Mauernische stand, und faltete die Hände. «Ich werde Ihnen sicher keine große Hilfe sein», murmelte er. «Die jungen Leute kommen nicht mehr oft in die Kirche. Die Kinder, die Eltern, die Alten … die kommen noch. Aber die Jungen …» Er schüttelte bekümmert seinen Kopf.

«Sie sollen mir ja auch keine Beichtgeheimnisse verraten, Don Giovanni. Sehen Sie, ich bin selbst sehr erschüttert vom Schicksal der jungen Frau. Und die Untersuchung der Umstände ihres Todes gestalten sich sehr schwierig. Deshalb bin ich auf jede Information angewiesen, die mich ein Stückchen weiterbringen könnte. Ich wüsste nur gern ein wenig über die Familie Cabun. Was für eine Familie ist das?»

Der Pfarrer lehnte sich zurück, presste die Lippen zusammen, schaute wieder zur Jungfrau Maria hinauf.

«Eine sehr eigenwillige», antwortete er endlich, strich mit der flachen Hand über seine Soutane. «Keine eifrigen Kirchgänger, aber an den wichtigen Festtagen sind sie immer da. Ich denke, dass sie alle Kommunisten waren – jedenfalls ehe sie zu Geld gekommen sind. Vielleicht sind sie es auch heute noch, vermutlich sogar.»

Laura lächelte, Don Giovanni ebenfalls.

«Ist es eine Familie, die sehr eng und liebevoll miteinander umgeht?»

«Ja, das kann man sagen. Die Cabuns sind ein Baum mit vielen Wurzeln und Zweigen. Cabuns gibt es hier überall.»

«Mich hat die alte Frau beeindruckt – die Großmutter, nehme ich an. Können Sie mir etwas über sie erzählen?»

Der Pfarrer wiegte den Kopf, faltete erneut seine Hände. «Maria Valeria Cabun», sagte er leise. «Sie ist besonders eigenwillig. Eine echte Persönlichkeit. Um ehrlich zu sein, Commissaria: Maria Valeria ist für die Kirche ein Problem.» Er schaute schnell zur Madonna, lächelte plötzlich verschmitzt. «Die Madonna wird mir vergeben, wenn ich Ihnen sage, dass Maria Valeria zur Zeit der Inquisition sicher als Hexe verbrannt worden wäre.»

«Oh», erwiderte Laura, «dann ist sie sicher eine interessante Frau.»

«Das ist sie, Signora Commissaria. Es gibt da eine Familienlegende der Cabun-Frauen. Es hat etwas zu tun mit einer Vorfahrin, die einen Liebhaber umgebracht haben soll. Genau kennt diese Geschichte niemand – sie wird nur unter den Frauen der Cabuns weitergegeben. Ich habe Maria Valeria viele Male gesagt, dass sie aufhören soll, diese Geschichte den jungen Frauen weiterzuerzählen. Aber sie lacht nur und hört nicht auf mich.»

Das könnte es sein, dachte Laura. «Wie hat diese Vorfahrin der Cabuns ihren Liebhaber umgebracht?», fragte sie.

Der Priester hob abwehrend beide Hände. «Non io so, Commissaria. Ich weiß es nicht, und ich bin, ehrlich gesagt, froh darüber. Es ist nicht gut, zu viel über das Böse zu wissen. Der Teufel ist wirklich überall!»

«Nach der Beerdigung hat ein junger Mann zu mir gesagt, dass ich besser gehen solle.»

Der Priester seufzte. «Wenn es ein Cabun war, dann hat er Ihnen sicher einen guten Rat gegeben, Commissaria.»

Laura überlegte kurz, ob sie dem Pfarrer von der nächtlichen Begegnung erzählen sollte – ließ es aber bleiben.

«Nur noch eine Frage, Don Giovanni. Gibt es hier im Dorf eine junge Frau, die der toten Valeria sehr ähnlich sieht?»

Es war, als würde der Priester sich zurückziehen, wie eine Schnecke, deren Fühler man berührt.

«Ich kenne die jungen Leute nicht mehr», sagte er so leise, dass Laura und Angelo ihn kaum verstehen konnten. «Sie sehen alle gleich aus. Liegt an der Mode oder an den Zeiten … ich weiß es nicht.»

«Vermutlich gibt es also eine Frau, die Valeria ähnlich sieht», sagte Guerrini, als sie wieder unter den Oleanderbäumchen vor der Kirche San Giovanni Battista standen.

«Ziemlich sicher sogar.»

«Aber sie wird sich nicht mehr zeigen.»

«Ich könnte den Maresciallo unter Druck setzen.»

«Du könntest … fragt sich nur, ob das Erfolg versprechend ist.»

«Er kann doch nicht ernsthaft jemanden decken, der in einen Mord verwickelt ist!»

«Vielleicht ist niemand in einen Mord verwickelt, und die Signori Denner haben sich etwas ausgedacht, um von sich selbst abzulenken.»

«Möglich.»

«Dann wären wir umsonst hier.» Guerrini hielt sein Gesicht der Sonne entgegen und schloss die Augen.

«Nein. Ich bin fast sicher, dass diese geheimnisvolle Geschichte der Cabun-Frauen etwas mit Valerias Tod zu tun hat. Deshalb muss ich unbedingt mit der Großmutter sprechen!»

«Am Tag der Beerdigung? Die essen, trinken und weinen jetzt alle, und das wird sich bis in die Nacht hineinziehen. Roberto Cabun war keineswegs begeistert, dich zu sehen … Er wird uns sicher nicht einladen.»

«Ich kann mir nicht vorstellen, dass die alte Frau diesen Trubel mitmacht. Vermutlich hat sie sich längst zurückgezogen.»

«Laura!» Guerrinis Stimme klang ungeduldig. «Wie würdest du reagieren, wenn deine Enkelin beerdigt wird und gleichzeitig eine ausländische Polizistin auftaucht, die unbedingt mit dir über ein Familiengeheimnis reden will?»

«Schau mich nicht an wie ein gestrenger Vater, Commissario! Ich weiß nicht, wie ich reagieren würde. Abgesehen davon, haben wir leider kein Familiengeheimnis. Aber mir wäre es gewiss wichtig, herauszufinden, wer meine Enkelin umgebracht hat!»

Guerrini zuckte die Achseln. «Na gut, versuch dein Glück. Ich würde es nicht tun, sondern mindestens noch einen Tag warten.»

«Ich will sie ja nicht bedrängen, sondern einfach höflich anklopfen. Wenn ich sehe, dass sie nicht bereit ist, dann gehe ich wieder. Hältst du mich für rücksichtslos?»

«Nein.» Guerrini schüttelte den Kopf, stieß mit der Schuhspitze gegen einen kleinen Ball, den die spielenden Kinder vergessen hatten. «Ich bin nur egoistisch und würde gern einen Tag mit dir verbringen, ohne an unseren verdammten Beruf zu denken.»

«Ich auch, Angelo! Aber wir sind nicht im Urlaub. Das ist eine Dienstreise …»

Er sah auf, lächelte ein bisschen schief.

«Ich weiß!»

Als in diesem Augenblick Lauras Handy zu klingeln begann, lachte er auf. «Ich kapituliere! Das ist wahrscheinlich Commissario Baumann, der über 700 Kilometer gespürt hat, dass ich dich gerade küssen wollte.»

Es war nicht Baumann, sondern Lauras Vater. «Deine Kinder waren heute bei mir. Sie sind ziemlich böse auf dich, Laura!»

«Dazu haben sie keinen Grund, Papa. Sie waren es, die gegangen sind, und jetzt können sie eben noch ein paar Tage länger bei ihrem Vater bleiben.»

«Wollen sie aber nicht, deshalb haben sie mich ja heute besucht. Luca hat gesagt, dass ein Film mit Benigni in der Stadt läuft. Er wäre gern mit dir und dem Commissario hingegangen.»

«Oh», sagte Laura.

«Ja, oh! Ich wusste ja, dass meine Enkel ziemlich intelligent sind. Ich fand ihn übrigens ganz passabel, deinen Papagallo. Könnte mir vorstellen, dass selbst deine Mutter nichts gegen ihn gehabt hätte … abgesehen davon natürlich, dass er Italiener ist.» Der alte Gottberg brach in krächzendes Lachen aus, hustete.

«Bist du erkältet? Geht's dir gut?»

«Nur ein winziger Schnupfen. Mach dir keine Sorgen!»

«Mach ich mir nur dann nicht, wenn du versprichst, auf dich aufzupassen!»

«Ich verspreche! Wann kommst du denn wieder?»

«Wahrscheinlich übermorgen.»

«Schön! Bring deinen Commissario wieder mit. Ich habe das Gespräch mit ihm genossen.»

«Vielleicht.»

«Warum vielleicht? Ihr solltet das Leben genießen, solange ihr noch halbwegs knackig seid! Man wird verdammt schnell alt, Laura!»

«Jaja, Papa!»

«Nix jaja! Ich weiß, wovon ich rede!»

«Ich habe verstanden, du hast Recht wie immer. Bitte sag Luca und Sofia, dass ich sie anrufe und dass ich sie liebe! Wirst du das für mich tun?»

«Jaja.»

«Jetzt jajast du!»

«Streite nicht mit mir, Kind!»

«Ciao, Papa!»

«Ah, jetzt willst du wieder auflegen! Immer, wenn es ernst wird!»

«Nein, aber es wird zu teuer!»

«Saluti!», flüsterte Guerrini dazwischen.

«Grüße von Angelo!»

«Grüß ihn zurück und sag ihm, dass er sich von dir nichts gefallen lassen soll. Ciao!» Der alte Gottberg lachte und legte auf.

Laura dachte, dass die alte Frau sich vielleicht ein wenig hingelegt hatte nach all den Aufregungen, deshalb wartete sie bis vier Uhr nachmittags, ehe sie bei ihr anklopfte. Guerrini hatte sie auf den Klippen über dem Hafen zurückgelassen, wohlig ausgestreckt in der Sonne und ein bisschen schadenfroh. «Geh du nur zu deiner Hexe», hatte er gesagt. «Ich meditiere inzwischen über das Meer.»

Es waren nur ein paar Schritte von den Klippen zum Haus der Cabuns. Guerrini und Laura hatten vorsichtig den Weg erkundet, wollten keinem Mitglied der Familie begegnen. Zum Glück besaß Maria Valeria ihre eigene Eingangstür, sonst hätte Laura ihr Vorhaben fallen lassen. Es gab eine Klingel und einen Türklopfer. Laura entschied sich zu klopfen, doch es rührte sich nichts. Sie musste sich überwinden, um auf den Klingelknopf zu drücken, der schrille Ton war ihr unangenehm, schmerzte beinahe.

Noch immer blieb die Tür geschlossen. Laura ließ den Blick über die enge Gasse und über die Fenster der umliegenden Häuser gleiten. Niemand beobachtete sie. Das einzige Lebenszeichen kam von einem Kanarienvogel, der seltsam gebrochen vor sich hin zwitscherte. Sein Käfig hing im dritten Stock vor einem Fenster.

Als Maria Valerias Tür sich öffnete, schreckte Laura zusammen und drehte sich schnell um. Sie war schon zwei Schritte gegangen, hatte nicht mehr mit einer Antwort gerechnet.

Lange standen sie sich wortlos gegenüber. Laura hatte das Gefühl, als würde sie von den Augen der alten Frau durchdrungen, widerstand nur mühsam dem Impuls, den eigenen Blick abzuwenden. Sie hielt es für möglich, dass Maria Valeria die Tür wieder schließen würde. Doch nach schier endloser Zeit sagte sie: «Lei e la commissaria tedesca. Die deutsche Kommissarin, nicht wahr? Warum kommen Sie zu mir? Die anderen sind oben im Ristorante.»

«Ich will nicht zu den anderen, Signora. Ich würde mich gern mit Ihnen unterhalten.»

Wieder sah die alte Frau Laura lange an, nickte dann und öffnete die Tür so weit, dass sie eintreten konnte. «Es ist gut, dass Sie kommen. Sie müssen mir von Valeria erzählen. Die andern sagen ja nichts, verstehen auch nichts. Sie hat den Kampf verloren, nicht wahr? Ich habe letzte Nacht davon geträumt, dass sie den Kampf verloren hat.»

Laura senkte den Kopf, nickte halb, obwohl sie nicht wusste, welchen Kampf die alte Frau meinte. Maria Valeria führte sie durch ihre kleine Wohnstube in die Küche und hinaus in den winzigen Garten über dem Meer. Dort ließ sie sich auf die Bank fallen, wies neben sich und legte eine Hand über ihre Augen. Laura setzte sich behutsam, nahm halb bewusst den dumpfen Schlag einer großen Welle wahr, die gegen die Klippen donnerte.

«Vielleicht wundern Sie sich, dass ich weiß, wer Sie sind, Signora Commissaria. Hier wissen es alle. So ein Dorf ist klein, und wenn einer etwas weiß, dann wissen es meistens auch alle andern. Aber das ist nicht wichtig! Erzählen Sie mir von meiner Enkelin. Wie hat sie gelebt in dieser fremden Stadt, was hat sie gemacht?» Sie atmete schwer, legte die Hand auf ihr Herz und lehnte sich zurück.

Laura begann mit der Sprachenschule und wie schnell Valeria offensichtlich Deutsch gelernt hatte, wie beliebt sie gewesen war, kam dann zu den beiden kleinen Jungs der Denners, die Valeria liebten, deutete an, dass die Familie nicht ganz einfach gewesen war.

«Sie müssen mich nicht schonen», fiel Maria Valeria ihr ins Wort. «Sagen Sie schon, dass es kalte unsympathische Menschen waren. Die gibt es nicht nur in Deutschland. Wir haben auch einige davon!»

«Ja, es waren kalte unsympathische Menschen. Aber Valeria hat eine große Liebe gefunden. Einen Mann, der sehr traurig ist und der sie seine Löwin nannte.»

Maria Valeria schloss die Augen, rang nach Luft. «Das war der Schwarze, nicht wahr? Ich habe meinen Sohn darüber reden hören. Hat er sie umgebracht?»

«Ich weiß es nicht, Signora Cabun. Ich hoffe es nicht … Manchmal führt die Liebe zu schrecklichen Dingen, das wissen Sie sicher …»

Die alte Frau nickte, zog ihr schwarzes Wolltuch eng um die Schultern, denn der Wind war kühl. Eine Weile saßen die beiden Frauen schweigend nebeneinander. Laura dachte, dass es keinen Sinn habe, Valerias Großmutter zu drängen oder direkt nach der Familienlegende zu fragen. Es musste sich von selbst ergeben.

«Ich habe eine Tochter, die Ihrer Enkelin ein wenig ähnelt», sagte Laura endlich. «Sie heißt Sofia und wird bald dreizehn. Als ich Valeria liegen sah, hatte ich plötzlich Angst um meine Tochter. Seltsam, nicht wahr? Ich bin nach Hause gefahren und habe nachgesehen, ob sie in ihrem Bett ist und schläft.»

«Das ist nicht seltsam», erwiderte Maria Valeria langsam. «So sollte es sein zwischen uns Frauen. Wir sollten aufeinander aufpassen, uns Kraft geben!»

Wieder schwiegen sie.

«Ich habe gehört, dass die Frauen in den Cinque Terre besonders viel Kraft haben und sehr stolz sind.»

«Ja, so war es lange Zeit. Alles, was Sie hier sehen, Commissaria, die Dörfer, die Felder, die Mauern, die Wege … alles haben Frauen und Männer gebaut. Zusammen, Signora, in achthundert Jahren. Das sollte niemand

317

vergessen. Es ist so ein Jammer, dass alle nur noch das Geld der Touristen wollen und dass so viele Junge weggehen. Sehen Sie, Signora, niemand will sich mehr um die *muretti* kümmern. Es ist ihnen zu mühsam. Jetzt kommen freiwillige Helfer aus dem Norden, um unsere Trockenmauern wieder aufzubauen. Es ist eine Schande, Signora. Mir bricht das Herz, wenn ich daran denke.»

Wich die alte Frau dem Thema Frauen aus, oder war sie nur zufällig auf den Verfall der Tradition gekommen?

«Ist es wirklich wahr, dass die Frauen Steine geschleppt haben, um die Oliven- und Weinfelder an der Steilküste anzulegen?»

«Natürlich haben sie Steine geschleppt – ich selbst habe es getan, als ich noch jung war. Und ich war stolz darauf. Man kann nicht stolz auf etwas sein, das keine Mühe macht, Signora. Heute geht alles viel zu leicht, die Menschen langweilen sich und verlieren ihren Stolz. So ist es, ich beobachte es schon seit langer Zeit!»

«Wollten Sie nie von hier fort, Signora Cabun?»

«Nein, niemals! Sehen Sie, ich … ich fühle mich, als wäre ich aus diesem Boden gewachsen. Ich kann es nicht gut beschreiben, aber wenn ich sterbe, dann werde ich sicher wieder ein Teil von diesem Land. So, wie sie früher Steine zerrieben haben, um den Boden fruchtbarer zu machen, genau so!» Sie hielt ihr Gesicht dem Wind entgegen.

«Haben Sie versucht, dieses Gefühl Ihrer Enkelin weiterzugeben? Manchmal ist es ja mit Enkeln leichter als mit den eigenen Kindern.» Laura bemühte sich, den Wegen zu folgen, die von der alten Frau vorgegeben wurden.

«Valeria war eine echte Cabun», flüsterte Maria Valeria. «Sie war vielleicht nicht ganz so stark wie ich in meiner Jugend – aber sie war stark. Ich habe ihr alles mitgegeben, was ich ihr geben konnte. Sie hat es genommen und ist fortgegangen.» Plötzlich stand sie auf und ging zur Küchentür. «Ich muss etwas trinken! Der Arzt sagt mir ständig, dass ich mehr trinken soll. Möchten Sie auch etwas?»

«Ein Glas Wasser, wenn es keine Mühe macht, Signora Cabun.» Laura folgte ihr ins Haus, betrachtete unauffällig die Bilder an der Wand gegenüber dem Herd. Ein Foto von Valeria hing dort, ernste Augen, ein kaum wahrnehmbares Lächeln um die Lippen. Daneben ein verblichenes Bild, bräunliche Farben, ebenfalls eine junge Frau mit auffallend dichtem Haar und diesem halb erschrockenen starren Blick, den die meisten Menschen auf alten Fotografien zeigten. Über den Bildern der beiden jungen Frauen hing ein drittes in einem ovalen Goldrahmen. Eine schwarze Madonna.

«Bei uns gibt es auch schwarze Madonnen. Ich habe nie herausgefunden, woher sie eigentlich stammen.» Laura vermied es, auf Valeria und die Unbekannte einzugehen.

«Das ist die Madonna von Reggio. Sie war immer schon schwarz. Niemand weiß, warum, wahrscheinlich kommt sie aus Afrika. Früher bin ich regelmäßig zu ihr hinaufgegangen. Ihr Heiligtum liegt in den Bergen oberhalb von Vernazza. Manchmal hingen die Wolken über der Kirche. Ich schaute hinunter auf das Dorf und die Küste wie durch einen Schleier. Unten schien die Sonne – es sah aus wie ein Wunder.»

Maria Valeria reichte Laura ein Glas Wasser. Ihr Gesicht drückte eine so zärtliche Sehnsucht aus, dass Laura tief berührt war.

«Das letzte Mal war ich dort oben mit Valeria und ihrer Cousine Nella. Valeria hat etwas ganz Seltsames gesagt: Das Meer hat die Madonna von Afrika hergetragen und hier oben abgesetzt. Die Madonna sollte uns zeigen, dass es auf der anderen Seite des Wassers auch Menschen gibt. Valeria liebte die schwarze Madonna genau wie ich.»

«Der afrikanische Freund Ihrer Enkelin sagte mir, dass Valeria mit ihm nach Afrika gehen wollte, um den Menschen dort zu helfen. Er selbst ist kurz davor, ein Arzt zu werden.»

Die alte Frau sank auf einen Stuhl, legte wieder eine Hand über ihr Herz, verzog schmerzhaft das Gesicht.

«Es geht Ihnen nicht gut, Signora. Soll ich besser gehen, damit Sie sich ausruhen können?»

Maria Valeria schüttelte den Kopf. «Machen Sie sich keine Sorgen um mich. Ich habe diese Anfälle jeden Tag ein paarmal, und seit Valeria nicht mehr lebt, sind sie noch häufiger geworden … Es passt zu Valeria, dass sie nach Afrika gehen wollte … auch wenn es mir wehtut. Sie wollte keinen einfachen Weg, suchte etwas, das einen Sinn ergab. Ich bin sicher, dass sie irgendwann hierher zurückgekommen wäre. Zur Madonna von Reggio und zu unserer Erde.» Sie hustete, trank einen Schluck Wasser. Laura sah, dass kleine Schweißtropfen auf ihrer Stirn und Oberlippe standen.

«Das ist ein schönes Foto Ihrer Enkelin», sagte Laura nach einer Weile. «Wer ist denn die andere Frau? Ihre Mutter, Signora?»

Maria Valeria hielt jetzt die Hände im Schoß gefaltet, saß ganz ruhig und betrachtete Laura mit einem beinahe amüsierten Gesichtsausdruck.

«Jetzt sind Sie endlich da, wo Sie hinwollten, nicht wahr, Commissaria?»

Einen Moment lang verschlug es Laura die Sprache. Sie wusste erst nicht, was sie machen sollte, wagte dann aber eine Art Bekenntnis. «Ich habe etwas gehört, von einer Geschichte, die nur von den Cabun-Frauen weitergegeben wird. Das hat mich natürlich neugierig gemacht, und ich frage mich, ob diese Geschichte etwas mit Valerias Tod zu tun haben könnte.»

«Nur dann, wenn sie den Kampf aufgenommen hat …»

«Welchen Kampf, Signora?»

«Den Kampf um ihre Würde, Commissaria. Wir Frauen der Cabuns sind sehr stolz. Das auf dem Foto ist Claretta Cabun. Sie war eine Nichte meiner Großmutter und eine berühmte Schönheit in den Cinque Terre … vor 150 Jahren. Aber sie wies alle Bewerber ab. Ein junger Mann aus Corniglia war so verrückt nach ihr, dass er sie vergewaltigte. Er dachte, dass sie ihn dann heiraten müsse … Aber sie warf ihn über die Klippen, Commissaria. Niemand konnte ihr das nachweisen. Danach ging sie weg und heiratete einen venezianischen Kaufmann. Erst zum Sterben ist sie nach Hause zurückgekommen. Sie liegt auf dem Friedhof von Riomaggiore. Valeria wurde heute neben ihr begraben.»

Wieder trank die alte Frau ein paar Schlucke Wasser, sah dann Laura fest an. «Wahrscheinlich hat der Priester ihnen davon erzählt. Er hat etwas gegen diese Geschichte, weil er sie nicht kennt und, würde er sie kennen, sicher nicht billigte. Wir Cabun-Frauen geben sie unseren Mädchen weiter. Claretta ist für uns ein Vorbild, und alle Männer wissen das. Keiner hier würde wagen, einer Cabun Gewalt anzutun. Manchmal ist es ganz gut, wenn die anderen einen für eine Hexe halten!» Sie lachte plötzlich, verstummte aber im nächsten Augenblick, krümmte sich zusammen. Laura eilte zu ihr, kniete neben ihr nieder und hielt sie fest.

«Es geht schon wieder, Commissaria», keuchte Maria Valeria. «Wenn Sie dort in der Schublade nachsehen wollten. Da liegt eine kleine Flasche, ein Spray. Das hat der Arzt dagelassen … falls ich Schwierigkeiten mit der Luft habe …»

Laura fand das Spray, und kurz darauf atmete Maria Valeria wieder leichter.

«Es ist gut, dass Sie da sind, Commissaria. Finden Sie den Mörder von Valeria. Ich verspreche Ihnen, dass ich nicht sterbe, ehe er gefunden ist!»

Laura musste lächeln, hielt die Hand der alten Frau fest in ihrer eigenen.

«Ich will es versuchen, Signora. Und ich bin sicher, dass ich ihn finde, aber ich habe noch eine wichtige Frage. Halten Sie es für möglich, dass eine Ihrer Cabun-Löwinnen Valerias Tod rächen wollte?»

Die alte Frau erstarrte. «Das können Sie mich nicht fragen, Commissaria. Keine Cabun würde jemals eine andere verraten. Selbst wenn ich es wüsste, würde ich Ihnen keine Antwort geben. Die Cabun-Frauen wussten, dass Claretta ihren Vergewaltiger von den Klippen gestoßen hatte – die Polizei hat niemals etwas davon erfahren. Jetzt, nach 150 Jahren, macht das nichts mehr aus.»

«Ich danke Ihnen, Signora. Ich werde trotzdem Ihre Geschichte bewahren.»

Maria Valeria schloss die Augen. «Suchen Sie ihn, Commissaria! Suchen Sie ihn schnell. Ich habe nicht mehr viel Zeit. Es ist das Letzte, das ich noch wissen will in diesem Leben.»

Guerrini lag nicht mehr auf den Klippen, als Laura nach einer Stunde zurückkehrte. Sie ging zum Hafen hinunter, entdeckte ihn weit draußen auf den riesigen Felsblöcken, die als Schutzwall gegen das Meer aufgeschichtet worden waren. Schnell folgte sie dem Weg, der vom Hafen zum Schiffsanleger führte, stieg die steile Treppe zum Wellenbrecher hinab, winkte, doch er schaute nicht herüber. Guerrini schien völlig vertieft in das Schauspiel der sich aufbäumenden Fontänen, die sich immer wieder hoch über ihn erhoben und prasselnd auf die Felsen niederfielen.

Auf halbem Weg zu ihm gab Laura auf. Es war mühsam, über die Brocken zu klettern und zu springen. Sie versuchte es mit Rufen. Lange Zeit schien ihre Stimme ihn nicht zu erreichen. Das Donnern der Meereswogen deckte alle anderen Laute zu. Als zwischen zwei Wellen eine unerwartete Stille eintrat, eine Art Aufatmen, nahm sie all ihre Kraft zusammen und rief seinen Namen.

Diesmal hörte er sie, wandte sich um und lachte zu ihr herüber, machte sich auf den Rückweg, stützte sich mit den Händen ab, verschwand hin und wieder zwischen gigantischen Steinblöcken.

Im Schneidersitz saß Laura auf einem flachen Fels, sah Angelo auf sich zukommen, atmete tief die salzige Luft ein und hatte – wie so oft in ihrem Leben – das Bedürfnis, die Zeit anzuhalten.

Viel zu schnell war er da, kletterte zu ihr herauf und ließ sich, ein wenig außer Atem, neben ihr nieder.

«Stell dir vor, wen ich hier getroffen habe. Rate mal!» Er hatte einen triumphierenden Gesichtsausdruck.

«Meinen Vater, Kommissar Baumann, deinen Vorgesetzten … oder Valerias Geist?»

Er schnalzte tadelnd mit der Zunge. «Kein Scherz!

Der junge Carabiniere von heute Morgen lag vorhin zwischen den Felsen und las ein Buch. Hatte den Nachmittag frei. Ich setzte mich eine Weile zu ihm und fragte ganz vorsichtig nach den Cabuns. Der junge Mann ist nicht aus der Gegend, sondern von der anderen Seite des Stiefels, aus Ancona. Als ich ihn fragte, ob es ein Mädchen gebe, das Valeria Cabun ähnelt, sagte er ganz spontan: ihre Cousine Nella. Die beiden könnten Schwestern sein! Du kannst mich jetzt küssen, Commissaria!»

Laura starrte ihn nachdenklich an. «Nella», wiederholte sie. «Die Großmutter hat auch von dieser Nella gesprochen. Vermutlich waren die beiden Mädchen enge Freundinnen. Wo ist der junge Carabiniere jetzt?»

«Es wurde ihm zu kalt, und er wollte einen Kaffee trinken.»

«Wir müssen ihn suchen, Angelo! Ich will wissen, wo wir diese Nella finden, wer ihre Eltern sind …»

«Ihre Eltern sind auf der Trauerfeier, sie wohnen in der Gegend, in der wir uns gestern Nacht verlaufen haben, und der junge Mann meinte, dass Nella nicht bei der Beerdigung war, was ihn gewundert habe.»

«Du bist erstaunlich, Commissario!»

«Ich weiß, aber einen Kuss bekomme ich offensichtlich trotzdem nicht!»

Schnell küsste Laura ihn auf die Wange. «Wo kann Nella sein, wenn sie nicht zur Beerdigung gekommen ist?»

«In deinem Kopf tickt es schon wieder! Kannst du es hören? Sie kann überall sein, Laura! In Riomaggiore, in La Spezia, in Rom. Wir werden es herausfinden.»

«Claretta ist nach Venedig gegangen», murmelte Laura.

«Wer ist Claretta?»

«Das ist eine andere Geschichte. Eine von Hexen und starken Frauen.»

«Würdest du mich eventuell einweihen?»

«Vielleicht ... obwohl diese Geschichte nur für Frauen bestimmt ist, die irgendwelche verwandtschaftlichen Verbindungen zu den Cabuns haben.»

«Warum kennst du sie dann?»

«Weil ich Hexen mag und gut mit ihnen auskomme.»

Guerrini starrte sie an. «Es ist wohl sicherer, wenn ich nicht auf einem Kuss von dir bestehe, oder?»

«Sicherer schon ...», flüsterte Laura und biss ihn sanft in die Unterlippe.

SPLITTERNDES KRACHEN weckte sie mitten in der Nacht. Beinahe gleichzeitig ließen sie sich links und rechts aus dem Bett fallen, Deckung nehmend, alle Sinne in Alarmbereitschaft. Von draußen klang etwas herein, das an Lachen erinnerte, irres Lachen oder das Gekreisch liebestoller Katzen. Dröhnend hämmerte Lauras Herz gegen ihre Rippen. «Was war das?», flüsterte sie.

«Keine Ahnung! Irgendwas hat unser Fenster zertrümmert. Bleib, wo du bist. Hier vorn ist alles voller Glassplitter!»

Laura angelte ihre Jeans von einem Stuhl neben der Tür, stellte sich flach an die Wand und schlüpfte hinein. Wieder ertönte draußen dieses schreckliche Kreischen. Hinter einigen Fenstern der umliegenden Häuser gingen Lichter an. Leise öffnete Laura die Zimmertür, schlüpfte hinaus auf den stockdunklen Gang, lauschte. Offensichtlich hatten die Nachbarn ihre Fenster aufgemacht und riefen einander zu. Vorsichtig drückte Laura auf die schwere schmiedeeiserne Klinke der Haustür, spähte durch einen Spalt hinaus.

«Avete sentito? Habt ihr das auch gehört?», rief ein Mann irgendwo ganz oben aus einem der Nachbarhäuser. Laura schob die Tür weiter auf, setzte ihren nackten Fuß hinaus, schrie auf. Etwas Haariges, Feuchtes lag auf der Schwelle, und wieder erklang das kreischende Lachen, von fern allerdings, und verlor sich in den engen Gassen.

Laura wich in den Flur zurück. Ihr Herz schlug noch heftiger als nach dem plötzlichen Erwachen aus dem

Tiefschlaf. Jetzt war Angelo neben ihr, doch sie nahm ihn nur verschwommen wahr.

«Da liegt etwas vor der Tür», stammelte sie.

Er hielt eine Taschenlampe in der Hand, richtete den Strahl auf die Türschwelle – auf bleckende Zähne, ein weit aufgerissenes Maul, blutverklebte Augen. Es war ein Katzenkopf. Guerrini stieß einen Fluch aus, knallte die Tür zu und zog Laura ins Zimmer zurück.

«Setz dich aufs Bett und pass auf deine Füße auf. Hier liegen überall Scherben herum.» Guerrini leuchtete das Zimmer ab, bückte sich nach einem dunklen Gegenstand. «Nichts als ein ganz gewöhnlicher Stein!», sagte er grimmig. «Ein Stein und ein Katzenkopf. Das kommt davon, wenn man sich mit Hexen einlässt!»

«Wir hätten die Fensterläden schließen sollen …» Laura musste sich mehrmals räuspern, versuchte ihr Zittern zu verbergen. Der Katzenkopf, auf den sie getreten war, hatte sie völlig aus dem Gleichgewicht gebracht. Sie verstand selbst nicht, warum. Es war, als hätte sie ihren Fuß auf etwas unaussprechlich Entsetzliches gestellt. Etwas, das sie anspringen und angreifen würde, etwas Unerklärliches, Tödliches.

Sie ließ sich zurück in die Kissen fallen, versuchte, ruhig zu atmen. Guerrini schlüpfte in seine Schuhe und schloss die Fensterläden. Draußen gingen noch immer die Rufe der Nachbarn hin und her. Als er die Nachttischlampe anknipste, kniff Laura fest die Augen zu.

«Commissaria», sagte er leise und betrachtete sie besorgt, «du bist ja ganz blass!» Er beugte sich zu ihr und nahm sie in die Arme.

«Ich werde dieses Gefühl nie mehr vergessen», wisperte Laura. «Dieses nasse Fell unter meinem Fuß, die Knochen und Zähne …»

«Dann haben die ja ihr Ziel erreicht», knurrte er. «Morgen werden wir diesen Hexenmeistern ein bisschen auf den Zahn fühlen. Gut, dass du kein so schwaches Herz hast wie die arme Signora Malenchini.»

Laura hätte gern gelächelt, aber es ging nicht. Noch immer lief ein Zittern durch ihren Körper, und Guerrini hielt sie fest, bis sie nach langer Zeit endlich einschlief.

Als Laura in der Morgendämmerung wieder aufwachte, wusste sie plötzlich, warum der Katzenkopf sie so sehr erschreckt hatte. Schon einmal war sie mit nackten Füßen auf einen Tierkopf getreten. Es war ihre erste Begegnung mit dem Tod gewesen, einem Tod, der nicht abstrakt und fern war, wie Großeltern in einem geschlossenen Sarg. Ein kleiner Tod, hühnerkopfgroß und trotzdem riesig für das kleine Mädchen, das sie damals war. Laura bewegte vorsichtig ihre Zehen, dehnte den Spann ihres rechten Fußes. Wenn sie so in sich hineinspürte, konnte sie noch immer den hornigen Schnabel fühlen, den fleischigen Kamm, der unter ihrem Gewicht nachgab, die feuchten Federn.

Es war in einem Urlaub mit ihren Eltern gewesen, auf einem Bauernhof in Österreich, wo man Hühnern einfach den Kopf abhackte, wenn man sie schlachtete. Lauras Mutter hatte ihre Tochter jedes Mal abgelenkt, wenn hinter dem Hof wildes Hühnergackern zu hören war. Seltsamerweise hatte Laura keine Verbindung zwischen diesem Geschrei und dem knusprigen Hühnchen hergestellt, das am Abend der Gastfamilie serviert wurde.

Bis sie auf diesen kleinen Kopf getreten war.

Erst war sie entsetzt weggerannt, dann aber kehrte sie zurück, schaute sich um, wollte sicher sein, dass niemand sie beobachtete – hob blitzschnell den Hühnerkopf auf und lief in den Obstgarten hinter der Scheune. Dort versteckte sie sich hinter dem breiten Stamm eines alten Kirschbaums und begann mit ihrer Untersuchung. Es hatte ihr gegraust, und sie hatte sich gefürchtet – trotzdem schob sie mit Hilfe eines Stöckchens die Lider des toten Hahns auf, starrte in die blinden Augen. Sie sah die kleine spitze Zunge in dem offenen Schnabel, die blutigen Enden der Wirbelsäule im abgetrennten Hals. Sie legte ihren Zeigefinger auf den kalten roten Kamm, der sich wie Gummi anfühlte.

Weder den Tod noch das Leben hatte sie damals gefunden – vielleicht eher den Tod und den Schrecken. Aber sie wollte wissen, wer den Kopf des Hahns abgetrennt hatte.

Heute wusste sie es. Damals hatte sie es nicht herausgefunden. War unfähig gewesen, den netten Bauern mit diesem ruchlosen Mord in Verbindung zu bringen. Spürte beim Gedanken daran noch heute einen Hauch von Kälte. Dachte, dass es zum Erwachsensein gehört, zu wissen, dass Köpfe abgehackt werden … und nicht nur die von Hühnern.

Sie betrachtete den schlafenden Angelo, seinen leicht geöffneten Mund, lauschte auf seine leisen Atemzüge, fragte sich, ob es möglich war, einem anderen Menschen die eigenen Erfahrungen verständlich zu machen.

Der Katzenkopf war verschwunden, als Laura später nachsah. Nur ein paar verwischte Blutflecke wiesen noch darauf hin, dass sie nicht geträumt hatten. Guerrini war wütend. Mit dem Feldstein in der Tasche eilte er, immer einen halben Schritt vor Laura, zum Vermietungsbüro der Cabuns, riss die Tür auf und knallte den Stein auf den Tresen.

«Sind das die Willkommensgrüße bei Ihnen?»

Wieder war es der blasse arrogante junge Mann, der mit erstaunlicher Gelassenheit auf Guerrinis Attacke reagierte, nur ein wenig die Augenbrauen hob, den Stein betrachtete und fragte, was geschehen sei.

«Der Stein flog heute Nacht in unser Schlafzimmer, und zwar durch die Scheibe. Außerdem war jemand so freundlich, den Kopf einer toten Katze vor unsere Tür zu legen. Sie sind der Vermieter, Sie wissen, welches unser Zimmer ist. Also sind Sie auch verantwortlich für diesen Anschlag!»

«Tut mir wirklich Leid! Mi dispiace», antwortete der junge Mann auf eine Weise, die sehr deutlich machte, dass es ihm überhaupt nicht Leid tat. Sein Gesicht zeigte keinerlei Ausdruck, er hatte es sogar geschafft, die Arroganz zu neutralisieren. Mit einer knappen Bewegung seines Kinns gab er einem anderen jungen Mann ein Zeichen, die Eingangstür genau vor der Nase zweier Touristen zu schließen. Erbost klopften die Ausgesperrten, doch niemand beachtete sie.

«Es tut mir wirklich Leid», wiederholte der Mann hinter dem Tresen. «Wir werden das Zimmer sofort wieder in Ordnung bringen und die Fensterscheibe ersetzen. Mehr kann ich nicht für Sie tun, Signori!»

«Ich denke, Sie können eine Menge mehr für uns tun!» Guerrini warf seinen Ausweis neben den Stein. «Wer hat etwas dagegen, dass wir uns in Riomaggiore aufhalten? Sie sind ein Mitglied der Familie Cabun, also können Sie auch meine Frage beantworten!»

Die Augen des Mannes verengten sich, er stützte die Fingerspitzen auf den Tresen. «Ich verwalte die Belegung der Zimmer und gebe die Schlüssel heraus, Commissario. Ich habe keine Ahnung, wovon Sie sprechen.» Er wandte sich halb um, winkte dem Jungen, der sicher nicht älter als siebzehn war. «Bring das Zimmer 33 in Ordnung, Alessandro. Und sag dem Glaser Bescheid!»

Alessandro nickte, starrte ein paar Sekunden zu lange auf Laura und Guerrini, ehe er verschwand. Der Commissario blickte düster zurück, strafte den Mann hinter den Tresen mit Nichtachtung, schloss die Tür wieder auf und verließ mit Laura das kleine Büro.

«Wir frühstücken woanders. Wer weiß, was die uns in den Kaffee mischen!»

«Ich glaube nicht, dass alle Cabuns hinter uns her sind, Angelo!»

«Ich will trotzdem nicht hier frühstücken. Ich brauche jetzt frische Luft und Sonne. Außerdem möchte ich mir so schnell wie möglich diesen Maresciallo Sarbia zur Brust nehmen!»

«Was ist mit dir los, Angelo? Auf einmal bist du gar nicht mehr vorsichtig. Was ist mit dem geschlossenen System, in das wir einbrechen?» Laura war mitten auf der Via Colombo stehen geblieben. Guerrini drehte sich heftig um, stieß dabei eine amerikanische Touristin an, entschuldigte sich unwirsch.

«Also, was ist los?» Laura sah ihn an.

«Ich kann es nicht leiden, wenn man Katzenköpfe auf anderer Leute Türschwellen legt. Eine Tante meiner Mutter hat das mit Leuten gemacht, die sie nicht mochte – allerdings nahm sie Hühnerköpfe und Hühnerfüße. Sie war eine richtige Hexe!»

Hühnerköpfe. Laura bewegte den rechten Fuß in ihrem Schuh.

«Hat es gewirkt?»

«Ich glaube.»

«Wie?»

«Die Leute hatten Angst, schliefen nicht mehr gut, wurden krank! Irgend so was!»

Laura nickte. «Lass uns einen Kaffee trinken. Du sprichst mit dem Maresciallo, ich spreche mit Valerias Eltern!»

Schweigend gingen sie nebeneinander in Richtung Hafen, nahmen aber nicht den Weg durch die Bahnunterführung, sondern den über die breiten Terrassen, die darüber angelegt waren. Sie fanden eine kleine Bar, bestellten Cappuccini und Croissants.

«Der Katzenkopf hat dich sehr erschreckt, nicht wahr?», sagte Guerrini nach einer Weile.

«Ja, und ich habe mich gestern Abend gefragt, warum das so war. Es ist mir erst am Morgen eingefallen. Seltsam, dass du gerade von Hühnerköpfen gesprochen hast. Ich bin als Kind einmal mit bloßen Füßen auf einen Hühnerkopf getreten. Für mich war es … als hätte ein Ungeheuer seinen Kopf aus der Erde erhoben. Ich weiß nicht, ob du es verstehen kannst, aber es fühlte sich für mich so an, als würde jemand mit Knochen klappern oder die Sense schwingen … Ich kann mich sogar noch daran erinnern, wie er gerochen hat …»

Guerrini sah sie einfach nur an.

«Hat das Ungeheuer einen Namen?», fragte er endlich.

Laura schloss die Augen, zu laut erschienen ihr die Stimmen der Vorübergehenden, das Gurren der Tauben und das Kreischen der Mauersegler.

«Tod», antwortete sie langsam. «Tod, Gewalt, Grausamkeit … so ungefähr.»

«Ja», erwiderte Guerrini leise, «davor fürchte ich mich auch.»

Eine halbe Stunde später stand Laura im Wohnzimmer der Cabuns. Niemand setzte sich – weder sie noch Roberto Cabun oder seine Frau Carla. Auch der Sohn Marco stand, mit dem Rücken an die Wand gelehnt.

«Ich fühle mit Ihnen. Aber ich muss Ihnen auch sagen, dass inzwischen viele merkwürdige Dinge geschehen sind. Genau solche Dinge, über die wir in München gesprochen haben, Signor Cabun, Signora!» Laura musste ihre Kraft zusammensuchen, fühlte sich seltsam schwach nach dem Gespräch mit Angelo. Noch nie hatte sie mit jemandem über den verdammten Hühnerkopf geredet.

«Der Vorfall von letzter Nacht ist dabei ziemlich harmlos», sagte sie, dachte das Gegenteil. «Ein Katzenkopf und ein Stein richten nur begrenzten Schaden an. Aber Dr. Denner hat ein Messer in den Rücken bekommen, sein Bruder eins in den Bauch. Und überall hat man eine Frau gesehen, die Ihrer Tochter sehr ähnlich sah.»

Roberto Cabun hatte sich in den wenigen Tagen verändert. Erst war Laura sich nicht sicher, was sich verändert hatte, doch als er ins Licht trat, das durch die offene Terrassentür hereinfiel, sah sie es: Sein dunkles Haar war beinahe weiß geworden.

«Meine Tochter ist tot!» Seine Stimme klang matt. «Wenn sie denen, die dafür verantwortlich sind, als Geist erscheint, dann soll es mir recht sein, Commissaria. Es wäre gut, wenn die sich so erschrecken würden, dass sie tot umfallen!»

Jaja, ich versteh dich ja, dachte Laura. Mir würde es nicht anders gehen. Laut sagte sie: «Es ist nur eines merkwürdig … Auch ich habe eine junge Frau gesehen, die Valeria ähnlich sieht. Und zwar hier in Riomaggiore. Und diese junge Frau ist vor mir weggelaufen. Nach der Beerdigung gestern hat ein junger Mann zu mir gesagt, dass ich besser verschwinden solle, und heute Morgen lag dieser Katzenkopf vor meiner Tür, und ein Stein flog durchs Fenster. Irgendwie sind das Geschichten, die zusammengehören. Ich weiß noch nicht genau, wie ... aber vielleicht spielt auch Claretta Cabun eine Rolle dabei!»

«Claretta?» Carla Cabun fuhr auf. Sie war sehr bleich und hatte dunkle Ringe unter den Augen. «Was wissen Sie von Claretta?»

«Nicht besonders viel, Signora. Nur, dass sie sehr wichtig für Ihre Familie ist und dass sie den Stolz der Cabun-Frauen verkörpert.»

«Wer hat Ihnen das erzählt?»

«Darüber möchte ich nicht sprechen.»

«Haben Sie mit meiner Mutter geredet?» Roberto Cabun keuchte. «Glauben Sie ihr kein Wort. Meine Mutter hat schon lange den Verstand verloren. Das müssen Sie doch gemerkt haben, Commissaria!»

«Ich werde Ihnen nicht sagen, mit wem ich gesprochen habe, Signor Cabun!» Laura warf einen Blick zu Marco hinüber, der sie aus kalten Augen anstarrte.

«Ich möchte von Ihnen nur wissen, ob es in Riomaggiore eine junge Cabun gibt, die Valeria ähnlich sieht, und ob irgendjemand aus Ihrer Familie länger in München geblieben ist als Sie oder vielleicht erst vor ein, zwei Tagen von einer Reise zurückkehrte.»

«Niemand», stieß Roberto Cabun hervor. «Sie waren alle hier! Und es gibt niemand, der Valeria ähnlich sieht!» Er drehte sich um und verließ das Zimmer, knallte die Tür hinter sich zu. Marco folgte seinem Vater, ließ die Tür ein zweites Mal knallen. Nur Carla Cabun und Laura blieben zurück.

Valerias Mutter schaute auf den Boden, ihre Arme hingen schlaff herunter.

«Vielleicht wäre es besser, wenn wir die alten Geschichten endlich vergessen würden», flüsterte sie kaum hörbar.

«Haben Sie eine Antwort auf meine Fragen, Signora?»

Carla Cabun schüttelte müde den Kopf. «Nein, Commissaria. Ich habe keine Antwort. Sie werden hier auch keine finden.»

Gemeinsam mit zwei Streifenpolizisten und dem jungen Mann von der Polizeischule wartete Kommissar Baumann darauf, dass die schmale Seitenstraße im Stadtteil Freimann still wurde. Wer zur Arbeit musste, war endlich fort – mit dem Auto oder zu Fuß. War ohnehin nicht viel los hier. Zwei Häuser standen leer und sollten bald abgerissen werden. Eines dieser Häuser hatte der angehende junge Kriminalbeamte observiert – vielmehr ein Gartenhaus im hinteren Teil des etwas verwilderten Anwesens. Jetzt war er sicher, dass die beiden gesuchten Afrikaner sich darin versteckten. Auch Nachbarn, die er befragte, hatten in den letzten Tagen dunkle Gestalten in dem Garten gesehen.

«Dunkle oder dunkelhäutige?», hatte Baumann den jungen Mann gefragt.

«Beides!»

Kommissar Baumann fühlte sich ein wenig unbehaglich, doch er hatte sich dazu entschlossen, das Gartenhaus in Augenschein zu nehmen und ganz besonders seine mysteriösen Bewohner. Seit immerhin zwei Stunden beobachtete er nun selbst das Grundstück, doch bisher hatte sich nichts gerührt. Gegen Mittag lag die kleine

Straße völlig menschenleer da, außer den Spatzen und dem Rauschen des Verkehrs auf dem nahen Autobahnzubringer war nichts zu hören.

«Jetzt», sagte Baumann.

Sie stiegen aus dem dunklen BMW, hatten die Kollegen im Streifenwagen, der um die Ecke geparkt war, bereits alarmiert. Die Polizisten kamen von der andern Seite, Baumann und der junge Helmut Mitterer gingen durch die hölzerne Gartenpforte. Sie quietschte. Baumann blieb kurz stehen, horchte. Alles blieb still. Hier im Garten war neben den Spatzen das Summen unzähliger Bienen zu hören. Die verwilderten Beete quollen über von Tulpen, Narzissen, Veilchen.

Sie schlichen an der Hauswand entlang, bis sie freien Blick auf das Gartenhäuschen hatten. Die Kollegen waren bereits angekommen, gaben Deckung. Baumann und sein Assistent liefen geduckt auf das Häuschen zu, erreichten die Tür, stellen sich links und rechts davon auf. Beinahe unbewusst tastete der junge Kommissar nach der Waffe in seinem Schulterhalfter, zog die Hand wieder zurück. Nein, er wollte Roberto Malenge und seinem Freund nicht mit gezogener Waffe gegenübertreten. Eigentlich wollte er anklopfen, es erschien ihm aber doch zu riskant. Deshalb nickte er dem jungen Kollegen zu, wollte sich gerade gegen die Tür werfen, als er den Spalt sah.

Die Tür war offen. Millimeter um Millimeter schob er sie auf. Nichts geschah. Baumann machte zwei, drei vorsichtige Schritte, sah einen Schatten vor sich, einen sehr dunklen Schatten. Genau gegenüber. Er riss seine Pistole aus dem Halfter, duckte sich zur Seite. Jetzt war der Schatten weg.

Als er es wagte, den Kopf zu heben und genauer auf

die Stelle zu schauen, an der er den Schatten gesehen hatte, entdeckte er den großen Spiegel.

Scheiße, dachte er. Beinahe hätte ich auf mein Spiegelbild geschossen.

Er stand jetzt halb im Raum, noch immer von der Tür geschützt. Aus einer Ecke drang leises Schnarchen. Es kam von einem zerwühlten Matratzenlager. Zwei Männer lagen dort, wachten selbst dann nicht auf, als Baumann und Mitterer vor ihnen standen. Sie waren nicht schwarz, so viel konnte Baumann sehen. Eher braun. Tamilen, schätzte er. Illegale.

Er kam sich mies vor, als die beiden beinahe gleichzeitig hochfuhren und ihn entsetzt anstarrten. Rief die Kollegen von der Streife herein. Sie übernahmen die Prozedur – natürlich hatten die beiden verängstigten Männer keine Papiere. Man konnte sie also mitnehmen.

Scheiße, dachte Baumann wieder. Dann überlegte er, was Laura gemacht hätte. Vermutlich wäre sie nicht so forsch vorgegangen, hätte länger beobachtet. Aber auch sie wäre nicht darum herumgekommen, die Tamilen einzusammeln. Obwohl, bei ihr konnte man nie wissen …

«Dafür gibt's keinen Orden», sagte er bissig zu Helmut Mitterer, dem Polizeianwärter, dessen Namen Laura sich nie merken konnte. «Am liebsten würde ich dich sofort auf die verdammte Polizeischule zurückschicken, damit sie dir was beibringen.»

«Aber die beiden waren dunkel und …», versuchte Mitterer einzuwenden, als sie wieder vor dem Wagen standen.

«Halt den Mund! Du kannst froh sein, wenn ich diese Pleite nicht der Hauptkommissarin erzähle. Die versteht bei solchen Sachen überhaupt keinen Spaß!»

Mitterer zog den Kopf ein und wagte keinen weiteren

Widerspruch. Allerdings fand er sein Vergehen nicht so schlimm – immerhin hatten sie zwei Illegale erwischt. Das war ja auch etwas.

Als Laura das Haus der Cabuns verließ, stand Valerias Großmutter in ihrer halb geöffneten Haustür.

«Sie werden ihn suchen, nicht wahr, Signora Commissaria?»

Laura blieb stehen, nickte. «Ja, ich bin dabei. Aber es wird mir nicht leicht gemacht. Letzte Nacht hat jemand einen Katzenkopf vor meine Tür gelegt und das Fenster eingeworfen.»

Die alte Maria Valeria bekreuzigte sich. «Hier müssen Sie nicht suchen, Signora. Er ist nicht hier. Sie müssen zurückfahren!»

«Er ist vielleicht nicht hier – aber etwas ist hier, Signora Cabun. Und dieses Etwas ist auch nicht gut. Vielleicht hat jemand die Botschaft von Claretta missverstanden!»

Die alte Frau senkte den Kopf, hustete leise. «Nein», sagte sie kaum hörbar. «Niemand darf einer Cabun etwas antun. Wir stehen alle füreinander ein!» Damit ging sie langsam rückwärts ins Haus zurück und schloss die Tür.

Ich muss diese Nella finden, dachte Laura. Vielleicht hat einer der Brüder Denner Valeria Gewalt angetan, und die Cabun-Frauen haben sie gerächt. Eine völlig absurde Idee, aber sie passte zu Katzenköpfen und Geschichten über Frauen, die ihre Würde mit äußerster Gewalt verteidigten.

Sie folgte den verwinkelten Gassen immer weiter nach oben, war vor dem Rathaus mit Guerrini verabredet. Auf einer der kleinen Terrassen über dem Meer blieb sie stehen, lehnte sich an die sonnenwarme Mauer und wählte Baumanns Nummer. Er meldete sich sehr schnell.

«Na endlich», sagte er. «Dachte schon, dass du jetzt Urlaub machst!»

«Würde ich gern! Aber hier passieren seltsame Dinge. Ich finde inzwischen den Gedanken gar nicht mehr so abwegig, dass die Denners tatsächlich eine Frau gesehen haben, die Valeria zum Verwechseln ähnlich ist.»

«Kann ich die Suche nach Malenge abblasen?»

«Habt ihr denn immer noch keine Spur von ihm?»

«Nicht die geringste.»

«Abblasen würde ich nicht sagen, dazu sind die verdammten Gentests zu eindeutig. Auf Sparflamme suchen, würde ich sagen. Aber besuch doch Frau Dr. Denner. Stell ihr einfach Fragen nach ihrem Schwager, nach der Frau, die sie angeblich gesehen hat, und frag auch nach Valeria. Es wird dir schon was einfallen. Geh ihr richtig auf die Nerven. Kannst du das?»

«Mit Vergnügen!»

«Wie geht's denn ihm?»

«Erholt sich allmählich. Allerdings starrt er dauernd auf die Tür und denkt, dass Valeria gleich reinkommt. Die haben jetzt einen Psychologen auf ihn angesetzt.»

«Hm.»

«Na ja, es geht ihm wohl nicht besonders gut. Aber wie stehen denn deine Ermittlungen in den Cinque Terre – abgesehen von deinem angenehmen Reisebegleiter …»

«Was?»

«Tut mir Leid. Ich hab zufällig durchs Fenster geschaut, als du dich mit Guerrini auf dem Domplatz getroffen hast.»

«Aha.» Laura brauchte ein paar Sekunden, um Baumanns Bemerkung zu verdauen. «Hör mal», erwiderte sie endlich. «Ich … mag so was nicht. Und du weißt es ganz genau. Wir haben diese Diskussion schon mehrmals geführt. Es ist meine Sache und damit basta. Klar?»

«Natürlich weiß ich das. Aber ich finde, dass du ganz schöne Risiken eingehst. Dienstreise mit dem Liebhaber – keine Ahnung, was der Chef dazu sagen würde.»

«Auch das ist meine Angelegenheit und mein Risiko. Außerdem komme ich hier ziemlich gut voran und bin spätestens übermorgen zurück.»

«Aber …»

«Ich möchte nicht mehr darüber reden, Peter.»

«Wie genau kommst du voran?»

«Ich suche die Doppelgängerin von Valeria, und meine Chancen stehen nicht schlecht.»

«Ah! Du hältst sie also nicht für ein Hirngespinst?»

«Möglicherweise nicht.»

«Kannst du dich etwas klarer ausdrücken?»

«Nein!»

«Na, dann …»

«Dann ciao!»

Laura steckte den kleinen Apparat zurück in den Rucksack und versuchte, sich nicht zu ärgern. Sagte sich, dass Baumanns Reaktion ganz normal war, dass er die Geschichte für sich behalten würde … Würde er? Möglicherweise machte er Claudia gegenüber Andeutungen – aber Claudia stand auf ihrer Seite. Nie würde Baumann etwas zum Chef sagen. Ganz sicher nicht. Warum konnte er nicht endlich dieses Spielchen aufgeben … Laura mochte ihn wirklich, aber nicht seine Gockeleien.

Sie warf den kleinen Rucksack über ihre Schulter, setzte die Sonnenbrille auf, weil das Glitzern des Meeres sie blendete. Dann löste sie sich von der warmen Mauer und stieg schnell zum Rathaus hinauf. Guerrini war noch nicht da, deshalb hatte sie Zeit, das riesige Wandgemälde zu betrachten, das direkt auf die Mauer unterhalb des Rathauses gemalt war. Das Fresko zeigte eine junge Frau, auf dem Rücken im Meer treibend, ihre langen Haare wallten, ihr Gesicht schimmerte blaugrün. Sie wirkte wie eine Welle, ein Teil des Mittelmeers, und sie war in Lauras Augen eindeutig tot – ertrunken vielleicht, völlig hingegeben an die Elemente ... oder überwältigt von ihnen. Schlimmer noch, sie ähnelte Valeria Cabun so sehr, dass Laura den Atem anhielt.

Links und rechts von der grünen Schönen waren Fischer abgebildet, manche ertranken gerade im tückischen Wasser, andere holten Netze ein. Helden alle miteinander.

Laura wusste, dass Silvio Benedetto der Maler war – vermutlich auch Kommunist, denn seine Bilder erschienen ihr wie eine seltsame Mischung aus sozialistischem Realismus und Surrealismus.

Eigentlich mochte Laura das Wandbild nicht. Es war kitschig und von aufgesetzter Symbolik. Die Frau mit ihren geschlossenen Augen und dem nach hinten geneigten Kopf erschien Laura auf eine sehr sexuelle Weise ausgesetzt. Kein Bild für ein Rathaus irgendwie.

Sie setzte sich auf eine niedrige Mauer und schaute auf die Dächer von Riomaggiore. Trotz all der bedrohlichen Zwischenfälle fühlte sie sich wohl hier, liebte die Gleichzeitigkeit der Geräusche ... das ferne Meeresrauschen, das nahe Gekreisch der Mauersegler, die Stimmen der Frauen im Gemüsegarten unter ihr, Kinderlachen von links, den dumpfen Knall eines Fußballs gegen eine Mauer und ganz oben auf der Panoramastraße ein hupender Bus.

Als sie sich wieder umdrehte, stand Guerrini unter dem Wandbild und stützte mit seinen Händen einen ertrinkenden Fischer.

«Du kannst so bleiben», lachte Laura. «Als Retter machst du dich sehr gut!»

«Als Commissario aber noch besser», erwiderte er und schlenderte zu ihr herüber. «Zum Glück kam der Maresciallo erst, nachdem ich mit dem jungen Carabiniere gesprochen hatte. Es könnte sein, dass die Cousine von Valeria sich in einer der Hütten versteckt, die überall in den Weinbergen stehen. Allerdings sind es eher zwei Cousinen – so jedenfalls vermutet der junge Mann aus Ancona. Nella und Simonetta. Sie waren die besten Freundinnen von Valeria Cabun.»

«Wie kommt der junge Mann darauf?»

«Er ist sehr ehrgeizig und findet, dass die enge Verbindung von Polizei und Bevölkerung nicht gut für die Aufklärung von Verbrechen ist. Hat jede Menge Mafia-Filme gesehen!»

«Soso, und was sagt Sarbia dazu?»

«Gar nichts, denn wir haben ihm nichts davon erzählt. Der Maresciallo ist schon in Ordnung. Er ist ein freundlicher Mensch, der es eigentlich nicht ertragen kann, wenn seine Mitmenschen in Schwierigkeiten geraten.»

«Dann müssen wir jetzt unsere Wanderschuhe anziehen, nicht wahr?»

«So sieht es aus, Commissaria. Ich glaube nicht, dass wir die Carabinieri dazu bringen können, die Weinberge der Cinque Terre in einem durchaus nicht legalen Einsatz zu durchkämmen. Oder hast du Ermittlungshilfe beantragt?»

«Nein, Commissario. Ich habe nur einen sehr fähigen Kollegen aus Siena angeworben.»

«Ah, kenne ich den zufällig, ich bin nämlich ebenfalls aus Siena?»

«Guerrini heißt er. Ich habe schon einmal mit ihm gearbeitet. Ziemlich guter Mann ...»

«Wirklich? Ich habe von ihm gehört, aber ihn niemals persönlich kennen gelernt.»

«Schade, er würde dir gefallen ...»

Guerrini brach in Gelächter aus. «Wie lange können wir diese Art von Gespräch fortsetzen, was glaubst du?»

«Endlos, wenn du es nicht unterbrechen würdest. Wäre sicher interessant, was am Ende dabei herauskommt.»

EINE STUNDE später machten sie sich auf den Weg. Der junge Carabiniere hatte Guerrini eine Karte mitgegeben, auf der die Weinberge der Cabuns eingezeichnet waren. Alle lagen auf den Hängen zwischen Riomaggiore und Manarola. Es war bereits Nachmittag, und die Sonne stand nicht mehr hoch am Himmel. Der Aufstieg war mühsam. Ein steiler Weg, gefügt aus breiten Steinen, führte durch Gemüsegärten, Zitronen- und Olivenhaine immer höher hinauf zum winzigen Ableger von Riomaggiore, zum Oberdorf. Vom Kirchplatz aus ging es gleich hinaus in die Weinfelder. Es war mehr ein Pfad denn ein Weg – stets oberhalb einer Trockenmauer, gerade genug Raum lassend für Füße, die man hintereinander setzt. Laura hatte das Gefühl, als würde sie über die Steilhänge balancieren, fragte sich, wie die Menschen es jemals geschafft hatten, diese Wunderwerke zu vollbringen, Tausende von winzigen Feldern aus dem Berg herauszuarbeiten – wie Bienen ihre Waben.

Sie trafen nur wenige Weinbauern, die Reben hochbanden und über das Austreiben der hellgrünen Weinblätter zu wachen schienen. Noch war nicht gegen Schädlinge gespritzt worden, und der Wind, der übers Meer kam und den Hang heraufwehte, war köstlich frisch. Guerrini und Laura gaben sich als Wanderer – eigenwillige eben, die nicht den Wegen der unzähligen Touristen folgten, die sich tief unten auf dem Küstenweg, der Via dell'amore, drängten.

Sie kamen gut voran, erreichten bald die ersten *rustici*, kleine Häuschen aus Natursteinen, die den Weinbauern als Unterkünfte gedient hatten, wenn die Arbeiten in den Feldern länger dauerten oder Mauern neu befestigt werden mussten. Es waren ausschließlich Männer, die sie auf ihrer Wanderung trafen, und alle grüßten freundlich. Nach etwa einer halben Stunde verließen sie den Pfad, der parallel zur Küste verlief, und stiegen steil nach oben, um die erste Hütte der Cabuns zu suchen. Es war anstrengend, und sowohl Laura als auch Guerrini geriet außer Atem.

Die erste Hütte lag, halb verfallen, tief in einer unerwarteten Senke am Hang. Sie war eindeutig unbewohnt. Trotzdem kletterten die beiden Kommissare zu ihr hinunter, umrundeten sie, schauten durch die trüben Fenster. Farne wucherten hinter dem Häuschen, und wilder Hopfen rankte über das Dach. Ein Vogel gab Alarm, flatterte unter zerbrochenen Balken hervor.

Sie erschraken beide. Laura empfand eine eigenartige Erregung, alle ihre Sinne waren angespannt.

«Es gibt keine Hexen», murmelte Guerrini und drückte ihren Arm.

«Ich wär mir da nicht so sicher», gab sie zurück.

«Bin ich ja nicht, deshalb sage ich es … um mir selbst Mut zuzusprechen!»

Sie gingen weiter, durchquerten ein schmales Waldstück, fanden die Hütten der Cabuns nun in kurzen Abständen. Manche waren in sehr gutem Zustand, wurden offenbar noch immer genutzt – für die Weinernte oder die Arbeit in den Feldern. Andere wirkten gänzlich verlassen. Aber keine zeigte Anzeichen, dass sich jemand in ihnen verbarg.

Es wurde spät, und die Sonne verschwand hinter den Bergen im Westen. Noch immer folgten sie dem Weg, den der junge Carabiniere auf der Karte eingezeichnet hatte, waren inzwischen beim Abstieg und konnten das Dorf Manarola unter sich liegen sehen. Der Übergang von der Küste zum Meer war nicht mehr zu erkennen, nur weit draußen glänzte das Wasser rosig und golden.

Es war eines der letzten Cabun-Häuschen, das endlich in der Dämmerung vor ihnen lag, und drinnen brannte Licht. Sehr schwaches Licht zwar, aber eindeutig Licht. Wie ein Vogelnest lag die Hütte über einem Hang, der beinahe senkrecht abfiel. Laura und Guerrini warteten hinter einer Mauer, bis es ganz dunkel wurde. Das winzige Licht flackerte hin und wieder, stammte vermutlich von einer Kerze oder Petroleumlampe. Zu hören war nichts, nur manchmal das Rattern eines Zuges tief unter ihnen und das Rauschen des Windes.

Als es dunkel genug war, schlichen sie sich an das kleine Haus an, mussten dabei dem Pfad folgen, der zwischen zwei Steinmauern verlief, erreichten den schmalen Vorplatz, duckten sich an der Mauer entlang zum Fenster. Laura wunderte sich, dass sie die Fenster nicht verdunkelt hatten. Die Bewohner fühlten sich entweder sehr sicher oder hatten nichts zu befürchten.

«Schau du», flüsterte Guerrini.

Behutsam schob sich Laura vor, nutzte den Zweig eines Feigenbaums als Deckung, sah endlich ins Innere der Hütte. Auf einem kleinen Tisch stand eine Petroleumlampe, die den Raum schwach erleuchtete. Weiße Wände, ein Regal, ein Herd. Die Hütte war leer.

Der Angriff kam so unerwartet, dass sie noch nicht einmal Zeit hatte, schützend den Arm zu heben. Es schien Laura, als wäre der Katzenkopf zum Leben erwacht, als würde dieses unaussprechliche Entsetzen sie von allen Seiten zugleich anspringen. Es war Kreischen, Schlagen,

Wüten. Sie hörte Guerrini brüllen, sich selbst schreien, schlug wild um sich, versuchte abzuwehren, was über sie herfiel.

Es war stockfinster. Ein schwerer Gegenstand krachte immer wieder auf sie herab, bis sie ihn endlich zu fassen bekam. Irgendwann erkannte sie, dass sie eine gusseiserne Bratpfanne in der Hand hielt. Und da wusste sie auch, dass ihre Gegnerin eine Frau war oder es vielleicht auch zwei Frauen waren.

Laura schwang die verdammte Pfanne und stieß sich von der Mauer ab. Metall krachte auf Metall. Auch die andere hatte offenbar eine neue Waffe. Mit beiden Händen umfasste Laura den Stiel der Pfanne und schwang sie mit aller Kraft. Sie hörte einen Schrei, plötzlich war niemand mehr da ... keine Schritte zu hören, weiter rechts vielleicht ein Stolpern, irgendwas fiel zu Boden, schepperte. Dann war es still.

Laura horchte in die Dunkelheit, hörte nur das Rasen ihres Herzens, ließ endlich die Pfanne sinken, spürte zum ersten Mal deren Gewicht. Ihre rechte Schulter schmerzte. Da hatte sie einen Schlag abbekommen. Zum Glück keinen auf den Kopf, dachte sie. Trotzdem fühlte sie sich taumelig, fiel gegen die Hauswand zurück, versuchte, ruhig zu atmen, einen klaren Kopf zu bekommen. Wo war Guerrini? Er hatte hinter ihr gestanden, als der Angriff über sie hereinbrach. Laura tastete sich an der Hauswand entlang bis zur niedrigen Trockenmauer, die den Vorplatz vom Steilhang trennte. Mit zitternden Händen suchte sie in ihrem Rucksack nach der Taschenlampe, erwartete fast den nächsten Angriff.

Er kam nicht. Weit unter ihr, auf der Panoramastraße, fuhr ein Auto. Laura tastete nach ihrer Schulter, war sicher, dass sie zumindest angebrochen war. Endlich wagte sie, die Taschenlampe anzuknipsen, leuchtete den Platz vor der Hütte ab. Nichts zu sehen außer der Pfanne und einem Spaten. Wo war Angelo?

Laura kroch zur Mauer und leuchtete den Hang hinab. Er lag zwischen Felsbrocken am Rand des nächsten Weinfelds, rührte sich nicht, soweit sie das erkennen konnte.

Laura wurde schlecht.

Dann riss sie sich zusammen, steckte die Taschenlampe weg und kletterte über die Mauer. Zum Glück war der Mond gerade aufgegangen, und sie konnte ungefähr erkennen, wohin sie greifen musste, wohin ihre Füße setzen. Ihr rechter Arm war ganz taub, half nicht viel. Trotzdem schaffte sie es, irgendwie den Hang hinunterzuklettern, ohne zu fallen.

Als sie endlich bei Guerrini ankam, verharrte sie eine Sekunde auf ihren Knien, schickte ein Gebet zur schwarzen Madonna von Reggio, ehe sie die Taschenlampe nahm. Noch zögerte sie, hatte einfach Angst …

«Ich glaube, dass ich mir das Bein gebrochen habe …», flüsterte Guerrini heiser.

Laura dankte der Madonna, knipste die Lampe an, leuchtete genau in sein Gesicht. Er hielt eine Hand schützend vor seine Augen.

«Mach sie lieber aus, falls die nochmal kommen.»

Laura schaltete die Lampe aus. Ihr wurde schon wieder schlecht.

«Ich hatte Angst um dich», sagte sie. «Von oben sah es aus … als wärst du bewusstlos. Was ist denn passiert?»

«Ich weiß nicht genau», flüsterte Guerrini. «Ich war an der Mauer. Irgendwas sprang mich an und warf mich hintenüber. Ich konnte überhaupt nichts machen …»

«Clarettas Löwinnen …», murmelte Laura. «Ich denke, ich habe wenigstens eine von ihnen ganz schön erwischt.»

«Womit denn?»

«Mit einer Pfanne!»

«Dio buono!»

«Meine Schulter ist aber auch kaputt. Lass mich dein Bein sehen. Welches ist es denn?»

«Das linke.»

Laura schaltete die Taschenlampe wieder an und beleuchtete Guerrinis Bein. Oberhalb des Knöchels war es dick geschwollen und begann bereits, sich zu verfärben. Es tat offensichtlich höllisch weh, denn als sie es vorsichtig berührte, schrie er auf.

«Wie war die Nummer von dem jungen Carabiniere aus Ancona?», fragte Laura und zog ihr Handy aus dem Rucksack.

Sie verkrochen sich zwischen die Weinstöcke wie verwundete Tiere. Jetzt, da der Schock allmählich nachließ, spürten sie überall Schmerzen. Es kam Laura so vor, als erinnerte sich ihr Körper an die Schläge, die ihr Verstand nicht registriert hatte. Nicht nur die Schulter, sondern auch ihr Rücken tat weh, außerdem die linke Hüfte. Guerrini klagte ebenfalls über Rückenschmerzen und bestand darauf, dass die Taschenlampe ausgeschaltet blieb.

«Die sind noch da», flüsterte er und wies zur Hütte hinauf. Hinter dem einzigen Fenster flackerte die Petroleumlampe, dann wurde sie gelöscht. Der Mond war beinahe voll und sehr hell, was nicht besonders günstig war. Zwar konnten sie sehen, was oben bei der Hütte vor sich ging, aber sie befürchteten, auch selbst gesehen zu werden.

Etwas bewegte sich links vom Haus, an der Mauer, über die Guerrini gestürzt war. Ein schwarzes Etwas, das sich sehr anstrengte. Gleich darauf wussten sie, warum. Felsbrocken kamen den Hang herunter, rollten nur knapp an ihnen vorüber wie Geschosse.

«Verdammter Mist!», fluchte Guerrini. «Die haben ihre Seeräubertricks noch immer nicht verlernt. Fehlt nur noch das heiße Öl!»

Sie robbten unter den Weinstöcken durch zu einem Gebüsch weiter rechts. Es waren nur etwa zehn Meter, doch für Guerrini mit seinem gebrochenen Bein bedeutete es eine enorme Anstrengung. Als sie endlich hinter dem Gestrüpp liegen blieben, flach auf der Erde und völlig erschöpft, war er einer Ohnmacht nahe.

Noch immer donnerten Steine herab. Das schwarze Wesen trug jetzt die Mauer ab, wütete wie ein verrückter Dämon. Es hatte aber ihre Flucht nicht bemerkt, denn es zielte weiter auf den Weinberg.

«Irgendwann wird sie aufhören und merken, dass wir Verstärkung bekommen.» Laura legte eine Hand an Guerrinis Wange. Er fühlte sich heiß an. Hatte er bereits Fieber?

«Hoffentlich kommen sie bald», flüsterte er. «Ich weiß nicht, wie lange ich noch durchhalte …»

«Er hat versprochen, dass sie sofort losfahren. Sarbia wird auch mitkommen. Ich hab ihm die Hütte beschrieben und gesagt, wo auf der Karte sie zu finden ist. Es kann nicht sehr lange dauern, Angelo!»

«Weißt du, dass wir in einer Scheißsituation sind? Du vielleicht weniger, Laura, weil du immerhin an diesem Fall arbeitest. Aber mit mir hat die ganze Sache gar nichts zu tun. Ich kann also nur beten, dass meine Kollegen nichts weitermelden. Ich kann nicht mal weglaufen …»

«Sie werden nichts melden, Angelo. Du bist mein Freund und hast mich einfach nur begleitet. Das kann ja nicht verboten sein, oder?»

«Nein … aber es ist allgemein bekannt, dass ich zu illegalen Aktionen neige.» Er hustete.

«Wir sind einfach nur verunglückt. In der Dunkelheit gestürzt. Das passiert Wanderern immer wieder. Ist nichts Ungewöhnliches.»

Oben am Haus wurde es plötzlich ruhig.

«Schscht!» Laura hob den Kopf und lauschte. «Ich hoffe, dass die nicht runterkommen», flüsterte sie und tastete nach einem Stein oder Stock, den sie im Fall eines Angriffs als Waffe benutzen konnte. Dachte, wie schnell man kämpfen lernte, und die Worte der alten Maria Valeria kamen ihr wieder in den Sinn: Sie hat den Kampf verloren, nicht wahr? Wenn Valeria so kämpfen konnte wie ihre Cousine Nella – und Laura war sicher, dass Nella ihre Gegnerin oben vor der Hütte gewesen war –, dann erschien es verwunderlich, dass sie den Kampf verloren hatte.

Noch immer schauderte Laura vor dem unerwarteten Angriff, den sie nur mühsam überstanden hatte. Sie war gefährliche Situationen gewohnt, aber das hier war etwas anderes. Sie schaute auf die Uhr. Beinahe zehn. Wo blieben die Carabinieri? Wieder kollerte ein Fels. Laura zuckte zusammen. Er musste sich selbst gelöst haben, denn an der Mauer war niemand mehr zu sehen.

Sie legte ihren Rucksack unter Guerrinis Kopf. Er versuchte ein Lächeln.

«Hab mich ganz schön überrumpeln lassen, was? Ganz der erfahrene Ermittler!»

«Wir sind beide überrumpelt worden. Ich hatte nur das Glück, nicht an der Mauer zu stehen, sonst wäre ich auch hinuntergestürzt.»

«Glaubst du wirklich, dass das Frauen waren?»

«Ja, das glaube ich. Starke Frauen, die um keinen Preis gefunden werden wollen. Ich bin sicher, dass genau diese Frauen in München waren und Dr. Denner überfallen haben.»

Auf der Panoramastraße, die etwa zweihundert Meter unter ihnen verlief, näherten sich langsam drei Autos, hielten an. Starke Taschenlampen leuchteten auf, und mehrere Männer machten sich an den Aufstieg durch die Weinfelder.

«Sie kommen!» Laura rappelte sich auf.

«Ich frage mich nur, wie sie mich transportieren wollen …», murmelte Guerrini und stöhnte auf, als er versuchte, sein linkes Bein zu bewegen.

Über zwei Stunden dauerte es, ehe die Carabinieri und die Männer aus dem Krankenwagen den Commissario aus Siena zur Straße hinuntergetragen hatten. Guerrini war hinterher der Meinung, dass er alle Sünden seines Lebens nicht nur einmal, sondern mehrere Male abgebüßt hatte. Man hatte ihn fallen lassen – auch das nicht nur einmal, war gemeinsam mit ihm gestürzt, abgerutscht, und die Flüche hätten durchaus gereicht, um den Mond rot anlaufen zu lassen.

Laura war zusammen mit Sarbia und seinem jungen Stellvertreter – sein Name war Sergente Michele Amato – noch einmal zur Hütte der Cabuns hinaufgestiegen. Die Pfanne und der Spaten waren verschwunden, die Haustür war abgeschlossen, und absolut nichts erinnerte daran, dass hier vor kurzem ein Kampf auf Leben und Tod stattgefunden hatte. Laura verschwieg diesen Kampf, wies nur auf die Mauer.

«Sie muss in einem sehr schlechten Zustand gewesen sein», sagte sie. «Als Guerrini sich dagegenlehnte, brach sie ein, und er fiel. Und ich bin auf meine Schulter gefallen, als ich hinter ihm herkletterte. Die ganze Sache ist mir wirklich sehr peinlich.»

«Was machen Sie denn überhaupt hier oben?», fragte der Maresciallo. «Hier läuft man nicht einfach im Dunkeln herum. Ich glaube Ihnen diese Geschichte nicht, Commissaria.»

«Dann wären wir quitt, nicht wahr, Maresciallo?»

«Wie quitt?»

«Sie beschützten Ihre Leute, und ich beschütze Ihre Leute.»

Sarbia schaute auf Laura, deren Gesicht im Mondlicht von geisterhafter Blässe war, schaute auf Sergente Amato und endlich zum Mond hinauf.

«Ich weiß nicht genau, wovon Sie sprechen, Commissaria. Aber vielleicht erzählen Sie mir später mehr. Wir sollten hinuntergehen und einen Grappa trinken.»

Sie gingen, und Laura gelang es, ihre Schmerzen vor den beiden Carabinieri zu verbergen. Trotz aller Anstrengung nahm sie das Meer wahr. Es war schwarz und trug auf seinen Wellen ein zitterndes silbernes Gespinst.

Laura und Michele Amato begleiteten Guerrini ins Krankenhaus nach La Spezia. Es war ein Schock. Grelle Lichter, Lärm, Konfusion. Sie gerieten mitten in die Anlieferung mehrerer Unfallopfer, denen die Autostrada zum Verhängnis geworden war. Der junge Arzt, der

Guerrinis Bein in Augenschein nahm, war sehr freundlich, erklärte aber ein wenig verzweifelt, dass sie warten müssten, bis die anderen behandelt und operiert worden seien.

«Es sind schwere Fälle, Sie sind ein leichter, Commissario.»

«Sind Sie sicher?» Guerrini brachte ein verzerrtes Lächeln zustande.

«Ja, ziemlich sicher. Wir werden Ihr Bein röntgen, dann wissen wir mehr.»

Guerrini wurde fortgerollt, Laura und der junge Carabiniere blieben im Warteraum zurück.

«Würden Sie mit nach draußen kommen, Commissaria? Ich möchte gern eine Zigarette rauchen. Hier drinnen ist es verboten.»

Laura nickte. Vorsichtig bewegte sie ihre Schulter. Es tat zwar höllisch weh, aber sie konnte sie bis zu einem bestimmten Grad bewegen, vielleicht war sie doch nur geprellt und nicht angebrochen. Sie folgte dem Carabiniere durch den langen Flur zum Ausgang, war froh über die frische Luft.

«Haben Sie gefunden, was Sie suchten?», fragte Amato. Er steckte eine Zigarette in seinen Mund, entzündete ein Feuerzeug und sog den Rauch tief ein. Er war ein hübscher junger Mann mit dichten lockigen Haaren. Auf der linken Wange trug er eine helle senkrechte Narbe, die seinem Gesicht eine interessante Note verlieh. Seine Augen waren lebhaft und intelligent.

«Sie haben Guerrini die Karte mit den Hütten der Cabuns gegeben, nicht wahr?», fragte Laura zurück.

Er nickte.

«Weiß Sarbia davon?»

«Nein.»

«Warum machen Sie das?»

«Weil ich nichts davon halte, dass bestimmte Leute geschont werden und andere nicht. So entsteht das, was wir Mafia nennen.» Er sog an seiner Zigarette, ein paar glühende Tabakkrümel fielen zu Boden, verlöschten im Flug.

«Das kann man hier wohl nicht mit der Mafia vergleichen.»

«Nein, aber so kann es anfangen.»

«Vielleicht.»

«Also, haben Sie etwas gefunden?»

Laura legte den Kopf in den Nacken und atmete tief ein. «Ich könnte Ihnen eine Geschichte erzählen, die Sie zunächst für sich behalten müssten. Ich weiß auch nicht, ob sie wahr ist, diese Geschichte.»

«Ich höre gern Geschichten.» Sein Lachen war dunkel, und Laura dachte, dass er ein erstaunlicher junger Mann war.

«Guerrini hat Ihnen vermutlich die Sache mit dem Katzenkopf und dem Stein erzählt.»

Amato nickte.

«Es war eine Warnung, vielleicht auch ein etwas primitiver Versuch, uns zu vertreiben. Es gibt in Riomaggiore eine alte Geschichte, die noch sehr lebendig ist. Eine Art Frauenverschwörung. Und ich muss gestehen, dass ich durchaus Sympathien dafür habe. Ich weiß auch nicht genau, wie ich damit umgehen soll. Es ist erschreckend, welche Energie hinter den Angriffen steckt ... Kennen Sie diese Nella, Sergente?»

Er lehnte sich mit einer Schulter an die Mauer des Krankenhauses, blies den Rauch sehr langsam aus, verfolgte mit den Augen, wie er sich auflöste. «Ja, ich kenne sie.»

Laura wartete. Als er keine Anstalten machte weiterzusprechen, schaute sie ihn von der Seite an. Er schien mit seiner Zigarette beschäftigt. Sie beschloss, nicht zu drängen, setzte sich auf die Stufen vor dem Eingang.

«Warum fragen Sie nicht weiter?» Er setzte sich neben sie, zündete eine zweite Zigarette an.

«Weil Sie intelligent genug sind, zu wissen, dass Sie meine erste Frage nur halb beantwortet haben.»

«Sprechen alle deutschen Kommissarinnen so gut Italienisch wie Sie?»

«Nein.»

Wieder schwiegen sie.

«Ich kenne Nella seit einem Jahr. Sie ist eine ungewöhnliche junge Frau. Sehr schön, aber auch merkwürdig … irgendwie geheimnisvoll. Valeria war genauso. Ich war ein paarmal mit Nella aus … wahrscheinlich habe ich mich in sie verliebt.» Er sog heftig an seiner Zigarette, spuckte einen Tabakkrümel aus. Laura saß ganz still. «Aber sie sagte, dass sie mit Valeria nach Afrika gehen wolle. Um den Armen zu helfen. Sie wollte nicht die Frau eines langweiligen Carabiniere werden.»

«Tat weh?» Laura sah ihn nicht an.

«Tat weh!»

«Warum haben Sie Nella verraten, Sergente?»

«Weil ich sie beschützen will. Wer weiß, was sie noch für Unfug anstellen wird. Ich dachte, dass sie bei Ihnen und dem Commissario ganz gut aufgehoben wäre. Es ist ein Jammer, dass Sie Nella nicht festhalten konnten.»

«Sie haben also unsere Lüge durchschaut?»

«Natürlich.»

«Und Maresciallo Sarbia?»

«Vermutlich auch.»

«Wo ist Nella jetzt?»

«Ich nehme an, dass der Maresciallo nach ihr suchen wird. Er macht sich auch Sorgen.»

«Ich glaube, dass sie verletzt ist. Wir hatten einen heftigen Kampf.»

Der junge Carabiniere warf seine Zigarette auf den Boden, starrte sie ein paar Sekunden lang an, trat sie dann aus.

«Schlimm verletzt?»

«Ich weiß es nicht. Ich weiß nur, dass ich mit aller Kraft zugeschlagen habe. Sie sollten zurückfahren und dem Maresciallo bei der Suche helfen. Ich komme hier schon zurecht.»

Er nickte, stand auf und salutierte mit einem traurigen Lächeln. Laura hob die rechte Hand an die Stirn und grüßte zurück, unterdrückte einen Aufschrei, so sehr schmerzte ihre Schulter.

Guerrini musste zum Glück nicht operiert werden. Sein Schienbein war oberhalb des Knöchels nur angebrochen. Die Ärzte richteten es und verpassten ihm einen Gips. Weil die Betten im Krankenhaus sehr knapp waren, empfahlen sie Laura, den Patienten wieder mitzunehmen. Es bestehe keine Gefahr. Die Prellungen seien zwar schmerzhaft, würden aber sicher ohne Schwierigkeiten heilen.

«Kennen Sie Riomaggiore?», fragte Laura. «Es besteht vor allem aus Treppen. Wie soll er sich da bewegen?»

«Sie können ein Hotelzimmer hier in La Spezia nehmen, Signora!», erwiderte der Dienst habende Arzt freundlich. «Er darf auf alle Fälle das angebrochene Bein in den nächsten Wochen nicht belasten.»

«Na wunderbar», erwiderte Laura. Sie wollte dem Arzt

eigentlich ihre schmerzende Schulter zeigen, aber nachdem der rechte Arm wieder gehorchte, ließ sie es lieber bleiben. Sie war sicher, dass er ihr ebenfalls einen Gips verpasst hätte.

Deshalb bedankte sie sich nur, bat die Frau an der Rezeption, ein Taxi zu rufen. Als eine Krankenschwester Guerrini im Rollstuhl zu ihr herausschob, fühlte sie sich für einen kurzen Moment überfordert. Nein, sie wollte nicht in die Rolle seiner Krankenschwester gedrängt werden … Er sollte stark sein, lieber würde sie den Gips am Bein tragen.

Er sah sie an und wusste es. «Ich habe mir das nicht ausgesucht, Laura. Und ich fühle mich in dieser Rolle keineswegs wohl. Was machen wir also?»

Sie schämte sich, dass er sie durchschaut hatte, kam sich sehr egoistisch vor. Es war nur … sie konnte so selten loslassen, musste immer funktionieren.

«Ich habe ein Taxi bestellt», murmelte sie.

«Wo soll es uns hinbringen?»

«Nach Riomaggiore, und ich schwöre dir, dass wir es schaffen, dich ins Bett zu bringen!» Sie lächelte.

«Du musst dich nicht anstrengen, Laura. Es ist keine gute Situation. Ich habe keine Lust, vor dir im Rollstuhl zu sitzen – aber so ist es nun mal. Was macht übrigens deine Schulter?»

«Geht schon …»

«Spielst du die Heldin?»

«Nein. Keine Kraft für Heldentum. Das überlasse ich den Cabun-Frauen. Diese Nella, der wir vermutlich unseren Zustand verdanken, kennt unseren Sergente Amato. Ich glaube, er liebt sie.»

«Soso … du lenkst ab!»

«Was ist es nur, dass du mich ständig mit meinen

Schwächen konfrontierst. Seit ich dich kenne, kämpfe ich mit mir selbst!»

«Ich auch.»

Sie sahen einander an und brachen in Gelächter aus.

Es war vier Uhr morgens, als sie endlich in Riomaggiore ankamen. Sie hatten Glück, dass gerade ein kleiner Lastwagen Gemüse anlieferte, und so konnte das Taxi gleichzeitig die Schranke passieren, die den Ort vor dem Autoverkehr schützte. Der Taxifahrer und der Gemüselieferant einigten sich außerdem schnell darauf, dass sie Guerrini zu seinem Zimmer bringen würden. Eine klare Sache.

Von der Via Colombo aus mussten sie drei steile Treppen, einen schmalen Gang von etwa hundert Metern und noch eine Treppe bewältigen. Die beiden Männer waren kleiner als Guerrini, was sich als günstig erwies. Er konnte seine Arme über ihre Schultern legen und immerhin auf einem Bein hüpfen, um sie zu entlasten. Trotzdem wurde es eine mühsame Prozedur, und als sie Guerrini endlich auf das Bett fallen ließen, atmeten alle erleichtert auf. Laura verteilte fürstliche Trinkgelder, die trotz entschiedenen Protests gern angenommen wurden, dann kehrte plötzlich Ruhe ein.

Flach auf dem Rücken lagen sie nebeneinander, unfähig, sich zu bewegen. Laura musste all ihre Willenskraft aufbieten, ein Kissen unter Guerrinis Bein zu stopfen und die Lampe auszuknipsen.

Sie zog die Decke über sich und Guerrini, dann schlief sie innerhalb von Sekunden ein.

Als gegen sechs Uhr jemand an die Tür klopfte, band sie das Geräusch zunächst in ihren Traum ein, ehe sie allmählich wach wurde. Das Klopfen war inzwischen sehr laut geworden. Laura kroch aus dem Bett, hatte Mühe, aufrecht zu stehen, fühlte sich verwirrt von der Erkenntnis, dass sie angezogen war und sogar noch Stiefel an den Füßen trug.

Vor der Tür stand Michele Amato.

«Ich möchte, dass Sie mitkommen, Commissaria. Sie müssen mitkommen!» Er sagte nicht einmal guten Morgen, war blass, und um seine Mundwinkel lag ein nervöses Zucken, das Laura bisher noch nicht bei ihm gesehen hatte.

«Was ist denn los?»

«Wir haben Nella.»

Laura nickte, versuchte einen klaren Kopf zu bekommen.

«Ist sie verletzt?»

«Ja.»

«Schlimm?»

«Nicht sehr. Platzwunde am Kopf und ein paar Prellungen. Kommen Sie?» Er drängte.

«Ja, natürlich. Gleich …»

Laura lief in das kleine Bad, ging aufs Klo, bürstete ihr Haar und ignorierte den Rest ihres Aussehens. Als sie ins Zimmer zurückkehrte, stöhnte Guerrini leise und drehte sich halb auf die Seite, wachte aber nicht auf. Behutsam ließ Laura die Tür hinter sich ins Schloss gleiten und folgte dem Sergente. Er ging nicht zum Carabinieri-Revier, sondern in Richtung Hafen. Es roch nach brackigem Wasser und Fisch.

«Sarbia hat sie zu Valerias Eltern gebracht.»

«Warum?» Laura versuchte Schritt zu halten, fühlte sich noch immer ganz unwirklich und schlaftaumelig.

«Es geht bei der ganzen Sache um Valeria.»

«Ja, schon ... aber inzwischen wohl mehr um Nella und dieses zweite Mädchen ... Simonetta, nicht wahr?»

«Aber ohne Valerias Tod wäre das alles nicht passiert.»

Er war nicht sehr gesprächig. Doch ehe sie das Haus der Cabuns erreichten, blieb er so plötzlich stehen, dass Laura gegen ihn prallte.

«Ich glaube nicht, dass sie jemanden töten wollte», stieß er hervor, Verzweiflung lag in seiner Stimme. «Sie liebte Valeria wie eine Schwester, Commissaria. Und diese Geschichte der Cabun-Frauen ... Das ist alles so ein Durcheinander. Bitte helfen Sie ihr, Signora ...»

Laura betrachtete den jungen Mann. Im Morgenlicht wirkte er wie eine Schwarzweißfotografie, stand unbeweglich zwischen den Häusern im Dämmerlicht. Und sie liebte ihn für seinen Mut und seine Liebe zu dem wilden Mädchen, nickte ihm zu und legte eine Hand auf seinen Arm.

«Wir werden sehen, was wir machen können ...», erwiderte sie leise.

KOMMISSAR BAUMANN hatte eine Idee. Sie war ihm ganz spontan gekommen, als er zum Haus der Denners unterwegs war. Ganz gegen seine Gewohnheit war er früh unterwegs, denn er hatte sich überlegt, dass Menschen am Morgen noch nicht so ganz konzentriert waren. Er selbst jedenfalls war vor neun Uhr, eher zehn, eigentlich nie wirklich auf der Höhe seiner geistigen Fähigkeiten. Deshalb trank er auf dem Weg zu Renata Denner einen starken Kaffee. Es war kurz nach sieben, als er bei ihr klingelte, und er holte sie aus dem Bett.

Genau das war seine Absicht gewesen.

Die Kinder schliefen noch – ebenso ihre Schwiegermutter, die offensichtlich für eine Weile das Au-pair-Mädchen ersetzte.

Eigentlich wollte sie ihn wieder wegschicken. Schloss zweimal die Tür vor seiner Nase. Doch er klingelte immer weiter, und da sie vermeiden wollte, den Rest der Familie zu wecken, ließ sie ihn schließlich rein.

«Ich finde es eine Unverschämtheit, dass Sie so früh hier auftauchen!» Sie gestikulierte heftig, zog immer wieder den Gürtel ihres Morgenmantels fest. «Nach alldem, was wir in den letzten Tagen durchgemacht haben», fügte sie hinzu.

«Es tut mir sehr Leid, Frau Doktor», sagte er sanft. «Wir haben eine Menge zu tun, und ich wollte in Ruhe mit Ihnen sprechen.»

«Worüber denn noch, um Himmels willen?»

«Oh …» Er stieß ein leises Lachen aus. «Es ist eigentlich so gut wie nichts an diesen Fällen geklärt, gnädige Frau. Da gibt es noch eine Menge zu besprechen.»

«Ich kann nichts zu dieser Klärung beitragen, deshalb möchte ich auch endlich meine Ruhe haben, um mich zu erholen.»

«Ja, natürlich, das kann ich sehr gut verstehen. Könnten wir vielleicht hineingehen?»

Widerwillig ging sie vor ihm ins Wohnzimmer, bot ihm aber keinen Platz an, blieb auch selbst stehen.

«Also, was wollen Sie?»

«Es gibt da so eine neue Aussage einer Person, die in dem Haus in der Herzogstraße wohnt ... Sie wissen schon, das Haus mit der seltsamen Wohnung ...»

«Lassen Sie mich endlich mit dieser Wohnung in Ruhe. Ich kenne sie nicht und habe nichts damit zu tun!» Renata Denner faltete ihre Hände, legte das Kinn darauf und schloss die Augen.

«Ja, aber ... es tut mir wirklich Leid. Ein Bewohner dieses Hauses hat in der Nacht, als Valeria Cabun ums Leben kam, einen Mann auf der Treppe gesehen.»

«Ja, und?» Sie hob das Kinn.

«Es sieht so aus, als könnte es Ihr Mann gewesen sein, Frau Doktor ...»

«Mein Mann? Sie sind wohl verrückt geworden. Was sollte mein Mann in diesem Haus tun? Gehen Sie! Gehen Sie sofort! Ich möchte mir diesen Quatsch nicht länger anhören. Finden Sie die Mörder meines Schwagers und diejenigen, die meinen Mann beinahe umgebracht haben. Befreien Sie uns von diesen italienischen Messerstechern!» Sie keuchte, rang die Hände.

Seltsame Hände, dachte Baumann. Immer sind es ihre Hände, die mir auffallen. «Aber es war mit ziemlicher Sicherheit Ihr Mann in diesem Haus ...»

«Raus!»

«Glauben Sie nicht, dass Sie sich mit diesem Verhalten schaden könnten …»

«Raus, aber sofort! Ich habe es nicht nötig, meinem Mann von einem kleinen Polizisten beleidigen zu lassen!»

«Sie meinen den großen Arzt?» Vielleicht übertreibe ich, dachte Baumann und ging langsam zur Haustür.

«Wagen Sie es nicht, meinen Mann zu beleidigen!» Sie schrie beinahe.

Baumann hob beschwichtigend seine Hände. «Ich gehe ja schon. Aber ich komme sicher wieder. Wie gesagt, es ist so gut wie nichts geklärt …»

Sie knallte die Tür zu, ehe er seinen Satz beendet hatte.

Meine Idee war ziemlich gut, dachte Baumann. Es stimmt zwar nicht, dass Denner gesehen wurde, aber es hat die Dame ordentlich aufgemischt. Laura wird zufrieden sein.

Nella saß am Esstisch der Cabuns, stützte den Kopf auf eine Hand. Um die Stirn trug sie einen Verband, der durchgeblutet war, ihr langes Haar hing bis über ihre Schultern herab. Ein breiter Riss klaffte in ihrer dunkelblauen Leinenbluse. Vor Nellas Brust baumelte eines dieser großen modischen Kreuze mit falschen Steinen. Als Laura und Amato das Zimmer betraten, schaute sie kurz auf, drehte dann den Kopf zur Seite.

Roberto Cabun lehnte mit verschränkten Armen an der Wand, seine Frau saß auf einer Bank nahe am Fenster, und Sohn Marco war halb drinnen, halb draußen auf der Terrasse über dem Meer.

Eine Theaterszene, dachte Laura. Vielleicht schlafe

ich noch und träume das alles. Sie schaute sich nach Maresciallo Sarbia um, der in diesem Augenblick von der Terrasse ins Zimmer trat und sich räusperte.

«Buon giorno, Commissaria. Das ist eine sehr unangenehme Situation.»

Laura nickte ihm zu. «Wäre es möglich, dass ich mit Nella allein sprechen könnte?»

«Niemals!» Roberto Cabun fuhr aus seiner Erstarrung auf. «Wir lassen sie nicht allein. Wir stehen das alle gemeinsam durch!»

«Signor Cabun, es wäre besser für Nella, wenn ich allein mit ihr sprechen könnte. Es ist etwas geschehen, das nur sie und mich etwas angeht. Da können Sie nichts für Nella tun!»

Maresciallo Sarbia starrte Laura nachdenklich an, seufzte endlich.

«Ich denke, wir lassen die beiden allein», murmelte er. «Es passieren hier seltsame Dinge, die ich als euer Maresciallo nicht mehr verstehe.» Er warf einen Seitenblick auf Sergente Amato.

Carla Cabun erhob sich als Erste. «Andiamo», sagte sie mit entschiedener Stimme. «Gehen wir! Wir konnten Valeria nicht helfen, jetzt helfen wir wenigstens Nella.» Sie packte ihren Mann am Arm und zerrte ihn zur Tür, Sarbia und Amato folgten, Marco Cabun zögerte lange, ehe auch er ging. Der Blick, den er Laura zuwarf, war voll Verachtung. Dann war auch er fort.

Laura trat zur Terrassentür und schaute aufs Meer hinaus, das ganz rosig und frisch im Morgenlicht herumschwappte.

«Das mit Ihrem Kopf tut mir Leid», sagte sie. «Ich hatte Angst, dass Sie mich umbringen könnten, deshalb habe ich so kräftig zugeschlagen.»

Nella antwortete nicht, hielt den Kopf gesenkt.

«Aber Sie haben meine Schulter erwischt, und das nicht schlecht. Also sind wir quitt, nicht wahr?»

Nella rührte sich nicht.

«Allerdings», fuhr Laura fort und schaute weiter aufs Meer hinaus, beobachtete ein Fischerboot, das von den Wellen herumgeworfen wurde, «allerdings ist da noch eine Sache. Um ein Haar hätten Sie einen Commissario umgebracht. Zum Glück hat er sich nur das Bein gebrochen.»

Nellas Hand bewegte sich flach über den Holztisch.

«Das wollten wir nicht!» Ihre Stimme klang überraschend tief und heiser.

«Wer ist wir?» Laura wandte sich um und schaute die junge Frau an.

«Sehen Sie, das ist einer der Gründe, warum ich nicht mit Maresciallo Sarbia reden kann … solche Fragen, wie Sie gerade eine gestellt haben.»

«Aber Nella. Das sind doch ganz normale Fragen. Wenn Sie ‹wir› sagen, dann weiß ich natürlich, dass Sie nicht allein waren, und ich nehme an, dass die zweite Person einen Namen hat und dass dieser Name Simonetta lautet.»

«Woher … wer hat Ihnen das gesagt? Sie sind eine deutsche Commissaria! Wer erzählt Ihnen solche Sachen?»

«Jemand, der sehr klug ist, Nella. Ich möchte Ihnen einen Vorschlag machen. Ich weiß, dass Sie Valeria sehr geliebt haben. Ich kenne auch die Geschichte der Cabun-Frauen. Mein Vorschlag, Nella: Ich und der Commissario vergessen, was in den Weinbergen passiert ist. Sie erzählen mir aber, was in München geschehen ist – an dem Abend, als Sie Doktor Denner trafen.»

Nella warf Laura einen entsetzten Blick zu. «Ist … ist er tot? Sind Sie deshalb gekommen?»

Laura war erstaunt, wie schnell Nella sich verraten hatte. Es lag wahrscheinlich an den Erlebnissen der letzten Nacht …

«Nein, er ist nicht tot, Nella. Er ist ziemlich verletzt, aber er wird es überstehen. Er hat Sie gesehen, Nella. Er glaubt zwar, dass es Valeria war, die vor ihm stand. Aber ich glaube, dass Sie es waren!»

Nella sah verwirrt aus, hatte jetzt offensichtlich ihren Fehler erkannt.

«Wir wollten ihn nur zur Rede stellen, Signora Commissaria. Wir wussten, dass er etwas mit Valerias Tod zu tun hat. Simonetta und ich wollten ihn nur fragen, warum er …» Sie bedeckte ihr Gesicht mit beiden Händen.

«Warum er was?», fragte Laura sanft.

«Valeria hat mir ihr Tagebuch geschickt und einen Brief. Aber als das hier ankam, war sie schon tot.» Nella schluchzte auf.

Laura dachte an das durchwühlte Zimmer Valerias. Das war es also, was der Unbekannte gesucht hatte. Das Tagebuch.

«Ihr wolltet ihn also nur etwas fragen, und dann, was geschah dann?»

«Er hat mich angegriffen. Simonetta war ja nur in der Nähe, um mir zu helfen, falls etwas schief gehen sollte. Er hat mich gewürgt, Signora. Simonetta hatte ein Messer …»

«Ja, ich weiß», erwiderte Laura leise. «Was geschah danach?»

«Wir sind weggelaufen und haben den nächsten Zug nach Trient genommen. Da stand mein Auto.»

«Ihr seid nicht zufällig in München geblieben, um die Ehefrau des Dottore Denner noch zu erschrecken und seinen Bruder auch?»

«Nein, Signora.» Nella schüttelte den Kopf, verzog das Gesicht vor Schmerz. «Ganz sicher nicht. Wir sind sofort zurückgefahren. Wir hatten große Angst.»

Laura ließ sich auf einen Stuhl fallen und massierte versichtig ihre Schulter.

«Weshalb habt ihr mich und meinen Kollegen eigentlich so wild angegriffen. Ihr habt mir Angst gemacht.»

«Wir dachten, dass Sie uns mitnehmen wollen. Aber wir würden niemals mitgehen … eher springen wir von den Klippen!» Nella warf ihr Haar zurück, zuckte dabei vor Schmerz zusammen. Jetzt sah Laura, dass sie ganz jung war – vermutlich nicht einmal zwanzig.

«Wie alt ist Simonetta?», fragte sie.

«Was?»

«Wie alt Simonetta ist?»

«Sechzehn.»

So alt wie Luca, dachte Laura. Zwei romantische Heldinnen. «Kannst du schwören, dass ihr beide sofort nach Italien zurückgefahren seid, nachdem Simonetta den Doktor niedergestochen hatte?»

«Aber sie wollte das nicht! Wirklich! Sie hat mich nur verteidigt! Er war … er war ein Schwein, Signora Commissaria!»

«Das ist durchaus möglich, Nella. Aber trotzdem hat niemand das Recht, einem anderen ein Messer in den Rücken zu stechen.»

Nella sprang auf. Sie war groß und kräftig. Mit funkelnden Augen stand sie jetzt vor Laura. «Wenn Sie Valerias Tagebuch kennen würden, würden Sie so etwas nicht sagen. Er hat es verdient, Commissaria!»

«Betrifft das die Cabun-Frauen und die Geschichte von Claretta?»

«Es betrifft alle Frauen, Commissaria. Alle!»

«Ich würde das Tagebuch gern sehen, Nella. Ich glaube nämlich nicht, dass Valeria Selbstmord begangen hat. Ich brauche Beweise oder wenigstens Hinweise. Doktor Denner streitet alles ab und seine Frau ebenso. Ich muss also wissen, was Valeria in dieser Familie erlebt hat.»

Noch immer stand Nella da wie eine Kämpferin, schien gar nicht zu hören, was Laura gesagt hatte.

«Werden Sie uns mitnehmen Signora?» Unter dem halb verrutschten Verband schienen ihre Augen übergroß zu sein.

«Wenn alles stimmt, was du mir sagst, werde ich euch nicht mitnehmen. Niemand wird euch mitnehmen, wenn ihr versprecht, keine Dummheiten zu machen und hier in Riomaggiore zu bleiben.»

«Sie glauben mir, Commissaria?» Plötzlich schwankte Nella, wäre gefallen, wenn Laura sie nicht aufgefangen hätte. Doch die junge Frau war so schwer und Lauras Schulter so geschwächt, dass sie den Zusammenbruch nur abmildern konnte und gemeinsam mit Nella zu Boden ging.

«Bleib liegen!», sagte Laura, als Nella sich aufrichten wollte. «Du hast wahrscheinlich eine Gehirnerschütterung.»

Nella schloss die Augen. «Mir ist schlecht», flüsterte sie.

«Bleib einfach ruhig liegen.» Laura strich vorsichtig die langen Haare aus Nellas Stirn und löste den Verband. Die Wunde an ihren Haaransatz war mindestens zehn Zentimeter lang, gezackt und blutete noch immer.

«Ist dir eigentlich klar, dass wir uns gegenseitig fast umgebracht hätten? Du kamst mir in der Dunkelheit vor wie ein Dämon mit übermenschlichen Kräften.» Laura wickelte den Verband wieder um Nellas Stirn.

«Wir hatten solche Angst», flüsterte die junge Frau, und Laura wunderte sich, wie sehr sie ihrer Cousine Valeria ähnelte.

«Ich werde Sergente Amato sagen, dass er einen Arzt rufen soll. Die Wunde muss genäht werden, Nella. Kannst du inzwischen darüber nachdenken, ob du mir Valerias Tagebuch geben möchtest?»

Die junge Frau stöhnte, ein paar Sekunden lang verharrte sie bewegungslos, die Augen fest geschlossen, dann streckte sie eine Hand aus. «Da drüben … da hängt meine Jacke. In der rechten Tasche steckt das Tagebuch. Sie können es nur haben, wenn Sie versprechen, dass ich es zurückbekomme.»

«Du bekommst es zurück, Nella. Ich danke dir.»

Laura nahm das kleine schwarze Büchlein in die Hand, spürte ihr Herz und ihre Schulter zur gleichen Zeit. Dann ging sie leise zur Tür und rief den jungen Carabiniere herein.

Mit frischen Croissants, einer Thermoskanne voll Kaffee und einer Flasche Orangensaft kehrte Laura zu Guerrini zurück. Er war wach, etwas blass, verkündete aber stolz, dass er es geschafft hatte, allein ins Badezimmer zu hüpfen. Irgendwie wirkte er ganz zufrieden, räkelte sich in den Kissen und schlürfte voll Genuss Kaffee aus dem Deckel der Thermoskanne. Laura erzählte ihm, was an diesem Morgen geschehen war.

«Wo hat Sarbia sie gefunden?», fragte er.

«Im Haus einer Tante.»

«Die natürlich auch dicht gehalten hat, nicht wahr? Eine erstaunliche Solidarität unter diesen Cabuns.»

«Mir gefällt das, obwohl es nicht in unsere Zeit passt. Es hat etwas Archaisches.» Laura griff nach der Verschlusskappe der Kanne und füllte sie erneut, trank langsam.

«Aber es ist eben auch anarchistisch – wir Italiener neigen dazu!» Guerrini lächelte. «Deshalb ist es bei uns so besonders schwierig, Polizist zu sein. Die meisten von uns haben diese Anlage, auch die Polizisten.»

Laura lachte leise. «Du bist in letzter Zeit so philosophisch … Woran liegt das?»

«Das ist auch eine italienische Eigenschaft, falls du das noch nicht bemerkt haben solltest. Nicht nur die Deutschen sind große Philosophen … Bei uns ist die Philosophie allerdings etwas lebensnäher. Wie geht es übrigens deiner Schulter?»

«Mittelmäßig.»

«Darf ich sie mir ansehen?»

«Wenn du sehr behutsam mir ihr umgehst.» Laura knöpfte ihre Bluse auf. Als er ihr dabei half, aus dem Ärmel zu schlüpfen, unterdrückte sie nur mühsam einen Aufschrei.

«Sie ist dunkelblau und geschwollen! Hast du sie eigentlich dem Arzt gezeigt?»

«Nein.»

«Noch eine Heldin, was? Sie könnte gebrochen sein, Laura. Was seid ihr nur alle für verrückte Frauen?»

«Sag nicht ihr! Ich heiße nicht Cabun!»

«Du könntest aber so heißen! Vielleicht ist deine Mutter mit ihnen verwandt?»

Laura stand auf und ging ins Bad. Im Spiegel betrachtete sie ihre Schulter und musste Guerrini Recht geben.

Schulter und Oberarm waren erschreckend blau und dick. Laura durchwühlte ihren Kulturbeutel und fand zum Glück das Gel gegen Prellungen, das sie meistens bei sich hatte. Sie legte die Tube in Guerrinis Hand.

«Bitte.»

«Das wird nicht ausreichen, Laura. Du musst zum Arzt!»

«Ja, später. Im Augenblick geht es nicht. Ich muss Valerias Tagebuch lesen.»

Guerrini schüttelte den Kopf und begann damit, Lauras Schulter und Arm mit dem kühlenden Gel zu bestreichen. Als er fertig war, zog sie ihre Stiefel aus und legte sich neben ihn.

«Eigentlich müsste ich schlafen. Aber ich möchte unbedingt wissen, was in diesem Tagebuch steht. Würdest du es zusammen mit mir lesen?»

Guerrini nickte. Sie machten es sich so bequem wie möglich, stopften sich Kissen in den Rücken, legten Guerrinis Bein hoch. Dann nahm Laura das schwarze kleine Büchlein, löste den breiten Gummi, atmete einmal tief ein und schlug es auf, las die ersten Sätze und klappte es gleich wieder zu.

Ich bin in München!, stand da. *Ich bin endlich da und kann es kaum fassen! Die Stadt ist wunderschön, liegt wie verzaubert unter all dem frischen Schnee! Sie glitzert und funkelt!*

Laura sah Guerrini an. Er verzog ein wenig das Gesicht.

«Wird nicht leicht werden», murmelte er.

«Es wird mir das Herz brechen, wenn es so weitergeht. Ich kann mir genau vorstellen, was sie empfunden hat.»

«Lass uns versuchen, professionell zu sein. Wir suchen einen Mörder …»

«Und wir sind ganz sachlich!»

«Genau!»

«Es geht nicht, Angelo.»

«Warum nicht?»

«Weil ich eine Cabun bin. Du hast es selbst gesagt!»

«Also dann, gib mir das Buch, und ich werde die Stellen heraussuchen, wo es zur Sache geht!»

«Nein! Ich möchte sie kennen lernen. Wir lesen gemeinsam.»

Laura rückte ein bisschen näher an Guerrini heran und schlug das Büchlein wieder auf. Gemeinsam lasen sie die nächsten Seiten, begleiteten Valeria durch die Stadt, lernten die Kinder der Denners kennen und ihre ersten Zweifel über die Eltern. Sie war begeistert vom Unterricht in der Bellingua, fand eine Freundin, traf im Englischen Garten Roberto Malenge. Diese erste Begegnung beschrieb sie in so poetischen Worten, dass Laura die Tränen kamen.

Der Schnee reichte mir an diesem Nachmittag bis zu den Knien. Ich hatte frei und lief über eine Wiese im Englischen Garten, bis ich hinfiel. Es war wunderbar, im frischen Schnee zu liegen … ein weiches kaltes Bett. Vielleicht fühlt es sich so an, wenn man auf einer Wolke liegt. Und plötzlich dieses schwarze Gesicht im weißen Schnee, lachend. Schneekristalle in den Rastalocken, auf den Wimpern und Augenbrauen. Ein schwarzer Engel … warum sollte es keine schwarzen Engel geben, wenn es schwarze Madonnen gibt?

«Ich möchte, dass sie lebt, Angelo! Ich habe sie vom ersten Augenblick an wie eine Tochter gesehen.»

Guerrini verschränkte die Arme. «Ja, ich kann das verstehen. Soll ich nicht doch allein weiterlesen?»

«Nein. Ich halte es schon aus.»

Er warf ihr einen zweifelnden Seitenblick zu.

«Wirklich!»

Sie folgten der Liebesgeschichte zwischen Valeria und dem schwarzen Engel, doch allmählich schob sich etwas Dunkles zwischen die Zeilen. Die Denners machten Valeria das Leben schwer. Ihr konnte sie nichts recht machen, und er stellte ihr nach.

Heute musste ich dreimal hintereinander den Küchenboden putzen, weil er Madame immer noch nicht sauber genug war. Ich muss mir eine andere Familie suchen ... Andererseits kann ich doch die beiden Kinder nicht allein lassen. Sie sind sowieso ganz verlassen. Ihre Eltern haben nie Zeit für sie ...

Sie lasen schneller, folgten gespannt den sich häufenden Zwischenfällen im Hause Denner.

Heute Abend allein mit den Kindern. Als ich sie ins Bett gebracht hatte, kam er nach Hause. Trank ein Glas Whisky und kam zu mir in die Küche. Er hat mich von hinten umarmt. Ich konnte mich nicht rühren. Wenn er mich weiter belästigt, muss ich wirklich gehen!

«Besonders schöne Röcke muss er unbedingt haben», murmelte Laura.

«Was meinst du?» Guerrini lehnte sich zurück und schloss die Augen.

«Ich sagte: Besonders schöne Röcke muss er unbedingt haben! Das sind die Worte von Dr. Denners Mutter. Sie kann ihren Sohn nicht besonders leiden und hält ihn für einen Weiberhelden.»

«Gibt es das? Mütter, die ihre Söhne nicht leiden können?» Er machte seine Augen halb auf.

«Ja, das gibt es. Ich habe das schon ein paarmal erlebt. Allerdings waren das Mütter von Mördern.»

«Vielleicht wurden sie deshalb zu Mördern ...»

«Möglich.»

«Vielleicht muss dieser Denner alle Frauen erobern, weil er seine Mutter nicht erobern konnte?»

«Mal langsam, Angelo. Ich hab was gegen Küchenpsychologie.»

«Was ist denn das?», lachte er.

«Das ist die wörtliche Übersetzung eines deutschen Begriffs für Psychologie auf der untersten Stufe.»

Er zog sie an sich.

«Au!», sagte sie.

«Willst du damit sagen, dass ich Psychologe auf der untersten Stufe bin?»

«Ja.»

Er lockerte seinen Griff. «Lass uns weiterlesen. Obwohl ich als Mann es nicht besonders angenehm finde, ständig mit den Verfehlungen meiner Geschlechtsgenossen konfrontiert zu werden.»

Denners Belästigungen gingen weiter. Valeria verbrachte jede freie Minute mit Roberto Malenge oder ihrer spanischen Freundin, um der bedrückenden Atmosphäre im Hause Denner zu entkommen.

Die Datierungen näherten sich dem Zeitpunkt von Valerias Tod, und Laura las beinahe atemlos weiter. Es kamen nur noch ganz kurze Eintragungen:

Muss weg. Ich halte es nicht mehr aus.

Die Signora hasst mich. Sie weiß, dass ihr Mann mir nachstellt. Warum hasst sie nicht ihn?

Ich kann es Roberto nicht sagen. Er würde ihn umbringen!

Ich kann es niemandem sagen!

Die letzte Eintragung ließ Laura erschauern. Es war nur ein Satz in besonders großen Buchstaben, und Valeria hatte den Stift so fest aufgedrückt, dass das Papier ein wenig eingerissen war.

Ich werde ihn umbringen!

«Wie könnte sie das angestellt haben?», fragte Guerrini sachlich. «Lass mal alle Gefühle weg … jedenfalls für ein paar Minuten, ja? Wie könnte sie versucht haben, ihn umzubringen.»

«Es fällt mir schwer, Angelo. Ich frage mich immer wieder, warum können Menschen nicht um Hilfe bitten? Warum können Sie sich nicht anderen anvertrauen? Es passiert immer wieder!»

«Es ist so, und es gibt auch viele Gründe dafür, vor allem in diesem Fall. Denk nicht an so etwas und auch nicht daran, dass es traurig, entsetzlich und total tragisch ist. Denk darüber nach, was sie getan haben könnte, um ihn zu töten. Trink einen Schluck Kaffee und konzentriere dich!»

Laura trank, wusste schon. «Sie ist ihm nachgegangen. Sie hat herausgefunden, dass er ab und zu in diese Wohnung in der Herzogstraße geht. Dann hat sie das Tagebuch ihrer Cousine Nella geschickt, und bei seinem nächsten Besuch in der geheimen Wohnung hat sie an der Tür geklingelt. Vermutlich war er sehr überrascht, und vielleicht hat sie so getan, als käme sie zu einem Schäferstündchen. Er hat vermutlich jemand anderes erwartet, aber fand die Überraschung ganz prickelnd. Es muss dann ein Kampf stattgefunden haben, denn Baumann sagte mir, dass Denner Prellungen am Körper und Kopf trägt, die nicht von der Messerattacke stammen. Aber Valeria hat ihre Kräfte überschätzt … Denner hat sie niedergeschlagen und aus dem Fenster geworfen. Dann hat er alle Spuren beseitigt und das Fenster im Treppenhaus aufgemacht, damit es so aussieht, als hätte sie Selbstmord begangen.»

Guerrini nickte. «Klingt ganz gut, Commissaria. Aber wie kommen die Haare und das Blut von Roberto Malenge in die Wohnung? Wieso sind keine DNA-Spuren von Denner an Valeria gefunden worden. Wer hat Denners Bruder erstochen und in den Bach geworfen? Wer schlug Roberto Malenge nieder? Weshalb ist er verschwunden?»

«Ich weiß es nicht, Commissario. Aber wenn ich ein paar Stunden schlafen könnte, dann wird es mir vielleicht einfallen.» Laura rollte sich auf die Seite und schloss die Augen.

Zwei Stunden später war sie wieder wach, duschte, zog sich um und machte sich auf den Weg zu Valerias Großmutter. Es war beinahe sommerlich warm, und die Sonne blendete. Laura hatte mit ihrem Sohn Luca telefoniert und sich für ihre unerwartete Reise nach Italien entschuldigt. Ganz weltmännisch hatte er erklärt, dass sie damit wohl quitt seien und ob sie den Commissario wieder mitbringen werde.

Vielleicht, hatte sie geantwortet.

Sie würden an diesem Nachmittag fahren. Guerrini hatte sich noch nicht entschieden, ob er nach Siena wollte oder Laura nach München begleiten würde. Noch hatte er Urlaub, und seine Wohnung lag ebenfalls im vierten Stock ohne Lift. Es machte also – rein praktisch gesehen – kaum einen Unterschied.

Die Gassen von Riomaggiore waren voller Menschen. Touristen und Einheimische strömten an Laura vorüber oder mit ihr zum Hafen hinunter. Ihr fiel auf, dass manche Einheimische ihr seltsame Blicke zuwarfen oder die Köpfe zusammensteckten.

Es hat sich also herumgesprochen, dachte Laura. Wird Zeit, abzureisen!

Maria Valeria öffnete die Tür, noch ehe Laura geklopft hatte.

«Ich wusste, dass Sie kommen, Commissaria.» Ihre Stimme klang zittrig, doch sie hielt sich sehr gerade und trug trotz der plötzlichen Wärme das schwarze Wolltuch ihrer Enkelin um die Schultern.

«Ich wollte mich von Ihnen verabschieden, Signora Cabun. Um den Mörder Ihrer Enkelin zu finden, muss ich nach München zurück.»

«Kommen Sie, kommen Sie noch einmal herein!» Maria Valeria ging langsam vor Laura her in den kleinen Garten hinaus.

«Vielleicht», sagte Laura, als sie wieder neben der alten Frau auf der Bank saß, «vielleicht sollten Sie die Geschichte von Claretta anders erzählen. Es gibt andere Möglichkeiten, einen Vergewaltiger zu vernichten. Man muss ihn nicht umbringen. Man kann ihn ins Gefängnis bringen.»

Maria Valeria schaute aufs Meer hinaus, beschattete ihre Augen mit einer Hand und wurde trotzdem vom blaugrünen Glitzern geblendet. «Sie meinen etwas anderes, Commissaria. Sie wollen mich schonen, nicht wahr? Aber eigentlich wollen Sie sagen, dass wir alle eine Mitschuld an Valerias Tod tragen. Selbst Claretta.»

«So ist es wohl», erwiderte Laura leise. «Und auch Nella und Simonetta hat diese Geschichte ganz schön in Schwierigkeiten gebracht.»

«Bitte helfen Sie den Mädchen, Commissaria. Sie verstehen, was in den beiden vor sich gegangen ist. Sie müssen ihnen helfen, bitte.»

«Ich weiß nicht, ob ich das kann, Signora. Es geht nicht, dass man einen Menschen niedersticht und sich nicht dafür verantworten muss. Das wissen Sie auch. Für so etwas haben wir Gerichte.»

«Aber Simonetta ist noch ein halbes Kind …»

«Sie wussten es also, Signora.»

Maria Valeria bekreuzigte sich.

«Wenn Sie das wussten, dann können Sie mir vielleicht auch sagen, wer den Katzenkopf vor unsere Tür gelegt hat und das Fenster einwarf?»

Die alte Frau senkte den Kopf, atmete schwer.

«Es war Marco.» Sie hustete. «Marco wollte Sie erschrecken, damit Sie wieder abreisen und nicht nach Nella und Simonetta suchen.»

«Hat er wirklich geglaubt, dass wir uns von ein bisschen Hexenzauber vertreiben lassen würden?»

«Ich weiß es nicht, Commissaria.»

«Haben Sie es geglaubt?»

«Er hat es mir erst hinterher erzählt. Ich habe nicht geglaubt, dass Sie gehen würden.»

Laura stand langsam auf, ließ ihren Blick an der Steilküste entlangwandern, hinauf in die Mosaike der Weinberge und hinunter zum Meer. Sie atmete so tief ein, dass ihre verletzte Schulter schmerzte. «In diesem Land zu leben lohnt sich, Signora. Sorgen Sie gut für die nächste Generation. Nella ist ein wunderbares Mädchen.» Sie drückte die Hand der alten Frau und ging.

Maresciallo Sarbia und Michele Amato brachten Guerrini zum Wagen der Carabinieri, halfen Laura mit dem Gepäck. Die Cabuns wollten keine Miete für das Zimmer nehmen, doch Laura bestand darauf, zu zahlen.

«In meinem Beruf», sagte sie zu dem jungen Cabun, der diesmal nur ein ganz klein wenig arrogant war, «in meinem Beruf darf man nicht einmal die kleinste Vergünstigung annehmen.»

«Aber Signora! Es ist ein Geschenk der Familie, keine Vergünstigung!»

«Gerade deshalb», erwiderte sie, zwinkerte ihm zu und stieg in das Polizeiauto, das vor der Tür wartete.

Sarbia und Amato brachten sie zu Lauras altem Mercedes, der noch immer am Rand der Stichstraße abgestellt war.

«Wir sollen also nichts gegen die Mädchen unternehmen?» Sarbia war erleichtert und gleichzeitig im Zweifel.

«Nein, nichts! Ich möchte erst den Hintergrund der Geschichte in München klären. Es kommt ganz darauf an, wie Doktor Denner sich verhält.»

«Sie meinen also, dass er möglicherweise keine Anzeige gegen die beiden erstattet?» Sarbia hob die Augenbrauen.

«Möglich ist alles, Maresciallo. Falls er tatsächlich schuld an Valerias Tod ist, weiß niemand, wie er sich verhalten wird.»

Sergente Amato, der am Steuer saß, stieß einen leisen Fluch aus, als er neben Lauras Wagen hielt. Beinahe gleichzeitig mit seinem Fluch sahen auch alle anderen den Grund dafür. Ein Seitenfenster des Mercedes war eingeschlagen.

«Es ist mir richtig unangenehm!», schimpfte Sarbia. «Das waren wieder diese Kerle aus La Spezia oder Livorno!»

Der junge Carabiniere grinste. «Ich würde sagen, es waren die aus Rom, Maresciallo. Das ist noch weiter weg.»

«Und ich würde sagen, es war Marco Cabun», fügte Laura den Mutmaßungen hinzu.

«Marco Cabun? Niemals, Commissaria!»

«Doch! Er hat uns auch den Katzenkopf vor die Tür gelegt und den Stein durchs Fenster geworfen.»

Sarbia starrte sie mit offenem Mund an. «Woher wissen Sie das?»

«Von seiner Großmutter.»

Der Maresciallo machte den Mund wieder zu und lud Guerrinis Koffer in den Mercedes. «Warum sagt sie mir so etwas nicht? Ich habe sie auch danach gefragt.»

«Vielleicht, weil Sie ein Mann sind, Maresciallo. Die Cabun-Frauen sind sehr eigenwillig.»

Sarbia seufzte und half Laura dabei, die Glasscherben vom Rücksitz zu sammeln. Dann halfen die beiden Carabinieri dem Commissario in den Wagen. Wenn er hinten saß, konnte er das Bein mit dem Gipsverband auf den Beifahrersitz legen. Mit dessen zurückgeklappter Rückenlehne wurde der alte Mercedes zu einem recht komfortablen Krankenwagen.

«Wenigstens hat man uns das Autoradio gelassen», sagte Laura. «Das bekräftigt meine Theorie, dass es Marco war. Es wurde nichts gestohlen.»

«Ich werde mit ihm reden», brummte Sarbia.

«Ja, das wäre sicher nicht schlecht», stimmte Guerrini zu. «Ich habe etwas gegen Leute, die Katzen die Köpfe abhacken!»

Michele Amato bat Laura darum, mit ihm ein paar Schritte von den andern wegzugehen. «Ich wollte Ihnen danken, Commissaria», sagte er und wurde ein bisschen rot. «Wegen Nella. Sie wissen schon.» Er hielt seine Mütze in der Hand, und Laura fiel auf, dass seine Haare für einen Carabiniere ein klein wenig zu lang waren.

«Passen Sie gut auf Nella auf», erwiderte sie. «Wie geht es ihr überhaupt?»

«Der Arzt hat gesagt, dass sie mindestens eine Woche

ganz ruhig liegen bleiben muss. Die Platzwunde hat er genäht, die ist nicht so schlimm. Aber sie hat eine Gehirnerschütterung.»

«Das dachte ich mir», murmelte Laura.

«Sie waren das, nicht wahr?» Er sah sie fragend an.

«Ja, Sergente. Ich habe ihr mit voller Wucht eine Bratpfanne über den Kopf gehauen, um mein Leben zu retten. Deshalb passen Sie auch gut auf sich auf. Mit den Cabun-Frauen ist nicht zu spaßen!» Sie lächelte ihm zu, versetzte ihm einen leichten Schubs und ging zum Wagen zurück.

«Wir haben keinen Sciachettrà für deinen Vater gekauft», sagte Guerrini kurz vor La Spezia.

«Doch!» Im Rückspiegel warf Laura ihm einen Blick zu. «Natürlich habe ich eine Flasche gekauft. Bin beinahe umgefallen, so teuer war er.»

«Es ist ja auch der Wein der Könige. Kostbar und unendlich köstlich. Seit Jahrhunderten nur in den Cinque Terre gekeltert … Boccaccio beschreibt ihn im ‹Dekameron› … Dein Vater wird auf Engelsflügeln schweben, wenn er nur ein winziges Gläschen davon trinkt …»

Laura bremste vor einer roten Ampel und schaute sich entgeistert nach Guerrini um. Er lachte laut. «Ich mag es, wie du immer wieder auf mich hereinfällst!»

«Für einen Augenblick dachte ich, dass du den Verstand verloren hast!»

«Hab ich auch. Sonst würde ich nicht mit gebrochenem Bein im Wagen einer deutschen Kommissarin liegen.»

«Schlimm?»

«Nein, eigentlich ganz angenehm.»

«Hm. Willst du nach Siena oder nach München?»

«Ich weiß es noch nicht.»

«Du musst dich spätestens an der Autostrada entscheiden. Wenn wir auf dem Weg nach Norden sind, werde ich nicht mehr umkehren. Da läuft ein Mörder frei herum, und ich möchte nicht, dass er noch mehr Unheil anrichtet.»

«Sehr lobenswert.»

«Was ist denn mit dir? Kannst du denn gar nichts mehr ernst nehmen?» Laura musste lächeln, obwohl sie traurig war. Traurig, weil sie die Cinque Terre verlassen musste, weil sie sich Sorgen um Nella und Simonetta machte – jenes junge Mädchen, das sie nicht einmal zu Gesicht bekommen hatte.

«Nein. Ich möchte im Augenblick nichts ernst nehmen. Ich fühle mich wie eine bedeutende Persönlichkeit – im Fonds eines Mercedes, mit einer attraktiven Chauffeuse, die gleichzeitig mein Bodyguard ist und meine Geliebte.»

«Eingebildeter italienischer Macho!», erwiderte Laura und schaltete das Radio ein. Eros Ramazotti. Laura schaltete es aus. «Noch so einer.»

«Du kannst wirklich sehr witzig sein. Das hast du sicher von deinem Vater.»

«Meine Mutter war auch witzig. Ich hasse La Spezia. Es kommt mir vor wie ein schwarzes Loch, das mich verschluckt. Jedes Mal verfahre ich mich hier.»

«Links!», sagte Guerrini.

Es dauerte trotzdem zwanzig Minuten, ehe sie endlich die Einfahrt zur Autobahn erreichten.

«Siena oder München?», fragte Laura wieder.

«Warte!»

«Nein!»

«München!»

«Sicher?»

«Sicher. Ich schulde deinen Kindern noch eine Runde. Außerdem kriegst du mich so schnell nicht los. Ich bin nämlich gern mit dir zusammen.»

«Ach so?»

«Ja, wirklich!»

«Was macht die innere Wüste?»

«Weiß nicht genau. Sie sieht seltsam grün aus.»

Laura nahm eine Hand vom Steuerrad und legte sie auf sein Bein.

«Würdest du mir glauben, wenn ich dir sage, dass ich dich liebe?»

«Ich werde es mir überlegen.»

Irgendwann war Guerrini eingeschlafen. Es hatte Laura nichts ausgemacht. Er war mit seiner Verletzung nicht in Selbstmitleid versunken, und sie dankte ihm innerlich dafür. Eher schien es so, als hätte der angebrochene Fuß seinen Humor und seine Selbstironie noch verstärkt.

An einer Tankstelle hatte sie die zerbrochene Scheibe mit Plastikfolie und Klebeband abgedichtet, denn im Norden drohte Regen. Außerdem zog es jämmerlich. Laura fuhr so schnell, wie es der alte Mercedes eben erlaubte.

Manchmal, dachte sie, gleicht Fahren einem meditativen Zustand. Man ist aufmerksam und gleichzeitig weggetreten, reagiert, ohne zu denken. Ihre Gedanken kreisten um diesen vertrackten Fall, der so überraschende Wendungen nahm. Es war ganz wichtig, dass sie so schnell wie möglich mit Dr. Denner sprach und auch mit seiner Frau.

Während sich der alte Wagen den Brenner hinaufarbeitete, versuchte sie sich in Denner zu versetzen ... versuchte zu spüren, ob er fähig war, ein Mädchen umzubringen und aus dem Fenster zu werfen. Es kam ihr irgendwie nicht sehr wahrscheinlich vor. Sie fragte sich, ob Valeria tatsächlich versucht hatte, ihn zu töten. Ob sie diesen Satz in ihrem Tagebuch in die Tat umsetzen wollte.

Es gab ja immer wieder Sprüche von erregten Menschen, die sagten: Ich könnte ihn umbringen. Ihn oder sie. Aber sie taten es dann nicht ... Es waren eben nur Sprüche. Sie waren natürlich nicht gut, aber besser als die Tat. Was Laura mit den Cabun-Mädchen erlebt hatte, ließ zumindest die Möglichkeit zu, dass Valeria «gekämpft» hatte, wie ihre Großmutter es ausdrückte. Und dass sie den Kampf verloren hatte.

Als sie kurz nach Anbruch der Dunkelheit München erreichten, hatte Laura die Lösung zwar noch nicht gefunden, aber sie hatte eine Ahnung ...

Guerrini erwachte erst, als sie immer wieder vor roten Ampeln halten musste. Er war ganz erfrischt, trank Mineralwasser und stellte Überlegungen an, wie er wohl die sechsundachtzig Stufen zu Lauras Wohnung bewältigen würde.

Es ging ganz leicht – mit Hilfe von Luca und Ibrahim Özmer, der zufällig nach Hause kam, als Guerrini – gestützt auf Laura – mühsam den ersten Stock erreicht hatte. Auf Lauras Frage nach Ülivia lachte er, schlug Guerrini auf die Schulter, dass der zusammenzuckte.

«Gut Ülivia, ist sehr gut! Heiraten bald! Du mitkommen, großes Fest!»

«Gut», murmelte Laura und dachte das Gegenteil, dachte: Scheiße, sie tut es tatsächlich. Warum macht sie das? Ihre Erklärung hat mich überhaupt nicht überzeugt. Dabei war ihr die junge Frau ebenfalls kämpferisch erschienen – auch eine kleine Löwin.

Luca strahlte, obwohl er es zu verbergen versuchte. Das mochte Laura besonders an ihrem Sohn, dass es ihm nie gelang, sich zu verstellen.

Guerrini wollte nicht ins Schlafzimmer. Er wollte in die Küche. Luca und Özmer setzten ihn auf einen der blau lackierten Stühle, Guerrini legte sein gebrochenes Bein vorsichtig auf einen zweiten und dankte den beiden.

«Was ist denn passiert?», fragte Luca.

«Wir hatten einen heftigen Kampf gegen eine Untergruppe der Mafia», erwiderte Guerrini mit ernstem Gesicht. «Deine Mutter hat mehrere Gegner mit einer Bratpfanne erledigt. Sie ist eine erstaunliche Frau!»

Luca betrachtete den Commissario mit gerunzelter Stirn, Sofia lauschte im Flur, bemerkte nicht, dass ihre Mutter hinter ihr stand.

«Wieso denn Mafia?», fragte Luca. «Ich dachte, ihr sucht eine Frau?»

«Das Leben hält viele Überraschungen bereit! Auch Frauen können Teil der Mafia sein!» Guerrini schaute sich zufrieden um. «Das jedenfalls ist die gemütlichste Küche, die ich kenne – außer der meines Vaters. Hast du vielleicht ein bayerisches Bier für mich, Luca?»

«Klar!» Luca öffnete den Kühlschrank. «Eins … aber das ist Mamas Notfallflasche, wenn sie spät nachts von der Arbeit kommt.»

«Ich bin ein Notfall.»

Luca lachte.

«Ich an deiner Stelle würde nicht an der Tür lauschen», flüsterte Laura in Sofias Ohr. Ihre Tochter drehte sich erschrocken um.

«Warum schleichst du dich denn an?»

«Ich hab mich nicht angeschlichen. Ich bin einfach zur Tür herein, habe meinen Koffer abgestellt und dich hier gesehen. Und ich freue mich, dich zu sehen. Grüß dich, Sofia!»

Sofia schaute auf den Boden, glättete eine Falte im Teppich mit ihren Zehen.

«Hallo, Mama.»

«Immer noch böse?»

«Wieso seid ihr denn einfach weggefahren?»

«Weil es wichtig für die Ermittlungen war, Sofi.»

«Und warum habt ihr nichts gesagt?»

«Ihr habt ja auch nichts gesagt. Es hat mir nicht gefallen, dass ihr beide einfach abgehauen seid.»

«Wir ... ich ...» Sofia brach ab.

«Du musst es mir jetzt nicht erklären, Sofi. Wenn du weglaufen wolltest, dann war das schon in Ordnung. Aber mein Gefühl war auch in Ordnung. Und darüber können wir uns später unterhalten. Jetzt möchte ich eine Tasse Tee, eine Pizza aus der Kühltruhe und einfach mit euch allen in der Küche sitzen!»

Sofia nickte.

«Ich schäm mich vor ... Ich weiß gar nicht, wie ich ihn nennen soll!» Sie stieß einen Laut aus, der wie Schluchzen klang.

«Nenn ihn doch einfach Angelo. So heißt er nämlich. Ach, Sofi, was ist denn so schwierig?» Laura streckte die Arme nach ihrer Tochter aus, und Sofia lehnte sich an ihre Schulter – zum Glück an die gesunde.

«Es ist ... wegen Papa. Wenn du einen Freund hast, dann ... wird es überhaupt nicht mehr gut!»

«Dein Papa und ich sind Freunde, Sofi. Und das ist wirklich gut. Aber Liebe ist etwas anderes.»

«Liebst du den Commissario?», schniefte Sofia.

«Ja, ich glaube schon.»

«Oh, Mama!» Sofia umklammerte ihre Mutter, atmete endlich tief durch, schluckte und sagte: «Ich mach die Pizze, du kannst dich einfach hinsetzen und Tee trinken.»

ALS LAURA sich am nächsten Morgen auf den Weg ins Präsidium machte, war sie noch immer verblüfft über den friedvollen Abend mit Angelo und den Kindern. Sie hatten ihnen von den Ereignissen in den Cinque Terre erzählt, von Nella und Simonetta, die für ihre Cousine Valeria kämpften. Sofia hatte aufmerksam zugehört, und Laura konnte in ihren Augen sehen, dass sie empfänglich war für die Verschwörung der Cabun-Frauen.

Luca dagegen war mehr am Abenteuer interessiert, am Kampf in den Weinbergen. Er fand es wunderbar, dass seine Mutter mit einer gusseisernen Bratpfanne um sich geschlagen hatte. Aber als sie endlich gute Nacht sagten, nahm Luca – ganz gegen seine Gewohnheit – Laura kurz in den Arm, und sie konnte in seinem Gesicht die Erleichterung darüber sehen, dass sie heil zurückgekommen war.

An diesem Morgen fiel es ihr schwer, sich auf die Arbeit einzustellen. Eigentlich war sie mit der Verwunderung beschäftigt, dass Angelo tatsächlich da war – in ihrer Wohnung, in München –, dass es ihr kein Unbehagen verursachte, dass ihre Kinder es einigermaßen ertrugen, dass sich alles eigentlich ganz gut anfühlte … Mal abgesehen von ihrer Schulter, die noch immer sehr schmerzte.

Dann stand sie auf dem Parkplatz im Hof des Präsidiums, ging zum Lift, grüßte, wurde gegrüßt. Empfand die Situation als unwirklich. War noch in Italien oder in der eigenen Wohnung. Sie grüßte Claudia, Baumann, Havel, wurde überrollt von den Informationen und den Fragen, setzte sich auf einen Stuhl neben der großen Palme und sagte: «Stopp! Ich brauche einen Kaffee, und dann bitte ich darum, dass ihr nacheinander redet.»

«Ich habe Frau Doktor etwas nervös gemacht», sagte Kommissar Baumann. «Sie will sich unbedingt bei dir über mich beschweren.»

«Ist das alles?»

«Na ja, wir dachten, wir hätten Malenge, aber es waren die Falschen.»

«Welche Falschen?»

«Nichts besonders Wichtiges. Ein paar Illegale …»

Baumann wich Lauras fragendem Blick aus.

Havel räusperte sich, lächelte Claudia an, die ihm eine Tasse in die Hand drückte.

«Ich habe mir die Wohnung noch einmal vorgenommen. Wirklich jeden Zentimeter. Sie waren wirklich sehr gründlich, die Brüder Denner. Aber ich habe Spuren von beiden gefunden. War nicht leicht, aber ich habe es geschafft.»

«Das ist toll!» Laura dankte Claudia für den Kaffee. «Aber was haben die gemacht? Die werden doch nicht gemeinsam Valeria umgebracht haben. Es gibt doch gar keinen plausiblen Grund dafür.»

«Aber sie waren beide da. Gibt überhaupt keinen Zweifel daran!»

«Und Malenge!»

«Laut DNA!»

«Und wie kriegen wir die alle drei zusammen?»

«Keine Ahnung. Einer ist ja schon tot. Der kann uns nicht mehr weiterhelfen!» Baumann sah ratlos aus. «Hätte nie gedacht, dass aus der Leiche im Hinterhof so eine verworrene Geschichte entstehen könnte. Und jetzt sag nicht Agatha Christie, Laura!»

Claudia kicherte, Havel grinste.

«Was für eine Marschrichtung sollen wir also einschlagen?» Baumann sah Laura fragend an.

«Ich marschiere nicht, Herr Kommissar!», erwiderte sie. «Ich gehe. Und jetzt möchte ich mit dir zu Dr. Denner ins Krankenhaus fahren. Es gibt da ein paar neue Erkenntnisse, die ich aus Italien mitgebracht habe. Ihr erinnert euch, dass Valerias Zimmer bei den Denners durchwühlt worden war. Wer das gemacht hat, suchte ihr Tagebuch. Sie hatte es aber bereits nach Hause geschickt. Ich habe es bei mir und möchte dem feinen Doktor ein bisschen daraus vorlesen. Mir ist inzwischen auch klar, warum er solche Angst hat.»

«Und warum?»

«Das erzähle ich dir im Wagen, Peter. Und euch, wenn wir zurückkommen! Los!»

Rein körperlich ging es Dr. Denner deutlich besser, zumal die Stichwunden nicht besonders gefährlich gewesen waren. Psychisch allerdings, so erklärte die junge Ärztin, sei er ein Wrack. Es stehe ihr zwar nicht zu, solch harte Worte zu benützen, aber gegenüber der Polizei wolle sie doch offen sein.

Denner leide unter heftigen Angstzuständen, und auch der Psychologe sei inzwischen ratlos, denn der Patient verweigere die Zusammenarbeit.

«Ja», sagte Laura. «Das erscheint mir sehr plausibel. Er kann gar nicht mit ihrem Psychologen zusammenarbeiten.»

«Weshalb denn?» Die Ärztin wirkte irritiert.

«Weil er dann sagen müsste, warum er solche Angst hat, und das kann er nicht. Das wäre zu gefährlich für ihn.»

«Sprechen Sie immer in Rätseln?»

«Nein. Aber ich muss erst mit Ihrem Patienten reden. Ich kann nicht Dinge über ihn verbreiten, ehe ich Gewissheit habe. Das werden Sie sicher verstehen. Sie dürfen auch keine Diagnosen an Unbefugte weitergeben.»

Die Ärztin nickte. Diesmal trug sie keinen Pferdeschwanz, sondern hatte ihre langen Haare zu einem Zopf geflochten, der ihr nach vorn über die Schulter fiel. Sie griff danach, drehte ihn ein wenig verlegen.

«Sie können zu ihm. Und Sie müssen nicht besonders viel Rücksicht nehmen. Körperlich ist er wirklich belastbar.»

Laura lächelte ihr zu. «Noch eine Frage», sagte sie. «War Frau Dr. Denner häufig hier?»

«Nein. Nicht besonders häufig, und wenn sie hier war, dann ziemlich kurz.»

Die junge Ärztin begleitete Laura und Baumann zu Denners Zimmer, öffnete die Tür. «Sie haben Besuch Herr Doktor!»

Laura sah ihr Gesicht von der Seite und dachte, dass die Ärztin ihren Patienten nicht leiden konnte.

Denner hatte sich verändert. Sein Blick war unstet, die Augen waren gerötet. Als er Laura und Baumann erkannte, begann er heftig zu atmen.

«Wenn er zu sehr hyperventiliert, dann läuten Sie», flüsterte die Ärztin und ging. Baumann hob erstaunt die Augenbrauen. Laura versuchte ein Achselzucken, ließ es aber sein, als ein stechender Schmerz durch ihre rechte Schulter fuhr. Stattdessen stellte sie sich neben Denners

Bett, grüßte ihn, zog dann Valerias Tagebuch aus der Tasche. Er atmete heftiger.

«Ich nehme an, dass Sie dieses kleine Buch gesucht haben, als Sie Valerias Zimmer durchwühlten.»

Denner schüttelte den Kopf, krächzte halb erstickt, ehe er ein paar Wörter hervorbrachte. «Nie... niemals habe ich ihr Zimmer durchsucht. Ich war nie in ihrem Zimmer, niemals! Was ist das für ein Buch?»

«Es ist Valerias Tagebuch.»

Denner stieß ein Röcheln aus, das Baumann alarmierte.

«Soll ich die Ärztin rufen?», flüsterte er.

«Nein», erwiderte Laura. «Ich möchte Dr. Denner erst ein bisschen vorlesen. Da steht zum Beispiel: ‹Er lässt mich nicht in Ruhe. Er fasst mich an, lacht, wenn ich ihn wegstoße. Er findet das besonders aufregend. Das sagt er!›»

«Was soll das? Wirre Phantasien eines jungen Mädchens! Sie glauben doch nicht, dass ich ...» Denner richtete sich auf, hustete wieder.

«Wer sagt denn, dass von Ihnen die Rede war? Seltsam, dass Sie diese Sätze sofort auf sich selbst beziehen!»

«Ich weiß nicht ... warum lesen Sie mir das vor, wenn es nicht mit mir zu tun hat?»

«Vielleicht, um ein gewisses Mitgefühl für ihr Au-pair-Mädchen bei Ihnen hervorzurufen. Sie hat zum Beispiel geschrieben: ‹Ich muss weg. Ich halte es nicht mehr aus. Die Signora hasst mich. Sie weiß, dass ihr Mann mir nachstellt. Warum hasst sie nicht ihn? Ich kann es Roberto nicht sagen. Er würde ihn umbringen!›»

«Da sehen Sie es! Sie war gefährlich und dieser Schwarze auch!» Er atmete heftiger, sein Gesicht war sehr rot.

«Jaja, sie war gefährlich. Als letzte Eintragung in ihrem Tagebuch steht: ‹Ich werde ihn umbringen!›»

Denner fiel in die Kissen zurück, rang nach Luft. Kommissar Baumanns Hand lag bereits auf der Türklinke. «Soll ich?»

«Noch nicht!»

«Du hast Nerven.»

«Wie hat Valeria versucht, Sie umzubringen?» Laura beugte sich über Denner, schaute in seine Augen. Er drehte den Kopf weg, nach links, nach rechts.

«Wie, Herr Doktor Denner?»

«Ich weiß es nicht ...»

«Sie kam in die Wohnung in der Herzogstraße. Was ist da geschehen?»

Schaum stand plötzlich vor seinem Mund. «Sie hat mich angegriffen. Wie eine Furie. Ich werde das nie vergessen. Ich hatte Angst ... vor einem Mädchen, lächerlich ... wir haben gekämpft ... ich hatte Todesangst ... und dann ... Ich weiß nicht genau. Ich habe sie gestoßen, und sie fiel. Ihr Kopf schlug gegen irgendwas, und sie rührte sich nicht mehr ... sie war tot ...» Denner stieß eine Art Schluchzen aus, das eher wie Geheul klang.

«Und dann? Haben Sie Valeria aus dem Fenster geworfen. Es sollte aussehen wie Selbstmord, nicht wahr? Sie haben das Fenster im Treppenhaus geöffnet, und wir sind erst darauf hereingefallen.»

«Nein! Sie werden doch nicht glauben, was ich Ihnen gerade erzählt habe. Es war dieser Schwarze. Er benutzte die Wohnung als Liebesnest. Er hat sie umgebracht!»

«Und woher kannten Sie dann die Wohnung?»

«Ich weiß es nicht. Ich weiß gar nichts ... Valeria ist

gar nicht tot. Sie hat doch versucht, mich umzubringen. Mit einem Messer. Sie müssen sie finden und verhaften. Sie ist gefährlich!» Denner verdrehte die Augen. Sein Gesicht hatte inzwischen eine bläuliche Färbung angenommen.

«Jetzt», sagte Laura und wandte sich zu Baumann um, «jetzt kannst du die Ärztin rufen!»

«Zumindest haben wir jetzt eine ungefähre Ahnung, wie Valeria ums Leben gekommen ist. Dr. Reiss ist wirklich ein hervorragender Pathologe. Er hat mich auf ein Ödem an Valerias Schläfe hingewiesen, das seiner Meinung nach nicht von dem Sturz aus dem Fenster herrühren konnte.» Laura war ganz aufgeregt, protestierte nicht einmal, als Kommissar Baumann etwas zu schnell in die Königinstraße einbog und einem Radfahrer den Weg abschnitt. Sie ignorierte Baumanns leisen Fluch und die lauten Beschimpfungen, die der Radler ihnen nachschickte.

«Jetzt!», sagte sie. «Jetzt wird es spannend. Wie kamen Malenges Haare und Blutspuren in diese Wohnung? Hast du eine Ahnung?»

«Es gibt nicht viele Möglichkeiten», erwiderte er und starrte mit gerunzelter Stirn in den Rückspiegel. Der Radfahrer hatte die Verfolgung aufgenommen. Baumann gab Gas.

«Entweder Malenge war in der Wohnung und hat sich dort tatsächlich mit Valeria getroffen, oder jemand hat die Wohnung präpariert.»

«Ich gehe eigentlich von Letzterem aus, aber ich weiß noch nicht, wer es war. Vermutlich aber genau die Person, die Roberto Malenge niedergeschlagen hat, und ich nehme nicht an, dass Dr. Denner das selbst gemacht hat. Warum fährst du denn so schnell?»

«Wir werden verfolgt. Ich habe keine Lust auf eine Prügelei mit einem wild gewordenen Radfahrer!»

Laura schaute sich um und lachte. «Geschieht dir recht! Man schneidet keine Radfahrer! Er ist ziemlich schnell und sehr wütend!»

Baumann bog nach links ab, schaffte es, seinen Vorsprung bis zur Universität zu halten, und reihte sich aufatmend in den dichten Verkehr auf der Ludwigstraße ein. Danach schlug er noch einige Haken, wechselte Spuren und hatte den Verfolger endlich abgeschüttelt.

«Wow! Der war so hartnäckig wie Lance Armstrong!»

«Okay, dann können wir jetzt weiter nachdenken! Wer könnte von Dr. Denner angeworben worden sein, um diese schreckliche Geschichte mit Valeria zu vertuschen?»

«Der Zerberus in seiner Praxis zum Beispiel. Die Frau, die sagte, dass Dr. Denner keine Geheimnisse vor ihr habe!»

«Glaube ich nicht. Diese Geschichte war zu heikel. Ich bin wirklich gespannt, wie Denners Frau auf Valerias Tagebuch reagieren wird. Und ich habe auch schon eine Idee, wie wir sie aus der Reserve locken können.»

«Würdest du mich einweihen?»

«Nein.»

«Sehr witzig!»

«Du wirst es ohnehin hören und dich genau an der richtigen Stelle einklinken. Wir sind doch ein eingespieltes Team, oder?»

Der junge Kommissar prüfte lange seinen Rückspiegel, ehe er endlich in die stille Seitenstraße einbog, in der das Dennersche Anwesen lag. Er stellte den Wagen so ab, dass er hinter einem Lieferwagen verborgen war.

«Der Typ scheint dir ganz schöne Angst eingejagt zu haben!»

«Mit Münchner Radfahrern ist nicht zu spaßen!» Peter Baumann war deutlich erleichtert, als das Tor der Denners sich hinter ihnen schloss.

Der Blumenschmuck im Garten war noch üppiger als vor zwei Wochen. Auf der Terrasse lagen viele kleine Spielzeugautos, und es war Denners Mutter, die Baumann und Laura begrüßte.

«Ich dachte, dass Sie wiederkommen würden», sagte sie. «Kann ich Ihnen irgendwie helfen?»

Sie schien nicht sonderlich erschüttert, wirkte beinahe heiter. Zum ersten Mal liefen auch die beiden Kinder mit ihren Spielsachen durch das riesige Wohnzimmer und schauten neugierig auf die beiden Fremden.

«Der Tod Ihres Sohnes tut mir sehr Leid, Frau Denner.» Laura studierte jede Regung im Gesicht der Frau.

«Ach ja», sagte Denners Mutter leise. «Ich bin schon traurig – vor allem über das, was er nicht werden konnte. Aber es wundert mich nicht ... nein, es wundert mich nicht.»

«Weshalb?»

«Wir haben schon darüber gesprochen ... Er war geldgierig, und für Geld hätte er nicht alles, aber so ziemlich alles gemacht.»

Der größere der beiden Jungs ließ einen Springball fallen, der bis zu Lauras Nasenspitze hochhüpfte, dann weiter zu Baumann, der ihn geschickt auffing.

Vorsichtig kamen die beiden Kinder hinter dem Rücken ihrer Großmutter hervor, näherten sich dem Kommissar, der den Ball in seiner Hand verbarg.

«Was könnte Ihren Sohn das Leben gekostet haben?» Laura war ganz auf die rothaarige Frau konzentriert, während Baumann gleichzeitig mit den Kindern ein kleines Gerangel um den Ball begann. Auch Denners Mutter ließ keinen Blick von Laura.

«Ich weiß es nicht», sagte sie. «Vielleicht hat er sich auf irgendwelche dubiosen Geschäfte eingelassen ...»

«Aber Ihre Schwiegertochter sagte mir, dass er hier im Haus übernachtete und dann verschwand. Außerdem hat sie angeblich das tote Au-pair-Mädchen vor dem Fenster gesehen. Es muss also einen Zusammenhang zwischen all diesen merkwürdigen Vorgängen und dem Tod Ihres Sohnes geben.»

War da eine Erschütterung zu sehen, kaum wahrnehmbar, ein paar schnellere Atemzüge nur, ein Zucken der Lider, eine fahrige Handbewegung?

«Ich war nicht da, meine Schwiegertochter war allein im Haus. Ich hatte die Kinder zu mir geholt. Deshalb kann ich nichts dazu sagen.»

Laura nickte. «Ich weiß. Ich war bei Ihrer Schwiegertochter. Sie rief mich an am Morgen nach dem Verschwinden Ihres Sohnes.»

«Dann sprechen Sie wohl besser mit ihr, Kommissarin. Ich werde sie holen.»

Baumann flüchtete vor den beiden kleinen Jungs durch den weiten Wohnraum und versteckte sich hinter einem der wuchtigen Sofas. Die Kinder juchzten.

«Darf ich Sie etwas fragen, Frau Denner?»

«Etwas Persönliches?» Ihre Stimme klang spöttisch.

«Ja, etwas Persönliches. Warum hassen Sie Ihre Söhne?»

Die rothaarige Frau senkte den Blick, hob nach kurzem Zögern schnell den Kopf und sah Laura in die Augen.

«Das hat mich bisher noch niemand gefragt. Aber ich kann es Ihnen sagen: Sie ähneln zu sehr meinem Mann, haben seine Charaktereigenschaften, sein Aussehen, seine Rücksichtslosigkeit. Sie müssen wissen, dass ich sehr unter meinem Mann gelitten habe. Außerdem hatte ich fast nie das Gefühl, dass sie auch meine Söhne sind.»

Das Lachen der Kinder klang aus dem Wohnzimmer in die Eingangshalle herüber.

«Und Ihre Enkel?»

«Es gibt immer Hoffnung, nicht wahr?»

Laura erwiderte ihren ernsten Blick, nickte leicht.

«Wissen Sie, wer ihn umgebracht hat?» Jetzt klang die selbstsichere Stimme plötzlich brüchig.

«Nicht sicher. Ich habe nur eine Ahnung. Eine ganz verrückte Ahnung. Könnten Sie jetzt bitte Ihre Schwiegertochter holen?»

Denners Mutter nickte, schien in den letzten Minuten gealtert zu sein. Selbst ihre Schritte erschienen Laura unsicher.

Es dauerte nur ein paar Minuten, ehe die beiden Frauen zurückkehrten. Dr. Renata Denner war diesmal sorgfältig frisiert und geschminkt.

«Ich wollte gerade ausgehen», sagte sie. «Weshalb melden Sie sich eigentlich nicht an?»

«Das ist nicht unsere Art!», erwiderte Laura langsam. «Wir machen keine Höflichkeitsbesuche. Ich möchte Sie gern allein sprechen, Frau Dr. Denner.»

«Jaja, ich wollte sowieso mit den Kindern in den Englischen Garten gehen.» Die ältere Frau Denner griff nach einer Jacke.

«Es ist warm draußen. Sie werden keine Jacke brauchen», sagte Laura.

«Ah so, ja, danke.»

«Er soll mitkommen!», baten die beiden Jungs, als ihre Großmutter sie rief, und zogen Baumann hinter sich her.

«Geh ruhig mit!», lächelte Laura. «Und pass gut auf!»

«Bist du sicher?» Baumann wirkte ein wenig verzweifelt.

«Ja, könnte sinnvoll sein!»

Er ging. Die beiden kleinen Buben waren entzückt.

«Sie sehen nicht viel von ihrem Vater, nicht wahr?», sagte Laura leise.

«Nein, nicht sehr viel.» Ein bitterer Zug lag um Renata Denners Mund. «Wir müssen sehr viel arbeiten. Die Patienten fordern ihren Tribut. Was wollen Sie von mir?»

«Ich habe etwas mitgebracht, das ich Ihnen zeigen möchte. Es ist das Tagebuch von Valeria. Sie hat es ihrer Cousine geschickt, ehe sie ums Leben kam. Es ist ein interessantes Tagebuch … und es steht ziemlich viel über Ihren Mann und über Sie darin.»

«So.» Renata Denner ging seltsam steif durch das große Zimmer, stellte sich hinter einen der blauen Sessel und legte beide Hände auf die Rückenlehne.

«Was schreibt sie denn über mich?»

«Zum Beispiel, dass Sie nie mit ihrer Arbeit zufrieden waren, dass sie an einem Nachmittag dreimal den Küchenboden wischen musste, weil er immer noch nicht sauber genug war …»

«Sie konnte nicht putzen. Ich habe das allen meinen Au-pairs gründlich beibringen müssen!»

«Das ist auch nur ein Seitenaspekt. Valeria schrieb:

‹Die Signora hasst mich. Weil sie weiß, dass ihr Mann hinter mir her ist. Warum hasst sie nicht ihn?›»

Die blassen Hände griffen ein wenig tiefer in den weichen blauen Sessel.

«Lächerlich. Phantasien eines Mädchens ... Das hätte sie wohl gern gehabt, dass mein Mann ... Absolut lächerlich. Sie glauben doch wohl nicht, was sich diese kleine Negernutte zusammenphantasiert hat?»

Eine heiße Welle lief durch Lauras Körper. Sie versuchte, ruhig zu atmen, ruhig zu denken, spürte, dass sie nicht weit vom Ziel war.

«Ihr Mann hat es zugegeben. Ich komme gerade aus dem Krankenhaus.»

«Er hat was?» Renata Denner lachte auf. «Er ist nicht bei Sinnen. Wir haben einen Psychiater zugezogen. Er hat die Vorstellung, dass Valeria ihn umbringen will.»

«Verständlich, nicht wahr? Er hat sie gesehen, ehe er niedergestochen wurde. Und Sie haben Valeria ebenfalls gesehen. Sie riefen mich an, waren völlig verstört. Weshalb sollte er also von Sinnen sein?»

Einen winzigen Augenblick lang schien sie unsicher, hatte sich aber sofort wieder im Griff.

«Ich habe darüber nachgedacht. Natürlich konnte es nicht Valeria gewesen sein. Aber ich bin sicher, dass in diesem italienischen Clan irgendein Mädchen ihr ähnlich sieht. Für mich ist das eine klare Sache. Da unten gibt es doch noch die Blutrache oder so etwas.»

«Nein, ich glaube nicht, dass es in den Cinque Terre Blutrache gibt», erwiderte Laura. «Ich glaube etwas anderes: dass Sie niemanden am Fenster gesehen haben.»

Renata Denner hob den Kopf und starrte Laura an. «Wie, niemanden?»

«Ich glaube, dass Sie das Erlebnis Ihres Mannes übernommen haben, um eine durchaus plausible Geschichte zu erfinden.»

«Ich möchte, dass Sie mein Haus verlassen!» Renata Denner löste ihre Hände von den blauen Polstern, wies auf die Tür. «Ich muss mir solche Dinge nicht anhören. Ich bin Ärztin, ich erbitte mir Respekt!»

«Warum verweigern Sie dann anderen Menschen Respekt?»

«Was reden Sie denn?»

«Ich meine Valeria Cabun.»

«Wie kommen Sie darauf?»

«Sie haben Valeria eine Negernutte genannt.»

«War sie das nicht? Hat sie nicht ständig meinen Mann provoziert? Meinen Schwager? Alle Männer, mit denen sie in Kontakt gekommen ist?»

Renata Denner schien zu merken, dass sie Boden verlor, dass sie sich zu weit vorgewagt hatte. Rote Flecken erschienen auf ihren Wangenknochen.

«Gehen Sie!»

«Ihr Mann hat zugegeben, dass er einen Kampf mit Valeria hatte, dass er sie stieß, dass sie fiel und eine tödliche Kopfverletzung erlitten hat. Er hat sie aus dem Fenster geworfen, weil er einen Selbstmord vortäuschen wollte.» Laura riskierte diese Behauptung. Renata Denner schloss kurz die Augen.

«Er ist nicht mehr zurechnungsfähig, ich sagte es ja. Der Psychiater wird ein Gutachten erstellen.»

«Er ist durchaus zurechnungsfähig. Er kannte die Wohnung in der Herzogstraße. Valeria ist ihm nachgegangen, und sie hat ihn in dieser Wohnung überrascht, um sich an ihm zu rächen.»

«Rächen?» Die Ärztin stolperte, stützte sich an der Wand ab. «Wofür sollte sie sich rächen?»

«Für eine Vergewaltigung zum Beispiel!»

«Ich verstehe nicht …» Sie zuckte zusammen, als es an der Haustür klingelte.

Scheiße!, dachte Laura. Ich hatte sie beinahe so weit!

Schnell ging sie zur Tür. Es war Kommissar Baumann.

«Komm mal kurz raus», murmelte er. «Ich muss dir was sagen!»

«Ich kann sie nicht aus den Augen lassen», flüsterte Laura zurück. «Was ist denn?»

«Denners Mutter sagte mir, dass ihr ermordeter Sohn kurz vor seinem Tod einen nagelneuen Sportwagen gekauft hat, obwohl er nur ein paar Tage vorher angeblich pleite war. Vielleicht hilft's dir weiter …»

«Danke! Bitte bleib draußen … es ist gerade ziemlich schwierig. Aber geh nicht weg und mach die Tür nicht zu!»

Peter Baumann nickte, trat nach draußen und zog die Tür hinter sich zu, ließ sie aber nicht ins Schloss schnappen.

«Was wollte er denn?» Renata Denner hatte sich blitzschnell wieder gefangen, ging in die Offensive.

«Nur eine Information, allerdings eine interessante!»

«Was veranstalten Sie hier eigentlich? Ein Ratequiz? Ich brauche Ruhe. Ich muss nächste Woche meine Praxis wieder eröffnen.»

«Woher hatte Ihr Schwager das Geld für einen neuen Sportwagen?»

«Was?»

«Woher er das Geld hatte?»

«Das war meine Schwiegermutter, nicht wahr? Diese alte Hexe. Sie konnte ihn nicht leiden. Was hat der Sportwagen meines Schwagers mit Valeria zu tun? Worüber reden wir hier eigentlich?» Sie schrie jetzt.

«Ein kluger Mensch hat einmal gesagt, dass alles mit allem zusammenhängt. Ich denke, dass Ihr Schwager Geld von seinem Bruder bekommen hat und dass er dafür etwas gemacht hat. Und ich denke auch, dass Sie wissen, was das war.»

Der Angriff kam so überraschend wie der in den Weinbergen der Cinque Terre. Renata Denner griff nach einer Bronzeskulptur, schlug mit ihr nach Laura, traf sie am rechten Oberarm. Der Schmerz war so heftig, dass Laura meinte, das Bewusstsein zu verlieren. Es war ihr Instinkt, der sie zurückspringen, laut schreien ließ. Dann trat sie gegen eine Bodenvase, hörte es splittern, fasste mit dem gesunden Arm nach der großen Palme und schleuderte sie auf die Ärztin, die wieder ausholte, die Skulptur hoch erhoben, um sie auf Laura niedersausen zu lassen. Laura duckte sich, hob den linken Arm, um ihren Kopf zu schützen … kauerte sich am Boden zusammen, rollte zur Seite.

Die Bronzefigur fiel knapp neben ihr zu Boden. Es war ein nacktes Mädchen mit langen Haaren und hochgestreckten Armen.

Jetzt schrie Renata Denner. Als Laura nach oben schaute, sah sie, wie Kommissar Baumann einen Arm der Ärztin nach hinten drehte.

Zwei Sekunden lang blieb Laura liegen, spürte dem tobenden Schmerz in ihrem rechten Arm nach, war trotzdem dankbar, dass sie auch diesmal davongekommen war, dann rappelte sie sich langsam auf.

«Alles klar?» Baumann warf ihr einen besorgten Blick zu, hielt noch immer Renata Denner im Polizeigriff fest.

«Jaja. Danke!»

«Du siehst aber nicht so aus!»

«Ist schon in Ordnung. Setz Frau Denner in einen der Sessel und pass auf sie auf!»

Die Ärztin wehrte sich. Baumann musste sie mit Gewalt in einen der tiefen blauen Sessel werfen. Sie schrie immer noch, und Laura war froh, dass die Kinder nicht im Haus waren. Mit ihrem gesunden Arm zog sie sich einen Stuhl heran, setzte sich der Ärztin gegenüber. Die trat mit dem Fuß nach Laura. Baumann drehte ihren Arm ein wenig fester an. Sie krümmte sich, saß endlich still.

«Ihr Schwager hat das Geld für den Sportwagen von Ihrem Mann bekommen, nicht wahr? Und ich kann Ihnen auch sagen, wofür: Ihr Schwager hat Roberto Malenge niedergeschlagen, um an dessen DNA-Material zu kommen. Ihr Schwager hat die Wohnung in der Herzogstraße präpariert, um den Verdacht auf Valerias Freund zu lenken.»

Renata Denner antwortete nicht, kämpfte noch immer gegen Peter Baumanns eisernen Griff, schluchzte und schrie vor Schmerz.

«Lass sie mal los», sagte Laura.

Baumann lockerte seinen Griff, die Ärztin sank in sich zusammen.

«Und dann kam er zu Ihnen, nicht wahr? Er wollte mehr!» Laura folgte ihrem Gefühl, tastete sich weiter.

«Er wollte nochmal hunderttausend», flüsterte die Ärztin. «Und in einem Jahr nochmal. Ich wusste, dass er immer wieder kommen würde. Unser ganzes Leben lang. Er war ein Schwein. Sie sind beide Schweine. Schade, dass die meinen Mann nicht erledigt haben. Ich wäre frei gewesen ...»

«Sie haben sich mit Ihrem Schwager am Eisbach getroffen und ihn erstochen. Dann stießen Sie seine Leiche in den Bach und erzählten mir die Geschichte von der Frau am Fenster und dass Ihr Schwager in der Dunkelheit verschwunden ist.»

Renata Denner richtete sich auf, umklammerte die Armstützen des Sessels mit ihren Händen.

«Er bedrohte meine Existenz, die meiner Kinder. Er verdiente es nicht anders. Er war ein Schmarotzer, ein widerlicher Schmarotzer!»

«Kannst du mal die Kollegen rufen?»

Baumann nickte und nahm sein Handy aus der Jackentasche. Laura beugte sich ein wenig vor, versuchte, die Augen der Ärztin zu erreichen.

«Warum haben Sie eigentlich Valeria nicht beigestanden – ich meine, in ihrer Not, als Ihr Mann sie bedrängte?»

«Welche Not? Sie war eine Nutte – alle waren sie Nutten. Alle Au-pairs!»

«Glauben Sie das wirklich, Frau Dr. Denner? Soll ich Ihnen vorlesen, was Valeria in ihrem Tagebuch geschrieben hat? Sie war völlig verzweifelt. Sie hasste Ihren Mann. Und sie war offensichtlich wild entschlossen, ihn umzubringen!»

Das Gesicht der Ärztin zuckte.

«Wo Valeria herkommt, da stehen die Frauen zueinander. Sie verteidigen sich, und sie helfen sich gegenseitig. Vielleicht wäre das der bessere Weg gewesen, Frau Dr. Denner. Dann hätten Sie nicht Ihren Schwager umbringen müssen, und Valeria wäre vermutlich auch noch am Leben.»

So unvermutet, wie Renata Denner Laura angegriffen hatte, brach sie nun in sich zusammen. Es war ein Weinen, das eine Tiefe besaß, die nie zu enden schien. Das untröstliche Weinen eines Menschen, der erkannte, dass er sein Leben zerstört hatte.

Sie konnten kein Protokoll aufnehmen an diesem Tag. Renata Denner erlitt einen Nervenzusammenbruch und musste ins Krankenhaus gebracht werden. Ihr Mann legte ein umfassendes Geständnis ab, jedenfalls, was seine Person betraf. Er verzichtete auf eine Anzeige gegen die beiden italienischen Rächerinnen, nahm die Anklage wegen Totschlags auf sich, war plötzlich kein psychiatrischer Fall mehr, sondern versuchte zu retten, was zu retten war. Und seltsam, er schien erleichtert, dass seine Frau des Mordes an seinem Bruder beschuldigt wurde. Beinahe erschien es Laura so, als hätte er auf diese Weise zwei Probleme gelöst.

Denners Mutter hielt sich von allen am besten, schien das Unheil geahnt zu haben. «Ich werde es noch einmal versuchen», sagte sie und legte die Arme um die beiden kleinen Buben. «Man soll die Hoffnung nie aufgeben. Vielleicht gelingt es mir dieses Mal.»

Am Nachmittag bestand Peter Baumann darauf, Laura ins Krankenhaus zu fahren, damit sie ihre Schulter und ihren Arm untersuchen ließ. Die Röntgenaufnahmen zeigten ein angerissenes Schultergelenk. Die Ärzte verpassten ihr einen Gipsverband, legten ihren Arm in eine Schlinge und schrieben sie krank. Als sie das Krankenhaus endlich verlassen konnte, atmete sie erleichtert auf.

«Und jetzt», sagte sie, «fahren wir in die Schellingstraße zu Roberto Malenge.»

«Du bist verrückt», sagte Peter Baumann. «Rennst tagelang mit einer angebrochenen Schulter herum und hast noch immer nicht genug!»

«Doch, ich habe genug, Peter. Aber diese Geschichte ist noch nicht zu Ende. Es gibt noch jemanden, der große Angst hat, und die möchte ich ihm nehmen.»

«Er ist sicher nicht in der Wohnung!»

«Aber vielleicht ist jemand da, der eine Nachricht an ihn weitergeben kann.»

Baumann schüttelte den Kopf, fuhr aber mit Laura zur Schellingstraße. Sie fühlte sich ein bisschen taumelig, schaffte aber die Treppe. Nur die Gerüche waren ihr unangenehm. Als sie an der Tür der afrikanischen Wohngemeinschaft klingelten, rührte sich lange nichts, und sie dachten schon, vergeblich gekommen zu sein. Doch dann öffnete sich die Tür, und Aristide stand vor ihnen, unerschrocken, als hätte er sie erwartet.

«Roberto ist nicht hier», sagte er gelassen.

«Ich hatte nicht damit gerechnet», erwiderte Laura. «Wir sind nur hier, damit er zurückkommen kann. Der Verdacht gegen ihn besteht nicht mehr. Es tut mir Leid, dass er eine schwere Zeit durchleben musste.»

«Bitte kommen Sie herein.» Aristide trat zur Seite.

«Nur ganz kurz.» Laura wies mit der linken Hand auf ihren verletzten Arm.

«Wer ... wer hat Valeria umgebracht?»

«Es war eher ein tragischer Unfall – keine Absicht. Aber der Mann, der Roberto Malenge niedergeschlagen hat, ist tot. Es war kein rassistischer Überfall, auch wenn es so aussah. Der Täter wollte nur an seine DNA.»

«Roberto ahnte so etwas. Er hatte unglaubliche Angst. Ich weiß nicht, ob Sie das verstehen können. Es hat mit unserer Hautfarbe zu tun. Eigentlich sind wir fast immer die Schuldigen. Deshalb hatte Roberto kein Vertrauen.»

«Ich kann es verstehen. Wenn er genau wissen will, was geschehen ist, dann kann er mich anrufen. Ich gebe Ihnen meine Privatnummer.»

«Was ist mit Ihrem Arm? Hat die Verletzung etwas mit Valerias Tod zu tun?»

«Ganz entfernt. Wo haben Sie sich eigentlich versteckt?»

«Muss ich Ihnen das sagen?»

«Nein. Ich war nur neugierig.»

«Wir haben Freunde in Frankreich.»

«Na, da konnte unser Kleiner ja lange suchen …», murmelte Baumann.

«Wie?»

«Ach nichts. Grüßen Sie Herrn Malenge.»

Als Laura am Abend nach Hause kam, verglich Angelo Guerrini seinen Gips mit ihrem.

«Zwei zur Enthaltsamkeit verdammte Invaliden», stellte er anschließend so ernsthaft fest, dass Laura lachen musste, obwohl ihr eigentlich nicht danach zumute war.

«Ich kann überhaupt nichts machen! Es ist der rechte Arm», jammerte sie.

«Vielleicht ist das die Weisheit des Schicksals!»

«Was für eine Weisheit?»

«Das Schicksal verordnet dir eine Ruhepause, Laura.»

«Du redest wie mein Vater!»

«Dein Vater ist ja auch ein kluger Mann.»

«Und was verordnet das Schicksal dir?»

«Darüber nachzudenken, wohin ich gehen will.»

«Noch mehr kluge Sprüche?»

«Reicht das nicht?»

«Doch. Ich jedenfalls gehe jetzt zum Sofa, lege die Beine hoch und hoffe, dass ich einen Drink bekomme. Wo sind eigentlich die Kinder?»

«Sie holen Abendessen beim Chinesen! Das haben sie sich gewünscht.»

«Und sie sind nicht vor dir weggelaufen?»

«Nein. Luca interessiert sich für die Struktur der Mafia, und deine Tochter wollte mehr über die Geschichte der Cabun-Frauen wissen.» Guerrini hüpfte auf einem Bein in die Küche und füllte zwei Gläser mit Rotwein.

«Es tut mir Leid, aber du musst die Gläser selbst holen, sonst kommen sie leer bei dir an.»

«Immerhin ergänzen sich unsere Behinderungen.» Laura erhob sich seufzend, trug ein Glas nach dem anderen sorgsam zum Sofa im Wohnzimmer.

«Es war die Frau, nicht wahr?», sagte Guerrini, als er sich neben sie setzte.

«Ja, es war die Frau.»

«Wie lange weißt du es schon?»

«Eigentlich erst seit dem Angriff in den Weinbergen.»

«Weshalb?»

«Mir ist aufgefallen, wie stark und gefährlich Frauen sein können.»

«Erst in den Weinbergen?»

«Bitte versuche ernst zu bleiben. Ich bin noch nie von einer Frau so heftig angegriffen worden. Ich werde das auch nie vergessen. Und ich denke, dass Dr. Denner wirklich Angst vor Valeria hatte. Es ist eine sehr seltsame Geschichte.»

«Wenn meine Mutter wütend wurde, dann konnte man auch Angst vor ihr haben. Sie sprühte Funken. Deshalb nannte mein Vater sie eine Hexe.» Angelo ließ den Wein im Glas kreisen.

«Meine konnte auch sprühen, obwohl sie meistens ganz warmherzig und liebevoll war. Mein Vater liebte es, wenn sie außer sich geriet.»

«Und wie ist es bei dir?»

«Ich fühle mich den Cabuns verwandt. Das sagte ich doch schon.»

«Dann würde ich vorschlagen, dass wir jetzt unsere Gläser auf die Hexen erheben.»

Laura nickte. Sogar das Nicken schmerzte in der Schulter. «Ich möchte darauf trinken, dass die Hexen neue intelligente Wege finden, ihre Würde zu verteidigen. Das mit den Bratpfannen richtet zu viel Schaden an.»

Guerrini lachte und zog sie an sich.

«Au!», schrie Laura. «Wir müssen völlig neue Formen der Annäherung finden. Ganz vorsichtige!»

Danken möchte ich Ariane Gottberg, die Laura ihren schönen Namen borgte, Marie Brückner, die mir stets Vorbild war, Helga Wutz für ihre kritische und empathische Begleitung und meiner Lektorin Ulrike Beck für die gute Zusammenarbeit.

Felicitas Mayall

Kommissarin Laura Gottberg ermittelt

Nacht der Stachelschweine
Laura Gottbergs erster Fall.
Während deutsche Urlauber in einem italienischen Kloster Ruhe suchen, wird die junge Carolin in einem nahen Waldstück tot aufgefunden. rororo 23615

Wie Krähen im Nebel
Laura Gottbergs zweiter Fall.
Zeitgleich werden eine Leiche im Eurocity aus Rom und ein bewusstloser Mann auf den Gleisen des Münchner Haupbahnhofs gefunden. Kommissarin Laura Gottberg ist ratlos. Hängen die beiden Fälle zusammen? rororo 23845

Die Löwin aus Cinque Terre
Laura Gottbergs dritter Fall.
Eine junge Italienerin, die als Aupair in Deutschland arbeitete, ist tot. Um den Fall zu lösen, muss Laura in die Heimat des Mädchens fahren: ein kleines Dorf in Cinque Terre, wo die Frauen der Familie ein dunkles Geheimnis hüten.
rororo 24044

Wolfstod
Laura Gottbergs vierter Fall.
Ein deutscher Schriftsteller wird in seiner Villa südlich von Siena leblos aufgefunden. rororo 24440

Hundszeiten
Laura Gottbergs fünfter Fall.
In München machen Jugendliche nachts Jagd auf Obdachlose.

rororo 24623

Weitere Informationen in der Rowohlt Revue *oder unter* www.rororo.de

1, 2, 3, 4 oder 5 Sterne?

Wie hat Ihnen dieses Buch gefallen?

Bewerten Sie es auf

www.LOVELYBOOKS.de

Das Literaturportal für Leser und Autoren

Finden Sie neue Buchempfehlungen,
richten Sie Ihre virtuelle Bibliothek ein,
schreiben Sie Ihre Rezensionen,
tauschen Sie sich mit Freunden aus
und entdecken Sie vieles mehr.

LB 2